SI YO
TE DIJERA

JUDY BUDNITZ

SI YO TE DIJERA

Traducción de María Jesús Asensio y África del Valle

ALFAGUARA

ALFAGUARA

Título original: If I Told You Once
© 1999, Judy Budnitz
© De la traducción: María Jesús Asensio
y África del Valle
© De esta edición:
2001, Grupo Santillana de Ediciones, S. A.
Torrelaguna, 60. 28043 Madrid
Teléfono 91 744 90 60
Telefax 91 744 92 24
www.alfaguara.com

• Aguilar, Altea, Taurus, Alfaguara S. A.
Beazley 3860. 1437 Buenos Aires. Argentina
• Aguilar, Altea, Taurus, Alfaguara S. A. de C. V.
Avda. Universidad, 767, Col. del Valle,
México, D.F. C. P. 03100. México
• Distribuidora y Editora Aguilar, Altea,
Taurus, Alfaguara, S. A.
Calle 80 n° 10-23
Santafé de Bogotá. Colombia

ISBN: 84-204-4268-2
Depósito legal: M. 12.712-2001
Impreso en España - Printed in Spain

© Diseño de cubierta:
Jordi Salvany

A mis abuelos,
Samuel y Phyllis Robbins,
y a Max y Rose Budnitz

Ilana

Hasta donde alcanzaba la memoria, mi familia había vivido siempre en el mismo pueblo. Era un lugar que permanecía nueve meses del año cubierto de nieve y los otros tres, de barro. Era el sitio más desolador de la tierra y ellos ni siquiera se daban cuenta, porque durante generaciones no se habían aventurado a alejarse a más de cuarenta kilómetros de allí. Eran gente tozuda.

En aquel lugar a alguien se le había olvidado poner el color: nubes plomizas, casas torcidas de madera deteriorada por la intemperie, espirales de humo que salía de las cocinas, y montones de basura. Todas las mujeres del pueblo usaban la misma tela anodina para confeccionar la ropa de sus familias. Comíamos un pan ceniciento. Los hombres hacían un licor fermentado tan incoloro que resultaba invisible; no era sino un atroz dolor de cabeza metido en un frasco.

La gente entonces era más sencilla. Sólo tenía deseos al alcance de sus posibilidades. Y pocas pertenencias: una cabra, media docena de gallinas, una tetera de latón, un gato tan feo que podía matar ratones sólo con mirarlos.

Con eso bastaba. Después de estar cortando leña durante varios días en el oscuro bosque, con las narices taponadas por el hielo, el olor a cabra era bien recibido.

En un sitio como aquél, el color de una yema de huevo era algo así como un milagro.

Mi gente formaba una piña. No les quedaba más remedio. Con lo poco que tenían, y siempre había alguien que trataba de arrebatárselo.

Yo nací en una época violenta.

Dicen que el mío fue un nacimiento difícil. Mi madre estuvo de parto más de treinta horas. Yo fui la primera de sus hijos.

Durante todo aquel tiempo una tormenta invernal estuvo arrancando tejas del tejado. Mi padre quería ir a buscar a la comadrona, pero la violencia de la tormenta le retenía en casa. Oía en el viento a los malos espíritus que le esperaban para despistarle, para hacerle dar infinitas vueltas por la nieve. Se sabía de gente que había muerto congelada a pocos metros de sus casas, perdida de camino al cobertizo. Mi padre se paseaba angustiado.

En aquellos tiempos los partos eran cosa de comadronas y amigas. A los hombres les estaba prohibido presenciarlos, daban mala suerte. Se les mantenía fuera de la habitación del parto, y muchas veces hasta fuera de la casa. Mi madre se retorcía y gemía en la cama mientras mi padre iba de ventana en ventana sin saber qué hacer, como enjaulado, fuera de sí. La casa tenía sólo una habitación. Él se acurrucaba en los rincones, queriendo volverse invisible.

A medida que la tormenta empeoraba, lo mismo ocurría con los dolores de mi madre. Mi padre se tapaba los oídos con las manos pero ni aun así podía soportarlo. Se acercó a la cama y encontró a mi madre revolcándose y chillando como una posesa, con su pelo largo pegado a la cara en mechones sudorosos. Se arrodilló, se arremangó y tanteó el vientre de ella con sus rudas manos; presionaba y empujaba suavemente, pensando que podría cambiar de posición el cuerpecito, del modo en que lo hacía con los corderos nonatos. Intentaba mirar solamente al tenso vientre, no a la cara congestionada de mi madre, sus dedos que le rompían la camisa, aquella extraña viscosidad entre las piernas. Apretó. Algo estalló con un estampido húmedo. De pronto la cama se empapó de sangre caliente y mi madre gritó con renovadas fuerzas.

Justo en ese momento llamaron a la puerta.

¡La comadrona!, pensó mi padre con alivio, y abrió apresuradamente la puerta.

Dos corpulentas figuras ocupaban la entrada y otra media docena ensombrecía la nieve a sus espaldas. Con la ropa tiesa a causa de la nieve y las caras tapadas protegiéndose del viento, no tenían formas definidas. Pero mi padre supo inmediatamente quiénes eran y se le heló la sangre. Lo supo por los gorros de piel, los cuchillos a la cintura, el desagradable olor a carne cruda y los caballos robados. Eran los bandidos que rondaban por bosques y caminos. Atacaban indiscriminadamente, tanto a ricos como a pobres.

El jefe de la banda se inclinó ligeramente, todavía en el umbral, al tiempo que la nieve entraba en remolinos. Tendió las manos, dio unos pasos hacia mi padre y le sonrió tras la prenda que le cubría la cara.

Saludos, vecino, dijo, nos preguntábamos si daría hospitalidad a unos viajeros tan fatigados como nosotros.

Mi padre se mantenía al abrigo del viento, en la sombra que proyectaba la puerta.

El jefe sacó su cuchillo de la funda, lo limpió en la manga como quien no quiere la cosa, y dijo: No le daría la espalda a nadie en una noche como ésta, ¿verdad? Sería demasiado cruel, ¿no le parece?

Ladeó la cabeza; sus fieros ojos buscaron los de mi padre. El grupo se apiñó. Su olor se extendió por la habitación como un aliento fétido.

Entonces mi padre salió de lleno a la luz. Estaba empapado de sudor, con la camisa rota, la barba enmarañada, los ojos saltones y los brazos llenos de sangre hasta los codos. Mi madre le lanzaba una tromba de furiosos alaridos.

Les tendió las manos. Señores, dijo suavemente, en cuanto acabe de matar a mi mujer, estaré encantado de ocuparme de ustedes.

Vieron la sangre, sus ojos enloquecidos, los arañazos que las uñas de mi madre le habían dejado en el pecho. Pero fueron los violentos e inhumanos gritos de ella lo que les hizo retroceder hacia la tormenta.

Yo nací poco después, salí de pies y morada, con el cordón umbilical enroscado en la garganta. Luego, la gente dijo que era un mal presagio y que yo estaba destinada a la horca. Mi padre me levantó en vilo, viscosa y horrible, y me zarandeó frenéticamente, como si fuera un juguete defectuoso, hasta que chillé indignada.

Mi madre, que tenía más derecho que nadie a considerarme un mal presagio, dijo, en cambio, que yo era una niña con suerte, dos veces bendita y el doble de resistente, y que estaba destinada a prosperar en la vida.

Después tuvo otros ocho hijos. Al empezar los dolores, mi padre andaba siete kilómetros hacia el interior del bosque y cortaba leña durante horas, hasta que mi madre me enviaba para decirle que ya podía volver a casa.

Se querían mucho mis padres. Pero el amor era distinto entonces. La gente no hablaba de ello, ni tan siquiera pensaban en la palabra, pero estaba en cada cucharada de comida que compartían. Era una cosa sencilla, cierta, que no necesitaba análisis ninguno. Tan cierta como apagar una vela. ¿Es necesario discutir sobre si la habitación quedará o no a oscuras?

Mi padre era un hombre enorme y fornido, peludo y moreno, con una barba que le cubría media cara y que parecía quedarse con más comida de la que le llegaba a la boca. La gente decía que si mi padre se perdía en el bosque, podría sobrevivir dos meses o más manteniéndose de su barba. Mi madre era pequeña, no llegaba siquiera a la mitad del tamaño de él. Se ponía infinitas faldas y enaguas que se hinchaban en torno a ella y la hacían parecer tan ancha como larga. Toda esa ropa camuflaba tanto su figura que tenía el mismo aspecto cuando estaba embarazada de nueve meses que cuando no lo estaba en absoluto.

Los años de mi niñez transcurrieron en una época sombría. Los bandidos andaban al acecho en los bosques. Los lobos grises vinieron del norte. Se emparejaban de por vida y cazaban en parejas; tenían el tamaño de una ternera y los ojos de un azul glacial. Eran caprichosos como niños. A veces llegaban hasta nuestros patios, jugando cual cachorros; otras, podían arrancarle la pierna a un hombre con sus mandíbulas, sin ninguna provocación. No eran animales de carga. Sólo les importaban sus compañeros y sus crías. Se sabía de hembras que, en época de hambre, se comían los cachorros de otras para poder amamantar a los suyos.

Y había también bandas de soldados que asaltaban los pueblos cada cierto tiempo. Eran más imprevisibles que los lobos: podían exigir ganado, o licor, o prender fuego a las casas para calentarse las manos o para derretir el hielo de sus espuelas. Se llevaban a los jóvenes para el ejército, los arrastraban en carretas mientras las madres corrían al lado despidiéndose a gritos de sus hijos y llenando de maldiciones a los militares. Nunca se volvía a saber nada de aquellos hombres.

A veces los bandidos atacaban a los soldados y les robaban las botas y las chaquetas militares. A veces los soldados llevaban capas de piel para abrigarse. A veces los lobos andaban a dos patas, como si fueran hombres.

En la oscuridad no se distinguía a unos de otros.

Una vez a la semana, durante los largos inviernos, la gente se reunía en el templo del pueblo para rezar. Nosotros no éramos especialmente fervorosos; íbamos por cambiar de ambiente. Decían que estar encerrado en una habitación con los mismos miembros de la familia durante varios meses podía volver loca a una persona.

A la gente le gustaba hablar de una pareja que vivió en el pueblo antes de que yo naciera. Estaban recién casados y decidieron no asistir a los actos religiosos semanales y pasar el invierno solos el uno con el otro, una sola carne. Igual que panecillos que se cuecen pegados en el horno, sus pieles se fundieron y se hicieron una. Cuando llegó la primavera, no cabían por la puerta. La gente que fisgaba a través de sus ventanas veía una única figura, ancha y monstruosa, moviéndose extrañamente por la habitación, de lado, como los cangrejos; las dos caras unidas, mejilla con mejilla; las manos tratando de coger trocitos de comida y metiéndolos indistintamente en cualquiera de las bocas; los cabellos de ambas cabezas mezclados en una masa impenetrable.

Todos los habitantes del pueblo se reunieron. Derribaron la pared de la pequeña casa y arrastraron a la pareja hasta la calle. Fueron necesarios once hombres y un hacha para separarlos. Había sangre en la nieve y se oían gritos. Cuando el marido se vio libre, dio tres vueltas alrededor de sí mismo y se fue tambaleante hacia el bosque, sangrando y con el costado izquierdo desgarrado. Nunca más se le volvió a ver.

La mujer se quedó en el pueblo. Con el tiempo sus gritos se fueron apagando hasta quedar reducidos a un murmullo continuo, pero nunca estuvo ya completa. El brazo y la pierna derechos se atrofiaron; iba con una muleta, cojeando. A la gente le daba lástima y le traía leña y ropa vieja. Sacaba arcilla de un rincón de su patio y hacía sopa con ella. Cuando yo era pequeña, la veía muchas veces vagando por el bosque o por las calles del pueblo, cantando y recogiendo piedras, volviendo la cabeza cada pocos pasos, como si esperase a alguien. Era inofensiva, y algunos decían que santa.

Cuando yo tenía tres años, mi madre dio a luz a mi hermano Ari.

Llegó con una tormenta de nieve, igual que yo. Las mujeres dicen que salió del útero sin ayuda, que tomó aire sin llorar. Vieron los dos bultos óseos de su frente, el fuerte vello de sus piernas, y dijeron que era un niño de los duendes, que éstos habían puesto en lugar del auténtico. Las mujeres se retiraron de la cama cubriéndose la boca con las manos y pegándose las faldas al cuerpo. Temían que el espíritu duende corrompiera sus cuerpos también. La comadrona, que había pasado ya la edad fértil, envolvió al niño, bien prieto, y se ofreció a llevarlo al interior del bosque y dejarlo allí. Ésta era la práctica en tales casos, para que por la noche los diablillos del bosque pudieran llevar al niño a su verdadero hogar subterráneo.

Pero mi madre frunció el ceño y sujetó la cabeza del bebé contra su pecho. Acariciando el espeso pelo negro, dijo que ella misma lo haría. No pudieron disuadirla; en cuanto amainó la tormenta, me dejó al cuidado de mi padre. Débil y con las piernas arqueadas a consecuencia del parto, se fue hacia el bosque arrastrando los pies.

Volvió dos días después, con el niño dormido en su mantón. Venía pálida y resuelta, y mi padre no le hizo ninguna pregunta. La abrazó, lleno de temor. También estaba contento de librarse de responsabilidades. Mi padre podía matar lobos con un garrote de madera o hacerle frente a los forajidos, pero el llanto de una niña de tres años le trastornaba.

La gente dijo que la excursión no parecía haber cambiado a Ari, excepto en que le habían salido tres dientes. Mi madre nunca dio explicaciones, sino que reanudó su trabajo y amamantó al niño sin una palabra. Nadie se atrevió a encararse con ella; era conocida en todo el pueblo por su fiereza. Corrieron rumores de que había ido al bosque a pedir audiencia con el mismo rey de los duendes, que había regateado con él sin descanso, como si fuera un tendero, hasta que había consentido en cambiar al niño duende por otro idéntico pero humano.

Ari aprendió rápidamente a gatear pero tardó mucho en andar. Cuando creció, le entusiasmaba ver bailar y mirar cómo caía el hacha de mi padre. Le encantaba el pelo; arrancaba mechoncitos de la barba de mi padre o del vello de sus brazos. Ari pronto reveló su gusto por la carne cruda. Enfurecía a mi madre cogiendo trozos crudos a hurtadillas de la despensa e intentando clavar los dientes en los pollos antes de que hubieran dejado de retorcerse.

Yo crecía lentamente. En aquel lugar muchas cosas crecían lentamente; el frío hacía que tanto las plantas como las personas se encogieran, se contrajeran, conservaran su energía. Mi hermano Ari pronto se hizo más alto que yo, pero su tamaño era un inconveniente; tenía hambre a todas horas y lloraba toda la noche. Mi madre le amamantó hasta que nació el tercer niño, y entonces le puso a dormir conmigo. Al principio le dejaba que me chupara los dedos, para que se consolase, pero enseguida descubrí lo agudos que eran sus dientes. Roía mientras dormía. Así que fui al río y busqué piedras lisas para que chupara, y aquello le gustaba. Le daba piedras que yo creía demasiado grandes para que se ahogara con ellas, pero algunas veces me despertaba a media noche y le oía roncharlas y tragárselas, con su cara de bebé suave y serena.

Cuando se hizo mayor, desapareció parte de la protuberancia de la frente de Ari; tenía la fuerza y el pelo negro de mi padre. Era rápido de movimientos, pero torpe de palabra. Cuando la gente le hablaba y él pedía aclaraciones, era yo quien le ayudaba. Parecía entender mejor las cosas con mi voz.

Mis padres estaban alerta continuamente debido a que los soldados llevaban años intentando atrapar a mi padre y obligarle a ir al ejército. Él era mayor que los reclutas normales, pero famoso por su fuerza. Mis padres sabían que, si se lo llevaban, era probable que nunca volviera. Cada vez que los soldados venían al pueblo a buscarle, a él le habría gustado recibirles con los puños, pero, en cambio, mi madre le hacía someterse a sus propios métodos. Ella le escondía: en los aleros del tejado, entre un montón de plumas, en un tonel, una vez hasta debajo de sus voluminosas faldas. Cuando los soldados vinieron aquel día, la encontraron cosiendo plácidamente junto al fuego. Después de que se marcharon, mi padre salió rodando de debajo de sus faldas buscando aire para respirar. Estaba rojo y turbado por haber tenido tan cerca las piernas de ella; salió corriendo de la casa, avergonzado. En aquellos tiempos sólo se tenía contacto sexual por la noche, en la oscuridad, bajo la ropa de la cama y en la más estricta intimidad.

Así que mi padre se libraba del reclutamiento un año tras otro, y mi madre trajo al mundo más niños, a intervalos anuales. Experta ya en partos, aprendió a prever la hora del nacimiento y se quedaba zurciendo medias o pelando patatas hasta el último momento. Mi padre tuvo que ampliar la casa para hacerle sitio a los niños. Construyó una especie de cobertizo en el patio trasero, como si fuésemos ganado. Dormíamos sobre heno.

Mi madre me enseñó a hacer punto y ganchillo, y sus conocimientos de raíces y plantas: plantas para las enfermedades, para la limpieza, para tener visiones. Ari era mi compañero habitual. Monstruosamente fuerte para su edad, pero atolondrado, se tropezaba con las paredes y se caía en los pozos. Adondequiera que fuese, tenía yo que acompañarle para evitar que causara daños en las propiedades de nuestros vecinos. Cuando le veía alargar los brazos para tocar a los gansos o los corderos, tenía que agarrarle de la oreja y apartarle de allí. Pronto se hizo tan grande que, cuando yo hacía esto, podía levantarme en el aire con sacudir la cabeza.

En el pueblo se rumoreaba que tenía rabo, como los bueyes, y que lo llevaba enrollado bajo los pantalones. Yo no le había visto tal cosa cuando era un bebé, pero quizá le había salido cuando llegó a la adolescencia, que en su caso fue temprana. Los chismorreos de la gente no le afectaban, pero, cuando mi madre le regañaba, escondía la cabeza entre sus faldas y aullaba.

A menudo salía desbocado hacia el bosque. No sabíamos qué hacía allí; desaparecía durante horas y volvía con el pelo lleno de erizos, la ropa hecha jirones, una costra marrón en los labios y muy tranquilo.

Sólo una vez perdí la paciencia con él. Fue una tarde, mientras yo estaba remendando por enésima vez su chaqueta acolchada. El fuego era escaso y yo me pinchaba el dedo una y otra vez, y el acolchado de heno estaba lleno de bichos pequeños de los que a mi hermano le gustaba coleccionar y que se movían y hacían unos ruidos horribles. Finalmente le lancé la chaqueta, al tiempo que él se acurrucaba, tarareando algo, en su rincón habitual, y le grité: Pero ¿qué te pasa? ¿Es que no tienes juicio? ¿Por qué no puedes comportarte como todo el mundo?

Él apretó la chaqueta contra sí, balanceándose sobre los talones, con un canturreo gutural y la mirada vidriosa fija en el fuego. Mi madre levantó la vista bruscamente del niño al que estaba amamantando y dijo: No le pasa nada, está perfectamente y éste es su sitio. La expresión de su cara mientras acariciaba el pelo de Ari y sostenía al niño contra su pecho me hizo sentir como si la extraña fuese yo.

Cuando yo tenía doce años, mi padre mató una loba y mi madre hizo una capa para mí con el pellejo. La cabeza de la loba hacía de capucha, con las orejas todavía intactas; las patas delanteras cubrían los hombros; el rabo arrastraba por el suelo. Era una cosa pesada y tosca, con un olor desagradable, pero caliente.

Aquel invierno mi madre me mandaba con frecuencia a recoger plantas medicinales que crecían bajo la nieve. Ella no podía ir, estaba esperando el quinto niño y no podía inclinarse. Así que yo me ponía la capa de piel y pasaba horas en el bosque. Los árboles tenían la corteza oscura y las ramas anchas; incluso sin hojas impedían el paso de la luz, de modo que el bosque estaba sombrío aun a mediodía. Había siempre una quietud mortal de no ser por el suave movimiento de la nieve al deslizarse, o el quedo gemido del viento entre los árboles.

Cada vez que iba me adentraba más en el bosque. Aguzaba mis oídos por si oía el sordo crujido de los pasos en la nieve. Me colgaba al cuello una bolsa con cierre de cordón, me ponía a gatas y excavaba en la nieve con las manos desnudas para localizar las plantas que mi madre quería. Los dedos se me enrojecían mientras que el sudor corría por la espalda y los brazos. Excavaba, me calentaba las manos en las axilas y excavaba otra vez.

Una tarde, cuando me encontraba de rodillas descansando, con las manos dentro de la blusa, oí el chasquido de una rama.

Era pronto aún, pero la luz en el bosque parecía crepuscular y la nieve desprendía un intenso brillo azul. Tenía la sensación de que los árboles se apiñaban en torno a mí, como si observaran.

Qué hay, jovencita, dijo una voz.

Miré a mi alrededor, me quité la capucha y levanté la vista. Vi unas botas en el aire. Un hombre estaba encaramado en lo alto de una rama por encima de mi cabeza. Quise correr, pero tenía las piernas inmovilizadas de estar tanto tiempo arrodillada con el frío y no podía moverme.

Dijo: Qué buen día, ¿verdad?, y sonrió.

Miré fijamente. Me di cuenta de que era un bandido, lo supe por su ropa y por las botas de cuero flexible que le llegaban a las rodillas. La gente de mi pueblo se arrebujaba para protegerse del frío, se envolvía en capas de lana y arpillera. Pero este hombre iba vestido con ropa pegada al cuerpo: pantalones ajustados y chaqueta corta, que le dejaban libres brazos y piernas. Se estiró de un modo relajado y felino.

Has trabajado mucho, ¿no?, dijo.

Conseguí ponerme en pie. Ahora podía verle mejor. Tenía la cara afeitada, angulosa, con manchas rojas y blancas por el frío. Sonrió; había algo forzado en la sonrisa, en el modo en que los labios agrietados dejaban ver los dientes. Los ojos eran extraordinariamente luminosos y penetrantes, yo no había visto nunca nada igual, dos pequeños fragmentos de hielo en su cara; incluso a aquella distancia los notaba taladrándome. El pelo le caía sobre la frente en largas guedejas enmarañadas.

Él me resultaba muy extraño; había visto pocos hombres jóvenes en mi vida. En mi pueblo, a los chicos adolescentes les obligaban a alistarse en cuanto comenzaban a perder la apariencia infantil, y los mayores eran como mi padre: barbudos, con el tórax como un tonel y pelos en las narices.

Sacudió la cabeza como un caballo para quitarse el pelo de la cara. Vi el cuchillo de caza en la funda que llevaba cruzada en el pecho. Yo deseaba echar a correr, me dolía la garganta de tanto desearlo; pero no podía apartar la mirada de él, me fascinaba terriblemente, como un perro enloquecido, de modo que me daba miedo volverle la espalda hasta para huir.

¿Qué tienes ahí, jovencita?, dijo. Su voz era lo más extraño de todo, como si lo que dijera no tuviera nada que ver con lo que quería decir. Me crujieron las rodillas. Le mostré en la palma de la mano el hongo terroso.

Tíralo aquí, dijo. Yo se lo lancé; él se balanceó y lo cogió. En ese momento le miré, estirado a contraluz. Vi los nervios tensos de su cuello, la delicada parte inferior de la mandíbula.

Pensé: Debería llevar una bufanda, va a coger frío.

Sostuvo el hongo entre el pulgar y el índice y lo examinó con asco.

¿Para qué es?, preguntó.

Noté que me ponía colorada.

Di, dijo, ¿qué me pasará si me lo como?

Es para aliviar los dolores de parto, susurré.

Soltó una breve carcajada; después dijo: Lo guardaré, ya que lo has encontrado cerca de mi árbol. Es mi árbol favorito, ¿sabes?, porque tiene una cara como la de mi abuelita. Mira su nariz, donde está rota aquella rama, y esos dos nudos son ojos, y el hueco podrido ahí abajo, justo como su boca escamondada. Acércate y mira. Acércate, dijo. Nunca antes había yo pensado en las cosas de esa manera, pero de pronto, cuando él describió la cara, la vi, como si algo escondido se me hubiera revelado en un instante por medio de sus palabras, y me di cuenta, con una especie de sacudida desagradable, de que había más de un modo de ver el mundo.

Ya que tú me has dado esto, yo debería darte *a ti* algo a cambio, dijo. Metió la mano entre la camisa, sacó un objeto y lo dejó caer con indiferencia sobre la nieve.

No debería haberlo cogido, pero lo hice. Tenía forma de huevo, pero cubierto de piedras que destellaban como fuego y hielo, y de un metal reluciente grabado con diminutos dibujos ondulados, como de encaje. Resplandecía ahí, en mis manos ahuecadas. No había visto colores semejantes en mi vida.

Mira dentro, dijo.

Miré por un agujerito en el extremo pequeño del huevo y vi una ciudad amurallada con torres en forma de rábano, un jardín, una brillante fuente helada, un cielo abovedado cuajado de estrellas.

Oh, dije. Me lo llevé hasta el ojo de nuevo. Qué verde, qué dorado, qué azul tan increíble. Cuando levanté la mirada hacia él, el mundo exterior de nuevo se había vuelto gris.

Te gusta, ¿eh?, dijo. Estaba limpiándose las uñas con un cuchillo tan largo como su antebrazo.

Asentí con la cabeza. Los ojos se le movieron en la cara como insectos.

¿A que eres una chica muy guapa?, dijo.

No, dije yo. No es que fuera insolente. Es que no entendía qué quería decir. En mi pueblo sólo reconocíamos grande y pequeño, fuerte y débil, vivo y muerto. Cualquier otra distinción era innecesaria.

¡Ah!, dijo. Se pasó la rosada lengua por los dientes.

De repente, se enderezó y guardó el cuchillo en la funda. Buscó el hongo entre su camisa y con un suave movimiento lo lanzó lejos entre los árboles, tan lejos que no lo oí caer.

Mira, dijo. Parece que tu champiñón se ha perdido.

Noté que se le tensaban los músculos bajo los pantalones; la rama dio un crujido de advertencia.

Creo, dijo él, que, para ser justos, deberías darme alguna otra cosa.

Vi que se preparaba para saltar. Me di la vuelta y eché a correr.

Iba tambaleándome, jadeando, cojeando a causa de la rigidez de mis rodillas; corría como en una pesadilla, el aire denso como agua, la luz del atardecer extinguiéndose por momentos. El aliento me resonaba tanto en los oídos que no podía oír otra cosa. Me tropezaba, me caía, me recogía las faldas y seguía corriendo desesperadamente. Miraba hacia atrás de vez en cuando esperando verle justo detrás de mí, riéndose, con sus pequeños dientes puntiagudos.

Pero no. Yo era lo suficientemente ligera como para correr sobre la costra superior, más dura, de la nieve, pero el hombre la había atravesado al saltar. Le vi desde lejos, debatiéndose torpemente, hundido en la nieve blanda hasta la cintura. Oía vagamente sus palabrotas.

Corrí hasta casa sin aliento, arrastrando el peso de mi ropa empapada. Mi madre me miró la cara, toda sofocada, y preguntó qué pasaba. Le conté lo del hombre del bosque, el árbol que parecía una cara, su salto desde el cielo.

No le conté lo del huevo.

¡El huevo! Debería haberlo tirado cuando eché a correr, pero estaba demasiado asustada para pensar. Así que lo dejé guardado en el bolsillo y no se lo dije a nadie; era mi primer secreto.

Mi madre frunció el ceño. Me advirtió que no se lo contara a mi padre. Su solución habría sido ir vociferando hasta el campamento de los bandidos, puños en alto, soltando juramentos y peleándose con ellos hasta que le hicieran pedazos.

Me dijo que ella se ocuparía de eso y no habló más del asunto. Aquella noche, ya tarde, oí movimiento en la casa. Me acerqué a la ventana sigilosamente y la vi a la luz de la luna, andando torpemente hacia la oscuridad de los árboles.

Una semana después me mandó volver al bosque a terminar de recoger las plantas que necesitaba. El momento del parto estaba cerca. Yo no quería ir y la miré suplicante, pero me apartó con la mano y me dijo que no había ningún problema.

Me vestí como siempre y caminé penosamente hasta el bosque. El cielo estaba oscuro, y las nubes, densas y amenazadoras, corrían por él como huyendo de algo en el horizonte. Yo daba un respingo con cada ruido; por el rabillo del ojo me daba la sensación de que la oscuridad se burlaba de mí. No quería ir allí y sin embargo iba; volvía al mismo lugar en el que había estado antes, atraída por una especie de terror y una enorme curiosidad.

Me acerqué al árbol que yo reconocía. Vi una forma oscura al pie, en la nieve, y vacilé. No se movió. Se hizo un silencio repentino en el bosque, ni siquiera soplaba un poco de viento. Hice un alto en mi camino y entonces un horrible graznido estalló a mi alrededor al tiempo que una bandada de cuervos salía volando de los árboles circundantes. Había cientos de ellos, aleteando a su manera desgarbada, como trapos negros movidos a tirones de cuerda, con los picos abiertos por los roncos chillidos. Sus excrementos me salpicaban la cara. Yo sabía que los cuervos viajaban solos o en pareja, no que fueran pájaros gregarios.

Sus gritos se desvanecieron en la distancia. Me acerqué al árbol y allí, en un rincón pisoteado bajo las ramas, estaba mi bandido. Me arrodillé a su lado. Tenía el cuello desgarrado. La sangre se había helado antes de secarse; manchas de un rojo fuerte coloreaban la nieve. Ahora podía examinarle de cerca. Tenía los ojos abiertos y gélidos. El iris era verde, parecían cristalizados, pulidos, duros como el vidrio. La piel de la cara era suave. No habría sabido decir qué edad tenía. El pelo le caía hacia atrás desde la frente, como si hubiese levantado la cabeza un momento antes. Su cuerpo yacía extendido relajadamente, igual que si estuviera dormitando, pero todo frío y duro. Los labios, abiertos, parecían sonreír. Yo no estaba segura de que estuviese muerto. En aquel país invernal, el frío paralizaba a los moribundos igual que paralizaba a los vivos.

Más tarde supe que mi madre había ido al bosque por la noche llevando las glándulas olorosas de la loba que mi padre había matado; las había usado para dejar el olor del animal en todos los árboles de la zona. Esto atrajo al afligido compañero de la loba, que llegó hasta allí siguiendo aquel aroma en busca de ella; y mientras olfateaba entre las raíces de los árboles, gimiendo como un niño, notando su olor pero sin poder encontrarla, debía de parecer, a la incierta luz del anochecer, lo que no era. Quizá alguien sentado en lo alto de un árbol podría pensar que era una chica arrodillada, vestida con una piel. Quizá se pareciese a mí.

Imagínatelo saltando al suelo.

Tanto el hombre como el lobo debieron de sentirse decepcionados al verse el uno al otro.

Me senté un buen rato en la nieve, mirándole la cara, cogiendo la mano fría y brillante de aquel hombre conservado en hielo; y por primera vez vi que yo no era de aquel país, que yo no tenía dentro de mí la fiereza de mi madre; yo no sentía aquel amor brutal que había mantenido viva a mi familia durante generaciones en aquel inclemente lugar. Era una devoción ciega, un amor animal morboso y sangriento, y yo no quería tomar parte en él; por primera vez supe que me marcharía.

Yo temía a mi madre, que expulsaba niño tras niño con sus atléticas ijadas, que parecía hacerse más fuerte con cada uno y se agarraba a sus hijos con más fuerza cada año que pasaba. Yo me hacía mayor en secreto. Esperaba.

Eran tres.

Siempre habían estado allí, en el pueblo donde yo me crié. Con sus ojos lechosos y su incesante bisbiseo, tirando de cuerdas invisibles y tejiéndolas.

Tres ancianas.

Se sentaban las tres juntas, en el mismo banco, en el centro del pueblo. Tres mujeres con la misma cara. La gente decía que eran hermanas, o madre e hijas, o primas, nadie lo sabía con seguridad. En invierno se arrebujaban en sus mantones con la nieve hasta las rodillas. En verano las moscas volaban tras ellas a una prudente distancia.

Tenían la misma cara, la piel frágil por la edad, floja y amenazando con romperse como papel mojado. La misma cara tres veces, los mismos ojos de color violeta hundidos en bolsas de piel con venillas moradas. Se decía que, si se las miraba atentamente, se las podía ver parpadear y respirar al mismo ritmo. El pulso les latía en las sienes al mismo tiempo.

En sus cabellos, los insectos tejían capullos y grasientas envolturas de seda.

Tenían la misma cara, pero bocas distintas. Una, con exceso de dientes, dos hileras de ellos, que se superponían como tejas. Otra no tenía diente alguno, y una boca que parecía no terminar en ninguna parte, una leve impresión húmeda en su rostro. La tercera, un diente solo. Tres pulgadas de largo y puntiagudo, un colmillo grande y amarillo que sobresalía por la comisura como un falso cigarro.

Mientras trabajaban, farfullaban. Cosían al unísono, como si un solo cerebro dirigiera seis manos. Una desenrollaba el hilo, la otra lo medía, la tercera lo cortaba. O tejían, desde tres direcciones distintas, coincidiendo en el centro, jerseys pensados para jorobados o gigantes sin brazos. Podían desplumar un pollo en cuestión de segundos, con sus manos pululando como hormigas por el fláccido cuerpo.

Se nos había olvidado cómo se llamaban y nos daba vergüenza preguntárselo. Nunca se movían de su banco. Sus desperdicios —las plumas, los hilos, las flemas que escupían en trocitos de papel, las migas de pan— se amontonaban a su alrededor año tras año. Algunos decían que eran abuelas, bisabuelas o tías abuelas de todos los del pueblo. Nadie se acordaba. Sus caras eran indefinidas a causa de la edad, sus rasgos se habían mezclado todos como cera derretida; nada de cejas, narices achatadas, sin relieve, lóbulos alargados.

Hablaban, murmuraban. Día y noche.

Sus voces eran idénticas y estridentes, como pájaros gruñendo. Se interrumpían y hablaban al mismo tiempo, una música aguda e irritante, pero casi armoniosa. A veces dulce y húmeda, mezclada con aspereza, como el sonido de una madre que tararea una nana y riñe con su marido entre verso y verso.

Se contaban historias entre ellas, las tres. Se contaban todo lo que había sucedido desde el principio de los tiempos.

No nos gustaba estar cerca de ellas. Pero así y todo, notábamos su mirada, oíamos su siseo y sabíamos que hablaban de nosotros. Las palabras que pronunciaban nos resultaban conocidas, era como si hubieran sido testigos ocultos de nuestros sueños.

Contaban su versión de la historia a cualquiera que escuchase. A nosotros no nos gustaba escuchar. Tratábamos de ignorarlas, o de ahogar sus voces. Hablaban de cosas demasiado terribles para poder soportarlas. Igual que una madre necesita olvidar el dolor del parto para poder tener más hijos, la gente entre la que yo vivía necesitaba olvidar para poder seguir adelante.

Las tres mujeres entretejían hebras de color marrón oscuro, cobrizo y negro. Eran los cabellos de los del pueblo, se decía. Todos nosotros sentíamos los tirones. Los sentíamos cuando dudábamos en un cruce, notábamos una presión en el cuero cabelludo, y después hacíamos responsables de nuestras decisiones, buenas o malas, a las tres mujeres, a quienes considerábamos brujas o santas pero a quienes evitábamos honrar pronunciando un nombre.

Soñaba con ellas algunas veces, y me despertaba con las manos apretadas contra las orejas.

Llegó un momento en que ellas empezaron a hablar, con más vehemencia que antes, de unas tinieblas que surgían, una marea oscura que iba y venía para hacernos desaparecer. De atrocidades que quedaban fuera de nuestra capacidad de comprensión, de cuerpos apilados en montones como almiares, de sangre corriendo como ríos por las calles, de fuego que avanzaba por la tierra, tapando el sol y poniéndolo todo negro. Hablaban con insistencia de estas cosas, gesticulando, salpicándonos la cara de saliva.

Pero no les hacíamos caso, nos decíamos que la oscuridad de la que hablaban era simplemente el siguiente anochecer, o su progresiva senilidad y la proximidad de su muerte, que secretamente deseábamos para librarnos de ellas. Están locas, decíamos. No escuches, nos decíamos unos a otros.

Y ocurrió que todo aquello llegó a suceder, todo, tal como lo habían dicho, con precisión bíblica. Para entonces yo ya me había marchado del pueblo, había procurado escapar de sus lenguas chismosas, del tirón apretado de sus dedos, de sus habladurías sobre un futuro escrito, sellado, ineludible. Tan irrevocable como el pasado.

Ya os lo dijimos, debieron de decir ellas cuando todo se cumplió. Cuando los muros se derrumbaron y el fuego se extendió y la gente levantaba las manos por encima de las cabezas en actitud de súplica y se movía en vaivén como un campo de trigo al viento.

Yo no estaba allí para oír sus voces, pero me llegaron las palabras de todos modos; aquellas palabras me persiguieron mucho tiempo después como una sombra, la estela de una babosa, un sonsonete burlón de patio de colegio: Ya os lo dijimos, ya os lo dijimos, ya os lo dijimos.

Mi madre me enseñó todo lo que sabía y durante mucho tiempo pensé que eso era todo lo que yo necesitaría saber en la vida.

Algunas veces veía en su cara el amor de madre, aquella fiereza animal, cuando apiñaba a mis hermanos y hermanas contra sí, apretándolos contra su vientre como si quisiera tragárselos a todos juntos. Lo veía cuando caían enfermos con fiebre, cuando volvían tarde a casa y ella los buscaba en la oscuridad del bosque, pronunciando sus nombres como si fuera un llamamiento sagrado.

Lo veía cuando Ari se le acercaba y apoyaba la cabeza en su regazo, las piernas dobladas debajo de su cuerpo, como las de un perro, acariciándola con el hocico. Ella podía averiguar sus andanzas por las cicatrices de la espalda. Yo veía cómo quería plegar sus alas sobre él, esconderle, a pesar de que era mucho más grande que ella.

Aquel olor suyo cuando volvía del bosque. La costra bajo las largas uñas amarillas. No era normal.

Yo sabía que era mejor no hablar de eso delante de mi madre.

Nuestros vecinos venían a quejarse de él, por animales a los que había acariciado con tanta fuerza que se habían muerto. Mi madre les miraba y decía: Sólo es un niño, no sabe lo que hace.

Algunos vecinos se daban por vencidos en cuanto veían el semblante testarudo de mi madre. Pero otros insistían, aporreando en nuestra puerta todas las tardes, exigiendo una indemnización. Uno gritaba: Manda a tu hijo a tirar de mi arado ya que él ha matado a mi burro. Mi madre no les hacía caso, aunque los aporreos hacían saltar en la mesa los tazones de sopa. Salían uñas de las paredes.

Los vecinos que insistieron se despertaron unas mañanas después con las camas infestadas de gordos gusanos blancos que socavaban en las grietas de sus cuerpos como buscando calor. Los gusanos se movían entre la carne de sus piernas y vientres, como si de cadáveres se tratara, dejando túneles rezumantes como señal de su avance.

Dejaron de molestarnos; supongo que decidieron dirigir sus quejas a otra parte.

Mi madre me ordenó que vigilase cuando diese a luz la vez siguiente. La fría habitación se fue calentando poco a poco como un horno con el calor de su cuerpo y las ventanas se empañaron. Resultaba raro verla tendida, despatarrada como un escarabajo volcado. El pelo se le soltaba de la trenza, se le pegaba a la cara y a la ropa de la cama y se me enroscaba en las manos al secarle el sudor.

Me lanzó una mirada feroz. Yo puedo secarme la cara, dijo. No te necesito *aquí,* te necesito *ahí,* viendo lo que yo no veo.

Yo no quería, pero le alcé la falda; ni siquiera se había desvestido, había dejado de barrer hacía sólo un momento. Las ráfagas de su aliento atravesaban la habitación y levantaban el pelo de mi frente húmeda.

Le vi las piernas, que no le había visto nunca antes, y se parecían a las mías, delgadas, con las rodillas nudosas y un fino vello oscuro. Después miré entre ellas y era todo un espectáculo.

Había algo hinchado, húmedo, vuelto del revés. Creí ver la cicatriz, el punto donde la carne se había abierto cuando yo nací y luego se había unido de nuevo. Me sentí culpable por el daño que le había causado. Las uniones estaban tirantes. Ya se veía sobresalir un cráneo moteado de blanco, un trazado de venas bajo la piel, empujando hacia fuera cada vez más, como un forúnculo a punto de estallar.

Recuérdalo, recuérdalo, esto es así, me dije una y otra vez, y vi que mi madre apretaba los puños, y oí su respiración contenida crujir en la garganta, y entonces apareció la cabeza, seguida por un decepcionante y escuálido cuerpo, de fláccidos brazos y piernas, cubierto todo de sangre y espuma blanca, y lo cogí, lo sacudí y lloró, y mi madre dio un suspiro.

Era otra niña.

En cuestión de horas mi madre estaba ya levantada, al fogón, dando de comer a los otros niños, sonriendo a mi padre, con los pechos colgando por el peso y rezumando humedad por el vestido.

Dije que yo nunca tendría hijos. Me lo dije a mí misma.

Poco después de eso, unas manchas rojas como amapolas aparecieron por primera vez en mi ropa interior.

Estaba aterrorizada, no sabía qué significaba aquello; pensé en mi madre pariendo, en la sangre, la cabeza bulbosa del niño abriéndose paso para salir de su cuerpo. El olor a sangre, su olor y el mío, eran iguales.

Imaginé un niño saliendo de mí, pequeño, quizá del tamaño de una rata o un gorrión. De algún modo estaba segura de que sería moreno y peludo como Ari, con una cara arrugada de viejo y diminutos dientes puntiagudos. Tendría barbas y garras; mordisquearía contrariado los pezones de mis pechos todavía planos, se agarraría a mí como un mono. Lo imaginé llorando, ese llanto irritante de niño que no puede ignorarse, pero también le oía reñirme, con un tono impaciente como el de nuestros vecinos cuando se quejaban. ¿Es que aquí no se come?, diría, pellizcándome el pecho con minúsculos dedos.

Sentía ya aquella cosa moverse dentro de mí, cambiando de sitio y estorbándome en el bajo vientre. ¿Cómo había llegado allí? Yo no lo quería. Lo rechazaba. Me incliné y cerré fuertemente las piernas. No lo dejaría salir. Lo tendría dentro hasta que se asfixiara. Nadie lo sabría.

Me encogí todo lo que pude y pensé que era invisible, pero mi madre me vio acurrucada contra la pared y me preguntó qué me ocurría.

Voy a tener un niño, le dije.

Se le dilataron los ojos y se le abrió la boca. Dijo: ¿Cómo lo sabes? ¿Conociste a alguien más en el bosque?

Le conté lo del hombrecito que yo sentía intentando abrirse camino hacia fuera con las uñas. Le conté lo de la sangre que goteaba. Como la tuya, dije.

Ya comprendo, dijo ella.

No se rió de mí. Me explicó qué era aquello y por qué pasaba y después me contó cómo se hace un niño y cómo se deshace justo después de haberlo hecho, y cómo se evita hacer un niño, en primer lugar.

Yo no era tan estúpida como crees. Durante años se lo había visto hacer a los animales. Pero, por alguna razón, creía que las personas eran diferentes.

No sé cómo pude pensar así. Mira a mi madre. Mira a Ari. Mira a mi padre, afanándose en dar vueltas sin fin, como el burro enganchado a la noria.

Pero luego me acordé del hombre muerto en el bosque, del hombre hecho de hielo, de su piel azul y blanca, sus rasgos delicados y sus ojos estupefactos. Él era distinto, pensé; y dentro del huevo que me dio creía ver la imagen de una vida más refinada, más importante, un mundo en el que la gente había encontrado el modo de diferenciarse de los animales con algo más que mantenerse erguido sobre las piernas o la destreza de comer con cubiertos.

Yo quería ir allí.

Mi abuela y mi abuelo vivían en una casa de una sola habitación que se veía desde la nuestra. Yo no sabía cuántos años tenía mi abuela. Ni ella misma lo sabía.

Ella y mi abuelo estaban tan acostumbrados el uno al otro que una sola palabra o un gesto contenía el significado de toda una conversación. Habían compartido la almohada durante tanto tiempo que habían empezado a asemejarse. Hasta parecían haber intercambiado algunas de sus características. El pelo de mi abuelo era largo y blanco y caía en bucles, como el de una colegiala. Mi abuela había tenido una vez el pelo así. Ahora ya casi no le quedaba, le cubría la cabeza una fina pelusa, pero tenía manos de hombre, gruesas y fuertes.

Su oficio era el curtido de pieles, y parecía que las sustancias químicas que usaban para conservar los pellejos de los animales habían conservado la piel de ellos dos también.

Mi abuela había enseñado a mi madre sus conocimientos sobre hierbas. A veces iban juntas a recogerlas. Mi abuela iba siempre la primera y mi madre la seguía, poniendo los pies en las huellas que mi abuela había dejado en la nieve. Cuando iba con ellas, yo caminaba detrás de mi madre, pisando en las marcas que mi abuela había hecho y mi madre había ahondado.

Recuerdo que mi abuelo tenía una nariz con caballete, estrecha y colorada. Mi abuela le lavaba los pies todas las noches antes de irse a la cama. Su circulación era tan mala que ya no lo sentía, pero ella cumplía con el ritual nocturno de todos modos. Se había convertido en una costumbre.

Mi abuelo murió de repente un día de primavera, se quedó yerto en la mesa, con la cuchara suspendida en el aire y la sopa escurriéndole por la barbilla. Límpiate, le dijo mi abuela bruscamente. Era la primera frase completa que le había dirigido en veinte años.

¡Cómo! ¿Que no te gusta?, le preguntó mi abuela al ver que no se movía.

¿Después de todos estos años? ¿Demasiado salada?, preguntó. ¿Y por qué no me lo has dicho?, dijo, y las lágrimas empezaron a correrle por las mejillas; y así fue como los encontramos horas después, sopa salada y lágrimas resbalándoles por la cara y goteando en los platos con un sonido como de lluvia.

Mi madre trajo a mi abuela a vivir con nosotros. Parecía que no le sentaba bien nuestra casa; se pasaba el tiempo deambulando por la cocina y el patio, descalza y en camisón, lanzando piedras e insultos a enemigos imaginarios. Llora a tu abuelo, le echa de menos, me dijo mi madre. Está enferma, añadió. Pero yo había visto a mi abuela alzar el hacha de mi padre y arrancar pedazos de las paredes. En absoluto parecía enferma, estaba más fuerte que nunca.

Mi padre trató de mantenerla encerrada en casa, por su propio bien. Andaba entre las vigas del desván y estaba siempre con el gallo. Le contaba historias largas e incoherentes mientras le acariciaba la lánguida cresta roja. Historias sobre cómo la habían obligado a casarse a los nueve años; historias sobre sus diecinueve hijos y la muerte de once de ellos.

No es verdad. Se lo está inventando, ¿no?, le pregunté a mi madre.

¿Y tú qué sabes?, dijo ella con cierto disgusto. ¿Acaso estabas allí?

Mi abuela le cogió miedo al suelo y se negaba a bajar de las vigas del desván. Mi madre le lanzaba la comida. Ella hacía acopio de pan y se guardaba el gallo bajo el brazo, y a veces desaparecía durante días por los oscuros rincones de allá arriba.

Una tarde bajó inesperadamente, se dirigió hacia la puerta y soltó al gallo. Echa de menos a los suyos, dijo, y, antes de sentarse con nosotros a la mesa, se quedó mirando cómo se contoneaba y se arreglaba las plumas con el pico durante un buen rato. Se encaramó a una silla y vi que los dedos de los pies se le habían vuelto tan largos y prensiles como los de los monos.

Entonces me miró, me cogió de la mano y dijo: Ahora no me crees, pero algún día lo harás. Ya verás. Ya verás lo que es esto.

Fingí no saber a qué se refería, aunque sí lo sabía. Aparentemente no había echado nada en falta durante el tiempo en que estuvo subida allá arriba. Yo intentaba hablar de otras cosas para que no se la oyera.

Durante toda la tarde habló lúcida y calmadamente y ayudó a fregar los platos; después se tendió a dormir sobre la mesa, diciendo que una cama dura era lo mejor para una espalda vieja.

Esa noche dormí con las manos en las orejas para no oír sus ronquidos. A la mañana siguiente nos encontramos con que se había atrincherado en un rincón de la habitación. Se había llevado sus provisiones de pan rancio, de semanas, duro como una piedra, y había colocado las hogazas a su alrededor a modo de ladrillos.

La oímos respirar débilmente allí dentro.

Tratamos de desmantelar la barricada, arrancando trocitos del duro pan grisáceo durante horas.

Cuando llegamos hasta ella, ya no respiraba, era un ovillo de brazos y piernas, un pellejo seco. Apretado en su regazo encontramos al gallo, con las uñas clavadas en su camisón y un ojo congelado y vacío.

. . .

Fue un invierno después cuando tomé la decisión. Debía de tener dieciséis años, creo, más o menos tu edad. Mi madre y yo estábamos escurriendo la ropa, tendiéndola fuera para que se secara con el aire frío, ella, muy embarazada, como siempre. La nieve, áspera como el polvo, nos azotaba la cara. Se detuvo, se olisqueó los dedos y aspiró profundamente. Miró a su alrededor con ojos espantados y echó a correr. Había percibido el olor a pólvora de unos soldados que se acercaban.

La seguimos, mis hermanos, mis hermanas y yo. Estábamos todos tan ocupados ayudando a nuestra madre a esconder a nuestro padre que descuidamos a Ari.

Nos olvidamos de él, así que lo primero que vieron los soldados cuando entraron en el pueblo fue a mi hermano desgarrando a una oveja viva con las manos, no por diversión, simplemente porque ésa era su brutal manera de querer.

Los soldados encargados del reclutamiento habían oído rumores sobre un chico con la fuerza increíble de un animal y le habían buscado por todas partes. Aunque nadie dijo nada al respecto, nosotros sabíamos que habían sido nuestros malhumorados y agusanados vecinos quienes debían de haberles dicho dónde encontrarle.

El capitán se quedó mirando cómo Ari despedazaba poco a poco la oveja hasta que no fue más que un pedazo de carne sanguinolenta, cómo después extendía los trozos y los alineaba cuidadosamente. Mientras canturreaba y se chupaba los dedos, intentaba reconstruir al animal introduciendo de nuevo los miembros en los huecos correspondientes, soplando en las fosas nasales, tratando de adivinar el mecanismo que hacía que todo aquello se moviera y balara.

El capitán miraba y le brillaban los ojos; aplaudió con las manos, una de las cuales era de madera. Los soldados de su compañía formaron un círculo y envolvieron a mi hermano con cadenas de hierro, que, en sus imponentes muñecas y cuello, parecían bisutería; le cargaron en un carro, vociferando, y se lo llevaron con el fin de pulir sus peculiares destrezas para el gran arte de la guerra, o eso dijeron, y le lanzaron trozos de oveja esperando que se tranquilizara.

Mi madre salió corriendo de casa tras el carro que se alejaba, echando maldiciones a los soldados y multiplicándoselas por diez. Los soldados se burlaban de ella, con su tripa hinchada y su carrerilla de pato. Les escupió, y uno de ellos se inclinó y le propinó tal golpe que se cayó en el barro y se puso prematuramente de parto, allí mismo, en la calle, ante los ojos de todos los hombres del pueblo.

El que un hombre presenciara un parto daba mala suerte; el que todos lo hicieran era de tan mal agüero que las adversidades que después acaecieron se le atribuían a mi madre; todos decían que ella tenía la culpa de lo que ocurrió después y las mujeres no volvieron a dirigirle la palabra.

Cuando sucedieron estas cosas, supe que era hora de marcharse.

Una noche en que las casas yacían enterradas en la nieve hasta los aleros y el viento arrastraba trocitos de hielo, salí de mi pueblo con la intención de no volver nunca más.

Aquella noche me había ido temprano a la cama, a la habitación de atrás con mis hermanos y hermanas, como era habitual. Los otros suspiraban y dormían. Noté que se me enfriaban las manos y los pies.

Me quedé escuchando a mis padres, que estaban en su habitación. El armazón de la cama crujió al meterse mi padre en ella. Me lo imaginaba con los pies fuera, la cabeza hacia atrás y los pelos de la áspera barba tiesos y hacia arriba.

La luz se filtraba por debajo de la puerta. Mi madre estaba despierta, me la figuraba terminando algún remiendo o amamantando al último niño. Durante el día llevaba el pelo tapado, y por la noche se hacía una trenza apretada que le llegaba más abajo de la cintura, como una gruesa cuerda de aspecto voluptuoso.

Escuchaba los sonidos de la habitación, con el oído anhelante puesto en la puerta: el susurro de la llama de una vela, el crujido de su silla, el escalofriante chasquido de dientes al morder el hilo. Yo trataba de no perder el calor del lugar que ocupaba entre las sábanas.

Entraba un haz de luna por la ventana. Veía brazos, dedos, orejas: mis hermanas y hermanos pequeños, durmiendo amontonados como cachorros. Unos se chupaban el dedo mientras dormían, otros se los chupaban mutuamente. No podía distinguirlos en la semioscuridad.

Ari había sido mi hermano más querido, mi favorito. Me había dedicado enteramente a él, y ahora ya no estaba. Añoraba su calor maloliente. Cuando por la noche no podía dormir, yo le acariciaba la cabeza, su pelo era tan espeso que no le veía el cuero cabelludo cuando se lo separaba con los dedos. Siempre dormía con los ojos medio abiertos, brillantes y movedizos como peces iridiscentes. Su espalda dibujaba una graciosa curva cuando descansaba de lado y apretaba los dientes en lo que podría haber sido una sonrisa; en la oscuridad no le veía el espeso vello que le crecía en la parte baja del cuello, entre los omóplatos. Vagabundeaba en sueños, con las piernas enroscadas como las de un perro dormido. Por las mañanas, cuando retiraba las sábanas para airearlas, a menudo me encontraba hojas secas, lombrices nocturnas, insectos de doble cola moviendo las antenas ante la repentina luz.

Me preguntaba dónde dormiría ahora.

El viento azotaba la casa por todas partes, las tablas crujían; oí el tenue soplo de mi madre al apagar la vela. Uno de mis hermanos gritó en sueños: ¡Cuidado!, ¡fuego!, y luego se calmó. Mi padre soltó un prosaico gruñido al ponerse encima de mi madre y empezar la tarea de hacer otro hijo. De ella me llegó un sonido que no le conocía durante el día: un arrullo como de palomas lastimeras. La débil luz de la ventana se hizo aún más tenue; empezó a nevar.

Caía espesa e ininterrumpidamente. Era de esa clase de nieve que podía borrar completamente el rastro de una persona en cuestión de horas.

Era el momento de marcharse.

Me vestí con varias prendas interiores, enaguas de franela, faldas, chaquetas y medias de lana. Mi madre había tejido las medias tan prietas que casi podían tenerse en pie por sí solas. Por último me puse las botas, que le habrían servido a medio pueblo. El zapatero sólo las fabricaba de dos números, por su propia comodidad.

Me tapé la cabeza con un chal. Mis hermanos y hermanas estaban en silencio, dormidos, con cara de felicidad. Yacían en una maraña de curvas y bultos, formas enroscadas, como las vides de la huerta. Supongo que se parecían a mí, el pelo, los ojos, pero nunca me había molestado en comprobarlo. Durante mucho tiempo sólo les había visto como unos estorbos que no hacían más que preguntas absurdas y exigían el desayuno.

Hurgué debajo del colchón y saqué mi secreto, el huevo que había mantenido caliente con mi cuerpo durante años. Seguía tan misterioso y brillante como siempre, con la ciudad en su interior: las torres puntiagudas, el cielo estrellado, los carruajes tirados por caballos blancos con penachos de plumas, lacayos con pantalones de terciopelo y bigotes como alas. Me pareció ver que se movían. Quizá fue mi respiración.

Me aparté de la ventana y me puse en marcha. El aire me arañaba la cara, la nieve revoloteaba en remolinos y las nubes blancas ocupaban el fondo más oscuro del cielo. Intentaba caminar con cuidado, pero la nieve crujía bruscamente bajo mis pisadas, como si hubiera vacas masticando.

No miré atrás.

Era la única casa que había conocido. La sentía detrás de mí, encorvada y ceñuda, sus hombros escarchados con la nieve. Noté un frío aliento en la nuca, una aguda punzada que me bajó por la columna vertebral. Intenté correr, pero como si se tratase de un sueño, mis pasos eran cada vez más lentos a la vez que el corazón se me aceleraba.

Sabía que mi madre estaba mirando por la ventana.

De pie, con los brazos cruzados bajo el pecho, la barbilla alta, la trenza balanceándose en su espalda como un péndulo. Estaba en la ventana, o tal vez en el patio, abstraída y descalza en la nieve, erizándome los pelos de la nuca con sus ojos.

Tenía la sensación de que tiraba de mí; como una araña, echaba sus hilos y yo sentía los tirones en la cintura. Se tensaban a cada paso que daba. Sabía que si me paraba, aquellos hilos me agarrarían bruscamente, me apretarían y me arrastrarían a casa deslizándome tan suavemente sobre la nieve como un trineo suelto.

Cómo me tiraba del pelo. Me dolía el cuero cabelludo.

Sabía que estaba arremangándose, alargando los brazos, frunciendo los labios como en un beso, aspirando el aire de tal manera que mi ropa ondeaba a mi espalda. Estaba moviendo los dedos como en el hechizo que hacía para hipnotizar a los pollos antes de cortarles la cabeza.

Yo seguía andando, por nada debía volver la cabeza. Mi madre me había enseñado casi todo lo que sabía, por lo que yo no ignoraba lo que estaba tramando, y fui lo bastante inteligente como para no mirarla a la cara.

Y sin embargo, si me hubiera llamado en ese momento, creo que habría regresado corriendo a esconder la cara en su regazo. El calor de su cuerpo a través de la ropa, un olor como a campos de trigo. Con su voz podía hacerlo.

Pero no me llamó. Quizá era demasiado orgullosa para eso.

Yo avanzaba tenazmente, impulsando mis rodillas rígidas de marioneta. Sus ojos me aguijoneaban las piernas por detrás, por eso andaba cada vez más deprisa. Miré de reojo y vi que el pueblo no parecía ya más grande que la ciudad mágica del interior del huevo, y mi madre era demasiado pequeña para que yo la viera.

Por fin me había librado de ella. Los hilos se habían roto. La había vencido. Yo era dueña de mi cuerpo; noté que algo se derretía en mi interior, una gelatina caliente que se deslizaba hacia abajo, latiendo. Era una sensación aterradora, pero no desagradable.

Hacia el este, un débil resplandor palidecía y se difuminaba; los árboles desnudos proyectaban sus escuetas y oscuras siluetas contra el cielo desvaído. Y yo tenía mucho, mucho frío.

Caminé durante horas mientras la nevada iba cediendo. Tenía la nariz y los labios entumecidos; eran unas cosas acorchadas e inútiles, pegadas a mi cara; deseaba quitármelas de un golpe, como se quitan los carámbanos de los aleros.

Pensé en mi madre. Supongo que me había maldecido a mí de la misma forma que la había visto maldecir a los soldados: con palabras demasiado peligrosas para decirlas en alto, así que tuvo que dibujarlas en el aire con los dedos, apartando precavidamente su propio rostro. El veneno de sus maldiciones era tan poderoso que a veces podía rebotar y escaldarla, como gotas de aceite hirviendo al saltar de la sartén.

El recuerdo de las maldiciones de mi madre me provocó una punzada en el costado y una nube turbia y pegajosa en el ojo derecho.

No tenía ni idea de adónde me dirigía, sólo sabía que entre mi casa y yo había cada vez más distancia. Entre mi vida y una vida como la de mi madre, una senda desgastada, un camino tan endurecido que ni la hierba crecía en él y mucho menos las flores.

Nunca había salido de mi pueblo, pero sabía que existían otros lugares que eran diferentes. Los había vislumbrado en el huevo y en las palabras del bandido del bosque. Pensé en él, en mi bandido, con aquella cara angulosa y su extraña manera de hablar. Le vi tumbado en la nieve, hundido como en un colchón de plumas, la garganta con un collar de sangre y señales de colmillos.

Después de encontrarle de aquella manera, me fui a casa y quemé mi capucha de piel de lobo. Despedía un olor horroroso. Mi madre me miró, pero no dijo nada.

Nunca más tendría que volver a sentir su mirada.

Ese pensamiento debería haberme puesto contenta.

Seguí andando. Hubo un momento en que oí el ruido de un hacha mordiendo madera, resonando entre los árboles. Me recordó a mi padre. Sólo por el sonido podía yo calcular el peso del hacha. Apreté el paso.

Caía la noche, avanzaba rápidamente tras de mí.

Me dije que seguiría viajando hasta encontrar una ciudad, un lugar como el que había visto en el huevo. Me pondría un nombre nuevo, andaría entre otra clase de gente. Quería caminar despacio por los jardines, arrancar despreocupadamente ramitas de los árboles al pasar, tirar piedras en una fuente y contemplar cómo se rompe la superficie del agua y, temblorosa, se junta de nuevo hasta volver a reflejar mi cara. Eso me parecía todo un lujo.

Me metí las manos en los bolsillos de la chaqueta. Tendrían que haber estado vacíos. No había traído nada.

Y sin embargo saqué de ellos varios trozos de pan, algunos champiñones correosos y un peine de madera.

Regalos de mi madre. Seguro que lo sabía desde el principio.

En otro bolsillo encontré un saquito con sus hierbas favoritas, las que no tenían nombre, secas y atadas en ramilletes. Había plantas como árboles en miniatura, como vello púbico enmarañado, algas, plumas de pájaro, papel arrugado. Los olores salían de la bolsa y competían entre ellos.

Llevaba el huevo atado en las enaguas.

¡Tonta de mí!, haber pensado que podría irme de casa sin que se enterara mi madre. Ella supo que me marcharía antes de que lo hiciera. Me había dejado marchar. Quizá me había visto y había tirado de mí con sus ojos para poner a prueba mi determinación. Por más que tratara de escapar, seguía enredada en los planes de mi madre.

Vi balancearse su trenza.

Vi su silueta abrirse paso en la nieve por delante de mí, como si tuviera ruedas de carro debajo de las faldas en lugar de piernas.

Caminé durante cinco jornadas.

La tarde del quinto día divisé humo a lo lejos. Al acercarme, llegué a un pueblo no muy distinto del que había dejado atrás. Quería ir a una de aquellas casas, pedir un sitio donde dormir. Pero no podía; me resultaban demasiado familiares. Tenía la impresión de que a cualquier casa que llamase abriría mi madre la puerta. Ella llenaría la entrada, empolvada de harina, arremangada, con los brazos cruzados y los niños colgando constantemente de sus faldas como si estuvieran cosidos allí a modo de adornos.

Así que al caer la noche rodeé el pueblo. Olía a pan que se cuece en el horno.

Qué feos estaban los árboles ahora. A mi espalda, las luces del pueblo brillaban como rescoldos.

Entonces, como un deseo concedido, llegué de repente a un claro en el bosque, a una pequeña casa con el tejado muy pendiente y humo saliendo en espiral de dos chimeneas. Un camino de piedra llevaba hasta la puerta, y me vi llamando sin haberlo pensado dos veces.

Oí un susurro dentro, el crepitar del fuego. El umbral en el que me encontraba estaba desgastado, y el lugar de la puerta a la que había llamado con los nudillos era una suave y sedosa depresión en la madera, como si incontables manos hubieran llamado antes que yo.

¿Sí?, dijo una voz, y la puerta se abrió ligeramente. Vi unos ojos de un amarillo perturbador, sin pestañas e impasibles.

Me miró de arriba abajo. Enarcó las cejas en un gesto taimado.

¿Tienes algún problema?, preguntó bruscamente. Llevaba zapatos con puntera de hierro.

Asentí con la cabeza.

Entonces, dijo enérgicamente, pasa, aunque tendrías que saber que hay que llamar a la puerta de atrás.

Dentro, la habitación era pequeña y me resultaba familiar. Sillas de madera, una cama baja, suelo de piedra. Cerca del fuego colgaban ramilletes de hierbas puestas a secar. Una labor de punto había quedado interrumpida en una silla.

Me ayudó a quitarme la ropa. Lo que en un principio había creído un sombrero sobre su cabeza era en realidad una densa masa de trenzas de un gris plateado anudadas todas juntas, una enorme mata de pelo enroscada. Sus manos tenían manchas a causa de la edad.

Puso mi ropa a secar en una silla y dijo: ¿Por qué no te sientas un minuto a calentarte? Abrí la boca para hablar, pero ella chasqueó la lengua, se dio la vuelta y se marchó.

Había en el aire un olor a moho, mareante y dulzón; no sabía de dónde venía. En unas estanterías cercanas se amontonaban botes y botellas de las que usa la gente para preparar encurtidos y mermeladas. Miré detenidamente y vi allí metidos raíces retorcidas flotando en vinagre, cuerpos descoloridos de ranas, lechosos globos oculares de vacas, y frascos y más frascos de un líquido viscoso, marrón rojizo, con una costra seca en la superficie.

Había un hervidor de agua y dos tazas en el hogar de la chimenea. ¿Había estado esperándome? No, las tazas se habían usado hacía poco tiempo; tenían posos de té adheridos en el interior.

Oí a la mujer lavarse enérgicamente las manos en un barreño de agua. ¿Por casualidad has traído algo para mí?, preguntó, mirando de reojo.

Yo me encogí de hombros y sacudí la cabeza.

¡Ah!, nunca lo hacen, dijo para sí. Luego se volvió y vino hacia mí. Retrocedí rápidamente. ¿Estás lista?, me preguntó. Sus brazos desnudos eran terriblemente delgados.

No cambies de opinión ahora, después de haber caminado hasta aquí, dijo. Hala, súbete a la silla. Su voz era firme; me agarró del brazo y me vi subida en ella. Delante de los ojos me colgaban mechones de pelo, como los barrotes de una jaula.

Me miró con aquellos ojos amarillos, y colocó una mano en mi muslo para calmarme el temblor. El olor de la habitación era extraño y terrible, una podredumbre dulzona que se paladeaba.

Parecía habérseme dormido la lengua.

Vi que tenía un pedazo de metal en la mano, como un trozo de alambre retorcido.

Levántate las faldas, cielo, dijo, ya sabes que no hay más remedio.

Su voz era tan autoritaria que automáticamente me las recogí con las manos. Ya me las había subido casi hasta las rodillas cuando caí en la cuenta de lo que iba a hacer; la empujé y me caí de la silla.

Cálmate, cálmate, dijo alargando una mano hacia mí, pero me zafé de ella a cuatro patas. Cálmate, decía mientras yo trataba de explicarme a voz en grito.

Me tranquilicé cuando la mujer apartó aquel horrible alambre.

No pareció hacerle gracia el malentendido, pero me dio un plato de sopa y dijo que podía dormir en el cobertizo. Le pregunté su nombre. Me dijo que la llamara Baba.

Esa noche, mientras descansaba en el cobertizo, calentándome junto a la cabra de ojos amarillos de Baba, me preguntaba quién sería aquella extraña mujer. Pensé en la casa, en cómo había surgido de repente, con el camino de piedra y las dos chimeneas. Me di cuenta de que debía de haber una segunda habitación, un segundo fuego que no había visto.

Me desperté pensando en Ari, y me encontré con que la cabra estaba mordisqueándome el pelo.

Había pensado marcharme aquella misma mañana pero Baba, con una fría y calculadora mirada, vino a decirme que me daba trabajo si quería quedarme unos días. Había leña que cortar y unos recados que podía hacerle, ya que a ella no le gustaba bajar al pueblo. A cambio me ofrecía un lugar donde dormir.

Acepté, aunque ni me gustaba ni confiaba en ella. A la luz del día sus ojos adquirían un color de barro espeso, como el pus.

No quería reconocer que había dejado a mi madre para encontrar a otra. Una horrible sustituta. Traté de no pensar en ello.

Así que pasé unos días cortando leña. Mi padre me había enseñado cómo manejar un hacha. Yo me marcaba un ritmo y Baba se quedaba en la valla trasera, mirando.

Necesitaba mucha leña; parecía que mantenía ambas chimeneas encendidas casi todo el tiempo. Por entonces yo había reparado ya en la puerta que llevaba a la habitación que nunca había visto. Aunque Baba entraba en ella con frecuencia, jamás me invitaba a pasar. A veces salía con platos sucios y sábanas usadas. A veces oía su voz a través de la pared, entremezclada con la de otra persona.

Por los cotilleos del pueblo me enteré de que Baba era la herborista local, la comadrona y el médico al mismo tiempo. Se rumoreaba que era una bruja; algunos juraban haberla visto volar sobre una escoba; otros aseguraban que su casa podía levantarse y moverse sola sobre un par de patas de pollo gigantes.

Y murmuraban que las chicas de los pueblos vecinos acudían a Baba a escondidas, por la noche, con la esperanza de que pudiera salvarlas de la vergüenza con ese trozo de alambre que a mí me recordaba a una trampa para conejos.

Un día, una chica de mi edad me hizo señas para que me acercara y me contó algo más, que los hombres del pueblo iban a casa de Baba a altas horas de la madrugada; pero me echaba el aliento en el oído con tanta fuerza que apenas entendí lo que me dijo, y cuando le pedí que me lo repitiera se puso toda colorada y se marchó corriendo.

A veces, por la tarde, Baba me peinaba el cabello. No me gustaba la forma en que recogía los pelos del peine, con mucho cuidado hacía una bola con ellos y se los guardaba en el bolsillo.

No me gustaba mucho.

Durante el día veía a enfermos del pueblo venir en busca de ungüentos y tónicos. Algunas noches llamaban a la puerta del cobertizo donde yo dormía y me encontraba con alguna chica pálida y nerviosa temblando fuera. La llevaba por el pasillo que comunicaba con la habitación principal, con Baba, quien inmediatamente me mandaba a la cama. A veces me quedaba despierta escuchando los gritos, los sollozos y el tono firme y tranquilizador de Baba. Por la mañana el suelo estaba ya fregado y limpio.

También por la noche venían mujeres mayores agotadas de tanto parir. Baba les daba hierbas para endurecer sus vientres y evitar que otro niño echara raíces. Estas mujeres parecían más avergonzadas aún que las jóvenes; agachaban la cabeza y tragaban saliva; estas mujeres, que habían tenido diez o doce hijos y se sentían culpables por querer descansar.

Yo miraba todas estas cosas y me las iba guardando.

Un día oí en el pueblo rumores de que había un campamento de soldados cerca. La gente hablaba de un nuevo recluta, un hombre monstruoso de tamaño sobrenatural y apetito animal, que comía carne cruda, derribaba toros y aullaba a la luna. Los oficiales del ejército tenían esperanzas de poder entrenarle, sería una maravillosa máquina de matar.

Sin embargo tenían dificultades para enseñarle, parecía no entender sus palabras y se sentaba gimiendo y rascándose durante horas. Cuando le provocaban se ponía como loco. Decían que ya había matado a dos hombres en un ataque de pánico. Pero los oficiales no se daban por vencidos, le domarían como a un caballo salvaje si era necesario.

Al oír aquella historia el corazón me dio un vuelco y luego me pesaba como una losa.

Era Ari. Estaba segura. Si lograba encontrarle, me lo llevaría conmigo adondequiera que yo fuese. En mi cabeza parecía fácil.

No me gustaba la forma en que la gente hablaba de él. No era el monstruo que ellos creían. Las cosas que decían eran verdad y no lo eran al mismo tiempo.

Poco después, a medianoche, me despertaron unas pisadas. La casa estaba llena de un pesado zumbido de voces de hombres. Su olor a estiércol y a hierro me llegaba hasta la nariz. Abrí la puerta que comunicaba el cobertizo con la habitación principal de la casa y me asomé.

Más de una docena de hombres del pueblo se agolpaban en la habitación. Baba estaba entre ellos, con sus amarillos ojos impasibles. Nadie hablaba. Todos le entregaban algo: una bolsa de azúcar, unas monedas de plata, una cesta de huevos. Los hombres parecían inquietos, movían los pies, y el sudor les rezumaba por la cara y el cuello. Cuando Baba recibió todos los regalos, fue hacia la puerta de la habitación secreta, la abrió e hizo entrar a los hombres.

Unos quince minutos después salieron. Parecían aún más agitados que antes y no querían marcharse. Pero Baba les condujo afuera como a ganado y candó la puerta. Ellos desfilaron hacia la nieve.

En noches sucesivas me desperté muchas veces con los pasos arrastrados de los hombres y presencié la silenciosa ceremonia de los regalos y las visitas a la habitación secreta.

La siguiente vez que pasé por el pueblo, oí hablar por casualidad a los hombres en la herrería. Cuchicheaban algo sobre un mal de amores y de ir a casa de Baba en busca de remedio. Era una peligrosa adicción, decían. Uno de ellos me adelantó después por la calle. Tenía el pelo negro y la piel colorada; me lanzó una sonrisa burlona, se tocó la gorra y siguió su camino.

Le reconocí. Era uno de los invitados nocturnos de Baba; su mujer había parido catorce hijos y había visitado recientemente a Baba para que ésta le diera una hierba que evitara el decimoquinto.

Yo seguía cortando leña y me salieron unos enormes callos en las manos.

Una mañana llamaron temprano a Baba para atender un parto prematuro. Cuando estuve segura de que se había ido, empecé a examinar las estanterías, a curiosear en las cajas, a observar los tarros al trasluz. Oí una débil cancioncilla, al principio creí que era algo que tenía en la cabeza. Pero no cesaba, seguía y seguía hasta que se hizo ligeramente molesta.

Venía de la habitación secreta.

Era la misma voz que tantas veces había oído. Sólo que ese día era más clara que nunca.

Me volví para mirar, y casi se me cae la botella que tenía en las manos. Baba había olvidado cerrar con llave y la puerta estaba entornada.

Dejé la botella en el estante y me encaminé hacia ella todo lo suavemente que pude; que no fue mucho, ya que tenía los zapatos llenos de tierra.

Empujé la puerta y entré.

La habitación estaba forrada de encaje, metros y metros de encaje, del que Baba pasaba horas tejiendo por las tardes. Cubría las paredes, colgaba del techo en guirnaldas. El fuego resplandecía en una chimenea de piedra. Hacía tanto calor en la habitación que noté cómo me brotaba el sudor en la cara.

Una enorme cama llenaba casi toda la estancia, una cama alta vestida también con encaje, chales primorosamente tejidos y mantas. Y en la cama, tumbada, una chica como no había visto en mi vida. Estaba repantigada, con una bata amplia, mirándome con unos indiferentes ojos verdes. Tenía la carne más suave y blanca que había visto en mi vida; su cara, su garganta, sus manos eran tersas e inmaculadas. La bata se le había abierto por delante; se le veía uno de sus pechos, una turgencia pálida y perfecta. Tenía el aspecto de algo dulce y cremoso que pudiera comerse a cucharadas. Lo más extraordinario de todo era su pelo: entre rojizo y dorado, le caía suelto en cascada desde la cabeza, por las almohadas y los hombros hasta el suelo, como una gruesa y brillante alfombra. Por poco lo piso.

Aquel olor a podrido era allí más fuerte aún.

Su cara pálida parecía una flor; las mejillas, dos manchas rosadas, que me daban la sensación de estar pintadas. Me quedé boquiabierta. No parecía humana; me preguntaba si era algo que Baba había creado: tallada en jabón, cocida en el horno, cultivada en la oscuridad como un champiñón.

Cierra la puerta, ojos de vaca, que hay corriente, dijo. Su voz era aquel molesto sonsonete que había estado rondando la casa desde que llegué.

Cerré la puerta y me acerqué un poco más. Me arrodillé a su lado y la examiné. No pude evitar palparle el brazo, su carne era tan mullida como parecía. Era carne que nunca había trabajado o sudado bajo el sol. La toqué otra vez. Manoseé un espeso manojo de pelo. Era un juguete fascinante. Estaba allí echada lánguidamente, mirándome con indiferencia.

Baba me dijo que había una chica aquí, pero no quería que me vieses.

¿Por qué?, pregunté, contemplando el pelo, que se deslizaba y relucía como el agua.

Ella dijo con su voz estridente: No soporto estar aquí, me estoy volviendo loca en esta habitación.

¿Cuánto tiempo llevas aquí?

Más de dos años, creo. No estoy segura.

¿Y por qué no te marchas?, pregunté.

Al oír eso, se incorporó y empezó a retirar las mantas que cubrían la parte inferior de su cuerpo. Sus piernas me cautivaron: suaves, blancas, sin vello. Y entonces vi que no tenía pies.

¿Cómo...?

Se echó hacia atrás y suspiró. Me contó que un hombre la había dejado embarazada, un hombre casado de la edad de su padre que la arrastró hasta el bosque sin decir una palabra y allí la forzó. Estaba en apuros y había oído que Baba podía sacarla de ellos.

Dijo: Yo vivía en un pueblo remoto y tuve que caminar toda la noche para venir aquí, hacía un frío terrible y cuando llegué tenía los pies congelados. Baba se deshizo del niño y apenas me enteré a causa del dolor en mis pies. Me puse muy enferma y ella me cuidó durante semanas, y cuando se me pasó la fiebre, me encontré aquí, en esta habitación, y Baba me contó que los pies se me habían puesto negros y se me habían desprendido y que había sido incapaz de salvarlos de la congelación. Yo no podía ir a casa después de todos los problemas con aquel hombre, así que ella me ha tenido aquí todo este tiempo.

Tu pelo, dije. ¿Lo has tenido siempre así?

No, contestó, es obra de Baba, todas las noches me frota el cuero cabelludo con una horrible pasta verde, y después crece como la mala hierba.

Le pregunté: Esos hombres ¿por qué vienen aquí por la noche?

Ella se rió de manera estridente y dijo: Les gusta mirar. Todo lo que hacen es ponerse alrededor y mirar fijamente, con la boca abierta y las manos en los bolsillos. Apestan y no dicen más que estupideces.

¿Te tocan?

Baba no se lo consiente, les ha dicho que soy una especie de hada ridícula, y que si me tocan me marchitaré y me convertiré en polvo.

¿Y se lo creen?

Los hombres son tontos, continuó, creen lo que quieren creer.

¿Entonces, sólo miran?

Sí, Baba les dice que lo que tienen es una enfermedad que necesita un remedio. Tanto si lo creen como si no, ellos siguen viniendo. Y traen a sus amigos.

¿A ti te gusta?, murmuré.

Ella contestó con desprecio: Los hombres son como ganado, se les maneja con facilidad.

Yo le tocaba el pelo. Ella me dejaba. Me preguntaba si Baba haría lo mismo.

Cuando te marches, ¿me llevarás contigo?, dijo de repente. Me volveré loca si me quedo aquí más tiempo. Sus ojos se pasearon por mi cara. Noté que me ruborizaba. Era más consciente que nunca de mi tez cetrina, de mi cara alargada, de la rosácea marca de nacimiento que tenía en la comisura de los labios, como una gota de vino.

Dijo que se llamaba Anya. En los días siguientes fui a verla a su habitación varias veces.

Cómo detestaba su voz quejumbrosa. Pero su cuerpo era una cosa suave y blanca que deseaba tragarme entera. Hasta los chatos muñones de sus piernas me resultaban hermosos, parecían tan desnudos y desamparados. Yo cortaba leña en trozos cada vez más pequeños y dejaba correr el sudor por mi frente hasta quemarme los ojos.

Baba nos miraba a las dos y sonreía.

Los hombres continuaban con sus visitas secretas. Como el invierno se alargaba, venían cada vez más a menudo, con los ojos rojos, distraídos; a mí en realidad no me veían, ni a Baba. Sólo veían aquella piel tersa y lechosa, aquel pelo cobrizo que se extendía por el suelo y trepaba por las paredes como la hiedra. Miraban y se limpiaban la boca.

Anya les decía cosas despectivas, aunque parecía disfrutar con sus miradas como un gato al que se acaricia. Siempre tenía las piernas discretamente tapadas.

Los hombres empezaron a venir todas las noches. Ahora eran más de dos docenas. Se deslizaban en la habitación de Anya por turnos, a por sus preciosos minutos. Cada vez llegaban más pronto, algunos incluso al atardecer, y se quedaban al acecho entre los árboles esperando a que Baba les dejase entrar. Eran corpulentos, con la barba poblada, como mi padre. Pero tenían cierto aire de desesperación que les hacía parecer atontados y desvalidos. Daba la sensación de que ni ellos mismos lo entendían; yo les veía menear la cabeza, chasqueando la lengua.

Ahora, cuando bajaba al pueblo, oía murmullos entre las mujeres. Habían percibido el cambio en sus maridos. Sabían que sus hombres iban a casa de Baba por las noches, pero no tenían ni idea de la chica sin pies allí escondida. Algunas mujeres creían que era la misma Baba quien se les ofrecía. ¿Esa vieja bruja? Imposible. ¿Cómo podrían?, se preguntaban unas a otras. Ningún hombre la tocaría, se decían para tranquilizarse. Pero había unas cuantas que afirmaban: Les ha hechizado a todos.

Venían noche tras noche.

Una noche en que estaban más exaltados que nunca, uno de ellos se negó a salir de la habitación de Anya cuando se le terminó el tiempo. Baba le habló duramente; él no le hizo ningún caso. Ella le agarró del brazo, pero él se la quitó de encima y fue a arrodillarse a un lado de la cama, alargando la mano para tocar la cara de Anya, que retrocedió con disgusto. Baba gritó en-

colerizada; los otros hombres arrastraron a su amigo a regaña-
dientes fuera de la habitación. Baba les condujo hasta la puerta,
les dijo que no volvieran más y cerró con llave.

Se acercó a la ventana y les vio volver hacia el pueblo dando
tumbos, cabizbajos y taciturnos, a la luz de la luna. Vete a dormir, me ordenó. Entró en la habitación de Anya y cerró la puerta. Yo me quedé despierta pensando en sus manos con manchas marrones tocando las blancas de Anya.

Los días que siguieron fueron silenciosos y extraños. Una
tarde oí el lamento del viento que se levantaba. Los árboles ge-
mían y se rozaban unos contra otros. Se estaba preparando una
tormenta. Oí pisadas, divisé una oscura silueta moviéndose precipitadamente entre los troncos. Me di media vuelta.

Una rama se partió y vi acercarse a uno del pueblo, con la
mirada fría y alucinada. Corrí a casa y él me siguió dando traspiés. Empezaron a salir hombres por todas partes del bosque
y llegaron hasta la puerta haciendo eses y tambaleándose.

Me deslicé en la casa por la parte de atrás y atranqué la puerta. Vi a Baba de pie en la entrada, plantando cara a los hombres
allí reunidos. Sus cuerpos estaban en la sombra y no se distinguían, sus ojos brillaban, parecían almas en pena. Bufaban y vo-
ciferaban exigiendo entrar. Baba se negó, sacudiéndoselos de encima con las manos. Los hombres torcieron el morro. Como
colegiales rencorosos, empezaron a darse patadas entre ellos, a
escupirse, a lanzar pequeñas piedras que pasaban rozando a Baba y chocaban en el suelo.

Una piedra del tamaño de un puño dio a Baba en la sien.
Cayó hacia atrás. La cogí por las axilas y la arrastré hacia la casa. Su pesada cabeza descansaba sobre mi hombro. Los hombres parecían impresionados, repentinamente avergonzados,
y retrocedieron, dispersándose entre los árboles.

Atranqué la puerta.

Arrastré a Baba hasta la cama. No se veía sangre, pero respiraba débilmente y enseguida empezó a formársele un moretón verdoso en la sien.

En cuestión de horas el moretón se hizo más intenso y se extendió a toda la cara, como si su cabeza fuera un melón podrido. De madrugada dejó de respirar.

Le limpié la boca y le junté los labios. Le sujeté la cabeza y le toqué la densa pelambrera. Me quedé pasmada cuando me di cuenta de que no era una mata de trenzas o un moño. Su pelo gris era sólo la capa externa que cubría una dura protuberancia ósea, una excrecencia del mismo cráneo. Era una especie de inflamación, un tumor maligno, y lo más seguro es que el golpe hubiera roto alguna membrana, liberando flujos perniciosos que se le filtraron en la cabeza. Su rostro era ya irreconocible.

Vi cómo su cuerpo se asentaba y encogía, la piel cada vez más tirante sobre los huesos, hasta convertirse en algo seco y ligero, casi infantil. Parecía serena. Excepto por la cara tan amarillenta.

Cogí la llave de su bolsillo y fui a la habitación de Anya. Le dije que Baba había muerto e hicimos planes para marcharnos.

Pero los hombres habían vuelto y rodeaban la casa como perros salvajes.

Caía la noche. Les oíamos correr, dando vueltas y aullando a la luna. Veíamos el fulgor verde de sus ojos cuando alzaban la cabeza ensanchando las narices, olisqueando el viento.

Te huelen, le dije a Anya.

No les dejes entrar, dijo ella.

Rodeaban la casa, arañando las paredes, golpeando en la puerta, gimiendo y mordiéndose los labios.

Tal vez si pudiesen entrar y verte, se irían a casa satisfechos.

No se irían, dijo ella.

Esperaron todo el día. Aplastaban la cara contra la ventana, con ojos furiosos y enrojecidos, la barba enmarañada y pegajosa. Lamían el cristal.

Pronto empezarían a tirar las paredes.

Pensé en mi madre, noté que mis ojos se movían y saltaban como los de ella.

Me acerqué a Anya y le dije: Tengo un plan.

La ayudé a vestirse. Luego la rodeé con mis brazos y traté de levantarla de la cama. No era mucho más alta que yo, pero su cuerpo era terriblemente pesado y fláccido. En mis brazos su carne era tan blanda como un colchón de plumas, y pensé que se le saldrían si le hacía un corte en la piel. Se me doblaban las rodillas; vi estrellitas y me caí al suelo con su cálido, lacio y apoltronado cuerpo encima de mí.

Tu pelo, dije jadeando.

Su abundante pelo suponía una buena parte de su peso. Medía muchos metros y estaba enredado y enroscado alrededor de las sábanas, el armazón de la cama y los océanos de encaje que la envolvían como un capullo.

Intenté liberarle el pelo, recogerlo como una brazada de trigo. Ella yacía impotente en el suelo mientras yo trataba de sujetarlo. Denso y reluciente, se me resbalaba de las manos. Me tropecé con él y se me enganchó en los dientes.

Hay que cortarlo, dije.

Ella dio un grito de protesta cuando fui a buscar unas tijeras. Se revolvía en el suelo como una sirena varada. Su pelo se me resistía; las tijeras se mellaron enseguida.

Fuera, los gritos de los hombres estaban sacándome de quicio.

No hay más remedio, dije.

Traje el hacha del cobertizo y me situé encima de ella, sujetando el pelo con mis pies; levanté el hacha y, al tiempo que ella me maldecía y retorcía la cara de ira, la dejé caer. Corté una y otra vez aquella espesa vegetación, cercenándola de la raíz.

Recobré el aliento y sonreí. Anya siguió cubriéndome de maldiciones incluso mientras se pasaba los dedos por su pelo recortado saboreando la ligereza de la cabeza y el cuello recién liberados.

Levanté a Anya y la dejé afuera apoyada en la puerta trasera. Después fui a la cama de Baba, envolví su quebradizo cuerpo en una sábana y lo llevé a la habitación de Anya. Lo cubrí con encajes, coloqué los montones del pelo cobrizo de Anya alrededor de su cabeza como si le hubiera crecido a ella.

Apagué las velas. La luz de la luna que entraba por la estrecha ventana le daba a Baba en la cara.

Los hombres se habían juntado de nuevo en la puerta principal; estrellaban los puños contra ella.

La casa entera temblaba. Sus voces se alzaban al unísono.

Abrí la puerta. Las caras, treinta o más, llenaban la entrada, una sola criatura con muchas cabezas e incontables manos. Apestaban a almizcle y a sudor y a inmunda saliva estancada en la boca durante mucho tiempo.

¿Queréis verla?, pregunté.

Ellos cerraron la boca y asintieron; abrí la puerta y pasaron a mi lado, desfilando pesadamente. Se precipitaron a la habitación de Anya dando traspiés, y se apiñaron todos alrededor de la cama.

Cerré la puerta del dormitorio, dejándoles dentro.

Después salí afuera, cargué a Anya a mi espalda y fui dando tumbos hacia la nieve.

Pronto oímos gritos, golpes, cristales que se rompían, madera que se astillaba. Intenté acelerar mis pasos.

Había llegado casi a los árboles cuando oí el estruendo de una puerta derribada. Los hombres salían en tropel de la casa: Anya se agarró de mis orejas. Me daban ganas de soltarla en la nieve y echar a correr, pero pesaba tanto que me tenía inmovilizada.

Pero los hombres no venían tras de nosotras, a pesar de que mis huellas eran claramente visibles en la nieve.

Estaban peleándose entre ellos, lanzándose acusaciones, pisoteando la nieve, manchando de sangre la blancura, dándose de puñetazos. Cada uno recriminaba a los otros el haber tocado al hada, cuando se les había advertido que no lo hicieran. Cada uno culpaba a los otros de haber convertido a aquella mujer de ensueño en un saco podrido de polvo y huesos.

Todos llevaban marañas de pelo cobrizo enroscadas en las manos o hechas un ovillo en la boca.

Me puse en marcha de nuevo, con Anya balanceándose a mi espalda como un saco de grano. Allá lejos, en el pueblo, vi una hilera de luces que se aproximaba poco a poco. Eran las mujeres del lugar, que por último se habían decidido a tomar cartas en el asunto. Venían portando antorchas y cuchillos de cocina, algunas con bebés sujetos a sus pechos. Venían a quemar a la bruja, a romper su encantamiento y acabar con sus malas artes, y a llevarse a casa a sus maridos.

Yo las oía cantar.

Anduve durante horas en la oscuridad.

Cerca del amanecer dejé resbalar a Anya de mis hombros. Tenía la piel llena de manchas por el frío, los labios morados, el pelo desigual y greñudo. Viendo aquella cara fofa, su nariz de cerdito, recordé el extraño deseo que una vez sentí hacia ella y me pregunté cuándo había desaparecido exactamente.

Se frotó las manos y me miró furiosa.

Limpié de nieve un pequeño espacio, recogí palos secos, encendí una cerilla. Nos apretamos la una contra la otra, levantando nubes con nuestro aliento.

Oí unos pasos y se me heló la sangre.

Una figura enorme salió precipitadamente de entre los árboles, se detuvo, a la luz matutina, y se agachó delante de nuestra hoguera.

Anya dio un grito sofocado.

Yo sonreí.

Ari se hurgaba entre los dientes y nos observaba, en cuclillas, con prevención. Había crecido mucho durante los meses que llevaba sin verle. Era muy ancho de hombros, gigantesco, peludo como un oso. Tenía ya una barba incipiente, aunque todavía era un niño. Unos torpes intentos de afeitarse le habían dejado costras en la cara. Pero sus ojos eran los mismos, y la curva de su columna, airosa como el cuello de un caballo.

¡Ari!, dije. Me acerqué a él y mecí su cabeza entre mis brazos, acariciándole aquel pelo hirsuto. Levantó la mirada hacia mí, suspiró y torció los labios en una mueca que era lo más cercano a una sonrisa que él podía hacer.

Mi hermano, le dije a Anya. Él puede llevarte.

Los labios de Ari estaban agrietados y sangraban, y él se los chupaba ansiosamente. ¿Te escapaste?, le pregunté. Aunque era obvio, por el basto uniforme que llevaba puesto. Las botas reglamentarias, de mala calidad, estaban cayéndose a pedazos.

Intenté cogerle las manos. Él me rehuyó, como siempre hacía. Entonces me di cuenta del grillete, oxidado, con sangre seca, que llevaba en el tobillo.

Anya nos observaba; en su rostro había fascinación y asco.

Yo sabía que los soldados andarían buscándole. Tenía que llevarle a un lugar seguro. Sabía que deberíamos habernos puesto en marcha en aquel momento. Ari podría haber liberado mi espalda del peso de Anya. Podríamos haber avanzado un buen trecho antes del anochecer.

Pero me quedé dormida, con la cabeza apoyada en mis propios brazos.

Más tarde me desperté con gran esfuerzo y vi a Ari y Anya mirándose fijamente el uno al otro a través del fuego. Ari la contemplaba con una especie de cándida admiración, del mismo modo que observaría a un animal nuevo que no hubiese visto nunca. Hacía movimientos con la boca; se tocaba los dedos unos con otros nerviosamente. Agachaba la cabeza, luego volvía a mirarla y se reía. Su risa era un sonido áspero, como si se atragantara.

A Anya le halagaba su atención, diría yo. Notaba cómo se extendía por su rostro aquella lánguida expresión que me era familiar. Ari sostuvo su mirada y se aproximó hacia ella despacio, con naturalidad.

Anya sonrió. Y entonces se abrió ligeramente el abrigo y le dejó ver un trozo de la blanca piel de su garganta.

Ari alargó la mano lentamente para tocarle un mechón de pelo suelto. Ella se rió, inquieta. Y entonces Ari gruñó, saltó y se abalanzó sobre ella. De repente estaba tendida en la nieve. Ari tenía la boca en su cuello y trataba frenéticamente de arrancarle la ropa, le torcía la cabeza para uno y otro lado, apretujaba sus miembros y tiraba de ellos, le olfateaba los ojos y las orejas.

Era sólo un niño. No intentaba otra cosa que ver cómo funcionaba.

Anya chillaba.

Chillaba y chillaba y no dejaba de chillar, ni cuando separé a Ari de ella a tirones, ni cuando la abofeteé, ni cuando la compañía de soldados con sus horrorosos uniformes marrones llegaron corriendo por entre los árboles, dándose órdenes bruscamente entre ellos y rodeando a mi hermano con sus armas.

Le habían estado siguiendo durante dos días; habían perdido su pista hacía poco, pero las voces de Anya se la habían devuelto.

Me quedé mirando cómo se llevaban a mi hermano. El oficial de la compañía estaba a mi lado y gritaba órdenes. Llevaba botas altas muy brillantes y una fusta que hacía restallar en su pierna con impaciencia. Entre orden y orden le rechinaban los dientes; yo oía el chirrido.

Mandó a uno de sus subordinados que trajera un caballo y llevara a Anya al campamento. Los otros oficiales estarán encantados de conocerla, dijo. Yo le hablé de sus pies; él se encogió de hombros y contestó diciendo que no los iba a necesitar.

Yo no podía mirarla mientras se la llevaban. Sus gritos todavía resuenan en mi cabeza y aún veo aquella boca tan abierta.

Entonces me quedé sola con el oficial. No tenía miedo de él. Percibía su brutalidad, era algo que yo reconocía. La había visto antes.

Debería darse por vencido con mi hermano, le dije yo. No aprenderá nunca.

Yo no estoy seguro de eso, dijo él.

Es demasiado mayor. Lleva siendo así mucho tiempo como para que usted le cambie.

Hay métodos, dijo.

¿Y si hubiera otros exactamente iguales que él? Otros tan grandes como él, y tan fuertes, pero lo suficientemente jóvenes como para aprender del modo que usted quiere.

¿De qué hablas?

Tenemos hermanos más pequeños, le dije. Llévese uno de ellos, llévese los tres, entrénelos y deje a Ari.

El oficial rumiaba la idea. Se le oía el roce de los dientes.

¿Cómo se llama tu pueblo?, preguntó finalmente.

Mi pueblo es demasiado pequeño para tener nombre.

Así que le dije que tendría yo que enseñarle dónde estaba. Me colocó detrás de él en su caballo, y cabalgamos, con el soniquete del bocado y las espuelas, por colinas y bosques, y yo me agarré a su cinturón y sentí una repulsión inmensa hacia aquel pliegue de carne peluda y roja que sobresalía por el cuello de su uniforme.

Yo no sabía qué iba a pasar después. Mis hermanos pequeños no se parecían nada a Ari; ellos eran normales, niños de cabeza grande, rodillas huesudas y narices mocosas. Yo no quería entregárselos a ese oficial. En mi desesperación sólo pensaba en mi madre. Confiaba en que si llevaba a ese oficial hasta ella, encontraría el modo de arreglar las cosas. La brutalidad de este hombre no podría con la de mi madre.

Mientras galopábamos por la nieve endurecida, me acordaba de ella y quería refugiarme en su regazo. Se las había arreglado para traerme de vuelta a casa, después de todo.

Estaba segura de que presentiría nuestra llegada, con aquel olfato que tenía para los soldados. Me vinieron a la memoria su pestañeo y el meneo de faldas cuando preparaba algún plan.

Mi madre.

Cabalgamos hasta que llegamos a un lugar que yo conocía muy bien, conocía la forma de las colinas y el recodo del río. Sentí una punzada al pensar en mi casa.

Subimos la última cuesta, y salimos de entre los árboles.

El pueblo no estaba.

Era una marca negra en la nieve.

Cabalgamos lentamente por la única calle. Las casas eran esqueletos ennegrecidos todavía humeantes. Una vaca hinchada yacía en el suelo patas arriba. En las alcantarillas había perros, gatos y cabras inmóviles y retorcidos, embadurnados de sangre.

El humo dejaba tiznones negros en el cielo.

Vi manchas de sangre en las paredes. Vi una gorra de niño en el suelo que contenía algo oscuro y gelatinoso.

Vi una falda que me era familiar. Vi un tenedor, una cuchara. Vi un par de pies cortados, alineados como zapatos junto a una puerta.

Pensé en Anya y en cómo ella podría usarlos, y me dio la risa.

Apreté mi cara contra la áspera espalda del oficial para no ver nada más.

Hemos llegado demasiado tarde, dijo el oficial con aire pensativo. Ahora cabalgaba despacio, mirando a su alrededor.

Qué pena, dijo, qué desperdicio.

Me pareció advertir una cierta suavidad en su voz.

Y pensar... otros tres como tu hermano, dijo. Eso habría sido estupendo. Nuestra compañía habría sido la mejor de la división.

Chascó la lengua al caballo cuando éste dio un respingo ante un vestido de niña que flotaba en el viento.

Me mantuve rígida y separada de él todo el camino de vuelta al campamento.

Yo me decía a mí misma que mi madre habría escapado, claro que habría escapado, tenía que haber presentido la inminencia del desastre, seguro que a estas horas ella y mi padre estarían escondidos en el bosque con mis hermanos, todos juntos, asando patatas en una hoguera, mi madre todo un torbellino de actividad y previsión.

Todavía tenía esperanza, sí. Me sujeté la barbilla como lo hacía mi madre. Me dije que yo sería tan valiente como ella, y lista, y haría lo que tuviera que hacer para salvarles a todos.

Debería saltarme la siguiente parte de la historia, eres demasiado pequeña para oírla.

Pero no lo voy a hacer.

Cuando volvimos al campamento, el oficial me propuso otro trato. La libertad de tu hermano a cambio del placer de tu compañía, dijo.

Sólo será un ratito. No llevará mucho tiempo.

Estábamos en medio del barro, entre tiendas de campaña y caballos y el tintineo de arneses y espuelas. Un subordinado vino a buscar el caballo del oficial; cuando se lo llevaba, vi que las patas estaban todavía salpicadas de hollín y restos de lo que una vez había sido mi pueblo.

Miré al oficial, cuyos ojos estaban demasiado juntos y pegados a la nariz. Pelos en la nariz. Pensé en mi madre, en su poder sobre los hombres, entendiendo por hombres a mi padre, en el modo en que mi padre se apresuraba a cumplir sus órdenes y se encogía del miedo que le tenía aunque ella era la mitad de su tamaño. Pensé en Anya, que podía hacer que los hombres se comportasen como idiotas o gruñesen como animales sólo con un parpadeo.

Yo sabía que era más fuerte que Anya. La había llevado a mi espalda, la había arrastrado por la nieve. Ella era débil, pensé, y estúpida, y ni siquiera estaba entera, y así y todo había vuelto locos a todos los hombres de un pueblo.

Si ella tenía esa clase de poder, discurría yo, seguro que yo también. Miré al oficial, que daba golpecitos con el látigo en sus botas, orgulloso de ellas, para quitar las salpicaduras de barro.

Pensé: Seguro que puedo sacar lo mejor que hay en él.

Pensé: Le volveré loco, y hará lo que yo diga. Porque eso es lo que las mujeres hacen a los hombres.

Pensé: Esto es lo que Anya hacía, y yo soy mucho mejor que ella, mira mis dos pies perfectos. Fríos pero bonitos.

Éstos eran mis razonamientos. En aquel momento me parecían acertados.

Asentí con la cabeza y el oficial me tomó del brazo, no cariñosamente, me agarró cerca de la axila y tiró de mí en dirección al albergue donde los oficiales tenían sus habitaciones.

Y en aquella habitación, de techo bajo y demasiado caliente, vi cómo su cuerpo, sin el rígido uniforme, se descolgaba; vi el fofo rollo de carne alrededor de su cintura que hacía juego con el del cuello. Y me puso las manos encima, unas manos que parecían enfermas, con aquellas articulaciones nudosas y las uñas amarillas. Empezó a quitarme la ropa rápidamente y yo cambié de idea pero la puerta estaba candada y era ya demasiado tarde, estaba en un rincón detrás de la cama, una cama alta con estructura de barras de hierro, como la celda de una prisión.

Me desvistió, capa a capa, y le llevó bastante tiempo; yo era consciente de que mi ropa apestaba a cabra y a ceniza y al acre sudor del pánico, y por un momento me sentí avergonzada. Pero él siguió tirando y quitando y no se dio cuenta, apenas me veía siquiera, yo era un servicio, menos para él que su caballo o el subordinado que se lo había llevado.

Todo sucedía muy deprisa. Yo no producía en él el efecto esperado, pero era demasiado tarde; tiró de un cordón y la última prenda cayó revuelta a mis pies. Me parecía que él había ido demasiado lejos, como si hubiera trascendido mi ropa y arrancado una capa de mi piel; sentía mi cuerpo en carne viva, sensible como una herida recién hecha o un padrastro en el dedo.

Éste era el momento en el que se suponía que se postraría ante mí, me miraría con ojos de adoración, como los hombres en el cuarto de Anya. En cambio, dijo entre dientes algo sobre huesos de pollo y me empujó hacia la cama.

Se arrojó sobre mí, y yo me solté el pelo y lo dejé caer por la cara, así por lo menos no se me la vería mientras hacía lo que estaba haciendo. Resoplaba y gemía y me echaba su desagradable aliento, y ahondaba en los sitios recónditos de mi cuerpo y se frotaba y rozaba tanto con ellos que pensé que me saldrían callos antes de que hubiese terminado, y mientras él hacía esto yo miraba al techo, a una rendija en el yeso que parecía ramificarse y extenderse incluso durante el tiempo que yo estuve mirándola, igual que la grieta en un huevo cuando el pollito comienza a picotearlo para abrirse camino hacia este duro mundo.

Cuando terminó, le faltó tiempo para enfundarse los pantalones. Se puso la guerrera, limpió las botas con un trapo y luego se las calzó, contemplándolas con arrobo. Se daba prisa para una buena cena, sin duda.

Le pregunté que cuándo vería a mi hermano.

Se rió frente al espejo. Estaba atusándose el bigote.

No volverás a ver a tu hermano, dijo.

Usted me lo prometió, dije yo.

Si quieres que se cumpla una promesa, pídela por escrito, dijo.

Tu hermano no vale más que un caballo, añadió, si no pueden entrenarle, le sacarán de aquí y le pegarán un tiro.

Salté de la cama, me lancé a su espalda y le hinqué los dientes en el cuello. No pude hacerle mucho daño, tenía la piel dura como una suela y los dientes no se clavaban en ella.

Me golpeó en los dedos con la culata de su revólver y le solté. Levantó un pie para patearme, pero el brillo perfecto de la bota le hizo pensárselo dos veces. No quería ensuciarse, después de todo.

Dio unos pasos a mi alrededor, se puso el abrigo y se detuvo en la puerta. Espero que salgas de aquí antes de que anochezca, dijo. Y añadió: Lava las sábanas antes de irte. Hay agua en el lavabo.

Abrió la puerta, se paró y dijo en tono paternal: Ten cuidado en el bosque por la noche. Hay lobos, y son imprevisibles.

Después se marchó.

Estuve un buen rato frente al espejo; estaba moteado de negro, combado por el tiempo; mirarse en él era como mirarse en un pozo profundo que absorbiera casi toda la luz y devolviera sólo un pequeño reflejo. Pero yo veía suficiente. Veía mis huesos, que sobresalían como andamios, y mi piel, áspera y cetrina. El oficial me había dejado en los hombros moretones con la forma de sus dedos. No había nada en mi cara tentador o fascinante; mi pelo era largo, pero sólo parecía pelo, nada de metales preciosos, puestas de sol o fuegos. Mercancía barata.

¡Tonta de mí!, querer negociar con esto.

¡Tonta de mí!, pensar que podría mover montañas sólo por ser mujer.

Me quedé mirando a la chica del espejo que tenía las manos en los pechos y lloraba. Estúpida, pensé.

Yo no había visto nunca llorar a mi madre.

Afuera el cielo estaba abarrotado de nubes oscuras como humo, o de humo espeso como nubes.

Me lavé, me vestí, fui a los establos y robé un caballo porque, aunque puede que haya sido muy ignorante respecto a los hombres, entiendo a los animales y sé cómo ganarme su complicidad. Me dolía entre las piernas y a cada paso del caballo me daba una punzada cada vez más arriba, cada vez más adentro.

A mi hermano no se le veía por ninguna parte.

Así que me fui a caballo de aquel horrible sitio.

Aquellas tres ancianas que nos atormentaban en el pueblo me contaron una vez una historia.

Yo era una niña entonces, sus caras tan viejas me asustaban.

Yo no quería escucharlas. Volvía la cabeza y fingía que estaba muy ocupada pensando en otras cosas, igual que haces *tú* algunas veces. Pero sus palabras calaban en mí.

La historia era así:

Vivía una vez en el pueblo una chica que era tan animada y tan ligera que apenas tocaba el suelo con los pies. Su madre tenía que ponerle piedras en los dobladillos de las faldas, pinzas de hierro y herraduras entre el pelo para evitar que un viento un poco fuerte se la llevase. Pero la chica era incontrolable, corría como un ciervo y andaba todo el día revoloteando por el pueblo, haciendo brillar el aire con el timbre de su voz.

Todo el pueblo la conocía. De pequeña había sido muy curiosa; aparecía inesperadamente haciendo preguntas a todo el mundo. Incordiaba al herrero que trabajaba en su yunque, esquivando las chispas; flotaba entre las nubes de harina en casa del panadero, fisgaba entre el cuero grasiento en la del zapatero. Podía aparecer en cualquier casa, a cualquier hora del día o de la noche, sin tener en cuenta candados ni modales. Ella sencillamente estaba allí, de pronto, una cara más a la mesa del comedor. Podías verla con la nariz aplastada contra tu ventana, sentir su aliento en el cuello cuando estabas sentado en el taburete ordeñando, con el cubo entre las piernas.

Cuando se hizo mayor, creció en altura pero no perdió nada de su ligereza. Su madre la hacía quedarse en casa con frecuencia para que trabajara. Pero cuando podía escaparse, vagaba por el pueblo como antes y se paraba donde le apetecía. Los del pueblo ya estaban acostumbrados a ella; algunos preveían sus preguntas y las contestaban, mientras que otros, siempre con buenas maneras, no la tomaban en cuenta.

Tenía una vitalidad incomprensible. La miraban y pensaban que era feliz, pero de un modo que carecía de sentido para ellos.

Empezó a vagar por campos y bosques, canturreando, poniéndose tanto hierbas como flores en el pelo. Los del pueblo la veían desde lejos; a algunos les gustaba darle un toque romántico, y decían que con su cántico atraía a pájaros y mariposas, que se posaban en sus hombros y unían sus voces a la de ella.

Otros decían que tenía una voz áspera y pobre y que no podía cantar ni una nota, que ella sólo vagabundeaba sin rumbo, arrastrando un palo por el suelo, escandalosamente ociosa mientras todos los demás recogían verduras.

Pero todos estuvieron de acuerdo, más tarde, de que así fue cuando el espíritu del bosque la vio por primera vez.

Iba caminando entre los árboles, con sus ligeros pies descalzos, haciendo crujir las hojas secas, cuando llegó a un claro y se dio de bruces con uno de los espíritus. Éste tenía los ojos amarillos, unos cuernos que le salían de la frente y unas bastas piernas que terminaban en pezuñas peludas. Por arriba llevaba una camisa blanca y una chaqueta militar adornada con galones, y nada por abajo.

Escupía por entre los dientes; al caer las gotas, sonaban como la lluvia, y allí donde tocaban el suelo la hierba se marchitaba y moría, dejando manchas del color del óxido.

La chica se detuvo y le miró fijamente.

El espíritu sonrió con lascivia y desenrolló la lengua, que le llegaba a la cintura.

La chica vio que estaba quedándose calvo y que tenía las uñas en carne viva de tanto mordérselas, como las de un niño nervioso.

Tuvo miedo entonces, porque había oído a los viejos del pueblo hablar de duendes y espíritus del bosque, del río, de las piedras y del hogar. Decían que los espíritus jóvenes eran inofensivos, estúpidos; sólo los espíritus mayores eran listos y malvados.

Pero este espíritu no hizo nada, simplemente la miró de arriba abajo y después volvió trotando hacia los árboles. Al marcharse, batió ligeramente las dos alas diminutas que le salían de los omóplatos.

Ella corrió a su casa y no pensó más en el incidente, excepto en alguna ocasión en que le parecía que alguien la observaba o cuando veía un reflejo que no era el suyo en la concavidad de una cuchara.

Fue unos meses más tarde cuando oyó unos golpes que la atrajeron hacia el bosque, un martilleo que iba al compás de su propio corazón. Siguió el sonido, deslizándose silenciosamente entre los árboles, y llegó hasta donde estaba un joven con la espalda tan ancha como la de dos hombres juntos. Estaba partiendo leña, a un ritmo regular, con un hacha que se ajustaba a su tamaño.

Le miraba mientras él trabajaba, sus hombros y su espalda tan airosos y tan fuertes al mismo tiempo. Le veía una solidez que complementaba su propia ligereza y, por una vez, no se le ocurrió ninguna pregunta. Ella volvía una y otra vez a observarle en su trabajo. Él tenía tanta práctica en sus movimientos que podía estar mirándola y, a la vez, colocar los trozos de leña y dar hachazos.

Observándole se sentía igual que cuando veía la luna reflejada claramente en un estanque, o la lluvia rizando la superficie de un río, o un pimpollo brotando de un tocón medio podrido. Se trataba de una sensación de perfección y simetría.

Sin una palabra, dejó ver sus sentimientos.

El joven vino al pueblo a hablar con el padre de ella.

Los padres de la chica estaban contentos con su petición. Habían dado por sentado que nadie querría casarse con su hija; era inconstante, poco interesada en el trabajo, y ellos habían pensado que sería una carga, ligera pero problemática, durante el resto de sus vidas. El padre estaba muy satisfecho con el pretendiente y entre los dos hicieron planes, pusieron las condiciones y lo sellaron todo con un rotundo apretón de manos, probando cada uno la fuerza del otro.

Durante los meses anteriores a la boda, la chica se volvió más ligera que nunca. No le permitían estar a solas con su prometido, así que le miraba desde cierta distancia, disfrutando del musical vaivén de su cuerpo. Flotaba por el bosque, subía a la altura de las copas de los árboles y le observaba desde arriba. Se lanzaba hacia el cielo, daba volteretas, saltaba al suelo y se elevaba de nuevo, subiendo por el aire como si hubiera una escalera. Por la noche se precipitaba como un murciélago hacia un fondo estrellado, tarareando todo el tiempo sus cantinelas disonantes o chascando la lengua como para imitar el sonido de un hacha al caer.

Los del pueblo la veían pasar rozando las copas de los árboles y murmuraban: Qué insensata, se va a romper la cabeza. Y: Debería estar en su casa, ayudando a su madre.

Mientras ella volaba despreocupadamente por arriba, llegaron problemas abajo, en el pueblo. Primero, fueron las moscas, densas y negras nubes de moscas. Se posaban en todas partes; la emprendían a picaduras, se daban el banquete con todo aquello que estuviera destapado y perforaban la piel de los animales para depositar sus huevos.

Y, después, en el huerto de la casa de la chica empezó a acumularse agua de origen desconocido. La tierra se anegó, las plantas se pudrieron, el suelo se hundió. En pocos días el huerto se había convertido en una ciénaga y unas ranas negras y lúgubres se habían asentado allí. Se movían perezosamente, con aquella piel oscura y aceitosa. En la superficie, los blancos racimos de huevos formaban espumarajos.

Unas nubes espesas se concentraron en el cielo, impidiendo el paso de la luz. Durante una semana el día fue igual que la noche.

Eran malos augurios, y los del pueblo se miraban unos a otros con desconfianza, preguntándose de quién sería la culpa.

Una semana antes de la boda la chica se despertó en medio de la noche y encontró la ventana abierta y una brisa desagradable que le daba en la frente. Y luego vio en el alféizar unos dedos con las uñas mordidas, dos ojos amarillos que brillaban en la oscuridad y una lengua rosada muy larga que se desenrollaba y se arrastraba por el suelo.

La lengua llegó hasta los pies de la cama, levantó la sábana y se abrió camino por debajo. La chica notó el áspero ápice subiendo por sus piernas, dirigiéndose hacia el lugar que estaba guardando para su futuro esposo. Intentó gritar, le pegó con las manos, se puso de pie en la cama. Agarró un cepillo del pelo y la golpeó una y otra vez, pero la lombriz rosada parecía estar en todas partes, retorciéndose y ensuciando las sábanas. Así que se lanzó hacia el techo y revoloteó como una polilla, buscando una escapatoria.

El espíritu soltó un bramido con aquella lengua blanda y dio un salto, lleno de rabia. Esperaba haberla persuadido para que se fuera con él al mundo de los espíritus, había traído una corona de cicuta y muérdago y un velo de novia de telas de araña.

Él trató de cogerla, pero se movió bruscamente fuera de su alcance. Ella buscó una salida, pero la ventana había desaparecido, como si se tratara de una herida curada repentinamente; la puerta no estaba tampoco, y hasta las grietas entre las tablas del suelo se habían sellado solas. Las paredes se iban estrechando cada vez más y el espíritu se mordisqueaba las uñas con avidez; ella se tapó los ojos y gritaba y gritaba; el espíritu dio un salto y se metió en su cuerpo.

Si él no podía tenerla, evitaría que cualquier otro la tuviera.

Ahora la chica erraba por el pueblo día y noche, con los ojos vidriosos y la cara extrañamente inerte. Ya no flotaba; tropezaba y chocaba con las vallas, arañaba las ventanas, se arrancaba su propio pelo. Daba vueltas como una peonza, con las faldas subidas hasta la cintura y el pelo suelto ondeando a su espalda, como una raya negra. Se clavaba los dientes en el brazo y bebía.

La voz que salía de ella no era la suya. Era una voz profunda y ronca, una voz masculina que venía de lo más hondo de su ser y fluía a través de su boca por los inmóviles labios. Se revolcaba en el barro. Se rasgaba la ropa.

Allí donde iba, los perros, los gatos y los niños huían. Pero las gallinas la seguían, bandadas de ellas, todas mirándola con sus ojos rosados y esquivando sus pasos de borracha. Donde ponía los pies, salían gusanos de la tierra y las gallinas los picoteaban vorazmente.

La gente del pueblo reconocía aquellas señales y atrancaba las puertas. La chica golpeaba en los muros, llamando y maldiciendo con su ruda voz.

Su prometido intentó contenerla y ella le atacó ferozmente, clavándole las uñas en la cara hasta los huesos. Él se retiró dando traspiés, cegado por la sangre. Desde entonces siempre tuvo barba, para ocultar las cicatrices.

Cuando empezó a llover, la chica miró hacia arriba, con la barbilla llena de baba. Fue, cojeando, a refugiarse en el templo del pueblo. La gente la observaba por las ventanas; su padre salió sigilosamente y atrancó la puerta dejándola dentro.

Los del pueblo se reunieron en la calle, con la lluvia empapándoles la ropa, para decidir qué hacer. Muchos habían visto antes chicas poseídas por *dybbuks,* pero había división de opiniones en cuanto a la identidad de este invasor. El futuro marido sugirió enseguida que serían los espíritus del bosque; temía que estuvieran vengándose de él por talar tantos árboles.

Otros pensaban que el *dybbuk* era el espíritu de una chica que había muerto hacía diez años, tres días antes de su boda. Estos espíritus tenían envidia de las chicas vivas que pronto iban a conocer los placeres del matrimonio. Eran pueriles y caprichosos, más solitarios que realmente malvados. Se les podía engatusar, para que salieran de los cuerpos de sus víctimas, con regalos, vestidos blancos, música, pasteles.

Algunos decían que la chica había sido siempre rara, que no tenía remedio.

La gente escuchaba cómo la voz ronca y ahogada se elevaba en el templo. Oían golpes, topetazos; veían una silueta atormentada pasando a toda velocidad por delante de las ventanas.

Sabían que tenían que actuar rápidamente o la chica desaparecería del mundo de los humanos para siempre. Pero no se ponían de acuerdo en cuanto al método: unos hablaban de fuego, otros de rezos, algunos sugerían un trago de lejía, otros querían limpiarle las tripas, igual que se haría con una chimenea obstruida. Mientras la lluvia caía a cántaros, la gente fue armándose de azadones, cuchillos, libros de oración. E irguieron las espaldas, disponiéndose para la batalla.

Cuando se aproximaron a la puerta, oyeron de nuevo la voz ronca y gutural exaltada por la ira. Berreaba y se desvanecía, balbuceante, discutiendo consigo misma. Se elevó hasta la histeria y explotó. Las ventanas resplandecieron con un tono anaranjado, la lluvia que caía en el tejado silbaba y hervía. Una parte de éste salió volando, con un aluvión de chispas y astillas. Una sombra negra y ululante hizo un remolino en el cielo y desapareció.

Dentro, la habitación estaba llena de humo y olor a cabra. Encontraron a la chica en el suelo, en cuclillas, con la ropa carbonizada y la cara manchada de hollín. Pero extendió los brazos hacia ellos y les sonrió con naturalidad.

Ella sola había arrojado al *dybbuk* de su cuerpo. Había contraído los costados y lo había expulsado con una violenta espiración, del mismo modo que había visto hacer al herrero para sacar el aire de sus fuelles.

Se había revolcado, aplastándolo para forzarle a salir, igual que había visto hacer al panadero para eliminar las burbujas de aire de su masa. Lo había arrancado de su cuerpo, igual que había visto hacer a su novio para soltar la hoja del hacha de un bloque de madera resistente.

Todas las cosas que sabía las había usado para volver a su ser. Todos se daban cuenta de que el *dybbuk* ya no estaba. La prueba era aquel pequeño punto con sangre, como un pinchazo, en el dedo pequeño del pie derecho.

Pero después ya no era la misma.

Había perdido su ingravidez. Su cuerpo ahora ya no se separaba del suelo, como el de cualquiera. Sentía una nueva fuerza pero también un tipo de cansancio que antes no conocía: la necesidad de tumbarse y quedarse así, lo más cerca posible de la tierra, el deseo de cerrar los ojos y abandonarse.

Antes sólo había sentido ligereza. Y después había sabido lo que era la claustrofobia, la asfixiante sensación de un espíritu extraño embutiéndose en su cuerpo. Y con el invasor ya fuera, había llegado a conocer el peso terrenal, los lazos que la ataban a la gente, a los lugares y a las cosas que era necesario hacer.

Sentía ese peso cuando miraba las caras cansadas de sus padres, y cuando veía en la de su prometido las marcas que sus propias uñas le habían dejado, y experimentaba también un temor persistente que nunca desaparecía.

Todavía podía recordar la levedad. Pero le costaba trabajo.

Algunos decían que después, durante años, le quedaron secuelas del mal espíritu que la había poseído. Ella veía cosas que nadie más podía ver.

En su noche de bodas, su reciente esposo penetró en ella igual que clavaba su hacha en los leños; sus muslos se abrieron como la madera partida por el hacha en dos perfectas mitades blancas; y sintió un peso que no tenía nada que ver con la presión de su marido sobre su vientre. Era una clase nueva de felicidad, una satisfacción, que la llenaba como si de ladrillos se tratara, anclándola, poniendo cimientos y elevándose hacia el cielo como una fortaleza.

Y cuando se quedó embarazada, se sintió más sólida que nunca, como si el niño la sujetase.

La gente decía que aquella chica era mi madre.

Esto es lo que las tres ancianas me contaron.

Era sólo una historia que a ellas les gustaba contar.

Cabalgué hasta mi pueblo por segunda vez, o al lugar donde había estado. Quizá se encontrase allí todavía, quizá me había equivocado cuando llevé al oficial. Quizá la primera visita había sido una pesadilla.

Llegué al lugar que yo reconocía por la forma de las colinas y el estrecho río helado. El pueblo no estaba, había solamente una marca negra en la nieve. Todo en paz ahora; ya no salía humo de las ruinas.

Durante largo rato cribé la ceniza con las manos. Quería encontrar una evidencia: una taza, una pipa, una aguja, un anillo. Cualquier prueba que demostrara que allí había habido gente.

Pero no encontré nada. El lugar estaba limpio, como si buitres y larvas lo hubieran barrido y, una vez hecho su trabajo, se hubieran marchado.

Ni un hueso, ni un cordón de zapato. Sólo ladrillos carbonizados y ceniza.

Como si nadie hubiera estado nunca en aquel lugar.

Pasé allí la noche, recogiendo piedras de la orilla del río y, como no había tumbas donde colocarlas, las puse donde una vez estuvieron las casas.

Creí oír las voces de las tres mujeres que habían sido una parte del pueblo más permanente que los edificios, creí oír sus cuchicheos en el viento y sus lamentos por los muertos.

Tenía las manos heladas, las uñas de un bonito azul.

Pronto, pensé, el bosque alargará sus brazos y se extenderá por este lugar, y será como si este claro nunca hubiera existido.

Por muy lejos que viajara, siempre me encontraba en un bosque y, con una inquietante sensación, parecía ser siempre el mismo, como si no hubiera ido a ninguna parte y hubiera estado caminando en círculos. El bosque me perseguía, se pegaba a mis talones como mi sombra.

Intenté recordar cómo era el pueblo, pero mi memoria se había debilitado. Eché una mirada a aquel lugar desierto y empecé a preguntarme si realmente había estado allí alguna vez. Quizá el pueblo sólo había existido en mi cabeza, igual que la ciudad en miniatura existía dentro de mi precioso huevo.

¿Era posible que una cosa existiera sin testigos? ¿Sin pruebas?

Se me ocurrió que no había mucha diferencia entre una cosa real que existiera en mi memoria y algo que tuviera su origen en la mente.

El cielo tenía ahora el expectante color pálido que precede a la salida del sol. ¿Dónde estaba el caballo? Miré a mi alrededor y lo oí relinchar.

Lo vi a lo lejos, encabritado y echando espuma por la boca. Tres escuálidas figuras de espantapájaros iban apiñadas en la montura. Levantaron los brazos y chillaron, de terror o de placer, cuando el caballo se encabritó de nuevo, presa del pánico. Tres pares de huesudos talones sobresalían de los costados del animal y lo espolearon con impaciencia. Empezó a correr y las mujeres se agarraron unas a otras con sus mantones andrajosos y grandes marañas de cabello suelto ondeando tras ellas. Casi me pareció ver sus gritos flotando en el aire, como banderas hechas jirones.

Incluso creí percibir el color de sus bocas, pero debieron de ser las primeras luces rojas del amanecer.

Sabía que no las alcanzaría. Aun así, seguí tras aquella forma menguante, negra a contraluz. Cambiaron de rumbo, dirigiéndose hacia el sol, como si fuera un túnel en el que pudieran penetrar.

Llegué a la cima de una elevación del terreno y miré hacia abajo, y allí, en un hoyo, encontré todas las pruebas que pudiera haber deseado.

Estaban todos amontonados en una pila como un almiar, y rígidos de una manera que me era familiar. Algunos despedazados, la mayoría no; todos con la piel blanquísima. Fríos y duros como estatuas, con una pelusa de escarcha y la saliva congelada en las comisuras de los labios. Salpicados de rojo y de púrpura; sangre incrustada, coagulada y negra.

Vi la masa de cabezas colgando hacia atrás, ladeadas a izquierda y derecha, como de conversación, y los pies juntos, algunos calzados, otros descalzos.

Aunque hubiera querido no habría podido mover ninguno de los cuerpos, estaban todos congelados en una sólida amalgama.

Cómo puedo explicar lo plácidos que parecían; los ojos imperturbables, totalmente en silencio, mientras la suave luz del sol que salía les acariciaba las caras.

Demasiado silencio.

Mi madre, mi padre. Uno al lado del otro.

No hagáis ningún ruido. No digáis ni pío.

Nadie se movió.

No os mováis, no respiréis siquiera, les dije. Haced como si estuvierais muertos.

Me agaché cerca de ellos y dije: Nunca os encontrarán. Son estúpidos. Si os quedáis todos así, calladitos, no os encontrarán.

Y así lo hicieron.

Aquí estáis a salvo, dije, mientras permanezcáis aquí y no os mováis ni respiréis, os mantendréis a salvo, ¿comprendéis? Comprendieron.

Me di la vuelta y comencé a caminar y no miré hacia atrás. Tenía la prueba que necesitaba, ya no había razón para quedarse. Una sólida prueba que se pueda tocar, que se pueda ver, eso es todo lo que necesitas para creer en algo. A veces es demasiado.

Llegué a una ciudad diez veces más grande que el pueblo en el que crecí. Las calles estaban pavimentadas de piedra e iluminadas con farolas por la noche. La gente aquí hablaba de otra manera. Vi mujeres que llevaban pájaros disecados y fruta en los sombreros, y niños vestidos de blanco como ángeles.

Encontré trabajo en casa de una mujer que vivía sobre un acantilado desde donde se veía la ciudad.

Era muy alta, con el pelo crespo y rojo y una cara inexpresiva como una máscara. Tenía las cejas tan arqueadas que debía de habérselas pintado; y un lunar, como de terciopelo marrón, perfectamente redondo, justo en mitad de una mejilla.

Dijo que yo le gustaba porque no hablaba mucho.

Cuando acudí a ella por primera vez, me enseñó aquella casa enorme llena de corrientes.

Ven a conocer a mis maridos, dijo, y me condujo a una larga galería.

¿A que son muy guapos?, dijo, gesticulando con la mano. Todos muertos, tan jóvenes. Qué pena, ¿verdad?

Una hilera de retratos enmarcados colgaba de la pared. Conté siete. Cabezas y hombros, casi de tamaño natural. Todos con el pecho inflado y una chulería como de gallo de corral, a pesar de la ropa bien confeccionada y del pelo y la barba tan cuidados. Las miradas de todos coincidían con la tuya, parecían seguirte cuando te movías.

Yo no quería casarme tantas veces, decía ella, pero ¿qué iba a hacer? Como se morían... Desgraciada en amores, eso es lo que soy.

Yo pasaba los días encendiendo velas, arrancando páginas de libros. Arreglaba sus zapatos, decenas de pares, de tacón alto y adornados con piedras, e iba al tejado a dar de comer a las palomas, pero la mayor parte de mi trabajo giraba en torno al suyo, porque era pintora. Siempre tenía las manos manchadas de pintura; los retratos de sus maridos los había hecho ella misma.

Me enseñó a mezclar los colores, a limpiar los pinceles y a hacer marcos de madera, pero era ella quien estiraba los lienzos.

A veces se pasaba las horas mirando una piedra o un trozo de tela al que le estaba dando el sol.

Me di cuenta de que era una artista bien considerada, muy solicitada para pintar retratos de la aristocracia. Viajaba a sitios muy lejanos a causa de los encargos.

A mí me gustaba observar su obra; le daba al cuadro tal sensación de profundidad que el lienzo parecía sólo una puerta hacia un mundo distante. Aunque a mí no me inspiraba confianza, era todo un fraude, ¿o no? Engañaba a los ojos. Y los cuadros eran mentirosos, representaban momentos que ya habían pasado. Aquellos maridos, que parecían tan sanos y con tan buen color en sus retratos, estaban todos muertos. Un engaño cruel.

Naturalmente, yo no comentaba nada de esto.

Un día me dijo que quería pintarme.

Sólo para practicar, decía, para mantener las manos en forma.

No, dije yo, señalando un lienzo negro, no quiero estar ahí atrapada.

¿Tienes miedo de que aprisione tu alma?, se rió ella. ¿Es ésa otra de tus supersticiones? ¿Pero cuándo vas a salir de la oscuridad?

Me dijo: Te dejaré un vestido, así podrás fingir que eres otra persona; ni tú misma te reconocerás cuando esté terminado.

Así que acepté, ella me trajo uno y durante un momento estuve emocionada.

Me imaginé a mí misma con faldas de vuelo amplio, derrochando elegancia y esplendor. Como ella.

Me lo puse por encima y vi que todo era una farsa, no era un vestido, sólo la parte delantera, para cubrir convenientemente a una modelo mientras posara. No tenía forro, el interior estaba sin rematar, los bordados se deshacían y colgaban hilos de todas partes. Me hizo sentar en una sillita dorada, me giró la cabeza y me prendió el pelo con adornos que se revelaban falsos hasta a mis inexpertos ojos, con aquella grasienta iridiscencia, como de aceite sobre agua.

Pero ella estaba satisfecha, se dirigió al caballete y me ordenó que no me moviera y que fijara los ojos en el alejado portal.

Pasó muchos días dedicada al cuadro y cuando terminó me lo mostró. Le eché una larga mirada y ya no lo miré más.

Mirar el retrato no era como mirarse en el espejo, porque el espejo era solamente una superficie. El retrato me mostraba desde dentro: había captado en las mejillas la tensión de los dientes apretados, y aquel abochornante bulto rosado —una marca de nacimiento en la comisura de la boca—, las cejas despeluzadas, y los ojos. Los ojos eran a la vez temerosos y calculadores, como los de un animal que duda entre huir o atacar.

Yo no sabía que era así.

Mi cara hacía parecer todavía más ridícula aquella ropa refinada.

Poco después me dijo que le habían encargado pintar a una condesa. Me pidió que cuidara de su casa mientras ella estaba fuera.

No creas que me estoy encariñando contigo, dijo. Nos entendemos, eso es todo.

Me miró con perspicacia y después me mandó a las cuadras a buscar a un cochero que yo ni siquiera sabía que existía. Quizá fuera una alucinación, pero, al entrar en los establos, creí ver al cochero con la cabeza en el pesebre, dando lengüetazos a la avena, al lado de los caballos.

De vuelta al estudio, preparé sus pinceles. Oí sus pasos y me volví. Estaba en la puerta con pantalones y botas y un gran abrigo que le llegaba hasta las rodillas. Su cara, que siempre me había parecido una cara pintada, ahora tenía el aspecto de estar dibujada al carboncillo con gruesos trazos. Qué anchos resultaban sus hombros. Quizá el abrigo estuviera acolchado. Tenía pintados barba y bigote.

No te sorprendas tanto, dijo. Consigo más encargos de esta forma.

Tomó de mis manos la caja de los pinceles y se marchó. Oí el eco de sus botas durante un buen rato.

Me quedé mirando por la ventana cómo rodaba el coche por el largo y sinuoso camino que iba a la ciudad, y luego más lejos.

Me preguntaba qué ropas serían las falsas.

La casa era incluso más grande de lo que yo creía. Había muchas puertas cerradas con llave.

Fui a la ciudad, al mercado. Oí a la gente murmurar sobre ella: sobre su riqueza, su aislamiento, los maridos que fueron con ella a la oscura casa de la colina y nunca más volvieron. Los ama hasta la muerte, los exprime, decían, su cuerpo no es normal. Barba Azul, la llamaban los hombres, y hacían gestos obscenos.

Los hombres nunca salen vivos, decía la gente.

Se los come, afirmaban.

Les corta sus partes y se las come con salsa de vodka.

Apuntaban a la casa susurrando, como si ella pudiera oírles.

Yo mantenía las chimeneas encendidas para evitar que se enfriasen las habitaciones.

Estuvo fuera muchas semanas y regresó con un nuevo marido. Era joven, lozano y esbelto, con el pelo claro como el lino y ropa llamativa. Y arrogante, a pesar de ser un poco más bajo que ella. Se frotaba las manos y miraba las alfombras, las lámparas y las habitaciones durante tanto tiempo que parecía que no terminaba nunca de verlas, y había en él un no sé qué de codicioso, se le notaba en la boca.

Llevaba otra vez sus ajustados vestidos largos, el pelo suelto, la cara perfecta. Su marido la agarró por la cintura y le acarició el cuello. Por encima de la cabeza de él me dirigió una de sus sagaces miradas. Esa noche estuvieron muy activos y ruidosos en el dormitorio.

Al día siguiente, mientras estábamos las dos solas en el estudio, le pregunté cómo le había encontrado, vestida de hombre como iba.

Ella contestó: A algunos hombres les gustan las mujeres atrevidas. Además, continuó, señalando el dormitorio con la cabeza, es el tercero de los hermanos y no heredará nada.

Ella pintó su retrato pero lo guardaba en el estudio.

Al poco tiempo dijo que había recibido otro encargo. Su marido no podía acompañarla. Tengo que cuidar mi reputación.

Le entregó un juego de llaves y le dijo que podía entrar en todas las habitaciones menos en una.

Confío plenamente en ti. Por favor, respeta mis deseos.

Él asintió sin prestar atención; tenía las manos en los pechos de ella.

Después se marchó y nos quedamos solos en la casa, él y yo. Apenas hablábamos y él pasaba el día en el campo montando un caballo negro, cortando arbustos con su espada y gritando como un chiquillo.

Una noche en que se quedó dormido en una silla en la biblioteca con un libro abierto en el regazo, le cogí las llaves del bolsillo de la chaqueta.

A mí ella no me había prohibido entrar en la habitación.

La encontré en una de las torres en lo alto de la escalera de caracol. Sólo tenía una vela, que reflejaba mi sombra despeinada en las paredes. Introduje la llave en la cerradura; la puerta se abrió. Entré, temerosa, esperando que saltara alguna horrible trampa, pero sentía demasiada curiosidad como para detenerme. Había un silencio absoluto, la habitación estaba vacía salvo por una cama, y en la cama yacía una mujer. Era joven, pálida y hermosa, y estaba tumbada boca arriba con los brazos abiertos, como esperando un abrazo.

De repente pensé en la casa de Baba, y me pregunté si *todas* las mujeres raras mantenían jovencitas escondidas en habitaciones secretas. Como si trataran de aferrarse a una versión joven de sí mismas.

Eché el aliento en la cara de la mujer, le toqué el brazo. Estaba fría, no se movía. La zarandeé. No era real; estaba hecha de cera blanda o de arcilla y su piel, ahora lo veía, era una dura película amarillenta. Me di cuenta de que su boca no llevaba a ninguna parte y de que no había nada bajo sus párpados. Le di un puñetazo en el estómago y mi mano cerrada se hundió en ella.

De lejos, sin embargo, resultaba convincente. Natural. Una obra de arte.

Retiré las sábanas para ver más. Vi un destello de acero y me eché hacia atrás inmediatamente. Allí, colocadas entre las piernas, había unas afiladas fauces de metal, como una enorme trampa para osos.

Agarré la vela y me alejé de aquella extraña cosa. Cerré la puerta con llave y bajé las escaleras de puntillas.

Pensé en quedarme con las llaves para evitar posibles accidentes.

Pero cuando al día siguiente el marido, acorralándome, me preguntó si había visto las llaves y me acusó, con aquella pomposa voz, de haberlas robado, se las entregué.

No había de qué preocuparse, razonaba yo. Si él cumplía su promesa con mi pintora, y se mantenía alejado de la habitación, no había nada que temer. Y aunque traicionara su confianza y entrase en la habitación secreta, estaba segura de que no iba a ser tan estúpido como para confundir a una chica de cera con una de verdad.

Y aunque lo *hiciera,* pensé, no iba a serle tan infiel a su mujer como para hacer eso que los hombres parecen estar siempre dispuestos a hacer.

Así razonaba yo. Pensé que no le pasaría nada.

Aunque bien era cierto que no me gustaba aquel aire de propietario que se vislumbraba en sus ojos, ni la forma en que me gritaba y escupía en la cara y me llamaba vaca palurda.

No creí que fuese a hacer ninguna tontería, pero justo a la noche siguiente me despertó un chasquido metálico seguido de los gritos más horribles que había oído en mi vida. Corrí a la habitación de la torre, golpeé la puerta, pero estaba cerrada por dentro. Le oía jadear, le grité que tirase las llaves por debajo de la puerta, pero, aunque lo hubiese hecho, no había espacio suficiente.

Es desagradable oír esto, lo sé. Suena a la clase de cuentos que se les cuentan a los niños para asustarles y que se porten bien.

Pero yo no lo hago por esa razón.

Te lo cuento porque es lo que sucedió. Ésa es la verdad. No hay otro motivo.

Amaneció y una luz rosada se colaba en el estudio donde me encontraba, y entonces oí las pisadas de un caballo que se acercaba de lejos. Era la pintora, que regresaba como si ya supiera lo que había sucedido.

Entró dando zancadas, vestida de hombre todavía, con la cara azotada por el viento y feliz. Me dio una lista de recados tan larga como su brazo y me envió a la ciudad. Se le había olvidado que yo no sabía leer pero lo que sí sabía es que era mejor tenerme fuera de casa hasta la noche.

Cuando volví, todo estaba en silencio. Me saludó serenamente y, en respuesta a mi mirada, dijo: Falló la prueba, ¿sabes? ¡Qué pena!, es imposible encontrar un hombre que sea fiel en estos tiempos.

Me tocó en el hombro con una mano pegajosa, manchada como siempre. No te sientas responsable, dijo. Fue culpa suya, por andar husmeando donde no debía.

Traicionó mi confianza, continuó; luego colgó su retrato en la pared con los otros. Yo era incapaz de mirarlo.

Me quedé con ella algún tiempo más. Me encantaba verla pintar pero no podía mirarla a la cara. Se marchó otra vez y volvió con el noveno marido. Cuando le vi supe que tendría que irme porque era un hombre dulce y pacífico y encima cojeaba. La miraba con arrobo y la tocaba con delicadeza, y a mí me ayudaba a encender las lámparas por las tardes. No soportaba la idea de que acabara con la cabeza colgando en la pared junto a los otros.

Así que cuando dijo que se iba y le entregó a él las llaves, yo se las robé del bolsillo mientras dormía, fui a la habitación de la torre y desactivé la trampa con una vela; después cerré la puerta y tiré las llaves a un pozo, como medida de precaución.

Luego me marché. No quería estar allí cuando ella volviera y se encontrase con una vela cortada por la mitad, en lugar del desengaño que había previsto. Se daría cuenta de que yo era la responsable, y no imaginaba cuál sería su reacción.

Era consciente de que su nuevo marido no estaba del todo a salvo. Ella podía darle otro juego de llaves y desaparecer otra vez dejando que sucumbiera a la curiosidad y a la tentación. Pero tenía la esperanza de que no lo hiciera. Tal vez pasara la espeluznante prueba, ganase su confianza y viviesen felices los dos juntos; tal vez le enseñara a ser más tierna y llenasen de niños aquella enorme casa; y ella dejaría a la muñeca de cera pudrirse en la torre.

Así que me fui.

No me agradaba pensar en el retrato que me había hecho, hubiera querido destruirlo, pero lo había escondido. No me gustaba nada la idea de que mi rostro se quedase allí, con ella.

Pero me había pagado bien el tiempo que pasé en su casa y el dinero tintineaba en mi vestido. Había oído hablar de un lugar lejano al otro lado del océano, donde la gente era siempre joven y había sitio para respirar y todo era nuevo y prometedor y se movía con máquinas. Decían que las calles estaban pavimentadas de oro. Deseaba ir allí.

Calles de oro, yo sabía que eso no era más que un cuento. Pero todo lo demás sonaba a verdad.

Atravesé pueblos y ciudades más grandes, y notaba los cambios a medida que me alejaba de casa. El largo de la barba de los hombres. El sonido de sus voces. Más hierro y acero, carbón en lugar de madera, artefactos y máquinas que se movían y despedían vapor por impulso propio, como si estuvieran vivas.

Estas cosas me asombraban, pero cuanto más viajaba y las maravillas se iban acumulando, empecé a preverlas y dejaron de sorprenderme. Creo que si hubiera visto hombres andando por las paredes de los edificios como las arañas o volando por el aire con alas de libélula no me habría causado ninguna sorpresa.

Cuando atravesé estas ciudades, oí a la gente hablar de la Gran Guerra y al preguntar yo que dónde había una guerra, todos se reían de mí y me llamaban palurda. Querían saber dónde me había escondido todo ese tiempo y se quedaban mirándome el pelo, que nunca me había cortado y que ahora me pasaba de las rodillas, y se burlaban de mis zapatos con suelas de madera. Yo me echaba a correr pero les oía gritarme: La guerra ha terminado, tontita, y nunca más habrá otra.

Seguí caminando, éste no era el lugar que buscaba. La gente de aquí, aunque llevara ropa elegante, era tan violenta como la otra. Tenían rostros grasientos y lascivos. Vi a un hombre golpear a un caballo dorado que no se movía porque el carro que llevaba detrás era demasiado pesado, abarrotado hasta el cielo de muebles viejos. El hombre lo golpeó y lo golpeó, maldiciendo, hasta quedarse sin respiración, y el caballo seguía sin moverse. Le pegó hasta que el animal cayó de rodillas y le salía una espuma rosácea por la nariz, sólo entonces se detuvo para secarse la frente. El carro, cargado hasta los topes, se ladeó, y una estrepitosa lluvia de sillas rotas y mesas sin patas se le vino encima enterrándole completamente, y ningún transeúnte de camino a sus ocupaciones diarias se paró para ayudarle. Ni al caballo.

Las ciudades estaban llenas de superficies relucientes y útiles máquinas, pero en el campo nada había cambiado. En los caminos veía a mujeres encorvadas como arpas, con fardos a la espalda el doble de grandes que ellas y los niños atados al pecho. Y por la noche vi arpías volando en círculos en el cielo, como hacían en mi pueblo. Las arpías tenían cuerpo de halcón y cabeza de mujer, y a veces robaban las caras de los muertos para asustar a los viandantes. Una vez creí ver una que llevaba la cara de mi madre como una máscara, y miré rápidamente hacia otro lado.

Ahora el pelo me llegaba a los talones y lo tenía enredado con ramitas e hilos de colores. Había pasado la noche en un establo entre caballos, y por la mañana me encontré con que unos chicos del lugar me habían atado campanillas en el pelo mientras dormía. Minúsculas campanillas del tamaño de un dedal que sonaban ligeramente cuando sacudía la cabeza. Hallé la mayoría de ellas y me las arranqué, pero no conseguí dar con todas, a pesar de que busqué mecha por mecha.

Así que, cuando caminaba, iba sonando una musiquilla, aunque era un tintineo barato, y todos pensaban que era una gitana.

Una tarde llegué a una ciudad nueva. La gente de la calle no me veía, pasaba a mi lado con prisa, con la cara alegre y expectante. Los muchachos correteaban entre sus mayores; las mujeres mecían en sus brazos a los niños, o los llevaban sobre los hombros o apoyados en la cadera. Iban todos en la misma dirección, así que les seguí.

Se dirigían hacia el gran templo que había en el centro de la ciudad, e imaginé que iban a rezar.

Había tres ancianas recogiendo dinero a la entrada. Creí que eran mendigas y les di una moneda a cada una antes de entrar y sentarme con los demás. Las hileras de bancos ocupaban el recinto, que quedó abarrotado —el aire tan caliente como el aliento— de gente que hablaba atropelladamente y niños que lloraban. Nunca había estado en un servicio religioso en el que hombres y mujeres se sentaran juntos.

La habitación se oscureció y cesó el caudal de voces cuando todos dirigieron la vista hacia el estrado iluminado que había en la parte delantera. Ya en silencio, un hombre saltó al estrado, seguido de otro, y los dos empezaron a hablar en voz alta y estridente.

Se les unió más gente, hombres y mujeres, y por una razón u otra todos parecían excitados y nerviosos y se estrechaban las manos llorando. Me quedé atónita al ver que hablaban de asuntos muy personales, y lo hacían en un tono de voz que todo el mundo podía oír. Y la gente sentada a mi alrededor, en lugar de volver la mirada con educación y hacer como que no se daba cuenta, miraba descaradamente bebiéndose cada palabra. Yo tenía la sensación de estar escuchando una conversación privada; no me parecía bien.

Las personas del estrado no nos hacían el menor caso, ni siquiera cuando nos reíamos o lanzábamos exclamaciones; estaban absortas en sus propios asuntos. Parecían aisladas en su pequeño mundo iluminado y, sin embargo, al mismo tiempo parecían más reales, más intensamente vivas que cualquiera que yo hubiera conocido. Sus rostros delataban sus pensamientos, el sufrimiento hacía elocuentes sus cuerpos.

Me preguntaba cuándo empezarían los rezos.

Me llamó la atención un hombre en particular. Se paseaba por el estrado tirándose del pelo, parecía atormentado por demonios interiores. Deduje que estaba llorando la muerte de su padre. Entendía su sufrimiento. Después de una larga parrafada, con mucho movimiento de brazos y zapatazos en el suelo, se detuvo y recorrió la habitación con la mirada. Habría jurado que me miró durante un momento. Sus ojos eran de un azul poco normal.

Tardé en darme cuenta de que yo tenía lágrimas en la cara. A mi alrededor, los bebés lloriqueaban y mamaban ruidosamente del pecho de sus madres, los hombres encendían sus pipas, algunos niños inquietos gateaban entre los bancos, golpeándose la cabeza contra las rodillas de la gente, pero yo sólo veía el estrado iluminado y la exquisita agonía del joven, y deseaba tanto consolarle que a duras penas podía quedarme sentada.

Algo sagrado estaba sucediendo allí.

Debió de pasar mucho tiempo; a mi alrededor las caras brillaban con el sudor, el aire era espeso a causa del humo, los niños pequeños dormían relajadamente. Pero la acción continuaba y parecía estar llegando a su punto culminante. No entendía todo lo que decían, pero noté que la tensión aumentaba como hilos que se tejen y se tensan. El estrado estaba ahora abarrotado, las voces eran cada vez más chillonas; entonces hubo un murmullo de expectación y vi un destello de largos cuchillos.

Me di cuenta de que era una especie de muerte ritual. Un sacrificio.

El hombre de los ojos azules, mi pobre hombre que tanto había sufrido, tenía sudor en las sienes, los ojos en blanco y las venas del cuello a punto de estallar; él sabía que iba a morir, se veía, era inevitable, él mismo se ofrecía para el ritual.

Los que estaban sentados cerca de mí se echaron hacia delante ansiosamente.

¿Qué clase de horrible ceremonia era aquélla?

Hubo un momento de mucha excitación, una confusión de gritos, extremidades y golpes, los cuchillos saltaron como halcones y vi caer a mi hombre, y de repente enormes gotas de sangre salpicaron por todas partes. Que alguien le ayude. Salté de la silla, fui hacia él agitando los brazos, yacía ensangrentado en el suelo, pero unas manos me agarraron, echándome para atrás.

Que no vemos, murmuraban unas voces a mis espaldas.

Nos hemos perdido la mejor parte, dijeron.

Realmente, pensé, ésta es la gente más bárbara que he conocido.

Después me quedé más horrorizada aún, pues todos se levantaron de sus asientos, aplaudiendo y dando gritos de entusiasmo. Hasta los niños estaban sedientos de sangre; los chicos silbaban, de pie en los bancos para ver mejor.

Estaba rodeada de locos.

Me sentía mal, pero me puse de puntillas para poder ver el estrado por encima de aquel mar de hombros y cabezas cubiertas con pañuelos. Y me quedé sin respiración cuando vi levantarse al hombre de los ojos brillantes, con la ropa salpicada de sangre, y sonreír y mirar a la multitud y dar las gracias con inclinaciones de cabeza. Se había levantado de entre los muertos, y a pesar de todo sonreía como si aquello no fuera más que un juego. Estaba atónita, pero nadie parecía darse cuenta del milagro, excepto yo.

Luego me asusté. Pensé que la multitud que se agolpaba en torno a mí se sentiría decepcionada. El sacrificio había sido un engaño; ahora exigiría que se le matase otra vez.

Pero lo único que hacían era manifestar a gritos su agrado; yo miré a mi alrededor y vi que algunas mujeres lloraban; habían estado tan absortas como yo y se habían olvidado de los niños arropados que tenían en sus brazos.

Después, las personas del escenario se adelantaron y saludaron con la cabeza; vi que desaparecía la tensión de sus cuerpos, que se distendían a la vez que sus rostros se relajaban y perdían seriedad, y de pronto parecían tan normales como aquellos que me rodeaban.

Tuvieron que explicarme que eran actores, que aquello era una diversión, que todo eran palabras fingidas, floretes y sangre de pollo.

Yo lo entendí y me sentí como una tonta, pero una parte de mí se negaba a aceptarlo, una parte de mí se aferraba a la visión de aquel hombre abriendo los ojos, poniéndose de rodillas, levantándose y burlándose de la muerte con una sonrisa; yo sabía que había sido un milagro.

La gente salió en tropel hacia la noche. El cielo estaba despejado y las estrellas se veían tan nítidas que parecían estar al alcance de la mano. Las mujeres regresaban a casa más arrimadas a sus maridos que antes; los críos jugaban con palos a los espadachines.

Anduve dando vueltas aquella noche, marcando un profundo sendero en la nieve, y por la mañana fui a ver a los actores guardar las cosas en los carros. Formaban una compañía de teatro ambulante y se dirigían a la siguiente ciudad.

Vi por casualidad al joven actor, con el pelo negro que le caía en la frente mientras lavaba la ropa manchada de sangre. Parecía más pequeño que en el escenario, pero el color de sus ojos no había cambiado. Tendió la ropa detrás de uno de los carros, luego se frotó las manos y flexionó los dedos. Abrió una maleta negra y sacó un instrumento; después me enteré de que era un violín.

Se lo colocó debajo de la barbilla y se puso a tocar. Los otros actores le gritaban y silbaban; tres mujeres, las tres mendigas que recogían dinero en las puertas la noche anterior, empezaron a chasquear los dedos, se enderezaron a pesar de sus chepas y se levantaron las faldas hasta más arriba de sus huesudas rodillas; riendo como locas, comenzaron a bailar y a dar vueltas.

Todo estaba listo; los carros cargados hasta los topes y los caballos resoplando con el frío. Los actores se montaron y emprendieron la marcha, pasándose unos a otros una botella de licor y hablando en voz alta. El joven se subió en la parte de atrás de la última carreta sin dejar de tocar en ningún momento.

La música siguió oyéndose durante un buen rato.

Y cuando la música se desvaneció, las huellas de los carros en la nieve mostraban claramente por dónde habían pasado.

Les seguí.

Sólo porque iban en la misma dirección que yo.

Por ninguna otra razón.

Caminé todo lo deprisa que pude. Sólo porque hacía frío.

Cuando se detuvieron en la siguiente ciudad, yo lo hice también, y aquella noche me senté en un local abarrotado y asfixiante que apestaba a lana mojada, para ver la actuación. Pensé que ya no tendría gracia, ahora que ya sabía que todo era artificio. Sin embargo, resultó ser mucho mejor. El joven despotricaba y se mesaba los cabellos y yo no podía apartar los ojos de él. Me resultaba conocido, me tocaba en lo más profundo. Esta vez seguí mejor la historia, vi lo solo que estaba y lo que desconfiaba del mundo que conspiraba contra él, cómo discutía con la reina, su madre, y lanzaba unas anhelantes miradas a una señora con una espesa cortina de pelo dorado y manos gesticulantes. Sentí una culpable satisfacción cuando ella moría.

Y al final, cuando el ruido y la confusión estallaban en el escenario y él moría de la manera más elegante entre relucientes espadas, yo apenas podía respirar de la impresión, aunque sabía desde el principio lo que iba a suceder. Durante unos momentos agónicos él quedó allí tumbado, inmóvil, y pensé que esta vez no se levantaría. No se levantaría. Traté de hacerme a la idea. Era insoportable.

Pero sí se levantó, y sonrió, y fue más milagroso que la otra vez.

Aplaudí y aplaudí, pero no era suficiente.

Después salí y me puse a mirar las estrellas. Tenía las mejillas húmedas otra vez y no entendía por qué me sentía tan feliz y tan triste al mismo tiempo.

La gente pasaba por mi lado de camino a su casa, con la mirada pensativa y el rostro sereno.

Las mujeres llevaban a los niños en la cadera, en esa postura universal. Yo la había visto cientos de veces, pero esa noche parecía noble y hermosa.

Los chicos luchaban con palos. Algunas cosas son iguales en todas partes.

Noté que alguien me tocaba en el brazo.

Debe de gustarte mucho para haberla visto dos veces, dijo.

Sí, contesté.

Era él. No podía dejar de mirarle, resultaba casi insoportable tenerle tan cerca, como mirar fijamente una luz muy brillante. Sus ojos azules se mostraban serenos y burlones; enarcó las cejas una y otra vez hasta que me reí. Me parecía tan joven; estaba acostumbrada a ver hombres con barba. Le miré la mandíbula, se le notaban los tendones del cuello.

Le caía el pelo negro por la cara y las orejas, tenía los rasgos muy marcados y pálidos por el frío. En su ropa era aún visible la sangre de la función.

Me gusta ver cómo vuelves a la vida, dije.

Él sonrió.

Puedo hacerlo otra vez si lo deseas, dijo. Todas las veces que quieras.

Se llevó las manos al corazón y cayó a mis pies.

Y mientras yacía en la nieve, salpicado de sangre, con la cabeza echada hacia atrás, me di cuenta de que se parecía al bandido que hacía años había conocido en el bosque, quien probablemente seguiría enterrado en la nieve con las marcas de dientes en su garganta como un collar de rubíes.

¡Eh, oye!, dijo, levantándose de un salto. ¿Por qué lloras ahora? Estoy perfectamente. ¿No lo ves?

Me cogió las manos. Las suyas eran de una calidez increíble.

Yo miraba para otro lado, tratando de taparme la cara con el pelo. Me sentía segura tras aquel matorral, estaba oscuro.

Él me lo echó hacia atrás. Las campanillas sonaron débilmente.

Me agarró las manos otra vez y se las puso en el pecho. Por poco las retiro de un tirón por la sorpresa, porque noté que el corazón le latía con tanta fuerza que parecía un pajarillo atrapado debajo de su camisa.

Estaba nevando, otra vez. Veía el oscuro bosque, más allá de la ciudad, acercándose sigilosamente.

¿De dónde eres?, me preguntó.

Yo no sabía qué responder.

¿Has ido a la escuela?

Por la forma en que lo preguntó creí que *escuela* era el nombre de una ciudad. Sacudí la cabeza.

Intenté decirle los sitios en los que había estado. Me llevó mucho tiempo. La nieve se adhería a su pelo negro y ponía chorreras blancas en su chaqueta. Nos enterraba los pies. Él esperó a que yo terminase.

Creo que has ido a la escuela, después de todo, dijo finalmente. Aunque me parece que a una más dura de lo habitual.

Entonces me agarró del brazo, y fuimos a las habitaciones donde los actores pasaban la noche. Hacía demasiado frío para desnudarnos y dormí con la cabeza encajada bajo su barbilla, donde antes había descansado el violín. Sentía latir su corazón a través de la camisa.

La mañana siguiente me desperté de un sobresalto y me incorporé. Miré la blanca y delicada curva de su cuello y la mano puesta en la cara. No me gustaba verlo con los ojos cerrados, tan quieto. Le toqué y me tranquilicé al notar el lento golpeteo de su corazón.

En ese momento abrió él los ojos y me vio con las manos en su pecho, alargó las suyas y las apoyó en el mío. Sonrió. Entonces los actores llegaron gritando y golpeando las paredes: era hora de marcharse.

Viajábamos en la parte trasera del último carro, entre vaivenes y sacudidas de un lado a otro, con las piernas colgando. Él mecía el violín en su regazo, arrancándole pequeñas cancioncillas con los dedos. Sus manos tenían tantos callos como las mías, pero en sitios diferentes.

Se llamaba Shmuel.

Me preguntó que adónde me dirigía. Yo le hablé del lugar al otro lado del océano, de las puertas de oro, de las anchas avenidas y de los días largos y cálidos, y de las máquinas que barrían y abrillantaban las calles de oro diariamente.

Levantó las cejas varias veces. Se echó a reír y dijo: Sí, qué buenas son esas historias, me encantan.

No serán sólo historias, ¿verdad?, dije yo.

Él no respondió.

Pero se podrá ir, ¿no?

Por supuesto, dijo. Allí me dirijo yo. Mi hermana y yo. De hecho nos iremos muy pronto, y encontraremos trabajo y nos instalaremos en una casa y nos llevaremos a nuestros padres en cuanto podamos.

El corazón me dio un brinco, aunque no habría sabido decir por qué.

¿De dónde sale tu barco?, preguntó, y después me habló de una ciudad con puerto de la que yo no sabía nada.

Yo también salgo de allí, dije.

¿Has reservado ya el pasaje?, preguntó él con curiosidad.

No.

¿Tienes dinero?

Claro, dije.

¿Y papeles?

¿Papeles?

Documentos, dijo, no puedes ir sin ellos.

Ya los conseguiré, dije vagamente.

Él abrió la boca, pero no dijo nada más; nos balanceábamos los dos con el movimiento del carro, era como olas en un mar tormentoso.

Noche tras noche, en una ciudad tras otra, yo veía la obra. Noche tras noche esperaba con el corazón en un puño, conteniendo la respiración y después suspirando cuando él moría y volvía otra vez a la vida. Después de cada representación era un alivio ver su sonrisa, sus dientes torcidos, tocar su piel cálida y sentir vibrar su sangre.

Todas las noches pasaba sus pulgares por debajo de mis ojos, secándome las lágrimas.

Él no lo entendía.

Decía: ¿Cómo es posible que te asuste esto? Este espectáculo es un cuento de niños comparado con lo que tú has visto.

¿Cómo podría explicárselo?

Dormíamos el uno al lado del otro, o de espaldas, como hacía con Ari tiempo atrás. Hasta el día en que puso su cabeza en mi pecho y tímidamente deslizó una mano debajo de mi falda. Entonces me eché a reír con tanta fuerza que su cabeza subía y bajaba sobre mi pecho, porque llevaba tanta vestimenta, tantas faldas y enaguas y ropa interior que tenía un laberinto allí abajo y sabía que él nunca encontraría el camino.

Aparté su cabeza y me levanté; él creyó que me había enfadado, pero sólo quería ayudarle. Empecé a desnudarme como ya había hecho una vez, pero en esta ocasión no encontraba nada vergonzoso en ello, y no podía hacerlo más deprisa. Él me miraba asombrado mientras las bastas ropas de lana se apilaban en el suelo. El montón llegaba ya casi a la altura de la cama y yo seguía peleándome con botones y corchetes.

Por fin me liberé de todo; noté cómo el pelo me rozaba la espalda y las piernas y me sentí extraordinariamente ligera. El aire me bañaba por todas partes. Se me puso carne de gallina en todo el cuerpo, pero no tenía frío, simplemente cada poro de mi piel estaba alerta.

¡Dios mío, qué cosa más pequeña eres!, dijo él. Nunca lo hubiera imaginado. Debes de llevar tu propio peso en ropa.

Tenía frío, dije.

Entonces se desnudó él y vi que su cuerpo estaba tan maravillosamente construido y tan bien encordado como su violín; cuando le tocaba en alguna parte, todas las demás vibraban. Le acaricié los huesos de la espalda uno a uno, y mientras él empujaba con fuerza contra mí yo le miraba la oreja como si nunca hubiera visto una; era perfecta, llena de curvas y recovecos, como una criatura marina.

Aquella noche sentí algo que no había sentido nunca, una calidez palpitante, débil al principio, pero que fue creciendo y creciendo hasta que me inundó por completo excluyendo cualquier otra sensación, y que, finalmente, cuando ya no podía crecer más, estalló como una burbuja; después se apagó y noté de nuevo sus manos en mi espalda.

En aquel momento pensé en gente que había conocido, hombres y mujeres, y en las cosas extrañas que los hombres habían hecho empujados por las mujeres y en las que habían hecho las mujeres empujadas por los hombres, todas ellas en nombre del deseo, y por primera vez empecé a entenderlo un poco.

Después, cuando él se echó a mi lado, respirando lenta y regularmente (como tenía los ojos cerrados, me era insoportable mirarle), bajé la mirada y vi que estaba salpicada de pelos. Oscuros pelillos rizados de su pecho que se habían quedado pegados en mi cuerpo. Se diría que hubieran echado raíces allí, un prado en primavera, como si hubiese plantado en mí una parte de sí mismo y estuviese creciendo.

En ese momento levantó la cabeza y miró también; sonrió y dijo: Que seas fecunda y te multipliques.

Después se quedó dormido.

Por la noche oí un trío de voces que gañían como lechuzas y ceceaban como niños pequeños y me tapé los oídos para que no me llegara aquel sonido. Temía que Shmuel las oyera, pero dormía profundamente, con una sonrisa en los labios.

Por la mañana me dijo: Tienes que conseguir los papeles. Tienes que reservar un pasaje. Has de zarpar con nosotros.

Le dije que lo haría. Y también que tenía que dejarle durante un tiempo, necesitaba hacer algunas cosas antes de marcharme tan lejos. Le dije que después me reuniría con él, en el puerto de la ciudad de la que me había hablado.

Respondió que me acompañaría. Le dije que tenía que ir sola. Dijo que eso no le gustaba, y aquella noche durmió con sus manos enredadas en mi pelo.

Pero comprende que tenía que intentar una vez más encontrar a Ari. Él era todo lo que quedaba de mi familia, y quería llevármelo conmigo. Si es que estaba vivo. Y no podía dejar que Shmuel me ayudara a buscarle. A Ari le asustaban los extraños, y a saber cómo se comportaría.

Así que a la mañana siguiente me despedí de la compañía teatral. Me quedé a un lado del camino mientras los carros se alejaban chirriando, y Shmuel se sentó en el último de ellos enfadado, desaliñado y con ojeras. Cuando vio que le observaba se tumbó boca arriba, rígido como un cadáver, torció el gesto, cerró los ojos y se quedó inmóvil.

Aquello aún tenía el poder de trastornarme, y cuando estaba a punto de echarme a correr tras ellos, él abandonó su actitud, se sentó y me dijo adiós con la mano, y se apuntó a los ojos como para decirme que no llorase.

Me encaminé hacia el bosque, que crecía próximo a ambos lados del camino.

Era el mismo bosque que siempre había conocido. Caminaba llamando a Ari una y otra vez. Mi voz chocaba contra los árboles y viajaba con el viento.

Sabía que me oiría.

El bosque era como un ser de agua, ¿comprendes? Mi voz era una piedrecita arrojada en un estanque que enviaba ondas hacia fuera. Dondequiera que Ari estuviese en el bosque, mi voz le alcanzaría y él podría encontrarme.

Pensarás que no tiene sentido. Pero es porque tú nunca has estado en un bosque como ése.

Sabía que se encontraba en algún lugar entre los árboles. El bosque era su hogar. No podría sobrevivir en ninguna otra parte.

Anduve llamándole durante tres días; y en la tarde del tercero oí un crujido en la maleza y un ronco gruñido animal que me era muy querido.

Estaba acercándose. Parecía que le había llegado mi llamada.

Me senté y esperé en silencio. No quería asustarle. De pronto me pregunté si sabría lo que les había ocurrido a nuestros padres y hermanos.

En ese momento Ari irrumpió en el claro e incluso a mí, que le conocía y había dormido a su lado durante años, me pilló por sorpresa. Había crecido enormemente desde la última vez que le había visto; estaba con los ojos entrecerrados, a la luz del fuego, agachado e inmóvil, como preparándose para saltar. Tenía los huesos de la cara más prominentes, y una barba desigual le crecía en la barbilla y el cuello. Un lanudo vello gris le cubría los hombros y la parte superior de la espalda. Lo peor de todo eran los pies, desnudos, de un color gris azulado, cadavérico, y tan dañados por la congelación que eran ya como pezuñas.

Ahora tenía las cejas de un animal salvaje, una tupida línea que le cruzaba la frente.

Pero sus ojos eran los mismos de siempre. Me reconoció, se le suavizó la mirada mientras me observaba atentamente. Se le veía triste.

Supongo que yo también había cambiado mucho.

Le hice señas para que viniese y así poder rascarle la cabeza como solía hacer. Se acercó un poco más a mi hoguera, y vi que no había perdido el gusto por la carne cruda: llevaba varios pedazos grandes y húmedos en los brazos. Tenía berretes alrededor de los labios.

Su olor me echó para atrás, fuerte y almizcleño como el de un oso.

Se arrodilló a mi lado y bajó la cabeza obedientemente. Yo empecé a rascar; ahora tenía el pelo duro como cerdas, y a medida que rascaba iba removiendo toda clase de cosas, que se metían aún más adentro. Él cerró los ojos, feliz.

Empecé a pensar cómo le persuadiría para que subiera a un barco (yo tampoco había visto uno, pero podía imaginármelo), cómo lo alimentaría y lo mantendría callado durante un viaje tan largo. Sería difícil, pero podía hacerse. Si es que conseguía explicárselo. Si lograba hacerle entender. Si hubieras visto qué tranquilo estaba, qué sereno.

Imagina lo feliz que sería en una nueva tierra, qué libre.

En aquel momento miré por casualidad hacia abajo y vi lo que sostenía en los brazos. Era una pierna grande, desgarrada y sanguinolenta en un extremo, pero no de ningún animal conocido. Todavía llevaba restos de la pernera de un pantalón.

Me senté al lado de Ari y me quedé mirándolo. De pronto se me revolvió el estómago porque reconocí aquella pierna, aquella bota negra brillantísima. Una bota aún tan reluciente que veía mi cara siniestramente reflejada mientras Ari hincaba los dientes en el otro extremo.

Entre los trozos de carne vi algunos jirones de uniforme y hasta medallas, y si todavía me quedaba alguna duda, la deseché cuando reparé en la fusta rota por la mitad entre los desperdicios.

Permanecí en cuclillas junto al fuego durante un buen rato mientras Ari terminaba de comer. Se me revolvían las tripas; me daba asco y al mismo tiempo mi alma se regocijaba con aquella dulce venganza y me dolía el corazón de tanto amor.

Recordaba una abultada protuberancia de carne que salía por encima de un cuello de uniforme.

Recordaba lo burda que era. Lo áspera y tosca que era aquella piel.

Incluso Ari tenía problemas para cortar a mordiscos aquella carne correosa.

No sabía qué hacer.

Ari había terminado; tiró los huesos por encima del hombro y se chupó los dedos, luego se tumbó con la cabeza en mi muslo. Aquella cabeza tan pesada.

¿Cómo iba a llevarlo conmigo? ¿Cómo iba a pasearlo por una ciudad, o mantenerlo callado en un barco? Shmuel me había dicho que la tierra prometida tenía verjas y guardas, y que sólo te dejaban pasar si disponías de los papeles adecuados. Si no, te hacían regresar.

Cómo iba a decirle al guardia de la verja: No, no tengo papeles, pero *tengo* un hermano, y le ha cogido gusto a los hombres de uniforme.

No podía sacarle del bosque. El bosque era su casa, no sobreviviría fuera de allí.

Pasé la noche con él, observando cómo se movía y gruñía en sueños. Me acordé de cuando era pequeño, de cómo le apoyaba en mi cadera.

Por la mañana, cuando las primeras luces se abrían paso entre los árboles proyectando sombras alargadas en su rostro, Ari se levantó tambaleándose. Me miró detenidamente por última vez, como si comprendiera, y luego se adentró con pasos pesados en el bosque.

Oí sus pisadas y gruñidos durante mucho tiempo. Después ya no oí nada.

No quise reconocer entonces, y no me gusta reconocer ahora, que me avergonzaba de él.

Además, estaba Shmuel, ¿comprendes? No quería que pensara que éramos una familia de monstruos.

Viajé día y noche, en dirección a la ciudad de la costa.

El aire se iba volviendo más cálido a medida que avanzaba. Me quité algunas prendas de ropa y, para no tener que cargar con ellas, las dejé al borde del camino.

En los campos la tierra marrón asomaba entre la nieve. Los caminos estaban embarrados.

Llegaba la primavera. Yo estaba entrando en una ciudad y en una nueva estación al mismo tiempo. O a lo mejor allí era siempre primavera. De la misma manera que siempre era invierno en el lugar de donde yo venía.

Me sentía optimista, ¿sabes?

De vez en cuando sacaba el huevo del bolsillo y me lo llevaba a los ojos. Estaba siempre templado, como si en su interior hubiera algo vivo; y la escena de dentro centelleaba y se veía más enfocada cada vez que miraba. Aquella mágica ciudad en miniatura era a la que me dirigía; sabía que la encontraría en la tierra que estaba al otro lado del océano.

Me acercaba a ella con cada paso que daba. Ésa era la razón de que la escena del interior del huevo se viera cada vez más nítida, con más detalles. Se veían cortinas en las minúsculas habitaciones, peces en el lago, hojas en los árboles, y libélulas.

Las huellas que quedaban en el barro no eran como las huellas en la nieve.

Vi hombres arando la tierra. Vi mujeres encorvadas bajo enormes fardos de ramas secas; parecían árboles muertos con piernas, avanzando a paso de tortuga.

Pensé en Shmuel, y me preguntaba de dónde iba yo a sacar los papeles, y qué pensaría su hermana de mí.

Era más de medianoche cuando divisé la ciudad a lo lejos.

Llegué a ella casi al amanecer. Anduve por las calles, entre los apretados edificios. Empinados tejados, chimeneas torcidas, angostas escaleras que no conducían a ninguna parte. Me oía latir el corazón porque aquel lugar estaba en completo silencio.

Ni un solo chirrido de contraventanas sobre sus goznes.

Las calles estaban cubiertas de polvo, tan espeso que mis huellas se quedaban marcadas.

Un crujido me hizo dar un brinco. No era más que un trozo de papel arrastrado por el viento en la calle. Vi un rostro pero era el mío, reflejado en el escaparate de una tienda.

Mis pisadas retumbaban.

Vi un carro sin ruedas apoyado sobre unos ladrillos. Zapatos rotos aquí y allá por el suelo. Las grandes campanas del campanario no tenían badajos.

No había basura en las cunetas, excepto relojes rotos y carretes de hilo desovillados. Un perro de juguete de madera con la lengua roja.

No importa, dije. Siempre que el barco esté aquí.

Empujé una puerta, pero no se movió.

Quizá era demasiado tarde.

Shmuel, musité. Y empecé a correr.

Una calle arriba, otra abajo. El polvo era tan denso que amortiguaba mis pasos. Las cunetas llenas de cucharas de madera y peines con las púas rotas.

Vi una luz más fuerte delante. Pensé que debía de ser el puerto, el mar, la luz que el agua reflejaba.

¿Estarían esperándome? ¿O llegaba demasiado tarde?

Creí oír el agua.

Los edificios me impedían el paso a cada vuelta. El sol estaba llegando a lo más alto del cielo. Era una prueba. Si no era capaz de navegar entre unos cuantos bloques de viviendas, ¿por qué se me iba a permitir recorrer medio mundo?

Corría hacia la claridad, la calle recta y vacía. Dejé la penumbra de los edificios y salí al aire libre. Mis pasos resonaban en las tablas del muelle más fuertes que mi corazón.

A toda velocidad hasta el borde, sin ver otra cosa que el final del muelle, una loca carrera para llegar a él cuando apenas podía respirar. Y corriendo tan deprisa que casi me caigo; me paré en el último momento.

Miré hacia abajo. Y hacia abajo. Y más abajo.

La cabeza me daba vueltas. Moví los pies sobre un infinito espacio vacío.

¡Qué cielo tan terriblemente vasto!

Mi amor, ¿cómo pudiste irte sin mí?

Nunca había visto un cielo tan inmenso. Tan vacío, sin una nube. Y sin embargo la luz era desvaída y opaca como la de un eclipse.

El fin.

Miré hacia abajo y la corriente de aire seco me dio en los ojos, pero insistí porque no podía creerlo; miraba abajo, cada vez más abajo, al lecho seco del océano, a cientos de metros de profundidad.

Porque no había agua.

Sólo un cañón infinitamente profundo. El dique en el que me encontraba sobresalía sobre el vacío como un puente inacabado. No veía el otro extremo, el horizonte era una bruma polvorienta. No podía abarcarlo todo.

Se necesitarían ojos a ambos lados de la cabeza, como los de los peces, para verlo todo.

Mirando abajo, vi los barcos, allá lejos en el fondo del cañón, escorados y rotos como pájaros caídos, con las velas hechas jirones colgando aún de algunos mástiles. Los cascos apuntaban al horizonte, como si fueran a navegar todavía. Pero tenían los costados abiertos por grandes agujeros y sus tripas de madera desparramadas.

Esqueletos, algunos.

Polvo.

Eché una mirada atrás, al largo dique de madera que llevaba a la oscura ciudad que bordeaba el acantilado.

Shmuel, pronuncié.

Si hubiera visto pájaros volando, eso al menos me habría dado esperanza.

Ni un pájaro.

Era difícil pensar en cruzar aquel vacío. Ni siquiera pasaba una nube a la que encomendar la imaginación.

El dique basculaba bajo mis pies. Descansaba sobre unos pilares excesivamente largos y delgados, como patas de araña, hundidos en el lecho del océano, allá en la profundidad. Ahora me daba cuenta de lo inseguro que era, construido de cualquier manera, como si lo hubieran hecho niños. Miré entre mis pies y vi las viejas tablas combadas que se bamboleaban bajo mi peso, la madera desgarrada por los clavos, como si de carne se tratara.

El dique cedió y, allá abajo, los soportes fueron hincando las rodillas lentamente.

En ese momento eché a correr, haciendo mucho ruido con los pies, y el dique se desplomó suavemente tras de mí y cayó al abismo de allá abajo. El cañón era tan profundo y el polvo tan espeso que no oí caer los trozos al fondo del océano.

Cuando llegué a tierra firme y me volví, no quedaba nada.

Corrí entonces, cegada por el pánico. Pensé que iba a quedarme atrapada para siempre en aquel horrible sitio. Las promesas que había oído sobre la tierra que estaba al otro lado del mar eran todo mentiras. Falsas esperanzas y una cáscara de huevo llena de visiones mal interpretadas. Un espejismo en el horizonte.

La tierra que había visto con tanta claridad solamente existía en mi mente.

Corrí, con las campanillas tintineando en mi cabello y los ojos casi cerrados, hasta que un granjero que llevaba un carro de heno se acercó hasta mí. Se ofreció a llevarme, pero yo seguí corriendo sin hacerle caso.

Él conducía el carro a mi lado, mirándome fijamente. Por último, con un gruñido de determinación, se inclinó desde el asiento, y su potente brazo, oscilando como una guadaña, bajó y subió y me encontré entre el heno, boca abajo.

Debí de dormirme.

Cuando desperté, abrí los ojos a un torbellino de color, al frenesí y al ruido del centro de una ciudad. Las estrechas calles estaban muy concurridas, una muchedumbre iba y venía, y las voces se elevaban en una confusa oleada. No había visto nunca tanta gente en el mismo sitio, tantas caras, todas distintas, asomando la cabeza por los lados del carro. Las cunetas estaban repletas de desperdicios, de verdura podrida. A ambos lados se erguían los edificios, poniendo marco al estrépito; las mujeres sacaban la cabeza por las ventanas, gritaban, y yo no podía mantener fija la mirada en un sitio, había demasiado que ver mientras el carro avanzaba traqueteando.

Olía a pan horneándose y a humo. Olía a pescado, a especias y a basura. Unos chicos pálidos pasaron corriendo; se pegaban entre ellos y chillaban. Un agua sucia procedente de los fregaderos caía a la calle, una niña dibujaba con tiza sobre un muro, las moscas zumbaban y, cerca de allí, un caballo levantaba la cola y dejaba caer su carga dorada.

Qué alivio.

Salté desde el carro en la siguiente parada y me hice daño en las rodillas. Deambulé por el mercado y los vendedores me ponían patatas y zanahorias delante de las narices. Ropa interior muy grande y medias ondeaban con la brisa.

Anduve durante horas por aquellas calles, dando vueltas, y luego miré hacia arriba y vi que estaba cerca de un espacio abierto, una expansión de aire y claridad.

De camino hacia la luz, olía a sal, a pescado, y vi gaviotas que volaban en círculos, oí sus gritos y los de los marineros, y el golpeteo del agua, el crujido y el choque de los barcos contra el muelle. Y entonces sentí el suelo bajo mis pies rasgueado por el embate del agua.

Anduve finalmente hasta un lugar desde donde se veía el puerto y el mar que se perdían en la lejanía. Nada podía prepararte para aquello. Era una vasta llanura brillante, un desierto reluciente, el cielo materializado.

Allá lejos, en el horizonte, el mar se encontraba con el firmamento en una fina línea azul. Nunca había visto nada tan perfecto.

Los buques eran enormes, pesados, no gráciles y alados como yo había creído. Los muelles, un hervidero de actividad, hombres cargando y descargando mercancías, corriendo de acá para allá y dando voces. Caminé entre ellos, esquivando codazos y salpicaduras. Vi gente que subía por la pasarela de uno de los buques y corrí a mirar.

Las personas se llamaban unas a otras, saludándose, gritando, sujetando fuertemente a los niños de la mano. No vi caras conocidas. Miré cómo se llenaba el barco, escudriñé la multitud que atestaba las cubiertas. Grité, pero mi voz se ahogaba entre las otras.

Vi cómo se ponía en marcha en las brillantes aguas. El sol había dejado un sendero dorado para que lo siguiera.

Yo no esperaba que todo fuera tan grande. Había tanta gente, tanta, siempre en movimiento, siembre cambiando, ¿cómo podían encontrarse dos personas?

Me acordé de los lobos en el bosque, que marcaban los árboles con su olor.

Esperé tres días en el puerto. Anduve arriba y abajo por todos aquellos muelles, observando a los marineros y a las ratas. Me sentaba sobre maromas enrolladas tan gordas como mis brazos. Veía pasar a la gente sin cesar, yendo y viniendo con sus equipajes y sus sueños. Cada vez que miraba el agua, en la línea del horizonte, el corazón me daba un vuelco.

Y entonces, al cuarto día, vi una cara conocida.

Estaba tan lejos en el dique que podría haberlo tapado con un solo dedo.

Se dio la vuelta, me vio y abrió los ojos desmesuradamente. Estuvo a punto de ser aplastado por un aluvión de pesados peces plateados que caían de un buque pesquero que había cerca de él.

Vino corriendo, resbalándose, con las botas cubiertas de escamas.

Ahí estaba su cara, qué sorpresa verla de nuevo, aquel pelo negro de punta en su cabeza. Necesitaba tocarle la cara; estaba caliente y húmeda de sudor, y tenía los ojos enrojecidos. El pulso le latía visiblemente a un lado de la garganta.

Jadeaba demasiado deprisa como para poder hablar.

Su olor tan familiar. Qué alto era. Había llevado su imagen en la mente durante tanto tiempo que había olvidado cómo era en realidad. Qué alto, y qué manos tan largas, con callos en las yemas de los dedos. Con la cabeza ocultaba el sol, lo tapaba todo, el resto del mundo quedaba empequeñecido.

He estado buscándote aquí dos semanas, dijo.

Entonces, ¿es éste el lugar correcto?

Sí. Por supuesto.

En ese caso, debo de haber ido a un sitio que no era, al principio. Debí de perderme.

Él dijo: Pero me aseguraste que conocías este lugar, que sabías exactamente adónde ir.

No contesté. No quería que supiera lo ignorante que era. Tenía la cara apoyada en su chaqueta y un botón se me clavaba en el ojo.

No debías haberte puesto en marcha tú sola, dijo, es un milagro que nos hayamos encontrado.

Notaba que la voz le resonaba en el pecho.

Encontré tu ropa desperdigada por la carretera, dijo, me daba miedo pensar qué te habría ocurrido.

Me puso las manos sobre los hombros, manteniéndose a cierta distancia.

¿Conseguiste los papeles?, preguntó. ¿Compraste el billete, como te dije?

Le miré a los ojos. Yo estaba pensando: Son más azules que el mar. Pero el mar no es azul en absoluto, ¿o sí?

No lo hiciste, ¿verdad?, dijo él.

Se le endurecieron los ojos, más metálicos que azules. Se volvió, me tomó de la mano y tiró de mí. Me llevó deprisa hacia las calles de la ciudad, mientras detrás de nosotros los barcos descargaban cajas, toneles y balas de mercancías extranjeras, y los marineros se balanceaban de las jarcias como monos.

Nos paramos en una plaza, delante de una estatua de bronce de un hombre pequeño y grueso con la ropa arrugada. Las palomas se posaban en la cabeza y los hombros. Estaba lleno de excrementos.

Escucha, dijo Shmuel, ¿quieres venir conmigo o no?

Más que nada en el mundo.

Sí, contesté.

Entonces, ¿por qué no sacaste los papeles, como me dijiste que ibas a hacer?

Susurré: No sé cómo hacerlo.

Suspiró. Es lo que me figuraba, dijo.

Esperé.

Mira, dijo finalmente. Tengo aquí los papeles de mi hermana, y su billete ya está comprado. Pero ella no puede ir ahora. ¿Por qué no vienes tú en su lugar?

¿Por qué no puede ir ella?, dije.

Está... está enferma, dijo él. Se pondrá bien, pero ahora no puede hacer el viaje.

¿Qué clase de enfermedad?

Dijo: No sé. No sé. Pero puede venir después, con mis padres... Les escribiré. Les enviaré el dinero. Cuando les escriba, entenderán...

¿Cuándo se puso enferma?

¡No sé! ¡Está enferma! ¡Da igual! Lo que importa es que sus papeles están aquí y tú estás aquí y vas a venir conmigo, ¿vale?

Yo le miré. Tenía las mandíbulas apretadas y se agarraba del pelo. Aquello no se parecía nada al elegante sufrimiento que experimentaba en el escenario.

Dije: ¿Puedo hacer eso? ¿No es una mentira? ¿No está mal?

¿Mal?, dijo él. Eso depende de las normas a las que te atengas.

Dije: Iré. Pero tu hermana...

¡Mi hermana! Toma esto, gritó, y apretó el sobre contra mi pecho y lo soltó; yo lo cogí antes de que cayera. Son tuyos ahora, dijo, tú eres mi hermana ahora. ¿Qué te parece?

Me agarró del brazo y me hizo dar vueltas con una alegría desesperada. ¿Qué te parece ser mi hermana?, decía.

Yo sólo miraba su boca, aquellos dientes blancos tan magníficos que brillaban como piedras pulidas a la luz de la luna; piedras colocadas en un sendero que yo seguiría allá donde fuera, tanto si se internaba en el bosque como si me conducía directamente a casa.

Una y otra vez intenté hablarle de la ciudad de polvo, de los buques varados como pájaros heridos.

Debes de haberlo imaginado, decía. Debes de haberlo soñado.

Yo decía: No. Es imposible.

No existe un lugar así, decía él.

Yo insistía. No sé por qué. En aquella ciudad se habían materializado mis peores temores, habían aparecido todos a mi alrededor. En mi frenética carrera por aquellas calles polvorientas había deseado y rezado por que todo fuera un sueño.

Pero no lo había sido. Todavía me dolía la garganta, y encontré polvo en los bolsillos de mi ropa. Aquel cielo vacío tan terrible no era algo que pudiera haber imaginado por mí misma.

Ahora que lo había dejado atrás debería ser capaz de olvidarlo. Pero no podía.

Ni quería.

Tenía la impresión de que se me había concedido un indulto.

No quería olvidar mi obligación de estar agradecida. No quería dormirme en los laureles de mi buena suerte.

Zarpamos en uno de los enormes buques de color oscuro que habíamos visto en el puerto. Estaba abarrotado de gente, apenas cabía un soplo de aire entre unos y otros. Un pueblo entero envasado como verduras de verano en conserva.

Cuando el barco se separó del muelle, yo estaba en cubierta, tan apretada contra la barandilla que no podía ni levantar los brazos.

Oí un grito ronco y un chapoteo en el agua cuando el barco se deslizaba hacia mar abierto. Las cabezas se volvieron, la gente señalaba y chillaba de modo incomprensible. Detrás, junto a los muelles, vi unos brazos que se debatían en el agua, agitada hasta volverse blanca. Arriba o abajo, y a pesar del ruido, los motores del barco, los graznidos de las gaviotas, las olas, las voces por todas partes, por encima de todo, yo oía los gemidos del nadador.

Familiares, quizá. No estaba segura.

Creí ver una cabeza grande, de pelo liso y oscuro.

La figura se hacía más pequeña por momentos; nunca lo sabría con seguridad.

Aparté la vista.

Shmuel, que estaba detrás de mí, dijo: Mira, alguien está tratando de competir con el barco.

Yo miré hacia el mar abierto.

Supongo que no quería pagar el billete, dijo Shmuel. Esperaba que me riera. Como no lo hice, dijo: Ahí no, allí. Levantó el brazo junto a mi cara y señaló el punto de espuma blanca, ya diminuto.

Yo no quería mirar.

Shmuel dijo: ¿No lo ves? Un hombre alto que venía corriendo por el muelle, atropellando a todo el mundo, vio que el barco se marchaba y saltó al agua. Todavía se le ve, ya poco, no vuelve atrás. Nos sigue por el mar.

No puedo mirar, dije, me está poniendo enferma.

Así que volví la espalda mientras la tierra desaparecía, no dirigí ninguna mirada ceremoniosa al continente en el que había nacido a medida que se alejaba de mi vista. Shmuel miraba y saludaba por los dos, pero yo me volví y le miraba sólo a él, al raído cuello de su camisa y la parte inferior de su mandíbula.

No quería ver aquel punto blanco en el agua, aquel último recordatorio de lo que estaba dejando atrás.

Yo no enfermé en aquel viaje, aunque la mayoría de los pasajeros sí.

Me resultaba sosegante el balanceo del barco. Era como la cuna de un niño, la mecedora de una anciana. Rítmico y continuo.

A Shmuel no le fue tan bien. Sentados juntos en nuestra pequeña litera, veía cómo la cara se le ponía pálida y luego verdosa. Le traía agua y hacía lo que podía. Viajábamos como hermano y hermana, y nunca estábamos solos, por eso no podíamos hacer muchas cosas que nos apetecían.

Una mañana, temprano, se despertó y dijo de repente: Mi hermana no estaba enferma.

¿Qué?

Mi hermana. Mentí. Nunca estuvo enferma, estaba preparada para el viaje, pero cuando fui a casa a recogerla, tomé sus papeles y me fui sin decírselo a nadie, en medio de la noche.

¿Por qué? ¿Por qué hiciste eso? Me cogió la cara entre sus manos, bruscamente. Noté los callos en las yemas subiendo y bajando por mis sienes.

¿Por qué crees tú que lo hice?

Entonces volvió la cabeza hacia la pared y cerró los ojos.

Yo salí a cubierta, cosa que hacía lo más a menudo posible para comprobar nuestro avance. Nadie más salía, el viento era frío y violento y, cuando el mar estaba picado, caían chaparrones de espuma. Pero a mí me gustaba salir y poner a prueba mi sentido de la orientación cuando el viento me empujaba contra la puerta.

Todos los días parecían el mismo. No se veía tierra a nuestra espalda ni tampoco mirando hacia delante.

Sólo aquella llanura gris, y nuestro barco justo en el medio.

Después de una semana, dije: Creo que debería decírselo al capitán. No nos movemos. El barco está parado.

Shmuel se rió y me acarició el pelo. Había tanto griterío en la sala que no se oían las campanillas. Día y noche había voces altas, carcajadas, llanto de niños, sonidos de amor, ruidos de vómitos. Los hombres jugaban a las cartas y fumaban en pipa, y el humo subía hasta los bajos techos y hacía espirales en los rincones.

Volvió a hablar de su familia diciendo: Les escribiré en cuanto lleguemos y se lo explicaré todo. Trabajaré como un esclavo, ganaré dinero para mandárselo y arreglaré las cosas para que vengan todos. En el lugar adonde vamos, a la gente le gusta la música y le encanta derrochar el dinero, hay teatros, salones de baile; yo tocaré en la calle, si es necesario.

¿No se enfadarán tus padres?, dije.

Se rió con amargura. ¿Tú qué crees?

Les mencionaba una y otra vez, en ocasiones hasta en sueños.

Éste era el único modo, decía en tono suplicante por las noches, había que hacerlo así, no había otro camino.

Ya ves como los dos teníamos fantasmas del viejo mundo que nos perseguían hasta el nuevo.

La felicidad teñida de culpa.

Nos agarrábamos el uno al otro cuando el barco se bamboleaba, escorándose.

Nos agarrábamos el uno al otro como lo harían hermano y hermana. Era difícil.

Yo empecé a sentirme impaciente durante aquellas largas horas. Quería aprender inglés. Shmuel intentaba enseñarme unas cuantas palabras. Pero todas las que él sabía venían de canciones y poemas de amor, así que eran de poca utilidad. Más adelante pude usarlas en el dormitorio, ése fue el primer sitio donde hablé con fluidez. En nuestro nuevo dormitorio le repetía las palabras una y otra vez hasta que él gritaba sí, sí, eso es, perfecto, oh, sí, y vibraban las tablas del suelo.

Pero en el barco las palabras más importantes que me enseñó fueron *yes, no, thank you* y *America the Beautiful.*

Para cuando llegamos, Shmuel era un esqueleto con pelos de delincuente.

No había ninguna puerta dorada para darnos la bienvenida.

En cambio, había salas interminables, una muchedumbre tan confusa como nosotros, agarrada a sus pertenencias e intentando contestar a las preguntas como buenamente podía.

Había largas filas en las que esperábamos indefinidamente, sólo para que nos dijeran que esperásemos en otras. Nos asignaban números, nos prendían etiquetas como si fuéramos animales o paquetes.

A mí me reconoció un médico que me examinó minuciosamente los ojos y la boca y que se quedó perplejo con el tintineo de mi cabello. Y dijo que nunca en su vida había visto nada como mis pies.

Yo me lo tomé como un cumplido.

Un inspector pasó una hora sacudiendo el violín de Shmuel, mirándolo por dentro, poniéndolo a la luz. Creía que podía haber algo de contrabando en su interior.

Nada excepto música, dijo Shmuel.

Luego estuvimos ante otros dos inspectores que examinaron nuestros papeles a través de gruesos cristales.

No aparentas veintisiete años, me dijo uno con desconfianza.

Se conserva bien, ¿verdad?, dijo Shmuel.

El otro inspector dijo: ¿Es tu hermana realmente?

Por supuesto. A menos que mis padres hayan estado mintiéndome todos estos años, dijo Shmuel moviendo las cejas arriba y abajo.

Yo no pensaba que aquél fuese momento para bromear, pero los inspectores sólo miraron fríamente y nos hicieron un gesto con la mano para que siguiéramos.

Pasamos cuatro días esperando en filas. Nos dieron otros papeles, con unos nombres nuevos muy raros escritos en ellos.

Y después nos llevaron afuera y nos dejaron libres.

El apartamento consistía en dos estrechas habitaciones en un edificio alto y destartalado situado en una calle que estaba concurrida día y noche. Había solamente dos ventanas, cada una con un solo cristal. Pero todas las tardes la luz del sol pasaba a través de ellas y dejaba en el suelo barras de oro líquido. Me encantaba, quería recogerlo y guardarlo para otro día.

Los ruidos de la ciudad entraban por todas partes, el tráfico, las bocinas, los gritos de vendedores y niños, y un profundo redoble subterráneo que parecía salir del empedrado de la calzada.

Las escaleras eran increíblemente pendientes, tenías que alzar la rodilla hasta la barbilla para subirlas; crujían y apestaban a basura. Al principio no me sentía a gusto viviendo tan lejos del suelo, pero me acostumbré rápidamente a eso, igual que a otras muchas cosas.

Todo el mundo en el edificio había venido de otra parte, como nosotros.

Muchos hablaban una lengua que nos resultaba conocida, y los olores a cocina que flotaban en los callejones eran como los de casa. Veía mujeres que llevaban el mismo tipo de faldas que yo.

Y luego estaban aquellos otros que hablaban unas lenguas fantásticas y tenían unos ojos y una piel que yo no había visto nunca.

¿Dónde están los americanos? ¿Cuáles son? Le preguntaba a Shmuel todos los días.

Y todos los días me contestaba: Mira a tu alrededor.

La ciudad era demasiado grande para verla toda de una vez. Tenía que concentrarme cada día en un rincón. La calle donde vivíamos, el barrio al que pertenecía, me llevaron años. Las tiendas, las bicicletas, los hombres en la escalera exterior y las mujeres llamándoles por la noche. Gatos callejeros que maullaban como niños, niños que mordían y arañaban como gatos. Pan cociéndose en el horno. Sangre de la carnicería corriendo roja por la calle. Cubos de ceniza, organilleros y ropa tendida de lado a lado de la calle. Edificios como el nuestro llenos de apartamentos, cada ventana con una cortina diferente, cada ventana emitiendo una música distinta, otra conversación.

En verano dormíamos afuera, en la escalera de incendios. Las riostras y vigas negras eran como ramas de árboles con el cielo de fondo. Dividían la luz del ocaso en secciones, de modo que parecían vidrieras de colores.

Nadie nos conocía cuando nos trasladamos allí; vivíamos como marido y mujer y nadie hacía preguntas. ¿Por qué iban a hacerlas?

Después, cuando ya nos habíamos asentado y Shmuel estaba trabajando, me dijo que quería que nos casáramos. Legalmente.

Pero ¿cómo? Estaba el problema de nuestros documentos de identidad, que nos declaraban hermanos. ¿Cómo íbamos a solucionarlo?

Podrían expulsarme, dije.

Y él: No digas tonterías. Y después: ¿Es que no quieres casarte conmigo?

Más que nada en el mundo.

Sí, contesté. Eso era todo lo que podía decir.

Se arrodilló allí mismo, en la cocina, me atrajo hacia él y escondió la cara entre mi vestido. Cásate conmigo, dijo. Yo tenía las manos embadurnadas de harina. Le miré el pelo oscuro y despeinado.

Le dije: Todos nuestros vecinos creen que estamos casados. ¿Qué van a pensar si ven que nos casamos otra vez?

Pensarán que estamos locos, dijo, y me levantó en volandas. Mi cabeza rozaba con el techo.

Con la voz entrecortada, dije: Si decimos que estamos casados, lo estamos. No necesitamos papeles. Decirlo lo convierte en realidad. No tenemos que hacer nada más que eso.

Había puesto mis manos enharinadas sobre su cabeza para evitar caerme.

Él bailaba dando vueltas en el estrecho espacio que había entre el fogón y la mesa. Arriba y abajo, arriba y abajo, como un mar borrascoso. Se tropezó con una silla. Yo me reía tanto que no podía respirar. Nuestro vecino de abajo dio unos golpes en el techo con una escoba por décima vez aquel día y nos gritó que no hiciéramos ruido.

Estamos casados, dije, ya está.

Dejó de girar y me soltó de repente de modo que quedamos cara a cara. Pero ¿qué vamos a hacer cuando tengamos hijos?, preguntó.

Supongo que sólo *tenerlos,* dije yo. Y disfrutar de tenerlos. Y tener más.

Sí, dijo él.

Le miré y vi que el pelo se le había manchado con la harina de mis manos y parecía gris. Así es como será cuando envejezca, pensé.

Verle envejecer. Eso era todo lo que yo quería.

Los recuerdos de aquellos años se han vuelto borrosos.

Aquella luz dorada por doquier.

Había solidez y plenitud en las cosas.

Me olvidé del huevo, que estaba en el fondo de un cajón. No necesitaba mirar en su interior para ver la felicidad.

Los recuerdos sólo son minuciosos cuando se refieren a las épocas malas.

Aquellos buenos años no propician buenas historias. Te aburrirías, seguro. Lo que te gusta es conocer los conflictos entre las personas, las pasiones. Son las palabras violentas y los terrenos escabrosos los que retienen tu atención.

Shmuel encontró trabajo en los teatros. Acompañaba musicales, vodeviles, ballets, cualquier cosa. Aprendía la música rápidamente y practicaba en el apartamento por las tardes antes de dirigirse a los espectáculos. No tenía un traje apropiado; tuve que componer uno de trozos de tela barata, fina como el papel. Desde cierta distancia no se notaba la diferencia. Y teñimos de negro sus botas marrones.

Estos teatros eran cursis como palacios, todos dorados, butacas afelpadas, angelotes gordezuelos en lo alto del escenario, pesadas cortinas de terciopelo. A mí no me gustaban; los adornos eran falsos, la pintura dorada podía descascarillarse con una uña y debajo había escayola. La felpa roja de los asientos estaba desgastada con la forma de los traseros de la gente. Y no veía a Shmuel; se sentaba en la platea y yo no podía distinguir los sonidos que él hacía de los del resto.

A mí me gustaba ir al pequeño teatro de nuestro barrio, donde las obras se representaban en nuestra antigua lengua. Shmuel actuaba en ellos cuando podía. Los bancos tan pegados unos a otros, el calor, los niños llorando, el olor a lana húmeda, todo tan familiar. El hombre que yo conocía se convertía entonces en un extraño, era un rey, un pobre, un padre enojado y, una vez, en una emergencia, una hermanastra presumida con rizos de papel y un traje de color púrpura. Le veía cantar, bailar y llorar, tomar a una mujer en sus brazos y hablarle de amor. Le veía morir, una y otra vez. Sabía que era un juego, todo trucos, y aun así pensaba que había algo de real en ello, algo más puro y verdadero que la vida de afuera, en la calle.

Por la noche, yo dormía con una oreja junto a su pecho.

Se dejó bigote. Todavía seguía pareciéndome un muchacho.

Todavía dejaba pelillos rizados y oscuros esparcidos por mi vientre después de haber tenido su cuerpo sobre el mío. Cada vez que se daba cuenta de esto, de mi vientre como un campo que brota en primavera, decía lo mismo: Que seas fecunda y te multipliques.

A él le gustaba decirlo.

Y muy pronto lo fui. Y muy pronto nos multiplicamos.

Mi vientre se abultó y las faldas se me quedaron estrechas. Me sujetaba la cinturilla cada vez más alta para que no me oprimiese la barriga, hasta que un día me di cuenta de que la llevaba justo por debajo de los pechos, y el dobladillo apenas me tapaba las rodillas.

Entonces hice unos arreglos, pero mi cuerpo todavía se dilató como masa que fermenta. Me acordé de los imperceptibles embarazos de mi madre y no podía entenderlo.

Pensaba en mi madre cuando me dolía la espalda y se me hinchaban los pies.

Recordaba la vez en que la vi parir. Lo recordaba demasiado bien; me gustaría haber olvidado aquello. Era uno de los muchos recuerdos que yo quería arrancarme.

Por lo menos esta vez no tendría que mirar, dirigiría los ojos al techo.

Mi vientre estaba enorme. Tenía que quedarme en el apartamento, no me las arreglaba bien con las escaleras.

Era verano, y yo no había conocido un calor como aquél. Las gotas de sudor se movían por mi piel como insectos. Estaba haciendo pan, la cocina era como un horno. Me había hecho un moño alto, pero la mitad del pelo se había soltado y se me pegaba a la cara y el cuello.

Me era imposible imaginar un mundo nevado.

Es extraño lo rápidamente que nos adaptamos a un nuevo clima, y cómo el anterior se convierte en un sueño.

Al principio del embarazo había pensado en la puntual certeza de mi madre, en el modo en que dejaba su tarea y se dirigía al dormitorio justo un momento antes del parto. ¿Cómo lo sabía? Me preocupaba no saber cuándo llegaría mi hora. Un temor infundado.

Cuando llegó, lo supe, nunca había estado más segura de algo en toda mi vida.

Estaba metiéndome en la cama cuando Shmuel entró en casa. Corrió a mi lado.

Le grité que saliera de allí.

Voy a quedarme aquí contigo, dijo. Te cogeré la mano.

Vete, vete, da mala suerte, vociferé.

Eso es un cuento de viejas, dijo acariciándome la cabeza tranquilamente. ¿Cuándo vas a dejar de lado esas supersticiones? Vives en la oscuridad.

No puedes quedarte aquí. Nos caerá una maldición.

¿Puedes probarlo?, se rió él.

Mi madre pariendo en la calle. Cuerpos helados amontonados como leños, el pueblo reducido a una marca negra en la nieve.

A él le dije: No.

Yo ayudaré, dijo, y se dirigió al fogón a hervir agua. No sabía qué había que hacer con ella, sólo recordaba desde su infancia que el agua hervida iba siempre unida a un parto.

Hirvió pucheros y pucheros y los colocó en el suelo al lado de la cama.

Sal de aquí, le dije cuando entró tambaleándose con el balde de la ropa lleno de agua caliente.

Movió la cabeza negativamente.

Fuera, chillé, y le lancé uno de los pucheros. El agua humeante se vertió por el suelo y el puchero chocó ruidosamente contra la pared, cerca de su cabeza. Él miraba con sorpresa.

Fuera, dije otra vez y levanté otra olla. Ésta le dio en la rodilla. Soltó un grito de dolor y después apretó los labios. ¿Cómo no se daba cuenta de que estaba intentando salvarle la vida?

Cogí una tercera olla, pero la dejé caer con un lamento porque habían comenzado las contracciones.

Dije: No lo voy a tener hasta que te vayas, lo juro. Me quedaré con él dentro.

Me miró y, por un momento, vi una expresión en su cara que me recordó a mi padre.

Voy a buscar al médico, dijo, le pediré a una vecina que se quede contigo.

Retrocedió y oí el ruido de sus pies corriendo por las escaleras.

Me alegré cuando se fue. Podía chillar todo lo que quisiera sin asustarle. Chillar me hacía bien. Notaba los pulmones más fuertes. El suelo estaba inundado de agua caliente; las irregulares tablas hacían rodar el agua hasta un rincón.

Los vecinos, tanto de arriba como de abajo, daban golpes con las escobas.

Mi vientre tenía vida propia.

Borboteaba y hervía. Era un saco de cachorritos.

Las cosas estaban cambiando, se me estaban yendo de las manos. No marchaban bien.

Había dos criaturas, ¿sabes? Debería haberlo adivinado antes.

Había dos y cada uno de ellos luchaba con el otro para salir el primero de mi útero.

La lucha duró un buen rato y, como no aparecían ni el médico ni Shmuel, no veía razón para dejar de gritar, puesto que parecía que eso me aclaraba la mente. El agua rodaba de un rincón a otro, como si el edificio entero se bambolease.

Mientras seguí haciendo ruido, mis vecinos siguieron golpeando, y veía cómo en el yeso del techo aparecía una grieta y se iba haciendo cada vez más grande.

A medida que transcurría la tarde, el sol iba cayendo en los cristales y me daba en el vientre, y tuve la sensación de que mi piel se volvía traslúcida; estaba segura de que había visto dos cabezas y los puñitos alzados.

Una increíble presión entonces y los huesos de las caderas protestaron crujiendo. Notaba las cabezas. Una a cada lado, intentaban abrirse paso para salir de mi cuerpo. Simultáneamente.

Tanto dolor que pensé que no podría seguir. No podría seguir. Era imposible.

Pero siguió. Durante largo rato.

Te cuento estas cosas igual que mi madre me las contaba a mí cuando yo tenía tu edad. Veo que te repelen, igual que me repelían a mí. ¡Estás poniendo cara de limón amargo! Pero te las cuento por tu bien.

Vi que la grieta se ensanchaba y se ramificaba por todo el techo, como algo a punto de eclosionar.

Las dos cabezas pugnaban por entrar en el canal. Estaban en tablas.

De pronto, sentí un dolor tremendo, y luego un alivio, cuando el primero salió de mi cuerpo, con el segundo en los talones. Los dos se encontraban en medio de un revoltijo de jugos entre mis piernas, y empezaron a caer del techo trozos de yeso; justo entonces se oyeron retumbar unos pasos y Shmuel entró corriendo en el apartamento con la comadrona de un barrio cercano.

Tenía la piel oscura y una voz profunda y musical, aunque hablaba demasiado deprisa para que yo pudiera seguirla. Pero sus manos eran sabias y capaces, dieron un azotito a los niños, les obligaron a llorar y después les limpiaron con enérgica eficiencia. Me puso esas manos encima e hizo todo lo que pudo con la cama empapada y cubierta de yeso.

Dios mío, dije yo.

Envolvió a los niños en sábanas y los puso en brazos de Shmuel, que se quedó pasmado y aterrorizado cuando, uno primero y el otro después, se pusieron a llorar.

Los tomé yo entonces y mis brazos se colmaron.

Con toda la confusión, nadie había visto cuál había nacido antes.

Eran niños de pelo oscuro, y les llamamos Eliahu a uno, por el abuelo de Shmuel, y Wolf, que era el nombre de mi padre, al otro.

Uno con nombre de animal, el otro de profeta.

Uno para la carne, el otro para el espíritu.

Eran idénticos en su apariencia, pero opuestos en todo lo demás. Habían llegado al mundo peleándose y nunca dejaron de hacerlo.

Cuando uno lloraba, el otro lo hacía más fuerte.

A cualquiera de los dos que diera de mamar antes, tomaba toda la leche y no dejaba nada para su hermano.

El tiempo pasa muy deprisa cuando ves crecer a los niños.

Mientras estaba embarazada, me había imaginado a mí misma haciendo mis tareas con mi futuro hijo apoyado en la cadera, como había hecho mi madre, como habían hecho siempre las mujeres. Pero en mis planes no entraba que fueran dos. Hacía lo que podía para sostener a los dos, uno en cada cadera, en un ejercicio equilibrista. Cuando empezaba ya a dominar esta habilidad, ellos se habían hecho demasiado grandes como para que yo los manejara.

Parecía que Eli y Wolf habían pasado de estar sentados a gatear en menos que canta un gallo, y de gatear a andar erguidos poco más o menos. Volví la cabeza un momento y, cuando miré de nuevo, los encontré con pantalones cortos y zapatos abrochados, gritando y peleándose con palos.

Eran duros, mis muchachos. Tenían el pelo negro y espeso al nacer; se les cayó al día siguiente y les volvió a crecer todavía más tupido, un pelo como alas de cuervo. Tenían los ojos oscuros, como los míos, y los rasgos afilados de Shmuel. Qué deprisa crecían. Le hacía una camisa a uno de ellos y, cuando terminaba de coserla, ya se le había quedado pequeña. Les sobresalían de las mangas unas muñecas grandes y peludas. Chaquetas nuevecitas que les tiraban en los hombros. Me acostumbré al sonido de tela que se desgarra.

Y cómo comían. Lo devoraban todo con avidez. Yo hacía lo que podía, pero siempre parecían tener hambre. Había muchas noches en que no preparaba suficiente comida y Wolf y Eli se ponían a rebañar los fondos de las ollas y a chuparse los dedos para atrapar las últimas migas, lanzando miradas de insatisfacción a su alrededor, y Shmuel bromeaba diciendo que temía por su propia vida. No os molestéis conmigo, chicos, soy todo huesos, decía.

Crecían muy deprisa. Algunas veces por las noches les oía quejarse de los dolores en brazos y pies que les producía el crecimiento, y los gruñidos de sus estómagos. Primero daba uno el estirón, después el otro. Era como si compitieran para ver quién llegaba primero hasta el sol con la cabeza.

Shmuel no podía comprenderlo. Él era un hombre menudo, de complexión delgada. Yo dejé de crecer muy pronto. Y ahí estaban nuestros hijos, que nos sacaban la cabeza. Shmuel decía con frecuencia: ¿De dónde demonios han salido?

Yo me acordaba de mi familia, de mi padre y mi hermano. Todo tenía sentido para mí.

Shmuel decía: Es porque estamos en América. Todo es más grande aquí.

Después añadía: Deberíamos tener otro hijo.

Lo decía muy a menudo.

Desde el principio tocaba el violín para los chicos y ellos le escuchaban embelesados. Tocaba música de teatro, valses y melodías de baile, y, cuando eran gigas o *reels,* los chicos bailaban para él, dando saltos, imitando al mono del organillero, con las gorras extendidas para las monedas. Aun cuando se hicieron mucho mayores, más enérgicos en sus opiniones e impacientes con todo, la música seguía teniendo el poder de apaciguarles.

Adoraban a su padre.

En parte, creo yo, porque le veían tan pequeño. Tenía que trabajar tanto en aquella época. Cada momento que pasaba en casa era todo un acontecimiento.

Yo quiero una casa llena de monitos, decía él.

Los chicos eran aún pequeños por entonces.

Otras veces, a propósito de cualquier cosa: ¿Estás ya preparada?

Y luego no decía nada; simplemente preguntaba con un movimiento de cejas.

Por la noche compartíamos la cama, como habíamos hecho siempre, y su cuerpo se me hacía más hermoso a medida que el tiempo pasaba y los años pulían sus huesos. Éramos felices el uno con el otro, y regulares en nuestras costumbres; noche tras noche él se derramaba en mí y después, medio en broma, se dirigía a mi vientre implorándole que fuese fecundo y se multiplicara. Por eso él no entendía que yo no concibiera.

Yo sí sabía por qué. Mi madre me había enseñado bien.

Yo no quería otro hijo.

No quería tener que compartir mis cuidados, ¿entiendes?

Deseaba darle a mis chicos todo lo que tenía. No me apetecía dividir mi amor entre una tropa de hijos, de modo que sólo le tocase a cada uno un pedacito. Yo no quería un montón de niños, cuyas necesidades me abrumarían, cuyos nombres se me olvidarían.

Yo quería conocer a mis hijos. No una camada sin rostro.

Intenté explicárselo a Shmuel.

Entonces, tengamos sólo *uno,* dijo. Uno más da lo mismo.

Los ojos de Shmuel no habían perdido color, eran todavía de un azul llamativo. Yo esperaba que nuestros hijos los heredarían, pero no.

Sólo otro, decía. Eli y Wolf deberían tener una hermana.

No dijo nada más. Yo sabía lo que estaba pensando para sus adentros.

Un mes después de nuestra llegada a esta ciudad, y todos los meses desde entonces, Shmuel había escrito a sus padres y a su hermana. Les había enviado dinero regularmente, les había pedido en las cartas que vinieran a reunirse con nosotros. Se ofreció a hacer todos los trámites si ellos estaban de acuerdo.

En un año no contestaron a sus cartas.

Él continuó escribiendo y enviando dinero, aunque muchas veces lo habríamos necesitado nosotros.

Finalmente, recibió una nota de su hermana. En dos escuetas frases le informaba de que se había casado con un hombre del pueblo y que sus padres preferían vivir cerca de ella antes que en una tierra desconocida con el que había sido su irresponsable hijo.

A pie de página había añadido una posdata diciendo que estaba esperando su primer hijo.

Shmuel me leyó la carta y después ya nunca más la mencionó. Pero continuó enviando dinero a sus padres, y puede que también les escribiera, y en sueños discutía con ellos sin parar.

Habíamos hecho fotografías de nuestros chicos, incómodos y ceñudos por culpa de la ropa nueva que llevaban puesta. Yo había visto fotos en los periódicos, pero nunca de gente que conociera, nunca las había tenido en las manos, como aquéllas. Shmuel me las quitó y se las mandó a sus padres.

Allí no había ningún bosque, ni nieve como aquella nieve que lo circundaba todo.

No había viajes que hacer.

Nunca salimos de la ciudad. Esta ciudad era toda América para nosotros.

Empezamos a acumular cosas: muebles desechados por nuestros vecinos, una radio que casi funcionaba algunas veces. Shmuel ahorró durante años para comprar un violín, todo de madera dorada, con elegantes curvas y un fino barniz, aunque él todavía acariciaba el viejo, lo tocaba algunas veces para que no se sintiera postergado.

Mi pelo. Me lo corté. Todavía se oían las campanillas de vez en cuando. Aunque aquella parte de mi cabello debería haber desaparecido hacía ya mucho tiempo.

Yo cultivaba hierbas en pequeños tiestos que alineaba en el alféizar.

En las tardes de verano las mujeres se juntaban en las escaleras exteriores y en las de incendios para cotillear. Nunca se me ocurrió unirme a ellas, pero sus voces eran reconfortantes; me acordaba del pueblo y de las mujeres charlando por encima de las vallas, confidencias en voz baja.

Shmuel, Eli y Wolf eran todo mi mundo entonces, y todo lo que yo quería. Todavía miraba a mis hijos con temor y con asombro; ¡y pensar que yo había hecho estas extraordinarias criaturas!, ¡que habían salido de mi cuerpo! Mira cómo corren y saltan y piensan por sí mismos. No importa que tengan la cara sucia.

Mis muchachos habían hecho de la ciudad su patio de recreo. Corrían con otros chicos en pandilla, gritaban, se peleaban y subían a los tranvías sin pagar. Nueve años y ya andaban fumando cigarrillos y buscando pelea con chicos el doble de grandes que ellos. Shmuel les prohibía hacer esas cosas, pero yo sabía que las hacían de todos modos y estaba secretamente orgullosa.

Quería que mis hijos estuvieran preparados.

¿Preparados para qué?

Para cualquier cosa.

Hablaban una lengua en la calle y otra con sus padres, y no les parecía raro. Yo estaba intentando aprender, pero me pasaba al viejo idioma en cuanto me fallaba el nuevo.

¡Mira, mira lo que hago!, dijo Wolf mientras hacía equilibrios sobre la barandilla de la escalera de incendios y se colgaba después por las corvas a una altura de seis pisos.

Yo aplaudí.

¡Qué temerario!

Ahora mira *esto,* dijo Eli. Se puso a hacer el pino hasta que la cara se le tornó de color caoba oscuro, pedaleando al mismo tiempo.

Muy bien, le dije.

Siempre había sido el más cerebral de los dos.

Yo podía abrazar a Wolf, fugazmente, e incluso besarle en la frente antes de que se escabullera. A Wolf le gustaba que le tocasen. Eli era más frío para esas cosas. Sólo podía darle un abrazo a la hora de dormir, con las luces apagadas. Ambos eran estirados y varoniles en presencia de su padre, y rechazaban mis caricias. Fuera, en la calle, no me permitían que les agarrara de la mano.

Les habría asfixiado si no me lo hubiesen impedido.

Pero también estaba orgullosa de su amor propio, de sus mentones levantados y su pose de boxeadores.

En casa discutían sin cesar, se aporreaban mutuamente. Pero en la calle eran inseparables, cada uno defensor incondicional del otro.

Fueron así desde el principio. Cuando tenían sólo unas semanas, una noche Eli dejó de respirar y la cara empezó a ponérsele azul; Wolf berreó y berreó hasta que yo me desperté y fui corriendo a ver qué pasaba. A la mañana siguiente Eli ya se había recuperado y su hermano estaba dándole patadas en la cabeza.

Yo era tan feliz en aquellos tiempos.

Quizá la dicha hizo que estuviera menos alerta. Quizá bajé la guardia.

Quizá me descuidé con la medicina preventiva de mi madre.

Fuese por lo que fuese, el caso es que me quedé embarazada. Por entonces los chicos tenían nueve años.

Yo no quería.

Podía haberme deshecho de él, pero no lo hice.

No quería tener al niño, pero deseaba poder darle la noticia a Shmuel para ver cómo se le iluminaba la cara.

Así que se lo dije, y Shmuel, que había perdido la esperanza, se puso loco de contento. Nunca le había visto llorar. Sacó su violín y se lo colocó debajo de la barbilla, pero estaba demasiado emocionado para tocar.

Ojalá hubiese habido una manera de darle la alegría de la buena noticia sin tener por ello que parir.

Pero no la había, así que tuve que seguir adelante con un embarazo que no deseaba.

Lo hice por él. Parecía poco, a cambio de su felicidad.

Habría hecho cosas mucho más importantes.

Mi vientre se infló.

Mis muchachos. Sabía que me distraería, que les descuidaría, que me despreciarían.

Pero durante todo el embarazo se dedicaron alegremente a sus cosas y no pareció importarles que tuviese menos tiempo para ellos. Incluso se diría que estaban más contentos con aquel aumento de libertad; andaban por ahí, cada vez más lejos, y después volvían a casa sonriendo, con los tirachinas y los ojos morados y un apetito voraz.

Este embarazo fue mucho más fácil comparado con el anterior. La criatura, tan dócil que me preguntaba si no estaría muerta.

Los pies se me hincharon de nuevo y se me antojaron unas comidas de las que ni siquiera sabía el nombre.

Iba al mercado del barrio chino y pasaba por los puestos contemplando maravillada el increíble pescado, los relucientes patos a la naranja, los fideos de arroz, las algas y los champiñones con formas fantásticas, el incienso y el sándalo, buscando algo que satisficiera el antojo.

Había mucho barullo de voces en las calles y yo no entendía ni palabra. Ya estaba acostumbrada, me había sucedido otras veces.

Estaba examinando las cometas pintadas con formas de peces y dragones, preguntándome cuánto costarían y si les gustarían a mis hijos, cuando oí que pronunciaban mi nombre y me ponían una mano en el brazo.

La voz era suave, pero en aquel lugar lleno de extrañas lenguas, mi nombre sonó como un grito desgarrador. La mano en mi brazo era de una blancura insolente. Como nieve.

Me volví y vi a una mujer con la cara tan pálida como la mano y la cabeza completamente tapada con un pañuelo, aunque se le escapaban algunos mechones de pelo cobrizo que le revoloteaban en la cara.

Se me acercó mucho, escudriñándome la boca. Podía oler su aliento. Se habría acercado más, pero mi barriga se lo impidió.

Anya, dije.

Nieve, árboles y hombres que aullaban como perros en la noche. Aquí los tenía otra vez.

Me encontraba rodeada de matronas chinas, puestos de verdura y el calor, el pestazo y el tráfico de una tarde de verano, pero realmente no estaba allí.

Anya. Tenía la cara fláccida y estaba entrada en carnes. Ahora parecía humana, no aquella criatura etérea atrapada en una habitación de encaje como una mariposa en una tela de araña.

La última vez que la había visto fue cuando se la llevaron los soldados. Para que trabajara de criada, dijeron. Ella no miró atrás; sus piernas achaparradas iban rebotando en el lomo del caballo.

Miré hacia abajo.

Ella me siguió la mirada.

Sí, me los he comprado, dijo, levantándose la falda para mostrármelos.

No son perfectos, no soy ninguna bailarina, dijo, y me enseñó su bastón.

Deseaba poder comprarme bonitos zapatos, ¿me comprendes?

No podía mirarla a los ojos. Fijé la vista en su pelo y recordé cómo se lo había cortado con un hacha.

Me alegra ver que estás viva, dije.

Sí, dijo, estoy viva y estoy aquí. Felicidad por partida doble, como dicen los chinos.

Su voz era estridente, el color de su ropa demasiado chillón. No podía mirarla sin entornar los ojos. Llevaba anillos en todos los dedos.

Ya veo que a ti te va bien, dijo tocándome la barriga.

Un escalofrío me recorrió todo el cuerpo. Creí que había dejado mi casa atrás para siempre, que había viajado por tierra y por mar, que había cruzado la barrera de papeles y visados, que era más alta que cualquier verja. Creí que había escapado de aquel lugar. Y ahora un trozo del pasado había llegado hasta aquí, estaba respirando mi aire, tocando a mi futuro niño.

Te has buscado un hombre, dijo. Me alegro por ti. Nunca hubiera imaginado...

En aquel momento la miré abiertamente y le noté un cierto aire de malicia que no tenía antes. Algo había aprendido ella que la había endurecido. Le miré la ropa otra vez, el sudor que le corría entre los pechos, y me di cuenta de que era una mujer de las que usan a los hombres para ganar dinero. Comprendí que sólo sentía desprecio por ellos, que sólo buscaba aprovecharse y arruinarles. Detrás de aquella fláccida belleza, aún tenía el poder que una vez le envidié, el poder de manipular a los hombres.

Era algo que yo ya no deseaba.

Me vino a la memoria la forma en que gritó, cómo ese grito atrajo la desgracia y la desesperación sobre nosotros.

De pronto temí que volviese a hacerlo.

Justo detrás de Anya vi a un chino destripar un pez con un certero golpe. Los intestinos saltaron inevitablemente, sin control, no había forma de sujetarlos.

He de irme a casa, dije.

Me leyó la cara y retrocedió un poco, renqueando.

Intenté ayudarte cuando estábamos allí, dije.

Ella contestó: Ya lo sé. Y ahora yo te ofrezco mi ayuda. Si la quieres. Hay cosas que puedo hacer por ti, sólo tienes que decírmelo.

Sonrió y me tocó el brazo, dijo: ¿Sabes?, en el fondo no somos tan diferentes tú y yo.

¿Cómo podía decir eso?

Había desaparecido entre la multitud.

Yo había perdido el apetito. Noté frío en el vientre, en el punto que ella había tocado. La criatura se movió inquieta.

Esta vez, cuando empezó el parto, creí que Shmuel respetaría mis deseos y se quedaría al margen. En cambio quitó de mi alcance muebles y trastos, llamó al médico y estuvo arrodillado a mi lado durante todo el proceso.

Quería morirme de la vergüenza.

No ya uno sino *dos* hombres fueron testigos.

Un mal presagio. No paré de decirles que aquello nos traería mala suerte.

Ellos se rieron de mí. Sal de las tinieblas, dijo el médico.

El parto fue rápido y fácil.

Una niña sana, dijo el doctor.

¿A esto llamas tú un mal presagio?

La sujetó por los tobillos y ella rompió a llorar.

Échale de casa, dije.

Shmuel acompañó al doctor hasta la puerta, y cuando volvió le dije: Nos has matado a todos.

Tenía ganas de llorar.

Él se dio unos golpes en el pecho y sonrió.

Cogí a la niña y me echó la baba encima. Su pelo fino, su nariz curvada, sus manos encogidas como garras. Me pareció contaminada, el pasado la había tocado y la había ensuciado de alguna manera. No era pura y nueva como mis hijos.

Estaba arrugada y malhumorada, había nacido vieja.

Después la puse al pecho y ella mordió con fuerza con sus afiladas encías.

Shmuel me rodeó con sus brazos. A mí y a ella.

Una hija, justo lo que quería, dijo, y la cara le brilló de felicidad.

Traté de sonreír con él, pero me sentía inquieta.

Me propuse querer a nuestra hija, aunque sólo fuera por él. Esto era lo que él quería, y él, lo que quería yo. Un intercambio. Así las cosas quedaban equilibradas.

Me dieron náuseas, porque estaba pensando como lo haría Anya, estaba pensando en las personas como si fueran peones de ajedrez que uno puede mover a su antojo y con los que se puede jugar. La última vez que había razonado así fue la noche en que le ofrecí mi compañía a un oficial a cambio de mi hermano.

El cuerpo se me puso rígido, me dieron arcadas y vomité bilis y sangre; Shmuel me arrancó a la niña de los brazos justo a tiempo, y sentí un dolor punzante en las mejillas por las lágrimas, unas lágrimas que quemaban de puro saladas.

Llamamos Sashie a la niña, por mi madre.

Nunca le gustó que la llevara en la cadera. Por alguna razón no encajaba adecuadamente. Prefería la cuna, o el hombro de su padre.

Mis hijos se habían hecho mayores.

De cuerpo, al menos, y de mente les faltaba poco.

Aún vivíamos apiñados en el mismo apartamento; Eli y Wolf ocupaban una habitación, Shmuel y yo dormíamos al lado del fogón y la mesa de la cocina, y para Sashie estaba el ropero que habíamos convertido en dormitorio. Encajamos en él con dificultad un colchón que era demasiado grande y se levantaba por los lados. Ella empapeló todas las paredes con fotografías de actores y actrices de cine y pasaba horas allí contemplándolas.

Siempre tenía la puerta cerrada. ¡Qué chica más hosca!

Por las mañanas y por las tardes había mucho barullo en el apartamento, con los brutos de mis hijos, sus botas del tamaño de carretillas, los golpes en las paredes y los portazos. Con sus vozarrones, riñendo entre ellos y metiéndose con su hermana.

Shmuel les había comprado una navaja de afeitar, que ellos tenían como un tesoro, y los tres se afeitaban por las mañanas, arracimados en torno al espejo, escurriéndoles gotas de espuma moteadas de negro.

Wolf había encontrado trabajo, entre andamios y grúas, en la construcción de rascacielos. Eli, en los muelles, cargando, descargando y reparando barcos.

Uno amaba el mar; el otro, el cielo.

Uno quería té caliente por las tardes, el otro se moría por la leche fría.

No entendía por qué la gente les consideraba idénticos.

A mí no me lo parecían en absoluto. Incluso podía distinguirles a mucha distancia; hasta la forma de sus cuerpos al moverse era distinta. Los articulaban con la misma diferencia que hay entre dos letras del alfabeto.

Por fin estaba aprendiendo a leer, ¿sabes? Pero despacio.

Estaban tan unidos los dos que su amistad era un poco obscena, pero profunda.

Empezaron a fijarse en las mujeres, y las mujeres empezaron a fijarse en ellos.

Por las tardes se peinaban cuidadosamente y salían. Bajaban las escaleras volando, impetuosamente, con impaciencia.

Wolf y Eli ya no hacían acrobacias para impresionarme. Tenían la cabeza en otras cosas.

Me alegraba. Era lo natural.

En un principio estaba preocupada. Por lo de las mujeres. Por el poder que tienen hombres y mujeres para influirse mutuamente, por la forma en que el deseo lleva a la gente a arruinar sus vidas, a romper los lazos familiares. Una mujer, pensé, era lo único que podría enfrentar a esta inseparable pareja.

Mis hijos siempre habían sido muy competitivos, ¿sabes?

Tenía miedo de lo que podrían hacerse el uno al otro en caso de que desearan lo mismo.

Pero pronto descubrí que no había razón para preocuparse, pues tenían gustos muy dispares. Wolf adoraba a las mujeres mayores, las mujeres maternales, tranquilas y fuertes, que irradian sabiduría y huelen a levadura y mantequilla, las que le estrechaban contra sus senos enormes y le besaban en la frente antes que en la boca. Eli perseguía a las jovencitas chillonas y caprichosas cuyos ojos no paraban quietos y cuyas manos se agarraban a todo al mismo tiempo, las que se cobijaban bajo su brazo como pájaros que se protegen de una tormenta.

Sigo olvidándome de Sashie. Ella vivía a la sombra de sus hermanos.

Era una chica rara, muy alta para su edad, de facciones angulosas y un pelo lacio que se cepillaba durante horas. Desde muy pequeña le gustaba jugar a ser personajes imaginarios, a inventar sus propios mundos. Se sentaba en su habitación fingiendo que era una princesa en una torre, o una reina en un trono.

E incluso cuando no estaba jugando, tendía a crearse su propia versión de lo que sucedía, deformando la realidad a su gusto.

Por ejemplo, durante mucho tiempo estuvo convencida de que el rubio era el color natural de su pelo, y que era la suciedad o algún truco de su madre lo que lo hacía parecer negro. Se lo lavaba con mucha frecuencia y se lo secaba después frotándolo enérgicamente; de vez en cuando miraba la toalla para ver si la negrura estaba desapareciendo, porque quería que su pelo volviera a su estado original, a los rizos rubios de sus ídolos del cine.

Sus hermanos, noche tras noche, la miraban, burlones, frotarse la cabeza una y otra vez, menear rápidamente la toalla como un limpiabotas. Cuando les dije lo que Sashie creía estar haciendo, se echaron a reír y ella corrió avergonzada a su habitación; idolatraba a sus hermanos.

Se rieron *ellos,* pero fue conmigo con quien se enfadó.

Siguió con aquella idea del pelo durante mucho tiempo; se le pasó la manía de lavárselo constantemente, pero estaba convencida de que la negrura acabaría por desaparecer, y se escrutaba las raíces usando dos espejos buscando indicios de color rubio.

Yo no podía entender aquella manera de negarse a ver lo que tenía delante de los ojos, cómo se engañaba a sí misma sin darse cuenta.

Durante ese tiempo, durante todos esos años, Shmuel había seguido escribiendo a sus padres. Algunas veces se entretenía con las cartas hasta bien entrada la noche, con la cabeza apoyada en la mano. Todavía les enviaba dinero. Nunca contestaron.

De vez en cuando recibía alguna que otra carta de sus amigos de la compañía de teatro; ellos le transmitían las noticias. Por ellos se enteró de que sus padres seguían viviendo en la misma casa, la casa en la que Shmuel y también su padre habían nacido. Se enteró de que su hermana tenía siete hijos, que trabajaban en la panadería de su padre.

Le angustiaba pensar en sus sobrinos; escribió a su hermana rogándole que enviara a alguno de sus hijos para que se educase aquí. Escribió: Tus hijos no tienen allí ningún futuro. No puedes negármelo.

Después escribió: Les pagaré los pasajes. Podemos adoptarles. Aquí pueden tener una vida que ni siquiera imaginas. Al menos pregunta a los mayores. Deja que decidan por sí mismos.

Su hermana nunca respondió.

Pensé en estos niños fantasmas, cubiertos de harina y blancos como espíritus. Por la noche andaban alrededor de nuestra cama.

Shmuel continuó escribiendo a su familia cada vez más a menudo, pues oímos rumores de lo que allí estaba sucediendo, el rumor de la oscura marea que estaba preparándose y que amenazaba con llevárselo todo.

Los periódicos no paraban de hablar de la guerra, con sus pequeñas letras impresas y las borrosas fotos de un hombre con bigote y el brazo extendido. Al parecer los periódicos eran una fuente fidedigna. Shmuel, Eli y Wolf los leían y discutían hasta bien tarde por la noche.

Yo no confiaba en las palabras impresas.

Además de los periódicos, estaban los rumores que oíamos, las cartas, y los relatos de viajeros asustados que se las habían arreglado para salir a escondidas y cruzar el océano. Vinieron aquí con sus abrigos raídos, se fueron a vivir con familiares y no les gustaba salir a la calle. Evitaban la luz del día.

Esta gente, con sus atormentados ojos mirando con recelo a todos lados, intentaba contarnos cosas pero no encontraba las palabras. No existía un lenguaje lo suficientemente exagerado para expresar lo que habían visto. No había términos capaces de contener todo aquello. Historias tan fantásticas, tan sobrecogedoras en sus atrocidades, que nadie podía creerles.

Nadie quería creerles. Nuestros vecinos, e incluso Eli y Wolf, decían: Tienen que estar locos, enfermos y asustados, para vomitar semejantes pesadillas y alucinaciones. Esas historias no pueden ser ciertas, son cuentos fantásticos para asustar a los niños.

Eso es lo que se decía.

Pero yo he visto muchas cosas. Sé que todo es posible.

Estas historias que los recién llegados contaban eran demasiado horribles para que alguien hubiera podido inventarlas. No podía existir una mente tan retorcida.

Yo había contado historias que nadie había creído. Historias que yo estaba segura de que eran verdad.

Shmuel no opinaba, pero tenía los ojos hundidos, perdidos en sombras, el color apagado. Las manos le temblaban, la piel de los nudillos se le había vuelto fina y transparente como la tela de los pantalones desgastada en las rodillas.

Yo quería abrazarle, abrazar aquella espalda tensa. Quería consolarle en la cama en la oscuridad de la noche.

Pero últimamente no dormía, se pasaba las horas sentado a la mesa de la cocina, escribiendo cartas a sus padres y a su hermana, suplicándoles, rogándoles que se salvaran, que vinieran aquí antes de que fuera demasiado tarde. Escribió: No tenéis que perdonarme. Venid por vuestro propio bien, por el de los niños.

Mandaba las cartas pero se desesperaba pensando que tal vez no llegaran nunca. Enviaba dinero. Y más dinero. Más de lo que podía permitirse.

Algunas noches alzaba la vista de lo que escribía y yo notaba que sus ojos recorrían mi cuerpo y que evitaban mi cara. Había una rabia en su mirada que no había visto antes, una acusación. *Mira lo que me vi forzado a hacer por ti, lo que tuve que hacer.*

Los papeles de su hermana se interponían entre nosotros como una muralla.

He de decir que nunca me levantó la mano con ira, nunca dijo que yo tuviera la culpa. Pero había una nube en nuestra relación.

Ambos nos acordábamos de nuestra tierra. Yo pensaba en Ari como no lo había hecho durante años.

De repente la vida aquí resultaba falsa y vacía. La vigorosa salud de nuestros hijos y su enorme apetito parecían una burla.

Llegaron más refugiados sigilosamente al vecindario. Una se instaló con una pareja de ancianos que vivía dos pisos más abajo. La esposa de su sobrino era una mujer joven. O eso decía ella.

La pareja de ancianos no había visto a su sobrino desde que era un niño. Pero la acogieron en su casa.

Estaban demasiado aturdidos para poner reparos.

Imagínate, llegó a su puerta en mitad de la noche, dando golpes y gritando hasta que el edificio entero se despertó. Todos salimos en pijama, descalzos, quejándonos, mirando de reojo en el pasillo, en las escaleras. Su aparición nos dejó mudos de la sorpresa.

Nos dimos cuenta de que era joven, quizá no llegaba a los veinte; su cuerpo estaba famélico pero aún tenía la elasticidad de la juventud. Su piel, indemne. Y sin embargo su pelo, muy corto, era completamente blanco.

Se dio la vuelta y nos miró a todos. Lo más aterrador eran sus ojos: sus pupilas se habían reducido a dos puntitos, unos ojos completamente fríos y enigmáticos, inmóviles, como si se hubiesen congelado en un momento de indecible horror.

Se volvió hacia la pareja de ancianos y les dijo que su esposo, su sobrino, había muerto.

Ellos la abrazaron enseguida, la metieron en el apartamento y cerraron la puerta. Los demás volvimos lentamente a nuestras camas, a nuestros desasosegados sueños.

Pero en los días que siguieron muchos de nosotros volvimos a aquel apartamento a escuchar las historias de la mujer, que se sentaba, empequeñecida, en un recargado sillón.

Hablaba de hambre, frío y enfermedades, cosas que todos podíamos comprender. El confinamiento que mencionaba, la violencia súbita, eran cosas que todos habíamos conocido. Pero también habló de un mundo en el que la lógica había desaparecido, en el que los niños les eran arrebatados a sus madres, los maridos separados de sus mujeres, los dientes de oro arrancados de las bocas de los vivos, los cuerpos amontonados como si de almiares se tratara, la paja convertida en sopa, y en el que a las personas se les adjudicaba un número pues los nombres eran un lujo. Un lugar en el que enormes hogueras ardían constantemente y un humo negro tapaba el cielo, aunque allí todo el mundo se moría de frío. Un lugar en el que los perros y las balas fortuitas tropezaban con las nucas, todo tan arbitrario como las reglas inventadas de un juego de niños.

Contándonoslo, se reía de lo absurdo de todo ello.

Las pupilas no se le dilataban, ni siquiera con una débil luz, como si retuviesen algo; eran los ojos de un animal que, sintiendo la fría sombra sobre su espalda, mira hacia arriba y ve al halcón precipitándose hacia él.

Imposible, murmuraban mis vecinos.

Es una locura, decían.

Siguió hablando y hablando de cosas inenarrables, con la respiración entrecortada, balbuceando, soltando risotadas y atragantándose. No podía pronunciar las palabras lo suficientemente deprisa, un torrente interminable; ella nos miraba, con aquellos ojos febriles que saltaban de una cara a otra.

Tomaba infinitas rebanadas de pan y tazas de té, aparentemente sin dejar de hablar. Cargaba el té de azúcar, lo amontonaba en el pan, lo comía a cucharadas, con los ojos en blanco, en una suerte de éxtasis sagrado. Se chupaba los dedos, no podía parar de tomar azúcar.

Está loca, decía la gente. Ha perdido la cabeza.

Al menos lo parecía, con los dedos en la boca y una baba dulce escurriéndole por la barbilla. Pero aun así se podían ver sus bellas facciones, sus gráciles brazos bajo el vestido barato. Su hermosura chocaba de forma extraña con la fealdad que tenía grabada en los ojos, con las cicatrices en relieve que tenía en el cuello y en el cuero cabelludo, bajo el pelo blanco. Como el moho que aparece en la fruta madura.

No quería decirnos cómo había escapado de semejante lugar.

Cuando se lo preguntábamos ella sólo decía: Me hice la muerta. No fue difícil.

No hacía caso de nuestras preguntas y sacudía la cabeza violentamente cuando nosotros empezábamos con la letanía de nombres: ¿Viste...?, ¿conocías a...?, ¿qué le sucedió...?, ¿has oído hablar de...?

Hablaba sin pausa, con un tono monótono, estridente, y la mano yendo y viniendo del azucarero a la boca; una y otra vez se llevaba los dedos azucarados a la lengua como si fuera un milagro, y cerraba los ojos extasiada.

Uno por uno pasaron nuestros vecinos a visitarla. A esa chica loca, cuyas historias no creían, o no querían creer.

Como si, al admitirlas, se hicieran realidad; mientras que negándolas, las frenaban, quedaban confinadas en la mente de la chica.

Ella había traído las tinieblas, las había introducido en nuestras vidas y en nuestras salas de estar y las había liberado. La gente pensaba que, de algún modo, ella tenía la culpa.

Esa chica loca, que se atiborraba de azúcar como un crío, no dormía por miedo a sus sueños.

Me senté con ella durante un buen rato después de que los otros se hubieran despedido. Vi cómo se tiraba del vestido.

En unas semanas se le estropearon los dientes, y su rostro parecía más perturbado que antes, con el pelo blanco y las azuladas encías de una mujer mayor, y los labios, los pómulos y las pestañas de una joven.

Acabó con la ración de azúcar de sus tíos.

Aunque ellos dudaban cada vez más de que fueran realmente sus tíos. Dudar de ella suponía creer que su sobrino estaba vivo todavía.

Cuando yo hablaba con la recelosa tía en las escaleras, me decía en voz baja: Si al menos tuviera alguna prueba. Algo que demostrara que son ciertas esas historias. Entonces la creería. ¿Cómo podemos estar seguros? Ni siquiera tiene anillo de casada.

Escondí las manos cuando dijo eso.

¿No se daban cuenta de que la prueba la tenían allí mismo, en la piel de la chica, en aquellos ojos, en aquel cabello que se había vuelto blanco de espanto? ¿Qué más pruebas necesitaban?

Aquella tarde mandé a Eli a su apartamento con nuestras últimas reservas de azúcar.

Se quedó allí varias horas y cuando volvió estaba muy callado.

Al día siguiente por la tarde tanto él como Wolf fueron a sentarse con la chica loca mientras ella ceceaba con las encías, con la lengua pastosa cubierta de azúcar.

Volvieron muchas más veces. Estaban fascinados con su decadente belleza.

Escuchaban sus historias noche tras noche. Se sentaban uno a cada lado de ella sin decir una palabra. No sabían qué creer. Las cosas que contaba rebasaban los límites de su imaginación.

Al igual que la tía, ellos decían también: Si existiese alguna prueba... Si pudiéramos estar seguros...

Aun así, los dos estaban enamorándose de ella, pues combinaba los aspectos que atraían a ambos. Para Wolf, era una mujer mayor, con su pelo blanco y su hastiado conocimiento del mundo; para Eli, ella era una niña golosa, perdida e indefensa.

Yo había creído que, si alguna vez los dos andaban tras la misma mujer, se volverían el uno contra el otro, pelearían y se darían de puñetazos como hacían cuando eran pequeños.

Pero no; este amor les había acercado. Ambos trataban juntos de descifrar el misterio que ella escondía. Guardaban un respetuoso silencio ante aquello que no podían comprender. Nunca la tocaron. Su amor por ella era protector, caballeroso.

Querían ser héroes, creo, querían interponerse entre ella y aquella cosa siniestra que la amenazaba. Pero no lograban entender qué era aquello. No daban crédito a la descripción de la bestia que ella hacía.

Una noche, después de haber estado con ella durante varias horas, oí que sus voces se elevaban y que subían las escaleras ruidosamente.

Irrumpieron en la cocina y se pusieron frente a nosotros, Wolf con el pelo de punta, Eli frotándose los ojos. No podían parar quietos, se movían de un lado a otro con desasosiego.

Tenemos que irnos, dijo Eli.

Ahora. Mañana, dijo Wolf.

Ya lo hemos decidido, dijeron.

Yo pregunté: ¿Tenéis algún problema?

Pensé en la chica, en sus huesos y en sus pechos puntiagudos, y me pregunté si, después de todo, no habría malinterpretado los sentimientos de los chicos.

No, dijo Wolf.

Empezaron a preparar la ropa, a hacer planes.

Por fin tenían la prueba, ¿comprendes? Esa noche la chica se había remangado y se la había enseñado. La tenía escrita en la piel, tal como me lo había figurado.

Una chica les muestra el brazo y ya no necesitan más pruebas.

Al día siguiente se alistaron en el ejército.

Siempre supe que ese momento llegaría, pero ocurrió antes de lo que había pensado.

Shmuel me había prevenido. Me había avisado de que tarde o temprano a los chicos les llamarían para hacer el servicio militar.

Alistarse de esa manera les hizo sentirse más convencidos, más dueños de sus destinos.

Yo miraba sus anchas espaldas mientras ellos doblaban camisas encima de la cama. El dolor no me dejaba articular palabra.

Quería avisarles.

Ansiaba decirles: No vayáis allí. No vayáis. No tenéis ni idea de lo que es aquello.

Les puse una mano en el hombro, pero ellos se la sacudieron de encima. Estaban entusiasmados, eran unos chicos que se iban de casa por primera vez.

Si vais a aquel terrible lugar, nunca volveré a veros.

¿Qué ocurre?, preguntó Sashie. ¿Adónde van?

No le contesté. Shmuel se lo contó y ella se echó a llorar.

¿No sabéis que sólo se puede cruzar el océano una vez?

Si hacéis el viaje más veces, estáis tentando a la suerte.

¿Vas a echar de menos a tus muchachos?, preguntó Wolf, ensayando una sonrisa.

Más que a nada en el mundo.

Sí, dije.

No vayáis al bosque. Nunca saldríais de allí.

Te escribiremos, dijo Eli.

La tonta de Sashie abrazaba a uno y luego al otro, tirándoles del cuello para abajo.

¿Cómo podría haceros comprender? No existe ninguna lógica. Las leyes naturales no rigen allí. Los árboles caminan sobre piernas humanas, las casas lo hacen sobre patas de pollo, desaparecen pueblos y océanos sin dejar rastro.

Debería haberos dicho estas cosas hace tiempo. Ahora es demasiado tarde.

¿Por qué estás tan callada, madre?, preguntó Eli.

Está pensando en qué va a ocupar su tiempo a partir de ahora que no tendrá que cocinar doce horas al día, rió Wolf.

Ésta es la última vez que os veo.

Llevad calcetines gruesos, allí hace mucho frío.

Dijo Wolf: ¿Es eso todo lo que se te ocurre decir?

Dijo Eli: Es lo que entiende ella por darnos su bendición.

Entonces se presentaron ante su padre e hicieron una reverencia. Él les puso una mano en la cabeza y pronunció una oración.

Luego yo les abracé, se inclinaron y me agarré a su cuello apretando la mejilla contra su oreja. Quise susurrarles un último consejo a cada uno, pero no se me ocurrió nada. Me faltaban las palabras.

Nos cuidaremos el uno al otro, dijo Eli.

Wolf prometió: No me separaré de él.

Eli dijo: Yo haré lo mismo.

Vistos en el umbral de la puerta eran unos hombres hechos y derechos, con el pelo hasta el cuello de la camisa y los dientes mellados a causa de las peleas y los accidentes de la infancia.

Espero que recordéis la fiereza de vuestra juventud.

La necesitaréis allá donde vais.

Yo sabía bien lo que era la fiereza.

¡Cómo! ¿Es que no va a haber lágrimas, madre?, bromeó Wolf.

Y luego Eli: ¿Ya no nos quieres?

Más que a nada en el mundo.

Dijo Wolf: Está esperando a que nos marchemos.

Sí, no lo haré, no lloraré hasta que os hayáis ido. Lo juro. Me aguantaré.

Wolf inclinó la cabeza y Eli hizo una torpe reverencia. Después se dieron la vuelta y se zarandearon el uno al otro amistosamente, empujándose a ver quién salía primero.

Me quedé mirándoles. Bajaron ruidosamente las escaleras, a la carrera, los dos a un tiempo. Quise decirles que no había nada al final, salvo la muerte y un lugar solitario. Pero siguieron corriendo, igual que habían pugnado en mi vientre por ser cada uno el primero en salir al nuevo mundo, en respirar.

Al principio Eli y Wolf estuvieron en un campamento de instrucción, y escribían con asiduidad. Leer aún me resultaba difícil, por lo que Shmuel me leía las cartas en voz alta, o lo hacía Sashie.

Las cartas eran alegres y locuaces pero yo no confiaba en ellas. No confiaba en las palabras escritas. Cualquiera podía poner palabras en un papel, ¿quién me aseguraba a mí que las habían escrito mis hijos?

Sabía que había personas que sí confiaban en las palabras impresas; pensaban que, una vez que se escribían y se grababan en el papel, ya no podían cambiar, que fijaban el momento. Pero yo estaba segura de que no era así. Las palabras impresas son resbaladizas. Pueden esconder cosas, pueden mentir.

Pensé en aquellos documentos, que todavía conservaba, según los cuales yo era la hermana de Shmuel.

Cualquier cosa que puede ser manipulada con tanta facilidad no tiene ningún valor.

Shmuel y yo nunca les habíamos dicho a nuestros hijos que no estábamos casados. ¿Cómo íbamos a decirles que eran ilegítimos? No les hacía falta saberlo.

Y a mí no me importaba. Estábamos casados en espíritu, las palabras no influían en eso.

Pero creo que Shmuel, aun después de todos esos años, todavía anhelaba tener un certificado, nuestra unión santificada por unas palabras oficiales escritas en un papel.

Sashie adoraba las cartas de sus hermanos, se las llevaba a la habitación de ellos, que ahora era la suya, y las leía y las releía, las olía, las probaba, y las atesoraba. Empapeló las paredes con recortes de periódico y fotografías.

Cuando me enteré de que habían embarcado, supe que se habían ido para siempre. Me vestí de negro, me recogí el pelo con un cordón negro, tapé los espejos y me abstuve de lavarme.

¿Madre, qué estás haciendo?, gritó Sashie.

Y Shmuel repitió: ¿Qué estás haciendo? ¿Es que *quieres* que mueran nuestros hijos? Estás invitando a la mala suerte llorando a quienes están todavía vivos.

Resultaba gracioso que él hablara de mala suerte, él, que se había burlado de mis precauciones durante todos esos años.

Tenía la certeza de que nunca más volvería a verles. Me acordé del nacimiento de Sashie y de cómo Shmuel y el médico vieron lo que nunca debieron ver. Se había violado una tradición y ésas eran las consecuencias.

Por los dos hombres que habían mirado yo había perdido a mis dos hijos. Un precio justo.

Les lloré durante semanas, me pasaba las noches sentada en la cama, desazonada. No dejaba de mirar las escasas fotografías que tenía de Wolf y Eli, aunque tampoco confiaba en que ellas me mostraran la verdad.

Shmuel adelgazó y se encorvó, se le nublaron los ojos. Una tarde me agarró por los hombros, me zarandeó hasta hacerme crujir la cabeza, y me gritó: ¿Por qué lo haces? ¡Miles de personas están muriendo asesinadas todos los días! ¡Cómo te atreves a quedarte ahí sentada llorando por dos que aún viven!

Es un sacrilegio, dijo con más suavidad.

En otra ocasión dijo: ¿Por qué te empeñas en atraer lo peor? Los padres no deberían tener que llorar la muerte de sus hijos. Va en contra del orden natural de las cosas.

Él se apresuraba a contestar las cartas llegadas del extranjero. Shmuel y Sashie se alegraban mucho con ellas. Yo no creí en aquella farsa ni por un momento.

Shmuel les escribía fielmente a los dos. Una noche dijo: En sus cartas Eli y Wolf preguntan por la mujer de abajo. ¿Qué les contesto?

Yo no sabía qué decir.

Se había ahorcado la semana anterior, ¿sabes? Unos decían que por la muerte de su marido; otros que, sencillamente, porque estaba loca, y eso era lo que hacían los dementes: matarse; al parecer era lo único que se les daba bien.

La gente murmuraba y se preguntaba quién sería aquella chica.

Nunca más volveremos a tomar azúcar de la misma forma.

¿Qué les digo de ella?, me preguntó Shmuel por segunda vez. ¿Y cómo se lo digo?

¡Qué más da!, dije yo.

Él suspiró y dijo: Les diré que ya está en paz. Les diré que ya no tiene pesadillas. Les diré que todavía tiene el pelo blanco. Con eso basta.

Él volvió a inclinarse sobre el papel.

¡Más mentiras! Mentiras escritas en papel. Hasta Shmuel usaba las palabras para mentir y disimular. ¡Cómo podía fiarse de ellas!

Sashie también escribía, se peleaba durante semanas con una simple nota para sus hermanos. Tiene que ser perfecta, decía.

Shmuel tocaba el violín en bodas, funerales, en cualquier trabajo que encontraba.

Yo apenas salía de casa. Cuando lo hacía, el cielo estaba siempre bajo y gris; la maraña de tuberías y escaleras de incendios pegadas a todos los edificios me hacía pensar cada vez más en árboles negros y retorcidos. Me cubría la cabeza con un pañuelo para aislarme.

Me sentaba en el apartamento viendo caer la noche y romper el día, una y otra vez, como un tedioso sueño. Saqué de un cajón el huevo decorado, ahora apagado y sin brillo, y miré por el agujero. El paisaje del interior era sombrío y lejano, la niebla cubría el mágico lago y los cisnes tenían la cabeza bajo el ala. Me pareció ver dos nuevas figuras, con el pelo negro, asomándose por la torre más alta.

Los días y las semanas pasaban y apenas reparaba en mi hija.

Sashie, la llamé un día.

Ella salió de su habitación y dijo: Por favor, ahora quiero que me llaméis Shirley.

¿Por qué?

Se enroscó un mechón de pelo en un dedo y respondió: Detesto el nombre de Sashie.

Era el nombre de mi madre, dije. ¿Alguna vez te he hablado de mi madre?

No, dijo ella.

Sí lo había hecho, pero ella seguramente no me había escuchado.

Ella dijo: Sashie está pasado de moda. Soy americana, madre, quiero un nombre que suene a americano. Llámame Shirley.

Dije: No puedes cambiarte el nombre. Está escrito en tu certificado de nacimiento, no puedes cambiarlo. Y tampoco puedes escapar del lugar de donde eres. Tu pasado permanece contigo, no puedes hacer que desaparezca disfrazándote con un nombre nuevo y fingiendo ser otra persona. No lo olvides.

Pero yo no nací en aquel viejo país, yo he nacido aquí, protestó.

Por mucho que lo intentes no podrás huir de tu familia, dije.

Me lanzó una mirada feroz, sombría, con el ceño fruncido, y se retorció el pelo con más fuerza; por primera vez vi lo mucho que se me parecía. Era como mirarme en un espejo mágico que me devolviera mi juventud.

Entonces se dio la vuelta, erguida y tensa, y regresó, airada, a su habitación.

No la entendía en absoluto. De repente miré a mi alrededor, a mi vida, como no lo había hecho durante años. Nunca hubiera imaginado que evolucionara de aquella forma.

Pensé en lo extraño que es que tu vida vaya creciendo a tu alrededor espontáneamente, como las malas hierbas. Al principio no pretendes vivirla de ninguna manera en particular, crees que estás viviendo libremente, sin ser apenas consciente de las sutiles elecciones que vas realizando. Pero a medida que pasan los años, tu vida se va cerrando lentamente en torno a ti, endureciéndose como una concha, limitándote por todos lados, cercándote con los muebles, las deudas y los hábitos, introduciéndote en túneles cada vez más estrechos hasta que de pronto te encuentras con que ya no te quedan otras posibilidades y no tienes más remedio que seguir en la misma dirección hasta el final.

También pensé en el amor, en las diferentes clases de amor. Hay personas a las que amas por elección, y te zambulles en ese amor temerariamente, de cabeza, tragándolo entero, rindiéndote a él sin pensarlo dos veces.

Y hay personas a las que amas a falta de otras.

Un día llegó un hombre con una maleta desvencijada y una cara tan exageradamente triste que parecía un payaso.

Llamé a Shmuel y, cuando se acercó a la puerta, el extraño y él se abrazaron sin mediar palabra.

Aquel hombre era uno de los actores de la antigua compañía de Shmuel; se sentó en la cocina y yo le preparé un té. Le recordaba vagamente. A menudo interpretaba él los papeles femeninos, porque era muy delgado y el héroe podía tomarle en sus brazos sin demasiados problemas. Le recordaba con una peluca dorada, un pecho falso y su risa amable.

Ahora tenía las mejillas hundidas, la piel amarilla, costras de calenturas en aquellos labios que la mayoría de sus compañeros, en algún momento, se habían visto obligados a besar. Unas profundas arrugas le nacían en los ojos; se le estaba cayendo el pelo, aunque unos descoloridos mechones le llegaban hasta los hombros. Acababa de llegar a este país.

¿Cómo conseguiste salir?, le preguntó Shmuel.

El rostro del actor se nubló y empezó a hablar; entonces vio a Sashie escuchando. Viajé de polizón, oculto en un tonel de pepinillos.

Se llevó una mano a la oreja y sacó un pepinillo. De la boca, otro, y se los entregó a Sashie. Se extrajo algunos del sobaco, de la nariz y del bolsillo; se quitó un zapato y allí encontró uno más. Se los dio todos a Sashie y siguió sacando hasta que las manos de ella rebosaron.

A él no se le alegró la cara en ningún momento, a pesar de que Sashie se reía nerviosamente y de que a Shmuel se le había relajado el gesto de la boca. Estaba acordándose de los viajes que habían hecho juntos en otros tiempos.

Entonces el actor se levantó, se llevó a Shmuel a un lado y le dio noticias de su familia. A Shmuel le flaquearon las piernas y su amigo actor tuvo que agarrarle; yo le agarré también, pero pesaba demasiado para nosotros.

Sus padres, su hermana, su cuñado y los siete niños habían desaparecido. Borrados de la faz de la tierra.

No pronunció palabra en todo el día, y esa noche, en la cama, no lloró, ni una lágrima, pero vociferó, juró y dio puñetazos contra la pared y el colchón.

Creí que iba a hacerse daño. Le sujeté los brazos y le obligué a tumbarse, apoyé la cabeza en su pecho y le oí latir el corazón frenéticamente, como si dentro hubiera caballos salvajes atrapados.

Entonces sentí sus manos, me tocó como no lo había hecho durante mucho tiempo; y volvimos a conocernos el uno al otro; eso nos consoló.

Ahora los dos vestíamos de negro, aunque él decía que mi innecesario dolor era una burla del suyo.

A medida que transcurrían los días hablaba cada vez menos, y estaba perdiendo oído también. Empezó a perderlo el día en que supo la noticia; el ruido del mundo cada vez se hizo más débil.

Las noticias de su familia le habían afectado de tal manera que parecía no querer saber nada más.

Es como si el mundo estuviera enterrado en nieve, dijo de pronto una mañana. Todo está silencioso.

Fue una de sus últimas conversaciones.

Ya no podía trabajar, puesto que no oía ni a los otros músicos ni a sí mismo; no sabía si desafinaba.

Bizqueaba, como si eso le ayudase a oír mejor.

Yo no creo que él echase mucho de menos las voces, los pasos, el tráfico, el viento. Podría haber vivido sin ellos. Pero la falta de música fue un golpe terrible.

Durante varias semanas permaneció en el apartamento, pasando el arco insistentemente por las cuerdas del violín a pesar de que no percibía las notas. Como si hubiera una única nota mágica que, al encontrarla, le devolvería el oído. Por último, lleno de frustración, arrinconó el instrumento.

¡Añoraba tanto la música! La música era la verdad más importante para él.

No comía, no atinaba con la cuchara en la boca, perdía el equilibrio al cruzar la habitación. Era como si la sordera le hubiera atrofiado los otros sentidos.

No podía hablar. Su voz era ahora un torpe graznido. Cuando necesitaba comunicarse, escribía notas en trocitos de papel. Yo me esforzaba por leerlos, pero tenía que pedirle ayuda a Sashie. Me sentía estúpida.

Pero él no quería hablar, en realidad. Ni en voz alta ni por escrito.

Algunos sentimientos son demasiado fuertes para las palabras. Hay historias que se resisten a ser contadas.

Nos entendíamos el uno al otro sin hablar, como ocurre con las personas que llevan juntas mucho tiempo.

El pelo le crecía profusamente y él escondía la cara entre la espesura. Andaba por ahí con la cara torcida y mostrando los dientes, como un loco.

Recuerdo el día en que le cambió el gesto.

Fue una tarde en que él estaba al lado de la ventana, con las cortinas descorridas, mirando la primera nevada de la temporada. Los copos caían rápida y suavemente; abajo, la calle estaba cubierta de blanco. Me sonrió, alargó los brazos y supe que quería compartir conmigo aquello para que estuviéramos juntos en el mismo silencio sordo y albo.

Estábamos el uno al lado del otro a la fría luz de la ventana, que caía sobre nosotros como nieve sutilísima y se posaba, pálida, en la cabeza y los hombros de Shmuel. Le miré a los ojos, de aquel azul tan vívido, y los dientes, que brillaban como un camino de piedras refulgentes a la luz de la luna y que me llevarían a través del bosque hasta la salvación.

Y aunque estábamos dentro de casa, imaginé la nieve amontonándose a nuestro alrededor, cubriendo nuestros pies, amortiguando los pasos. Caminamos por la nieve hacia la cama y nos sentamos entre las sábanas blancas. Shmuel me desató el pelo y lo dejó suelto, lo tomó entre sus manos y lo sacudió cerca de su oreja. Sonrió como si oyera las campanas.

Yo no las había oído durante muchos años. Ni las oía ahora.

O quizá sí.

Se tumbó y cerró los ojos. Le miré el pelo negro, extendido sobre la almohada, la nariz, las pestañas, las cejas. Éstas se alzaban y bajaban y se movían para mí; me tomaba el pelo, sabía que yo estaba mirando. Me acosté a su lado, escondí la cabeza bajo su barbilla y me dormí.

Por la mañana, estaba frío.

Fue a causa de toda aquella nieve amontonada a nuestro alrededor.

¿No sabes lo peligroso que es quedarse dormido en la nieve?

Esperaba que abriese los ojos, pero no los abrió.

Sabía que estaba gastándome una broma, siempre hacía lo mismo.

Yo me quedaba mirándole y esperaba hasta que ya casi no podía soportarlo, hasta que pensaba que iba a volverme loca o a romper a llorar, y entonces, en el último momento, abría los ojos y se echaba a reír.

Así que esperé, a su lado.

Esperé mucho tiempo. Él sabía lo impaciente que yo era, me estaba poniendo a prueba. Esta vez le demostraría mi resistencia, no le dejaría que me ganara. Prometí que no me movería de aquel sitio hasta que abriera los ojos.

Esperé. Era una buena broma. En un momentito se incorporaría y se reiría sin parar.

Sashie

Cuando murió mi padre, mi madre no podía creerlo.

Estuvo sentada al lado de la cama durante dos días, sosteniéndole la mano. No permitía que nadie se lo llevara de allí.

Se incorporará en cualquier momento, decía. Abrirá los ojos enseguida.

Yo era sólo una niña entonces y hasta yo comprendía que se había muerto.

Es actor, insistía ella. Sólo está haciendo teatro.

Esa sangre en su camisa es de gallina, me decía, a pesar de que la ropa estaba limpia. Y añadió: Los actores llevan escondidas bajo el traje bolsas de goma llenas de sangre de gallina. Así, cuando les hieren al batirse con la espada, la sangre brota. Es sólo un truco, ¿comprendes?

En cualquier momento se levantará y cogerá el arco.

Ya sabes cómo le gusta a tu padre bromear.

Es otra de sus bromas.

Ella repetía estas cosas y no se convenció hasta que llegó el médico, y ni siquiera él pudo hacerlo hasta que la dejó escuchar el pecho de mi padre con el estetoscopio.

Ah, no, dijo ella entonces. No.

Diré, en su defensa, que, de algún modo, mi padre parecía más vital, más lleno de vida que otra gente. Incluso muerto. Recuerdo que tenía las cejas a medio gesto y los labios fruncidos como si estuviera a punto de decir algo. El pelo, sobre la almohada, todavía negro e indómito. Aún conservaba una cara de chico con rasgos angulosos; las líneas y arrugas de sus mejillas desentonaban, como si se las hubiera dibujado él mismo, en broma, con el maquillaje del teatro.

El apartamento estaba muy vacío aquellos días.

Con mi padre muerto y mis hermanos lejos, daba la sensación de que el resto del mundo se había desgajado y se distanciaba, dejándonos solas. Únicamente nos teníamos la una a la otra.

No había mucho que decir.

Dábamos vueltas la una alrededor de la otra como perros desconfiados.

Mi madre se cubrió de ropa negra y pasaba horas sentada meciendo el violín de mi padre. No el dorado tan bonito que se había comprado aquí, sino la vieja caja de chirridos que se trajo del antiguo país. Se envolvió en una nube de dolor y era como si se hubiese trasladado a un lugar inalcanzable y remoto.

Admito que nunca habíamos estado muy unidas.

Yo apreciaba las cartas de mis hermanos más que nunca. Aquellas cartas eran una compañía mucho más expresiva que la de mi madre, a pesar de que llegaban de tarde en tarde y eran breves y estaban torpemente escritas.

Mis hermanos estaban luchando en Europa. En alguna parte de por allí. Ni ellos podían decir dónde exactamente. Tanto

Wolf como Eli se quejaban amargamente de no estar juntos, en la misma compañía. A los hermanos se les separaba siempre, por norma, pero los míos nunca habían estado el uno sin el otro y aquello les afectó mucho. Cada uno de ellos, en sus cartas, independientemente, escribía que no se sentía una persona completa sin su hermano.

Eli escribía: Se me está olvidando cómo soy sin tenerle cerca a él. Necesito ver su fea jeta.

Wolf escribía: Le hablo como si estuviera aquí. Oigo disparos y grito: ¡Eli, cuidado! Mis compañeros creen que estoy majareta.

Se añoraban el uno al otro casi tanto como me añoraban a mí, creo yo.

Yo sabía que me echaban de menos, aunque sus cartas iban dirigidas a mis padres.

Wolf escribía: Sé que madre no puede leer esto, así que tienes que contárselo tú y quererla.

Eli escribía: Conociéndola, seguro que no se lo cree.

Wolf escribía: Díselo de todos modos.

Pues claro que le leía las cartas, o por lo menos lo intentaba. Pero en cuanto veía aquellos sobres tan finos, me apartaba con la mano.

¿Es que no te importan? ¿No quieres saber lo que te dicen?

Están muertos, decía ella, tú lo sabes.

Yo decía: ¿Cómo van a estar muertos si nos escriben?

Mentiras, todo mentiras, decía ella. ¿Cómo puedes ser tan tonta? ¿Cómo se te puede engañar con tanta facilidad?

Ella era la tonta. *Ella* era la que lloraba a mi padre y a mis hermanos por igual, la que trataba sus memorias de la misma manera. Como si mis hermanos hubiesen muerto o como si mi padre no.

Era muy reservada, siempre enredando en la cocina, encendiendo velas y haciendo infusiones de hierbas. No me gustaba salir a la calle con ella, no era como las otras mujeres. Llevaba las faldas muy largas, arrastrando por el suelo, sin sostén ni faja. Y todo el año con medias gordas de lana. Era como si no hubiera dejado su antiguo país.

Hasta las mujeres de nuestro barrio, que eran de su edad y habían venido del mismo sitio, habían empezado a depilarse las cejas, se cortaban el pelo y se ponían ropa actual, pasada de moda de muy pocos años.

A mi madre le daba igual, o no se daba cuenta; se mantenía apartada. Cogía fotos de mis hermanos y las miraba durante horas. Las pocas prendas de ropa que habían dejado, ella las olía, las alisaba y las doblaba una y otra vez. Pasaba los dedos por las marcas oscuras del tabique donde Eli había dado con los tacones de los zapatos; aquél era su lugar favorito para hacer el pino. Las marcas iban subiendo en la pared, señalando su crecimiento con los años.

¡Y el modo en que hablaba de ellos como si estuvieran muertos! Como si quisiera que eso ocurriese de verdad. Como si estuviera intentando matarles.

Parecía regodearse en su dolor, como si disfrutase con él.

Cuando yo escribía a mis hermanos, ponía: Querido William. Y: Querido Edward.

Estos nombres les iban mejor, me parecía.

Cada vez que escribían, preguntaban por la loca del piso de abajo, la que tenía el pelo blanco y a quien habían encontrado colgada detrás de una puerta, con la lengua fuera.

A mí me disgustaba el modo en que se interesaban por ella.

Nunca preguntaban por mí en sus cartas.

Querían saber si ella estaba bien de salud, si todavía tenía el pelo blanco, si seguía tirando de su vestido del modo en que solía hacerlo, como si la asfixiase.

Era *improcedente* que preguntasen tanto por ella.

Ésta era una palabra que yo había aprendido hacía muy poco.

Les escribí diciendo que, después de todo, su desaparecido esposo no estaba muerto, que había vuelto y se la había llevado con él a una casa en el campo. Les conté que se había puesto muy gorda con todo aquel azúcar.

Cuando murió mi padre, me preguntaba cómo se lo diría.

Pedí ayuda a mi madre y ella contestó: No tienes que decir nada a Wolf y Eli. Ellos ya lo saben, están con tu padre, los tres están juntos ya.

Era inútil.

Al final, no pude decírselo yo tampoco. Escribí simplemente: Padre ha cogido frío. Os quiere mucho. Mamá os echa terriblemente de menos.

En cierto modo, todo era verdad.

Esta vez, cuando tuvimos noticias, fue a través de una carta con aspecto oficial.

Dos cartas, en realidad, que llegaron el mismo día.

Mis dos hermanos habían muerto.

Quise gritar, pero me faltaba el aire.

Se lo dije a mi madre.

Pero si yo ya lo sabía, te lo he estado diciendo continuamente, dijo ella.

Estaba tranquila, resignada. Lo había aceptado hacía mucho tiempo.

Me sujetó mientras yo lloraba y me di cuenta de los hombros tan fuertes que tenía bajo su áspera ropa.

Las cartas eran idénticas, mecanografiadas y con un sello muy raro al final.

Quien las hubiera escrito elogiaba efusivamente a Eli y Wolf, decía que habían muerto en acto de servicio, luchando valerosamente por Dios, la libertad y la justicia para todos.

Leí las cartas a mi madre.

Pero yo ya sé todo eso, dijo ella. No necesito que me lo diga una carta.

Para ella no tenían ningún valor. Pero yo las guardé como un tesoro. Para mí sí significaban algo.

Mis hermanos habían muerto separados por cientos de kilómetros, en distintos frentes, el mismo día.

No recibimos las otras cartas hasta que terminó la guerra.

Una era de un hombre llamado Jimmy, de alguna parte del Medio Oeste. Había sido compañero de Wolf, decía, y había estado cerca de él cuando murió. Describía cómo, en el fragor de la batalla, Wolf había tenido un espasmo, y había gritado al tiempo que se llevaba la mano a un costado; le había salido de la boca un poco de sangre.

Y, sin embargo, no le habían disparado, no se veía señal alguna en su cuerpo. Algo muy raro, escribía Jimmy, un disparo fallido, una bala fantasma, quizá.

Jimmy escribía: En la guerra pasan cosas muy extrañas. Cosas que no creeríais si os las contara.

Recordaba la mirada que había asomado a la cara de Wolf, una mirada de desesperación, como si hubiese perdido a la única persona que amaba en el mundo y no quisiera ya seguir viviendo. Wolf había dejado escapar un alarido y saltado al campo con la boca muy abierta; había matado a varios enemigos antes de ser destrozado por los proyectiles e, incluso entonces, había seguido corriendo hacia delante, corriendo de un modo increíble, con las piernas trituradas, avanzando con los brazos extendidos como para abrazarlos.

Wolf era un tío estupendo, escribía Jimmy, el mejor.

La segunda carta era de Nicholas, de Nueva Inglaterra, un compañero de Eli.

Lo que llamaba la atención era que el relato de su carta resultaba casi idéntico al de Jimmy. Escribía: Fue así. Estamos en plena refriega. De repente, un petardazo a los pies de Eli. Se cae. Pensamos que es hombre muerto. Pero se levanta. Ni un rasguño. Se ríe, supongo que se cree con suerte, pero luego se pone muy serio. Como que ha caído en la cuenta de algo. La cara se le desencaja igual que se rompe un plato al caer al suelo. Mi hermano ha muerto, dice. Entonces pega un alarido, sale a campo raso y va corriendo hasta ellos como un perro rabioso. Y le destrozan.

Ni Jimmy ni Nicholas pudieron decirme la hora exacta de sus muertes.

Leí ambas cartas a mi madre.

Normalmente, ella manifestaba su desprecio en voz alta, no creía ni una sola palabra. Pero esta vez, cuando terminé, se sentó cabizbaja, con la expresión abstraída.

Nunca supimos quién era el mayor, dijo finalmente. Había tanto jaleo cuando nacieron, los dos rivalizando por ser el primero, que nadie vio qué había pasado. Siempre compitiendo, los dos. Uno siempre pisándole los talones al otro. Siempre iban a la par. Se animaban mutuamente.

Me acuerdo, dije yo.

Me acordaba de una vez, años atrás, la única vez que fui con mi madre a ver actuar a mi padre.

Era algo que ella siempre había hecho sola. Nunca nos había llevado a sus hijos con ella. Que no llevase a mis hermanos lo entendía, ellos eran brutos, peleones, siempre armando jaleo con los tirachinas y los silbatos.

Pero no podía comprender las razones para excluirme a mí.

Yo sabía comportarme en público.

Creo que sabía comportarme mejor que ella.

Algo misterioso ocurría las noches que salía; volvía a casa con los ojos encendidos, sacudiéndose el pelo de las prietas tren-

zas, y, después, cuando mi padre llegaba, eran extraordinariamente tiernos el uno con el otro.

Nunca nos contaba los argumentos de las obras. O el papel
que representaba mi padre. Ni siquiera los títulos.

Naturalmente, el hecho de que me excluyera me hacía estar
más impaciente por ir.

Así que una tarde, cuando se iba, la abordé y le rogué que
me llevara con ella.

No te va a gustar, dijo, no lo vas a entender.

Por favor, dije. No había visto nunca un teatro, pero había oído que eran como palacios, llenos de arañas de cristal;
los asientos, de terciopelo rojo como el interior de un joyero,
y los acomodadores llevaban guantes blancos. Al final, la gente
lanzaba rosas, se ponía de pie y gritaba pidiendo una repeti-
ción. Yo quería sentarme en un palco; no había visto nunca un
palco, pero me imaginaba que estar allí sentada y mirar hacia
abajo sería el súmmum de la distinción.

La persuadí; cedió porque llegaba tarde y una discusión la
retrasaría aún más. Cogí mi abrigo en un vuelo y la seguí en la oscuridad de una tarde de invierno.

Para mi sorpresa, se dirigió al centro de la ciudad en vez de
hacia el norte, donde se encontraban todos los grandes teatros.

¿No nos hemos confundido?, pregunté.

No contestó.

Caminaba detrás de ella. Mi madre podía andar más deprisa que cualquier otra persona que yo conociera. Podía ir más
rápida andando que mis hermanos corriendo. Nunca le había visto las piernas; algunas veces me preguntaba si no tendría ruedas y una pequeña máquina de vapor bajo las largas
faldas.

Me esperó en la entrada, después me condujo adentro y baja-
mos unas escaleras estrechas.

Olía a picadura de tabaco, a moho, a lana mojada.

¿Era *eso* un teatro?

Estábamos en una sala de techos bajos situada en un sótano, absolutamente atestada de mujeres con pañuelos en la cabeza y hombres mal afeitados. Hacía un calor molesto, las caras de la gente brillaban ya a causa del sudor, estaban como sardinas en lata. El ruido era abrumador: un centenar de lenguas moviéndose en el idioma del viejo país. Los ásperos sonidos guturales llenaban el aire de saliva.

Yo reconocía alguna que otra palabra, por supuesto, porque mis padres en ocasiones todavía hablaban ese idioma; normalmente en momentos en que olvidaban los buenos modales, por ejemplo, cuando estaban excitados o enfadados.

Conocía las palabras, pero me sentía como una extraña; sinceramente, me sentía como un explorador en una tierra lejana, entre los nativos. De repente me di cuenta del trozo de pierna, unas cuantas pulgadas, que se me veía entre el dobladillo y los zapatos de tacón y me puse colorada.

Nadie lo notó. Estaban demasiado entretenidos con sus conversaciones y sus gestos. Vi mujeres amamantando a sus niños, justo allí, delante de todos.

Encontramos asientos en la parte de atrás y yo estaba apretujada por todos lados entre tela de lana rasposa, brazos húmedos y olor a repollo y a devocionarios amarillentos.

La función comenzó y los asistentes no dejaron de charlar, sino que simplemente bajaron un punto la voz. Por consiguiente, los actores tenían que levantar el tono de las suyas hasta gritar prácticamente.

No es que yo entendiera mucho lo que se decía, el texto estaba en el viejo idioma, pero podía seguirlo con facilidad porque era un melodrama de lo peorcito, de esa clase de historias previsibles que todo el mundo conoce, con personajes que gesticulan como payasos, se desgañitan y hacen rechinar los dientes. Todo se hacía a gran velocidad y a todo volumen. Amor verdadero, odio supremo. Los más simples gestos de las manos nacían en los hombros, de modo que se convertían en proezas atléticas.

La historia tenía todos los ingredientes al uso: amor inocente, promesas ilusionadas, seducción fatal; todo, seguido de traiciones, lances de espada, asesinatos, discursos apasionados y escenas interminables de lacrimógenas muertes.

Resultaba bochornoso presenciar aquellos excesos de sensiblería. Los actores parecían desnudos, con aquel desbordamiento emocional, humillante como un vómito, ruidoso como un eructo. Pura desinhibición sentimental, lacerante como una herida.

La gente del público que me rodeaba estaba toda inclinada hacia delante, completamente absorta. La acción que tenía lugar en el escenario provocaba carcajadas y gimoteos como si se movieran determinados resortes. Los espectadores hablaban en voz alta, comentaban la acción, se dirigían a los personajes como si fueran viejos amigos y les brindaban consejos o insultos.

Vi a mi padre en el escenario, pero apenas le reconocía. Mi distinguido padre tenía el papel del tonto, un patán imbécil y borrachuzo. Hacía eses y rodaba por el escenario, con los ojos en blanco y los pantalones flojos. Cuando las románticas declaraciones de los enamorados se ponían empalagosas, él irrumpía con canciones picantes y aligeraba los momentos de tensión con una mueca o un ataque de hipo.

A los asistentes les encantaba, se reían hasta llorar.

Yo no quería reírme como ellos; no me parecía apropiado.

Pero lo hacía, no podía evitarlo.

A medida que la tensión aumentaba y la gente se inclinaba aún más, el héroe, pálido y angustiado, parecía a punto de desplomarse, pero el cálido aliento del público era lo que le mantenía en pie.

Y luego, cuando el héroe había sufrido una muerte estremecedora y atormentada, su espíritu se aparecía flotando y daba la sensación de que no tocaba el suelo. Levitaba verdaderamente durante uno o dos minutos, yo vi el espacio vacío bajo sus pies. Entonces salía el malvado rival y nuestro héroe volaba a lo largo del escenario, se posaba a la espalda del hombre y le agarraba de las orejas dándole una vuelta completa a la cabeza. Los espectadores soltaban una exclamación ante el vuelo, y otra aún más ruidosa ante los sonidos quebrados del cuello del malo. En su traje aparecían rojas gotas de sangre y, luego, el espíritu vengador le arrancaba la cabeza completamente y la dejaba caer, con un golpe seco, sobre las tablas, donde los ojos seguían parpadeando y de la boca salían todavía protestas.

Debí de quedarme dormida. Debí de imaginar esa parte.

Me cansé de forzar el cuello para ver las escenas, así que, en lugar de eso, miré a mi madre.

Tenía las manos fuertemente entrelazadas, el pañuelo se le había resbalado de la cabeza inadvertidamente y yacía en el suelo detrás de ella.

Su mirada estaba fija en el escenario, no sólo en mi padre, sino en todo el cuadro, en todo aquel espectáculo indecente.

En sus lagrimales temblaban unas gotas.

Me di cuenta de que la obra tenía sentido para ella, a pesar de los trajes ordinarios y los parlamentos rimbombantes. De un modo u otro, le transmitía algo; los borrachos y las brujas, los príncipes y los sabios, y las hijas de los banqueros eran todos reales para ella, más que reales, eran más importantes que la vida.

Le gustaba, creo yo, porque se representaban cosas que ella sentía en su interior, pero no sabía cómo expresar.

No vi el final de la obra, ni siquiera supe si era feliz o triste. Estaba demasiado absorta contemplando a mi madre.

La sala estalló en aplausos y de repente me vi rodeada de barrigas y bolsillos traseros porque los asistentes se habían levantado todos al mismo tiempo. Los actores saludaban una y otra vez y mi padre arrancó la carcajada más larga cuando se inclinó demasiado al saludar y cayó como un borracho fuera del escenario. Mi madre y yo nos quedamos fuera en la calle mirando cómo la gente marchaba hacia sus casas cogida del brazo. El frío aire de la noche era limpio y agradable. Mi padre salió un momento a reunirse con nosotras. Rodeó a mi madre con sus brazos y le secó las mejillas con los pulgares. Ahora ya parecía mi padre otra vez, la mirada turbia de alcohólico había desaparecido y se mantenía erguido y digno.

¿Tan mal he estado?, preguntó.

Maravilloso, contestó mi madre, limpiándose los ojos.

¿Todavía maravilloso por duodécima vez?, se rió él. Ella tenía las manos en el pecho de mi padre.

¿Te gustó a ti, Sashie?, me preguntó.

Sí, dije.

Nos dejó entonces y volvió adentro a cambiarse de ropa y a preparar la sala para su función diurna como aula de colegio.

Anduve a casa con mi madre y ella iba en silencio, abismada en sus pensamientos.

En cierto modo, pensé yo, la obra es lo que es real para ella, y la vida cotidiana, una pálida farsa.

Mi madre no me invitó a volver nunca más.

De todas maneras, yo no habría querido ir. Me había sentido incómoda sentada a su lado entre el público. Mi madre era una persona reservada, normalmente guardaba sus pensamientos para ella. Pero durante la representación había visto su cara abrirse como una flor y sus emociones plasmadas claramente en ella.

Era un momento íntimo para mi madre. Me sentí como una intrusa, allí sentada, observándola.

Era demasiado, sólo estar sentada allí era ya demasiado, con mis muslos rozando los suyos.

Demasiado, demasiado calor, demasiado cerca.

Yo no quería acercarme mucho a ella.

No quería que ella me viera a mí desnuda y expuesta, con mi corazón al descubierto, como yo la había visto a ella en la oscuridad del teatro.

Yo era sólo una niña, pero ya captaba cómo era mi madre; capaz de cualquier cosa si se la provocaba; como un animal salvaje, impulsado por la furia y la ferocidad.

De algún modo sabía que podría destrozarme si bajaba la guardia un momento.

No quería acercarme mucho a ella.

Yo tenía un sueño noche tras noche que empezaba como mi cuento de hadas favorito y después se estropeaba.

El sueño comenzaba siempre en un lugar cerrado y oscuro, como un cajón olvidado. Había un polvo fino y resbaloso que se pegaba a mis labios y a mi ropa, y cuando salía a la luz no podía sacudírmelo de encima.

Luego, el sueño era como un plató de cine, con luces potentes, sillas de director, andamios y cámaras. Yo sabía que tenía que hacer el papel de la princesa, estaba escrito en el guión, pero nadie quería creerme. Se reían, no veían más allá de la lámina gris que tenía en la cara y de mi vestido sucio. Tú no eres princesa, decían. Había una capa negra sobre mi pelo, pero yo veía que por debajo era dorado, ojalá mirasen bien.

Entonces mi madre venía hacia mí con miriñaque de satén y la cara pintada como una muñeca, y no andaba, sino que rodaba, como si tuviera ruedas en vez de piernas. Y detrás de ella venían mis hermanos, con cintas en el pelo y vestidos de color rosa y malva que les apretaban el pecho y dejaban sus peludas pantorrillas y los pies completamente al descubierto. Cuando me veían, me señalaban con el dedo y se tapaban la cara con las manos, soltando risas tontas, como hermanastras malvadas.

Y entonces me daba cuenta de qué historia era, qué papeles eran los suyos y cuál el mío, y me sentía aliviada porque la mejor parte de la historia, el hada madrina, los bailes, los trajes de fiesta, las zapatillas de cristal y el atractivo príncipe estaban todavía por llegar. Mi madre me entregaba una escoba y yo barría diligentemente las cenizas del suelo; un millar de luces brillantes resplandecía sobre nosotros, y mucha gente, directores, ayudantes y técnicos, parecía mirar desde las sombras. Yo barría y barría y mi madre me observaba con los brazos cruzados y yo pensaba que cuanto más pronto terminase aquella tarea, antes estaría bailando en brazos del príncipe azul.

Pero el polvo se negaba a portarse bien, se levantaba y se me pegaba a la piel. Me miraba el brazo y estaba cubierto de una pelusa gris de la que no podía librarme ni rascándome. Mis hermanos se reían y se revolcaban en el polvo, pataleando en el aire para que yo viera las enormes bragas de encaje que llevaban debajo.

El polvo iba cubriéndome la lengua, llenándome los ojos, ya no podía parpadear. Miraba hacia el suelo y me veía completamente vestida de negro y blanco y tonos grises, como la foto de un periódico, aunque mis hermanos llevaban vestidos de colores tan chillones que hacían daño a los ojos.

Los técnicos dirigían la cámara hacia nosotros y tenía forma de cañón.

Entonces, aparecía el hada madrina en una bola de luz, saludaba agitando la mano y decía con voz aflautada que se llamaba Glinda, la bruja buena del norte, y me miraba *tan* amablemente y parecía *tan* familiar. Pero un ejército de enanos se la llevaba antes de que pudiera recordar dónde la había visto antes.

¿Dónde estaba mi traje largo? ¿Y mis zapatillas de baile y la carroza de calabaza?

No importaba mucho, porque parecía que nos habíamos saltado esa parte de la historia y estábamos ya cerca del final. Aquí venía el príncipe con la zapatilla reveladora sobre un cojín de seda. Era de un rojo fuerte, con el tacón bajo, cubierta de rubíes y un lazo en la puntera. La cara del príncipe era plana y desprovista de rasgos, como un plato, pero tenía un pelo bellísimo, una melena rubia como la del paje de la jota de corazones de una baraja.

Se arrodilló, y yo estaba contenta de que aquella estúpida farsa terminase. Todo lo que tenía que hacer era ponerme el zapato y entonces todo el mundo sabría quién era yo realmente, el polvo y los andrajos desaparecerían y una corona real se levantaría sobre mi cabeza.

Cómo no vimos antes lo hermosa que era, cómo pudimos estar tan ciegos, dirían los directores de cine, el príncipe y hasta mi madre.

En la etiqueta interior del zapato estaban impresos el famoso niño rubio con su perro, guiñando y haciéndome señas.

Introduje los dedos del pie en el empeine del zapato.

Mi pie no cabía.

Debe de haber algún error, decía yo.

El príncipe alzó la parte delantera de su cabeza, totalmente plana, pero ya no estaba vestido como un príncipe. Llevaba un sucio uniforme de soldado y me di cuenta de que no tenía rostro porque se lo habían volado completamente en la batalla.

Su cara perdida estaba plasmada en la almohadilla que sostenía entre las manos. Una máscara invertida, con los ojos como huevos cocidos, los dientes dispuestos en una mueca y una red de vasos sanguíneos manteniéndolo todo unido.

Los vestidos de mis hermanos se habían transformado en uniformes y ellos ahora yacían inmóviles y boca abajo sobre el polvo.

Y empezaron a llover soldados, caían por todos lados y sus paracaídas se negaban a abrirse, así que, cuando los hombres tomaban tierra, se estrellaban plegados como acordeones que sonaban a crujidos y roturas. Mi madre daba vueltas intentando agarrarles antes de que aterrizaran; extendía la falda hacia delante para recogerlos, como si fueran manzanas.

Tirad de la cuerda roja, gritaba a los que aún estaban en el aire, pero parecía que no la oían.

Intenté otra vez meter el pie en el zapato, pero no había manera.

Mi pie sobresalía todo alrededor, igual que un pescuezo gordo en un cuello apretado.

De algún modo estaba segura de que, si conseguía ponerme aquel zapato, todo marcharía bien.

Yo empujaba y empujaba, mientras los hombres caían profusamente por doquier, quejándose al tocar tierra.

Qué pie tan grueso. Qué zapato tan terco.

De pronto me vi con un cuchillo en las manos.

Me rebané la punta del pie; me quité unas tajadas del talón. La sangre brotaba a chorros, aunque yo no sentía nada. Los pedacitos de carne caían en el polvo. Volví a probarme el zapato y vi que necesitaba aún cortar una tira de uno de los lados.

Lo intenté de nuevo y entró finalmente, pero con un dolor muy agudo. Me puse de pie, pisé fuerte, taconeé, pero ni cesaba la lluvia ni mis hermanos se incorporaban.

Quise darles la vuelta, primero a uno, después al otro, pero estaban pegados al suelo como costras y no se movían. Los hombres se amontonaban por todas partes, brazos, piernas y paracaídas flojos e inútiles que se abrían demasiado tarde y se desinflaban como ampollas, y yo empujaba el pie cada vez más adentro del zapato intentando enderezar las cosas.

La sangre manaba.

Siempre me despertaba con el pie izquierdo encalzado entre el pilar de la cama y la pared.

Las estrellas de cine me sonreían consoladoramente. Atrapadas en sus fotografías en blanco y negro, prendidas en la pared, pero se movían, parpadeaban y sonreían de todos modos.

Un efecto de la luz.

La primera vez que tuve ese sueño le hablé a mi madre de él. Escuchó y movió la cabeza comprensivamente. Creí que ella lo vería claro y me daría una interpretación. Pero sólo me dijo: Quizá deberías limpiar más a menudo debajo de la cama. Y no comer fruta justo antes de irte a dormir.

La siguiente vez que tuve el sueño no le dije nada. Ni la siguiente. Ni la otra.

El zapato nunca encajaba, por mucho que yo apretara.

En el sueño yo incrustaba mi pie dentro, una y otra vez, dando patadas a la pared, noche tras noche. Pataleaba, y luego me despertaba oyendo a mi madre que gritaba al otro lado del tabique: ¿Qué son esos golpes? ¿Qué pasa? ¿Eres tú?

Y, antes de que yo pudiera responder, siempre decía: Shmuel, ¿eres tú?

Tumbada en la oscuridad, saliendo del sueño, oyendo su voz al otro lado de la pared.

La oía decir: Llegas tarde.

Pero te he esperado levantada, decía.

Yo volvía a poner mi dolorido pie bajo la ropa y contenía la respiración.

Silencio, decía después. Sin hacer ruido, Shmuel. No despiertes a Sashie. Si te oye, tendrá pesadillas.

Ella decía esto y yo me quedaba despierta hasta la mañana siguiente.

Mi madre hablaba con frecuencia de mis hermanos. Yo escuchaba sus historias y no decía nada, pero me fastidiaba que estuviera tan equivocada respecto a ellos. Se había perdido tantas cosas de Wolf y Eli que no les había visto nunca con claridad. Yo les conocía mucho mejor que ella, por eso me molestaba oírla hablar tan categóricamente.

Ella no veía sus defectos. Supongo que le cegaba el amor, un tipo de amor fiero e instintivo como el que siente la hembra de un animal por sus cachorros.

Yo no la rectificaba, la dejaba parlotear. Tenía una idea errónea, pero, al fin y al cabo, tenía una idea errónea de muchas cosas.

El apartamento parecía vacío sin mis hermanos ni mi padre.

Los ecos se prolongaban como el olor a comida de una semana impregnado en las cortinas. Yo creía oír sus ruidosos pasos, sus carcajadas, a mi padre practicando música nupcial con su violín.

El vacío, el silencio, no se desvanecían a lo largo de los meses ni de los años.

Traté de arreglar la casa, de pintarla, pero el apartamento se me resistía; hasta las paredes eran obcecadas. Los cuadros que intenté colgar se escurrían por el resbaladizo papel de la pared y caían de bruces.

Mi padre y mis hermanos eran los que proporcionaban vida y color a las habitaciones. Ahora todo estaba apagado y desvaído. Yo lo soportaba a duras penas. Cuando miraba a mi alrededor, me daban ganas de gritar ante aquella desnudez; hasta la pintura se desprendía. Lo único que rompía la uniformidad grisácea era mi madre, sentada allí con negro de luto.

Sin hombres en casa, no había nada que hacer. Nadie a quien complacer.

Fui al colegio. Conocí a chicas.

Maduré, supongo.

Los meses y los años pasaban como un sueño monótono, como una costura sin fin.

No hay nada que merezca la pena contar de aquellos años.

¿Qué se puede contar de una madre, de una hija?

La vida de mi madre se había detenido cuando murió su marido.

Siempre imaginé que las cosas interesantes suceden cuando hay hombres cerca.

Los hombres hacen emocionante la vida. Los hombres hacen que ocurran cosas.

Todo el mundo lo sabe. Todas las canciones lo dicen.

Mi madre lavaba ropa ajena y arreglaba zapatos para poder llegar a fin de mes.

Yo esperaba, esperaba, durante aquellos años, no sabía qué, pero esperaba que en cualquier momento viniese a llamar a mi puerta.

Ilana

Yo sabía que no debía dejarles que se lo llevaran así.

Sabía que él volvería a mí si yo esperaba lo suficiente.

Él volvía por la noche, los dientes brillantes a la luz de la luna. Primero, oía sus pasos, dando golpecitos en las tablas del suelo, y luego veía su sombra proyectada en la pared, enorme y oscilante, a medio camino del techo.

Venía y se sentaba en el borde de la cama y yo le hablaba, aunque sabía que era en vano. Después de todo, había perdido el oído.

Nunca le veía con tanta nitidez como yo habría querido, y nunca se quedaba mucho tiempo. Yo creía que era porque nunca habíamos sido marido y mujer legalmente, como él había deseado.

Yo pensaba que, con un contrato de matrimonio, tendría más derechos sobre él, que podría hacer que se quedara conmigo.

Sus padres y su hermana siempre estuvieron tratando de arrebatármelo y llevárselo de vuelta al otro lado.

Tenía carámbanos en el bigote.

Sólo se quedaba el tiempo suficiente para hacerme recordar su ausencia. Como la punzada dolorosa que se siente al poner la lengua en el blando agujero donde ha estado un diente.

Dejaba huellas de su cuerpo en las sábanas blancas, como un ángel de nieve.

Por las mañanas se había ido.

Quizá si hubiéramos tenido más hijos él se habría sentido más inclinado a quedarse.

Por las mañanas, miraba la cara de mi hija, la marca entre sus cejas, ya profunda de tanto fruncir el ceño. Se lavaba las manos una y otra vez, como si quisiera librarse de algo.

No quería que ella repitiera mis errores, quería decirle que se hiciera con el papel oficial cuando llegase el momento, con su nombre y el de él, uno al lado del otro, con anillos y promesas, y que tuviera hijos que sellaran el vínculo, para que su marido no tuviera nunca razones para marcharse.

Pero ella estaba delante de la pila y, cuando me acerqué, levantó un hombro como para evitar un golpe. Se frotó las manos bajo el agua fría, con un músculo de la mandíbula torcido. Restregaba y restregaba alguna mancha pertinaz que sólo ella veía.

Sashie

Es hora de encontrar un buen marido para ti, dijo mi madre.

Oh *no,* madre, no tienes que hacerlo, de verdad, dije yo. Acababa de entrar por la puerta, con la cara sofocada y jadeante a causa de las escaleras.

Ya es hora, Sashie, dijo.

Llámame *Shirley,* te lo he dicho mil veces.

Sabía que no lo haría.

Era otoño. Fuera hacía frío. Mi madre andaba ocupada con las coladas de la semana: estaba usando una paleta de madera para remover la ropa en una olla de hierro sobre el fogón. El vapor se extendía en oleadas a su alrededor, los mechones de pelo húmedo se le adherían a la cara. De un lado a otro de la cocina había cuerdas para la ropa, algunas colgaban ya muy bajas con el peso de las prendas empapadas. Yo tenía que apartarlas para abrirme paso.

Tú dime lo que quieres y lo encontraremos, dijo ella.

Es demasiado pronto para que yo piense en *eso,* dije.

Entonces, mañana, dijo mi madre sin levantar la mirada.

Yo tenía dieciocho años. Asistía a clases de taquigrafía, mecanografía y estenotipia. Había pensado en buscar un apartamento para mí sola y vivir la vida de una chica soltera, pero me daba la sensación de que no podía dejar a mi madre. Ella ya no era joven. No le quedaba nadie; sabía que me necesitaba.

Reconozco, además, que no podría permitirme vivir por mis propios medios.

Y había una parte de mí que no quería dejar que se las arreglase por sí misma. No quería perderla de vista ni un minuto. A saber qué tramaría una vez que yo me hubiera dado media vuelta. Pensé en mis hermanos, sus caras eran ya borrosas, pero recordaba cómo ella no quería que se marchasen de casa. Y, cuando lo hicieron, murieron en un lugar remoto, como ella sabía que iba a ocurrir. De alguna manera, había sido culpa suya.

No quería marcharme y que me pasara a mí lo mismo.

Prácticamente, ella había matado a mis hermanos.

Hablaba con fantasmas.

¿No quieres casarte?, dijo.

Por supuesto, contesté, pero no ahora mismo.

Nunca antes había hablado del matrimonio con mi madre, aunque me había fijado en los hombres. Aquel otoño parecían especialmente interesantes, con las corbatas de colores y las camisas almidonadas, como pájaros en época de celo. Llenaban las calles de la ciudad, caminando a paso ligero con los zapatos lustrosos y el pelo brillante peinado hacia atrás. Yo jugaba a elegir mis favoritos mientras esperaba el autobús.

Decididamente, no quería la ayuda de mi madre. Conocía sus teorías sobre la economía y su sentido práctico. Y sospechaba que su idea de hombre perfecto era la de alguien que trabajase sin descanso durante sesenta años y llevase la misma ropa todos los días.

Respetaba a mi madre, pero es que no tenía sentido de la elegancia, carecía de *delicadeza*. Cuando la acompañaba al mercado, me horrorizaban sus argucias y su brusquedad, la forma ruda en que agarraba el pescado y los pollos desplumados, sus frenéticos regateos con las zanahorias y los repollos.

Le gustaba plantarse muy cerca de los tenderos, darles en el pecho con sus propios artículos hasta que ellos levantaban las manos y cedían.

Ya apenas hablaba de mi padre.

Mi madre sacó la ropa mojada de la olla con un resoplido y la metió en la escurridora.

Iremos mañana, dijo.

Yo no puedo, después de clase me voy de compras con Tessie y Marianne, contesté rápidamente.

Mi madre le dio a la manivela. La ropa se retorcía en agónicas posturas, cada vez más prieta, soltando toda el agua.

El domingo entonces, dijo entre dientes. Iremos el domingo por la tarde sin falta.

Vi uno de mis vestidos en la escurridora; las mangas aleteaban en señal de protesta.

Vale, dije. ¿Adónde iremos?

Ya lo verás, me contestó.

Al día siguiente por la tarde, mientras paseaba mirando los escaparates con Tessie y Marianne, me preguntaba qué tendría mi madre en mente. Yo iba entre las dos, agarradas del brazo, caminando al unísono. Estaba tan absorta que creo que podría haberme pillado un tranvía si no hubiera sido por ellas.

Mi madre sólo había visto a mis amigas una vez, desde lejos, pero no le gustaban. Esas chicas no son más que unas sanguijuelas, decía a menudo.

Son unas blandengues y unas comilonas, chupan la sangre a los que tienen cerca. Las chicas como ellas echan a perder a sus maridos y encierran a sus hijos en los armarios para tener la casa limpia. Deberías tener cuidado o te volverás como ellas, Sashie.

Shirley, le recordé. Y añadió: Recuerda que la mordedura de una sanguijuela al principio te entumece, por lo que ni siquiera la notas hasta que está atiborrada de tu sangre. Cuando paseaba con mis amigas, no podía evitar acordarme de las palabras de mi madre. Tenía un don especial para pintar, con la mayor frialdad, desagradables imágenes que se fijaban como halos a todo lo que yo quería. Es verdad que Tessie y Marianne eran de un rollizo poco habitual, con un aspecto muy saludable. Ambas tenían unas piernas largas y gráciles; llenaban los vestidos generosamente con sus formas redondeadas. Marianne siempre llevaba rizado su pelo rubio; tenía una cara enorme y aplanada, como hundida, pero aun así bastante bonita. Tessie tenía el pelo castaño rojizo y pecas, que se cubría con una espesa capa de maquillaje. Hablaba sin parar, con mucho movimiento de manos, y tenía un estilo que yo admiraba enormemente: sus joyas, el modo en que la bufanda le caía por los hombros, sus sombreros adornados con flores secas, frutas decorativas y pájaros disecados.

Callejeábamos mirando los maniquíes espléndidamente vestidos, con sus fríos rostros y sus afilados pies. Algunas veces vislumbraba nuestro reflejo en el cristal, dos pálidos cisnes con una sombra oscura en el medio. Yo era delgada y nervuda, morena como mi madre. Ella siempre me decía que era toda piel y huesos; yo lo llamaba esbeltez. Tenía también sus penetrantes ojos, aunque yo no podía usarlos como lo hacía ella. Mi madre era capaz de intimidar a los hombres jóvenes para que le cedieran el asiento en el metro o de ahuyentar a los vendedores sin una palabra, con una simple mirada. Yo no. Aun así, cuando me observaba en el espejo y veía los ojos de mi madre devolviéndome la mirada, sentía un aguijonazo de poder, todo el potencial que había en mí.

Pero yo no quería ser como ella.

No quería ser una fuerza de la naturaleza. Yo quería ser una *señora*.

Así que trataba de evitar las maneras de mi madre, su actitud pugilística, su barbilla prominente. Durante años había caminado con libros en la cabeza, practicado la pronunciación con un lápiz entre los dientes. Me compraba zapatos de tacón alto; me encantaba aquel agradable golpeteo en los suelos duros. El toc-toc de los zapatos, un par de guantes, la sonrisa justa, sin despegar los labios para no mostrar vulgarmente los dientes: ésas eran las notas distintivas de una señora.

Shirley, ¡por el amor de Dios!, dijo Tessie.

¿Dónde tienes la cabeza? Casi te atropella ese taxi, dijo Marianne.

No deberías ir por ahí pensando en las musarañas. Esos tipos han creído que *les* estabas mirando, dijo Tessie.

Yo no sabía a qué tipos se refería; las calles estaban llenas de hombres, en grupos, en parejas, con traje, en mangas de camisa, apoyados en las paredes fumando cigarrillos. Algunos se tocaban la gorra cuando pasábamos, otros, la parte delantera de los pantalones, con una sonrisita.

El viento nos levantaba las faldas. El parloteo de Tessie era un torbellino de palabras estridentes como hojas secas.

Los hombres se alzaban los cuellos y protegían las cerillas entre las manos y la boca como si fueran secretos.

Nos detuvimos en la tienda de bebidas no alcohólicas. El calor repentino del interior me dejó sin aliento. Tessie y Marianne se acomodaron, con sus rebosantes caderas, en los únicos taburetes libres que había. Yo me quedé de pie, con un codo en el mostrador, mirando mientras ellas sorbían sus sodas. Aspiraban por las pajas con avidez, las mejillas hacia dentro, la boca toda colorada.

Tessie compró unos dulces en una bolsa de papel blanco y las dos empezaron a zampárselos. Se chupaban los dedos finamente.

¿Shirley?, dijo Tessie, ofreciéndome la bolsa.

No, gracias, respondí. Es malo para el cutis, dije.

Prueba a tomar un vaso de leche por las mañanas, mezclada con un huevo crudo, comentó Marianne. Eso te quitará los granos completamente.

Ah, dije yo. Trataba de no comer dulces porque quería mantener la figura, no porque mi piel *necesitara* mejorar.

¿Qué tal es tu nuevo amigo?, preguntó Marianne a Tessie.

¿Ese zopenco?, dijo Tessie. Me llevó a patinar el fin de semana pasado, me dijo que era un profesional. Me ayuda a ponerme los patines, me ofrece la mano y en cuanto nos metemos en la pista va él y se estrella, llevándose a la gente por delante como si fueran bolos.

¡No! ¡Qué vergüenza!

Para *él,* desde luego. Yo hice como que no le conocía.

¿De verdad?

Y no te lo vas a creer, se levanta y se vuelve a caer, con los pantalones completamente rasgados por detrás.

¡Qué horror!

Pero salió bien después de todo. Conocí a un hombre fascinante; cuando le dije que estaba sola, me invitó a un café y me acompañó a casa. Era un patinador fantástico y sabía francés. Y *él* al menos era capaz de conservar los pantalones enteros.

Marianne y yo nos tragábamos todo lo que decía.

Los hombres son todos iguales, unos idiotas, dijo Tessie, hincando el diente en el caramelo.

Ella tenía más experiencia que nosotras, así que no podíamos discutírselo.

Son todos idiotas, continuó Tessie, pasan de sus madres a sus mujeres y si entre unas y otras hay un intervalo, no saben qué hacer consigo mismos. Son los hombres solteros los que causan todos los problemas del mundo. Pensad si no en las guerras, en las peleas de las tabernas, en los vagabundos: todos son hombres solteros. Si los hombres están solos durante mucho tiempo empiezan a tocarse sus partes hasta que se les caen. Entonces se convierten en criminales, lunáticos, o artistas.

Ya veo que eres una entendida, dijo Marianne, admirada.

Aunque me daba cuenta de que no era eso lo que Tessie había querido decir, me descubrí a mí misma imaginando las partes íntimas de un hombre apuntaladas ante un caballete, sosteniendo un pincel.

Ya lo comprenderéis, chicas, dijo Tessie presuntuosamente, y nos dio unas palmaditas en las manos.

Pensé en mis hermanos, en su poderosa presencia durante mi infancia. Me acordé de sus enormes zapatos, de sus apestosos calcetines, del batiburrillo de pelos y espuma que dejaban en el lavabo. En boca de Tessie, los hombres parecían tan endebles como un pañuelo, que se puede doblar cuidadosamente o tirar al suelo según te apetezca; pero cuando yo pensaba en mis hermanos, imaginaba imponentes glaciares que avanzaban inexorablemente y remodelaban constantemente el paisaje.

Nuestra tímida Shirley, dijo Tessie, también encontrará un hombre algún día.

Nunca decía tales cosas a Marianne. Pero claro, Marianne era rubia.

No soy tímida, dije al instante.

Marianne resopló. Con mucha finura.

Tessie suspiró y se repantigó, apoyando suavemente el pecho en la barra. Hasta la cara me llegaba su fuerte aliento a chocolate y canela. Acomodó mejor las caderas en el asiento, y un mozo de almacén que pasaba por allí volvió la cabeza, se quedó mirando, tropezó, y su carga de papel y bolas de algodón se fue al suelo, esparciéndose por todos lados.

¿Estás lista?, preguntó mi madre el domingo por la tarde.

Sí, contesté.

Yo sabía que ella lo estaba. Mi madre tenía sus propias normas sobre el decoro. Llevaba el pelo tirante y hacia atrás, trenzado, recogido y atado. *Ni un pelo fuera de sitio* era su mantra. Era supersticiosa con esas cosas: si veía alguno suelto o pestañas en la ropa, los guardaba en el bolsillo. Recogía cuidadosamente los recortes de uñas y los quemaba en el fogón y a mí me obligaba a hacer lo mismo. Tenía buen tipo para una mujer de su edad, pero se negaba a ponerse nada que la favoreciera; vestía ropa ancha y gris. La ropa bonita, decía, tienta a los malos espíritus. Yo creía que se refería a los carteristas. Nunca llevaba monedero, guardaba las llaves en una cadena atada a la muñeca, y el dinero, entremetido en la ropa.

En cuanto a mí, llevaba mi vestido de lana color teja, medias nuevas, sombrero, guantes y un camafeo. Me lo había comprado porque Tessie tenía uno igual. Cuando mi madre lo vio por primera vez preguntó: ¿De quién es ese retrato? Cuando le contesté que no lo sabía, dijo: ¿Y por qué llevas el retrato de un extraño?

Mi madre no llevaba joyas, no le interesaban esa clase de cosas, ella prefería coleccionar mechones de pelo, insectos aplastados, una matriz de tickets de hacía diez años guardada en el bolsillo.

Caminamos por las calles, cada vez más oscuras. Estaban atestadas de hombres y mujeres, de pandillas de niños haciendo la última travesura antes de que les llamaran a casa.

Si nos hubieras visto en aquel momento, paseando del brazo, charlando amigablemente, habrías pensado que éramos las mejores amigas del mundo; te sorprendería si te dijera que no era así.

Sí, hablábamos, pero sólo de cosas triviales. Mi madre no era una mujer elocuente.

Ella hablaba de recetas, de la ropa que me había arreglado, de las tuberías que había reparado ese día; tenía unos misteriosos conocimientos de fontanería. ¿Y cómo sabías lo que tenías que hacer?, le pregunté, y ella se encogió de hombros, diciendo: ¿Alguna vez has visto a una vaca por dentro? Al lado de eso, el fregadero no es nada.

Hablaba de los enfermos a los que había tratado con sus remedios caseros: pacientes que eran demasiado pobres para ir a un médico, o demasiado supersticiosos, o que eran inmigrantes ilegales que desconfiaban de cualquiera que no hablara su lengua. Ella misma cultivaba las hierbas en macetas que ponía en el alféizar; eran pequeñas plantas retorcidas, esqueléticas y feas, sus nombres y propiedades se los guardaba para sí.

Yo sabía que una buena hija debía coger a su madre del brazo en la calle, para ayudarla con los bordillos y los charcos, para servirle de apoyo en su andar inseguro. Pero las cosas no eran así con *mi* madre. Cuando la cogía del brazo, ella terminaba siempre arrastrándome, con mi mano firmemente sujeta en el ángulo de su codo y sin posar apenas los pies en el suelo. Me llevó por un barrio que yo detestaba, con bloques de pisos y calles estrechas, olores a guisos extranjeros y llantos de niños saliendo por las ventanas.

Entramos en una calle más tranquila.

Ya hemos llegado, dijo.

Nos detuvimos frente a un edificio de apartamentos de ladrillos desgastados. En la planta baja había una carnicería muy iluminada. Se veía la carne veteada de blanco y de rojo en las vitrinas, puesta sobre papel mojado, y las ristras de salchichas, de todos los grosores, colgadas de ganchos. Detrás de las vitrinas había un hombre con papada y un delantal manchado, con los brazos cruzados apoyados en su prominente barriga. Nos miraba a través de la ventana con sus diminutos ojos hundidos.

Suspendido en el aire, un olor a sangre, a especias, a suelo fregado.

Colgadas en la pared de la tienda, enfrente de las vitrinas, había fotografías enmarcadas y con cristal de chicas sonrientes vestidas de novia. Incluso desde la ventana se veía que debían de ser sus hijas o sobrinas, pues tenían sus mismos ojos hundidos, su misma corpulencia. Se alcanzaban a ver las rosadas y carnosas caras de las chicas, rojas por la emoción o la estrechez del vestido, sus dedos regordetes ahogando el tallo de las flores. No había novios, sólo las chicas coloradas con idénticos trajes, alineadas como otra mercancía.

El carnicero tenía una mirada feroz.

Mi madre me apartó del escaparate. El cristal se había empañado con mi aliento.

¿Qué hacemos en este sitio?, pregunté.

Por aquí, dijo, y me condujo por las escaleras a los apartamentos de arriba.

En el segundo piso el corredor era angosto, oscuro y con el techo alto. Las paredes brillaban por el barniz, o quizá por la condensación. Se oía un goteo por algún sitio. No se veía el final del pasillo.

Mi madre llamó a un timbre. Oímos unos pies arrastrándose; se abrió la puerta y una mujer grande y pelirroja nos invitó a pasar.

El apartamento era sofocante y estaba abarrotado de cosas; todo parecía desproporcionado y mal puesto, como si hubiera explotado una casa de muñecas. Sillas con patas terminadas en forma de garras se amontonaban alrededor de una mesita repleta de guías telefónicas y ceniceros hasta los topes. Las estanterías estaban atestadas de chucherías, tazas de té con incrustaciones, una pecera llena de una espuma turbia y álbumes de fotografías. Había pañitos de adorno por todas partes. Las ventanas estaban tapadas con cortinas y también parte de las paredes. Grandes montones de una enmarañada labor de punto cubrían el sofá y los rincones, como una lenta invasión de musgo, como telas de araña o pelusas de polvo creciendo sin control.

En la radio sonaba una música suave. Había un olor dulzón y ligeramente desagradable a la vez, como de comida pasada. La mujer pelirroja me cogió el abrigo de los hombros. Era de la edad de mi madre, con una piel blanquísima y perfecta; estaba ya fláccida por la edad, pero todavía llamativa. Su pelo era de un color metálico, chillón, que desentonaba con su piel, un teñido chapucero. Tenía los ojos verdes, las cejas pintadas con una curva muy marcada, un cuerpo grande y orondo. Cojeaba como si sus zapatos fueran demasiado pequeños.

Me di cuenta al instante de que esta mujer y mi madre eran viejas conocidas; permanecieron un rato en silencio, lanzándose escrutadoras miradas la una a la otra; parecían entenderse con una simple mueca, con un tirón en la manga.

La mujer se volvió hacia mí y me tomó una mano entre las suyas, calientes y húmedas. Pasad y sentaos, dijo con un acento como el de mi madre; eran del mismo lugar. Soy Annabelle, dijo; vi que mi madre se estremecía al oír ese nombre.

Ésta es *Sashie,* dijo mi madre con aplomo.

Shirley, la corregí, con una inclinación de cabeza y una sonrisa.

Annabelle me dedicó una mirada de comprensión.

Fue cojeando con dificultad hasta las sillas y colocó los cojines, carraspeando suavemente por el polvo que se había levantado. Tintineaba y repiqueteaba al moverse, llevaba varios collares de cuentas y dos pares de gafas con cadenas alrededor del cuello, además de un tercer par colgado en la pechera del vestido.

Nos sentamos.

Tu madre me ha dicho que estás buscando un hombre, dijo Annabelle de repente.

Ah, bueno, no, empecé. Annabelle y mi madre se echaron hacia delante escuchando con atención. De repente lo comprendí todo: los álbumes de fotos, las cajas de cartón rebosantes de cartas y retratos, amontonadas por todos lados.

No necesito una casamentera, dije con brusquedad.

Ella parpadeó inocentemente: Pero yo no...

Le solté: Mi madre no me dijo a qué veníamos aquí. Siento haberle hecho perder el tiempo, y me levanté pensando: *Calma,* Shirley, una señora nunca pierde los nervios.

Annabelle levantó las manos. Dijo: No soy una casamentera precisamente, Shirley, cariño.

No lo es, Sashie, no es por eso por lo que estamos aquí, me dijo mi madre.

No me hace falta, puedo encontrar un hombre yo sola, en realidad ya lo *he hecho,* ¡he conocido a *varios*!

No lo dudo, dijo Annabelle en tono tranquilizador. Por supuesto que no necesitas una casamentera. ¿Una chica tan encantadora e inteligente como tú? ¡Faltaría más! Ella sonrió, zalamera, y dijo: Mírate, eres guapísima. Novios por todas partes.

Cuidado, Shirley. Bajo ningún concepto puede una señorita abofetear a nadie en la cara, por mucho que esté deseando hacerlo.

Me dije esto a mí misma y muy lentamente me senté en mi silla.

Annabelle se inclinó hacia delante y me agarró las manos. Le olía el aliento a cigarrillos y a la cena, remolacha en vinagre y repollo hervido. Dijo: En el mundo hay muchos hombres, demasiados, por eso es difícil encontrar al más adecuado. Yo te ayudaré con eso.

¿Cómo?

Ya lo verás, contestó sonriendo. Shirley, continuó, el mundo está lleno de hombres estupendos, atractivos, pero no puedes salir a por ellos con la misma facilidad con que se cogen unas flores. Cuando encuentras a un hombre, tienes que *esperar,* tienes que dejar que él te *vea,* esperar a que te pregunte. Los hombres eligen primero; una chica sólo puede decir sí o no. Tú no puedes abordar a un hombre, no si eres una señora, y yo sé que lo eres. Los hombres son un poco lerdos, lleva su tiempo y siempre hay complicaciones. Yo voy a ahorrarte tiempo y problemas; esta vez *serás tú* quien elija, te llevarás a casa justo el que tú quieras.

¿De verdad?

Ella asintió.

Mi madre dijo: No quiero que malgastes tu tiempo, andando tras éste o aquél. Encuentra el adecuado ahora y las dos nos ahorraremos la molestia.

Yo miraba a una y luego a la otra. ¿*No* se te ocurrirá enseñarles mi foto a un montón de hombres maduros y a sus madres y preguntarles qué opinan?, pregunté a Annabelle.

Ella se echó a reír.

¿Ni *tampoco* me enseñarás a mí las fotos de unos cuantos hombres que esconden su calvicie bajo los sombreros y sus voluminosos estómagos tras la puerta de un coche, y encima las fotos son de hace diez años? ¿No irás a leerme su lista de exigencias?

¡Nada de eso!, dijo.

¿Nada de cartas? ¿Nada de encuentros con carabina?

Rió otra vez. Soy la propietaria de este edificio, dijo, como si eso lo explicara todo.

Se levantó con sus tintineos, mi madre se levantó también y yo hice lo mismo; las tres salimos en fila del apartamento.

Seguí el renqueo de Annabelle por el pasillo. Nos detuvimos en un rincón oscuro, ella sacó un juego de llaves del bolso y abrió una puerta que no era más ancha que un tablón.

Mi madre y yo la acompañamos por una escalera estrecha y mugrienta y después por un corredor aún más estrecho. Al principio no oía nada salvo la suave caída del polvo y las rápidas carrerillas de los ratones. Percibía olores a jabón, a sudor, a ropa de cama, y ruidos de seres vivos ajenos a lo que ocurría al otro lado de las paredes.

Cuando mis ojos se adaptaron a la penumbra, vi que el edificio había sido reformado en algún momento; las habitaciones originales habían sido divididas en apartamentos más pequeños con paredes finísimas y el pasillo en que nos encontrábamos había quedado abandonado. Yo seguía a Annabelle, con mi mano derecha rozando el frío ladrillo y la izquierda, la madera contrachapada. Las paredes nuevas eran tan delgadas que casi se traslucían y parecían temblar con el ruido y la respiración, como la tensa piel de un tambor.

Shhh, dijo alguien.

Me tropecé con la blanda espalda de Annabelle. Ella se detuvo ante una rendija de luz, una mirilla en la pared. Echó una mirada, la luz incidía oblicuamente en su verde iris. Se echó a un lado y me llamó con un gesto. Como titubeé, me agarró la cabeza con manos impacientes y me obligó a mirar.

Oh, dije. Vi a un hombre, un hombrecito anodino sentado en una silla, con los pies puestos en otra, sin zapatos y con unos calzoncillos largos debajo de los pantalones; estaba comiendo alubias de una lata con un tenedor.

Tenía los calcetines llenos de agujeros, los tirantes le colgaban de la cintura, las puntas de su descuidado bigote se le metían en la boca; masticaba las alubias completamente abstraído, con la garganta a pleno rendimiento. ¡Qué manera de comer aquellas alubias, haciéndolas puré, dándoles vueltas y vueltas en la boca, como si fueran lo más importante del mundo!

Oh, no, dije.

Seguimos caminando. Annabelle me hizo señas para que me acercara a otra mirilla y me incliné para mirar.

Olía a sudor. En ese momento una reluciente figura apareció, desapareció y volvió a aparecer. Estaba desnudo de cintura para arriba, llevaba unos pantalones cortos de deporte y tenía los puños cerrados. Boxeaba consigo mismo, dando saltos, vueltas, agachándose, encorvándose y lanzando puñetazos al aire.

El sudor le resbalaba por la cara, gruñía como un animal, secándose la cara con una toalla. El vello le crecía de manera irregular en el pecho y en el estómago y tenía dos aislados mechones sobre los hombros.

El apartamento estaba vacío, salvo por una cama de hierro y una silla. Había un largo espejo apoyado contra la pared. El hombre dejó a su invisible contrincante, rebotó frente al espejo, golpeó al aire dos veces, luego se paró y se miró. Estuvo observándose durante un buen rato, flexionando los músculos, contemplándose detenidamente, amorosamente.

No.

En la siguiente habitación, vi a un hombre aún con el chaleco y la corbata que había llevado al trabajo. Leía el periódico sentado a la mesa y se subía las gafas con el dedo índice. Cada poco, algo de lo que leía parecía enfadarle tanto que lo arrojaba con violencia, soltando palabrotas incoherentes. Después volvía a coger el periódico y seguía leyendo. Algunas veces se indignaba tanto que saltaba de la silla y rabiaba por la habitación, refunfuñando y bufando y dando empujones a los muebles. Al final se tranquilizaba y recogía el periódico otra vez, para volver a enfadarse poco después.

Seguimos andando.

Los hombres son de verdad ellos mismos cuando están solos, dijo Annabelle.

Nos detuvimos ante otros apartamentos. Annabelle tenía un perverso y condescendiente interés en los hombres; miraba y chasqueaba la lengua, casi mofándose de ellos. Mi madre se mostraba indiferente, como el desinteresado visitante de un zoo.

Subimos otro tramo de escaleras y miramos en una nueva serie de apartamentos.

Me entretuve un buen rato en algunas de las habitaciones. Mi madre y Annabelle no querían meterme prisa.

Vi a un hombre con un hermoso rostro, unos preciosos ojos azules y los rizos rubios de un ángel, pero su cuerpo era el de una marioneta rota, se tambaleaba y estaba borracho, con la botella aún en la mano, la camisa retorcida, casi al revés. Mientras yo miraba, él se volvió hacia mí y pareció que nuestras miradas se cruzaban, se acercó dando traspiés, juntó las manos y elevó los ojos con expresión de beatitud. Y entonces se encorvó y empezó a vomitar.

Vi a un hombre que creí que me gustaba, parecía sensato y trabajador, estaba sentado en un escritorio, con un montón de papeles esparcidos a su alrededor. Tenía el ceño fruncido, los dedos manchados de tinta y también los labios, de mordisquear la pluma.

Tal vez era un poeta, o un compositor. Tal vez era un genio necesitado de afecto.

Entonces le oí murmurar números, precios. Estaba haciendo cuentas, simplemente. Luego vi lo desgastada que tenía la camisa a la altura de los hombros, casi transparente. Vi lo largo que tenía el pelo, que le llegaba hasta el cuello de la camisa, los zapatos tan usados, la pobreza de sus pertenencias y todo el desorden que reinaba a su alrededor.

Nunca podría sentir cariño por alguien que cuidaba tan poco de sí mismo.

Vi a un hombre que parecía más vivo que los demás. Estaba sin camisa, los brazos nervudos y fuertes. Tenía ojos de loco, su sonrisa mostraba unos dientes cuadrados y blancos. Entonces habló y se rió, con una agradable carcajada. Había música en la habitación, y velas. Vi un precioso abrigo de pelo de camello en una silla. Quería saber cómo se llamaba.

Le vi inclinarse sobre la cama, que estaba en un extremo de la habitación, diciendo palabras cariñosas, acariciando algo, pensé que quizá había un perro en la cama. O un gato.

En ese momento oí una delicada risa femenina.

Annabelle tiró de mí, murmurando una disculpa.

Eché un vistazo en cada celdita. Una habitación estaba exquisitamente decorada, con alfombras orientales en el suelo, sillones rojos de piel, pájaros disecados, un reloj de pie en un rincón. El que la habitaba era bajo, gordo y con papada, pomposo y con monóculo; las costuras de su elegante ropa estaban a punto de estallar. Pero bajo ese barniz tenía un aire de vulgaridad: movía los labios mientras leía con dificultad el periódico; bebió su oporto, eructó y encendió un puro; con aquellas manos bien arregladas se rascaba de un modo como no lo haría un caballero.

Observé con atención cómo aquellos hombres comían, leían, dormían y se limpiaban los zapatos. Vi hombres leyendo cómics con la misma solemnidad con que leerían la Biblia; vi a un joven con la columna desviada, muy ancho de caderas, practicando el paso con un libro en la cabeza, y tuve que dejar de mirar. Vi a un hombre tocando la trompeta, y el corazón se me fue tras él, un músico, un alma creadora. Pero los sonidos que emitía eran horrorosos y sus vecinos golpeaban las paredes gritándole; él les devolvía los juramentos con una ira pretenciosa que resultaba desagradable.

Vi a un hombre sentado en el borde de la cama, en ropa interior, mirando una revista que sostenía a unos centímetros de la cara, y moviendo la otra mano como un pistón.

Vi a un hombre de rodillas, con los ojos cerrados y un rosario en las manos.

Vi a un hombre limpiando un revólver desmontado.

Vi a un hombre quitarse el tupé con mucho cuidado y luego frotarse con un ungüento el sarpullido que le había dejado en el cuero cabelludo.

Vi a un hombre haciendo hileras de píldoras de todos los colores del arco iris, docenas de ellas, en ordenados batallones. Le vi servirse un vaso grande de agua. Tenía una larga cara de caballo, con el pelo descolorido y lacio cayéndole sobre la frente.

Subimos más escaleras, curioseé en las vidas de más hombres; se les veía tan cándidos y tan ajenos como los peces de un acuario.

Esto no funcionará, susurré finalmente. ¿Cómo voy a encontrar...?

Pero Annabelle me hizo callar y me empujó hasta el último tramo de escaleras. El último piso, guardo los mejores aquí arriba, dijo.

Yo quería irme a casa, estaba agotada.

Y entonces le vi.

Era tan atractivo, parecía tan lleno de vida. Tenía un tono de piel saludable y el pelo oscuro y tupido. Le vi peinárselo hacia atrás y alisárselo hasta brillar como el charol. La cara era cuadrada y angulosa; las cejas, pequeños y enérgicos signos de puntuación. Era un hombre grande, de anchas espaldas, pero se le veía ligero al ir del lavabo al armario y del armario al espejo. Vestía un precioso traje gris que le sentaba maravillosamente. Le observé ante el espejo mientras se anudaba la corbata. Se hizo el nudo una vez, frunció el ceño, se la desató y se la anudó dos veces más.

No paró hasta que quedó perfecta.

Se ató los zapatos silbando. ¡Silbando! ¿Cómo puede no gustarte un hombre que silba?

El apartamento estaba ordenado. A diferencia de los otros, que olían a sudor o a medicinas o a comida pasada, el suyo tenía un olor impersonal. Igual que un armario, olía a cuero, a lana y a botas de goma.

Había pequeñas fotografías en las paredes y apoyadas en la cómoda. De las de cartulina de color sepia, como las que tenía mi madre.

Quizá sus padres eran de allí también. Eso que teníamos en común.

Estaba ante el espejo alisándose la camisa. Levantó la barbilla, examinándose un perfil y después el otro. No me pareció presumido. Se comportaba como un hombre con un buen coche nuevo: no presumido pero sí justificadamente orgulloso. Parecía fuerte, como alguien que tiene buen apetito. Se movía con pasos de bailarín.

Me recordaba a mis hermanos, él era como una versión refinada y pulida de ellos. Probablemente si despellejáramos, como a un oso, a uno de mis hermanos, si le quitáramos su gruesa y dura piel, encontraríamos a un individuo afeitado y acicalado como aquél.

Se colocó un clavel en el ojal. ¡Llevar una flor en noviembre! ¡Qué atrevimiento!

Se puso un abrigo y se paró ante el espejo para la inspección final. Me di cuenta, con un repentino sentimiento de desilusión, de que sin duda iba a ver a una mujer.

Suspiré, pero no pude dejar de mirarle hasta que salió de la habitación, todavía silbando. Qué adorable me parecía su cabeza; qué aspecto tan juvenil y vulnerable tenían su nuca y sus orejas. Sentí una súbita preocupación por él al imaginarle acorralado en una calle oscura por unos desalmados que golpeaban su encantador y desprevenido cuello con una palanca, alborotándole aquel pelo tan bien peinado.

¿Has tenido suficiente?, dijo Annabelle.

Yo asentí. Volvimos lentamente a su apartamento. Cojeaba con más dificultad que antes con aquellos pies diminutos e inútiles. Me hicieron pensar en las historias que había leído sobre las mujeres chinas a las que vendaban los pies nada más nacer.

Nos sentamos otra vez en el abarrotado apartamento mientras Annabelle se encendía un cigarrillo. Estaba ojerosa y sin aliento de tanto andar, pero su voz era más intensa que antes.

Bueno, ¿cuál de ellos? El último, ¿verdad?

Sí, el último.

Hmm, dijo. Diez B. Vale. Se llama Joe. Trabajo estable. Los padres están muertos, así que no se interpondrán en tu camino. Éste es bueno, Shirley, te lo aseguro. De buena calidad.

Se diría que se preparaba para una cita, dije yo, nerviosa.

Annabelle hizo un gesto con las manos. No te preocupes, es todo tuyo, dijo.

Miré a mi madre. Tenía una expresión pensativa, indecisa, igual que cuando probaba la sopa que estaba haciendo.

¿Y ahora qué? ¿Cómo le conoceré?

Le enviaré a cenar a vuestra casa. ¿Qué tal el próximo domingo? Alguna noche de esta semana. ¿El jueves? ¿El miércoles? Cuanto antes mejor.

No entiendo. Si ni siquiera me ha visto. ¿Qué le vas a decir?

¡Ah!, dijo Annabelle, acercando su cara a la mía, con el humo saliéndole por la nariz. Verás, Shirley, a algunos hombres no se les da bien lo del dinero. La mayoría van retrasados con el pago del alquiler, y algunos me deben otros favores, tienen deudas. He sido muy generosa con ellos. Y si se ponen tontos, pues llamo al carnicero de abajo, con quien tengo un acuerdo especial.

Ladeó la cabeza e intercambió una mirada con mi madre. Mis inquilinos, dijo, están siempre dispuestos a devolver un favor. Siempre encantados de complacer. Especialmente si se trata de compartir una comida y una amena conversación con una chica tan guapa como tú.

Yo no...

Tú quieres conocerle, ¿no, Shirley? Ésta es tu oportunidad. Está prácticamente hecho. Tu Joe te será entregado en la puerta puntualmente el miércoles por la noche. Eso puedo asegurártelo. Después depende de ti y de tu madre.

Mi madre asintió y frunció los labios.

Me daba vueltas la cabeza. Joe. Se llamaba Joe. No podía dejar de pensar en su pelo negro y suave, en sus largas piernas enfundadas en los pantalones, en sus tersas mejillas, en las líneas de alrededor de su boca. Igual que las estrellas de cine de las fotos de revista que había en las paredes de mi habitación.

Como si él fuera un nuevo juguete en un escaparate y yo volviera a tener seis años.

Tú espera, Shirley; cuando vuelvas a verle te parecerá aún más maravilloso, dijo Annabelle. Los hombres se muestran tal como son cuando están solos, pero sacan lo *mejor* de sí mismos en compañía de una mujer hermosa.

Se volvió a mi madre. ¿Verdad que sí?

Mi madre hizo un gesto afirmativo con la cabeza y dijo: Ahora tenemos que irnos.

Y de la misma forma que un poco antes me había dado cuenta, sin que nadie dijera nada, de que mi madre y Annabelle eran antiguas conocidas, en aquel momento vi con igual claridad que no eran amigas.

Quedaos un ratito, dijo Annabelle. Podríamos tomar una sopa que tengo en el fogón.

No, nos vamos, dijo mi madre.

Shirley, digo Sashie, debería tomar un poco, le hace falta, insistió Annabelle.

Intercambiaron unas miradas.

Mi madre se sentó de nuevo. Yo también. Me sentía débil, mareada. Normalmente detestaba la sopa de remolacha, pero en aquel momento me tomé un tazón de caldo dulce, sabroso y de un rojo intenso, con hebras de remolacha flotando a medio fondo, como algas.

Dejé el tazón en la mesa, me ardía la boca. Me notaba muy rara. Mi madre y Annabelle se quedaron sentadas mirándome; después de todo ellas habían decidido no tomarla.

Mi madre y yo nos pusimos los abrigos. Annabelle me agarró las manos y me deseó suerte. Mi madre le dio las gracias lacónicamente y luego le entregó un paquete de hierbas secas. Annabelle le pasó un oscuro tarro cerrado que mi madre escondió en las profundidades de su abrigo.

Cambiaron unas palabras: sonidos guturales de su vieja lengua. Qué grosería excluirme, pensé, pero estaba demasiado atontada para que me importase realmente.

Esa noche, de camino a casa, mis pies iban dando pasos de borracho; andar en línea recta me parecía algo imposible, así que mi madre me soltó y me dejó ir haciendo eses por la calle. El frío hacía que las estrellas parecieran más brillantes de lo normal, más cercanas; era como si pudiera oírlas, un zumbido de luces fluorescentes.

¿Estás segura de que es esto lo que quieres?, dijo.

Completamente.

Bien.

¿Fue así como conociste a mi padre?, me atreví a preguntar.

Toda la ciudad quedó en silencio, esperando la respuesta.

Tu padre era el hombre más maravilloso del mundo, dijo mi madre secamente. Cuando le hicieron a él, rompieron el molde.

La mueca en la boca de mi madre y el brillo de sus ojos me incitaron a tomar sus palabras literalmente. ¡Qué enfadada parecía!; era como si pensara que si no se hubiera roto el molde, ella lo podría haber utilizado para fundir una segunda copia de mi padre, en bronce o en hierro o en otro material más resistente que el primero.

En el mundo de mi madre, tales cosas son posibles.

Mi prometido viene a cenar esta noche, les dije a Tessie y Marianne.

¡Shirley! ¡Qué pillina! ¿Y cómo ha sido?

¿Desde cuándo tienes tú prometido?

¿Quién es él? ¿Podemos conocerle?

¿Cómo has podido ocultárnoslo?

Dios mío, Shirley, ¿estás embarazada?

Y mientras tanto nosotras creyendo que eras una mosquita muerta. Que te daban miedo los hombres.

¿De qué color tiene el pelo?

¿Cuándo se te declaró?

¿Cuándo es la boda?

¿Cómo se llama?

Por el amor de Dios, Shirley, ¿cómo puedes estar tan tranquila?

¿Podemos pasar por tu casa esta noche para echarle un vistazo?

Yo sabía que no era prudente decírselo antes de que estuviera todo resuelto. Pero no pude resistirme.

Esa tarde volví a casa temprano para arreglarme el pelo. Mi madre trajinaba en la cocina, entre cazuelas y nubes de vapor, con las mangas enrolladas y el pelo pegado a la cara. Habría parecido que era el día de la colada si no hubiera sido por los fuertes olores y el brillo de la grasa.

¿Por qué tiene que venir él aquí?, dije. ¿Por qué no podemos ir a un restaurante él y yo solos? ¿Cómo voy a conocerle *contigo* aquí presente?

¿Y cómo voy a conocerle *yo* si no?, dijo ella.

No supe qué responder. Me fui a mi habitación. La noche anterior mi madre me había empapado el pelo con uno de sus malolientes líquidos herbáceos. Al día siguiente lo tenía raro, sedoso y electrizado. Me puse los rulos y me pinté las uñas. Me había comprado una faja. Me la puse bajo el vestido; apenas podía respirar, pero estaba encantada con lo que veía en el espejo: por primera vez en mi vida tenía una buena figura.

Me maquillé cuidadosamente, como me había enseñado Tessie. Me puse una gota de perfume de vainilla detrás de las orejas. Mi madre era contraria a los perfumes.

¡Qué extraña me sentía en aquel momento! Como si el corazón, la garganta y el estómago se me hubieran amalgamado. Como si dentro del pecho se me estuviera inflando un globo de helio, oprimiéndome las costillas. No podía parar quieta.

Debía de ser la faja.

Llegó puntualmente a las siete.

Abrí la puerta y allí estaba él, con un ramo de flores y una sonrisa en la boca. Era la primera vez que se cruzaban nuestras miradas. ¡Tenía los ojos azules! ¡No me había dado cuenta! Me tomó la mano; la suya era fresca y suave; olía a loción de lima para después del afeitado.

¡Qué ojos! ¡Qué modales! ¡Impecables!

Hasta mi madre parecía encantada. Él le besó la mano. Ella hizo un saludo a la antigua usanza. Él olió el aire con un gesto de admiración.

Le cogí el abrigo y fui a colgarlo. Me tropecé con él sin querer, me di contra la pared. Creo que no se enteró. Era tan largo su abrigo. ¡Y qué alto él!

Ni que decir tiene que la conversación fue difícil. ¿Cómo no iba a serlo? Pensaba que no nos conocíamos, él y yo. Nos habló de sus difuntos padres, de su trabajo en una aseguradora. ¡Seguros! ¡Qué fiable y qué respetable parecía aquello! Tenía una risa encantadora; cada vez que la conversación decaía, él recurría a su risa para mantenerla a flote, la estiraba y la estiraba como si fuera una alfombra infinita, hasta que a mí se me ocurría algo que decir.

Nos sentamos a cenar. Mi madre encendió unas velas. Todo iba tan bien. Yo le miraba al otro lado de la mesa, sus ojos oscuros y aterciopelados a la luz de las velas, su piel dorada. Me notaba radiante; vi mi reflejo en una cuchara y apenas me reconocía a mí misma.

¡Qué sofisticada me sentía, qué segura y qué atractiva! Él nunca imaginaría que era la primera vez que cenaba con un hombre.

Claro está que no se habló de amor ni de matrimonio. ¿Pero acaso es necesario que se digan estas cosas? Yo sentía como me crecía en el pecho una burbuja de felicidad, a punto de estallar. ¡Qué manos! ¡El pelo de sus nudillos! ¡Y con gemelos! Quería que silbara otra vez.

Sentía algo nuevo cuando le miraba: una sensación de certidumbre, como de ladrillos que se superponen soldados con cemento. Un sentimiento sólido y rotundo. Unos cimientos, un futuro, una base firme. Por primera vez en mi vida me sentí segura de algo.

Mi madre trajo la sopa. *Borscht* otra vez. La tomamos; nos dejó fuego en la boca y los labios manchados de rojo. La cabeza empezó a darme vueltas. El caldo estaba espeso, con mucha sustancia; me hizo sentir carnívora y salvaje. Me descubrí mirándole las partes carnosas de su cuerpo: los lóbulos de las orejas, las yemas de los dedos, el tierno bocado de la barbilla.

Joe me miraba con ojos chispeantes. Me ofrecí a ayudar a mi madre; ella me tocó en el hombro para que me quedara sentada. Echó el vino y sacó platos y fuentes.

Primero sirvió a Joe, le puso el plato delante, y se detuvo con el cucharón en la mano.

Bueno, Joe, dijo ella toda seria, ¿y cuándo te vas a casar con mi hija?

Joe dio un respingo, la cara petrificada. Entonces se echó a reír, o lo intentó, esta vez parecía incapaz de poner en marcha su mecanismo de la risa.

Me temo que no...

¿Cuándo te vas a casar con Sashie?, repitió mi madre.

Intentó reír otra vez; fue como un chispazo que luego se apagó. Aquí hay un malentendido, dijo él.

No creo, dijo ella.

Annabelle me pidió que viniera, y yo estaba encantado de hacerlo, pero no imaginé..., dijo, mirándome. Acabamos de conocernos, añadió como disculpándose.

Mi madre hizo un gesto de rechazo con la mano.

Compréndalo, no estoy en condiciones de..., tengo deudas, ¿sabe?, me sería imposible. No dispongo de ningún patrimonio, me gusta el juego, nada serio, por supuesto, pero tengo las manos atadas. Y, además, una amiga...

Sentí un vacío en el estómago. La pared de ladrillo se derrumbó.

Su hija es encantadora, pero..., esto es ridículo.

Su rostro se me volvió borroso, me quemaban los ojos. Me parecía imposible estar llorando.

Mi madre le clavó una mirada feroz y él se revolvió inquieto. Se puso a comer, abochornado. Un bocado, y otro, y otro. Rompió a sudar en la cara. Vi cómo se ruborizaba hasta el cuello.

Qué atractivo estaba hasta en ese momento.

Con tal de no mirarnos, él seguía comiendo, a pesar de que el sudor le caía a chorros. Se oían los ruidos secos y los chasquidos que hacía al morder los huesos con sus fuertes y blancos dientes. Se fue poniendo de un rojo cada vez más intenso; los ojos se le salían. Parecía que a mi madre se le había ido la mano con las especias.

Las lágrimas se le agolpaban en las comisuras de los ojos, como si hasta la cabeza le estuviera hirviendo.

Gemía sin dejar de masticar, así que el sonido venía de la nariz. Se le veían venas azules y moradas en las sienes, parecían ríos y carreteras, un mapa de sí mismo.

Entonces se atragantó. Aquella respiración sibilante se paró súbitamente; sólo se oía un chasquido en su garganta. Ahora sí nos miraba, moviendo los ojos, con una mano en la garganta y boqueando como un pez. Miró primero a mi madre y después a mí, pataleando bajo la mesa.

De la boca le salió un trocito de comida que le dejó una mancha negra en la camisa. ¡Qué pena, con lo limpia que estaba!

Golpeaba la mesa con los puños. Los cubiertos bailaban.

Mi madre le miraba tranquilamente. Sorbió su vino y se secó los labios con delicadeza. Retorcía la servilleta entre sus dedos, cada vez con más fuerza. Tenía los labios colorados del vino y la remolacha. Puso la botella más cerca de ella, no fuera a ser que Joe la tirase con sus aspavientos.

Él la miraba suplicante, con los brazos extendidos. Ella levantó la barbilla interrogativamente. Él se volvió hacia mí. Yo estaba fascinada. Su cara reflejaba un ansia desesperada, una tremenda urgencia.

Se desplomó en la silla, los ojos empezaron a ponérsele vidriosos.

Mi madre dijo: Sashie, ayúdale.

Corrí a su lado y me puse detrás de la silla. Le rodeé con mis brazos y apreté por debajo de las costillas, como me habían enseñado. Qué pecho más ancho tenía. Apenas si podía abrazarlo. No sirvió de nada. Fláccido y pesado como un saco de arena, su cuerpo se vino abajo. Mi madre apartó bruscamente la servilleta y se bebió el vino.

Le tomé la cabeza en mi regazo (¡cuánto pesaba! Nunca antes había sostenido la cabeza de un hombre). Le limpié la boca y le aflojé la corbata. Le separé los labios, tan bonitos. Le introduje los dedos bien hondo en la garganta y saqué una espina de pescado, curva y traslúcida como un recorte de uña.

Puse la espina sobre la mesa, le acaricié el pelo, junté mis labios con los suyos y espiré dentro de él (¡mi primer beso!, ¡qué romántico era todo aquello!). Se dejó caer pesadamente, como un pez varado. Vi que sus ojos recobraban el enfoque y se llenaban de asombro.

Asombro de estar vivo, asombro de estar enamorado, asombro de encontrarse en mis brazos.

Se agarró a mí y aspiró el aire con avidez.

Todo se decidió en ese momento, sin palabras.

Creí ver a mi madre alargando la mano para coger la espina y guardársela rápidamente en el bolsillo. Pero debí de imaginarlo en medio de la confusión.

Al fin y al cabo, estaba enamorada. Y la gente enamorada no es digna de crédito.

. . .

Joe me dijo después que, cuando abrió los ojos y me vio con la cara suspendida sobre él, pensó que era un ángel. Estabas envuelta en una luz brillante, como un halo, dijo, y había una mirada sublime en tus ojos. Creí que estaba muerto, en el cielo, nunca había visto nada tan bello.

Después de aquella primera cena, Joe venía a verme casi todos los días. Yo no sé qué es, decía, pero no puedo estar separado de ti.

Ángel mío, me llamaba.

Qué tonto ese Joe.

Cada vez que venía, mi madre le hacía tomar una de sus infusiones de hierbas para suavizar la garganta. Él la miraba con una mezcla de respeto y temor y bebía obedientemente, sujetando la taza con las dos manos, como un niño. El amargor le hacía toser.

Nunca volvió a mencionar a su amiga ni sus deudas ni ninguna de las tonterías de las que había hablado en la primera cena.

Hicimos planes de boda. Yo soñaba con una tarta blanca adornada con flores, un vestido como una tarta nupcial, un ramo de rosas como la seda y el caramelo hilado.

Joe se preparó para mudarse al apartamento con mi madre y conmigo. Era lógico, después de todo; había mucho sitio desde que mis hermanos se fueron. Y yo no quería dejar sola a mi madre. Ella estaría contenta de permanecer cerca de nosotros. Me ayudaría a cuidar de Joe, le prepararía la infusión todos los días, ya que parecía que la garganta no terminaba de ponérsele bien.

Joe decía muy a menudo en aquella época que no podría vivir sin mí.

Naturalmente no era verdad. Eran sólo palabras de amor.

Ilana

Había algo que no estaba claro, pero yo no lograba descubrir en qué consistía exactamente.

Me decía a mí misma que era porque yo no había tenido la experiencia de mi propia boda, ni había asistido a una siquiera. No sabía cómo tenía que comportarse la gente durante el noviazgo.

Había seguido las instrucciones de Anya, y todo había ocurrido tal como ella había previsto.

Y, sin embargo, tenía una sensación de inquietud que era como un mal olor flotando en el apartamento, como una fea mancha en la parte de atrás de tu falda de la que nadie te informa.

Sashie era feliz, pero parecía más feliz cuando estaba a solas, frente al espejo, probándose el sombrero con el velo blanco, que cuando estaba con Joe. Sus conversaciones con él eran forzadas y muy formales. Y el propio Joe no me parecía real del todo, él no desprendía el vivo calor de Shmuel. Algunas veces me sorprendía a mí misma observando a Joe de cerca para cerciorarme de que respiraba. Pensaba que, si se le seccionara, estaría exangüe y seco; hecho de capas macilentas y traslúcidas como una cebolla.

Pero Sashie era feliz y eso era lo que importaba, ¿no? Ella no había disfrutado de mucha felicidad conmigo. Lo admito. Ahora yo deseaba que pudiera encontrar algo de dicha fuera de mí. Éste era mi regalo.

Sashie

La boda fue modesta, no podíamos permitirnos muchos lujos. Mi madre no quiso gastar dinero en un vestido blanco que iba a ponerme sólo una vez.

¿Es que vas a llevar *eso* a la boda?, pregunté.

Todavía estaba de luto por su viudedad.

Pues claro que sí, contestó.

El negro en una boda da mala suerte, dije, y además es muy feo.

No me hables a mí de mala suerte, dijo en tono sombrío.

Llevó puesto el vestido negro, pero de cualquier modo todo fue precioso, y tan elegante como me fue posible conseguir. Hubo una pequeña ceremonia en un despacho del juzgado, teníamos prisa, no había tiempo de alquilar un salón con música y baile. Estábamos sólo nosotros y mi madre, porque Joe no tenía familia. Pero él estaba guapísimo, muy apuesto con su traje oscuro, y me sonreía de un modo encantador.

Ya estábamos casados, era oficial, escrito indeleblemente sobre el papel.

Ahí estaban nuestros nombres, uno al lado del otro.

Más tarde, volvimos al apartamento, que yo había adornado con flores frescas por todas partes y colgaduras (Qué haces con mis sábanas, había dicho mi madre), y Tessie y Marianne vinieron a comer tarta. Annabelle declinó la invitación, o por lo menos eso dijo mi madre. Joe trajo a varios amigos, que se quedaron en un rincón dándose palmadas en la espalda y riéndose estrepitosamente; era agradable volver a oír el estruendo de voces masculinas en la habitación después de todos aquellos años.

Desde el principio Joe había sido muy respetuoso conmigo delante de otras personas.

Apenas me tocaba. Sólo cuando era absolutamente necesario. Rara vez coincidían nuestras miradas.

Así era como debía ser. No éramos de esas parejas que se frotan y babean en público. Nosotros estábamos por encima de eso. Éramos más refinados.

Cuando los invitados se fueron, el apartamento quedó extrañamente silencioso otra vez.

Mi madre dijo en un susurro: Que seáis fecundos y os multipliquéis.

Ella barrió las migas del suelo.

Joe bebió una última copa de vino. Y después otra, porque la botella estaba casi vacía, de todos modos.

Entramos en mi dormitorio. *Nuestro* dormitorio ya; él había traído dos maletas con sus pertenencias a primera hora de la mañana. Yo había juntado las dos camas que antes habían sido de mis hermanos.

Joe sonrió y empezó a desvestirse. Al quitarse la chaqueta, me disgustó un poco ver las manchas amarillas de sudor en los sobacos de la camisa blanca. Me hará falta lejía, pensé.

Se quitó los zapatos y vi que tenía los calcetines llenos de agujeros, los dedos se salían por ellos obscenamente. No me gustó nada eso, pero me dije: Necesita una mujer que cuide de él, eso es todo.

Se quitó los calcetines. Sus pies me repugnaron, francamente.

Levantó la vista y se dio cuenta de que yo estaba observando; rápidamente recompuse mi expresión, no quería que supiera lo que estaba pensando.

Él pareció malinterpretar mi gesto, confundiéndolo con uno amoroso, porque se desabrochó los pantalones, los dejó caer al suelo y comenzó a bailar, a valsar a mi alrededor en grandes círculos, con los faldones de la camisa colgando.

El pelo, que tan cuidadosamente se había peinado hacia atrás, ahora caía adelante en mechas pegajosas.

Yo giraba y giraba para mantener los ojos en él. De algún modo parecía más estrecho, menos impresionante sin la chaqueta y con la barba que le estaba creciendo. Y las piernas, era la primera vez que le veía las piernas.

Tenía un *montón* de pelo en ellas.

Joe necesita pulirse un poco, reconocí.

Dejó de dar vueltas, se acercó y empezó a tirar de mi ropa.

Vamos, Joe, basta ya, dije, esto es muy vulgar.

Sin dejar de hacerlo, dijo: ¿Qué diablos te pasa? Esto es lo que hace la gente casada.

Yo lo sabía, por supuesto.

Sabía lo que significaba el matrimonio. Ya había pensado en eso.

Era sólo que se veía muy distinto ahora que me enfrentaba directamente a la desagradable realidad. Ahora que ya estaba entre la espada y la pared, por así decirlo.

Parecía tan *antihigiénica* esa cosa que íbamos a hacer.

Y tan indecorosa.

Pensé en mis padres cuando estaban juntos, mi madre con las manos en el pecho de mi padre. Yo hice lo mismo con Joe.

Muy bien, dijo Joe, y el aliento le olía a vino.

Levanté la mirada hacia él y me pregunté dónde habría pasado su infancia, cómo se llamaría su madre, y si era zurdo o diestro. Apenas conocía a ese hombre.

Todo eso no era tan importante. Ya vendría después.

Fuimos a tumbarnos en la cama y me sentí mejor cuando estuvimos entre las limpias sábanas blancas. Él se puso encima de mí y yo le pedí que apagase la luz, porque no quería verle tan espantosamente cerca, con aquella tremenda profusión de poros y pelillos en los sitios más insólitos. La apagó y yo, así, me encontré más a gusto.

Joe hizo lo que le correspondía, consumó el matrimonio y aquello fue un poco molesto, pero no demasiado malo, aunque me asustó terriblemente al jadear y gemir como si le doliera algo.

Y su loción para el pelo ensució la almohada, lo descubrí a la mañana siguiente.

A medida que pasábamos más noches juntos, aprendí a complacerle mejor, e incluso me apetecía estar en la cama con él. Trabajaba muchas horas y las noches en la cama eran el único tiempo que pasaba a solas con él, la única oportunidad que tenía para hablar de asuntos íntimos.

Con el paso del tiempo me di cuenta de que el mejor momento para mis ruegos y peticiones era el de los preliminares. Él estaba atento e impaciente y cedía enseguida. Y *después* del acto era el mejor rato para contarle cosas menos urgentes, cuando ya estaba relajado, satisfecho y medio (o completamente) dormido. En esos momentos él asentía a casi todo.

¿Joe?

¿Hmmm?

Joe, ¿me encuentras atractiva?

Pues claro, ¿cuántas veces tengo que decírtelo?

Ya, pero... ¿Joe?

¿Qué?

¿Crees que me parezco a mi madre?

¿Puedes levantar la cabeza un momento? Se me está quedando dormido el brazo. Así.

¿Lo crees?

¿Que si creo qué? Ah, no sé. Un poquitín. Te das un aire.

¿Crees que me volveré como ella cuando me haga mayor? *Mucho* mayor, quiero decir.

Dios mío, espero que no.

¿Por qué no? ¿Joe? ¿Es que no te gusta mi madre?

Sí, sí, me parece estupenda. Es sólo la manera de mirarme que tiene algunas veces, me pone la carne de gallina.

¿Pues cómo te mira?

Y también cómo habla sola por la noche, ¿no la has oído?

Sí, pero ¿*cómo* te mira?

Es esa mirada que tienen las viudas, supongo. Solas y aburridas, pensando en lo que ya no van a hacer nunca más.

No hables así de mi madre.

Me pone los pelos de punta.

¿Joe?

¿Joe?

A veces se separaban las camas por la noche y teníamos que volver a juntarlas.

Por las mañanas estaba legañoso y abotargado, casi no le reconocía. Pero cuando se lavaba, se afeitaba y se vestía para el trabajo, Joe era tan guapo como de costumbre. Ése era el Joe que yo adoraba.

Por la noche seguíamos apagando la luz y, cuando me tocaba en la oscuridad, yo me imaginaba al Joe diurno, con sombrero, guantes y zapatos recién lustrados. Eso ayudaba.

El apartamento parecía más pequeño que nunca. Era inevitable notar el modo en que mi madre y Joe se rozaban el uno con el otro en la minúscula cocina y se apretujaban en el estrecho pasillo. Por las mañanas, mientras Joe andaba de acá para allá entre el dormitorio y el cuarto de baño en distintos grados de desnudez, noté que mi madre le observaba. Al principio pensé que miraba con mala cara los charquitos de agua que él dejaba en el suelo. Ahora me preguntaba si no miraría otra cosa.

Una noche, a Joe se le cayó de un bolsillo un trocito de papel y, cuando se inclinó a recogerlo, vi que los ojos de mi madre permanecían fijos en él más tiempo del que la situación requería.

Sabía que estaba siendo ridícula. Después de todo, mi madre era una vieja.

Aun así, ella subía las escaleras más deprisa que yo; y, por detrás, con aquellos brazos delgados y las dos largas trenzas, parecía una niña.

Traté de pasar el mayor tiempo posible a solas con Joe. Me descubrí a mí misma cerrando siempre las puertas, acercando más a él mi silla. Me pregunto si mi madre se daría cuenta, si se sentiría desairada.

Pero parecía bastante feliz con su aislamiento. Naturalmente mi madre tiene su propia versión de la felicidad, no es como la de los demás.

Yo tenía la intención de arreglar el apartamento, pero pronto cambié de idea.

Me di cuenta de que estaba embarazada.

Cuando se lo conté a mi madre, se le suavizó la cara como no se la había visto en muchos años.

Se lo dije a Joe y se puso loco de alegría, me levantó en vilo y me dio unas vueltas en el aire. No lo había hecho nunca antes y me dieron ganas de vomitar, pero me alegraba de que él estuviera contento.

Estaba *tan* contento por mí que salió a celebrarlo con unos amigos y no volvió hasta el amanecer, todo arrugado y oliendo a vino.

No es necesario contarte nada del embarazo ni del parto.

Es un proceso del que a mi madre le encanta hablar, le fascina. Pero a mí no.

Ésa es una historia que se ha contado mil veces.

Es siempre lo mismo. No merece la pena repetirla.

Jonathan era un niño precioso, y fue un parto fácil, aunque mi madre se horrorizó de que fuese al hospital y recurriese a la ayuda de un médico.

Le caerá una maldición, dijo, nos traerás mala suerte a todos.

¡Cómo era mi madre! Después de tantos años y todavía fiel a esas palurdas supersticiones.

Luego, consintió en venir al hospital, donde acunó al niño y le canturreó en voz bajita. Jonathan era un niño completamente sano, con el pelo oscuro de su padre y los ojos extraordinariamente azules de su abuelo.

Joe tenía la cara encendida y rebosante de orgullo. Cogió al niño en brazos una vez y pareció aterrado; nunca más volvió a cogerle.

Podría hacerle daño, dijo.

Salió a celebrarlo y no le vi hasta que volví a casa.

Jonathan era un niño precioso, como yo me decía continuamente y como todo el mundo me decía a mí. Pero estaba cansada y apática en las semanas siguientes y aquel grisáceo apartamento me oprimía. Y sus llantos, su olor y sus necesidades me oprimían también.

Mi madre se ocupó de Jonathan durante aquel tiempo. Se me agotó la leche y traté de hablarle de preparados artificiales y de esterilizaciones, pero no me hizo ningún caso.

Nunca supe cómo le había alimentado, pero Jonathan estaba rollizo y feliz. No vi biberones, ni cajas de leche en polvo en la cocina; era como si le estuviera amamantando ella misma.

Yo estaba en la cama y les oía hablar en la cocina, la voz de Joe subía y bajaba, demasiado cerca el uno del otro. Hablaban de mí, seguro, conspiraban. Oía risas, y el llanto del niño, que lloraba sin parar, ni siquiera tomaba aliento, como un hervidor de agua. ¿Qué estarían haciendo para que llorase así?

El llanto seguía y seguía y yo ya no sabía si estaba despierta o soñando. No podía soportarlo, me levanté, fui hasta la puerta y me asomé desde el pasillo a la cocina, iluminada con una luz anaranjada, como un horno. Vi a Joe sentado en una silla, a mi madre inclinada, y muy cerca, sobre él, y no sé por qué pero no me sorprendí de verles así, con las bocas tan próximas. Yo me lo esperaba. Qué taimada mi madre.

En ese momento ella cambió de posición; vi que su mano se movía, y el destello de una hoja de acero peligrosamente cerca de la cara de Joe. Va a sacarle los ojos, pensé, y esto no me sorprendió tampoco. Mi madre era capaz de cualquier cosa.

Entré corriendo en la cocina, le agarré el brazo y vi que tenía las tijeras en la mano. Caí en la cuenta de que le estaba cortando el pelo a Joe, igual que se lo cortaba a mis hermanos, con periódicos extendidos sobre el suelo para recoger los trozos. Tanto ella como Joe me miraron extrañados.

Sólo un corte de pelo, parecían decir sus ojos inocentes.

Pero yo pensé que parecían culpables.

Estupendo, te has levantado, dijo mi madre.

Hacía un calor insoportable en la cocina, así que me volví a la cama sin una palabra.

Más tarde, la cara de mi madre pendía sobre la mía. Me puso en la mano un vaso de agua.

Joe me dejó tranquila todo ese tiempo. En eso fue considerado.

Mi madre no. Ella siguió intentando hacerme levantar.

Éste no es mi puesto. Un niño necesita a su madre, me dijo un día.

¿Se refería a mi hijo o a mi marido?

Yo estaba en la cama, con un paño húmedo en la frente. Soñaba con cosas frescas: cortinas de encaje, porcelana fina, copas de cristal, el tintineo de los colgantes de vidrio de las arañas.

No es normal, decía mi madre desde la puerta, meciendo a Jonathan en la cadera. Me gusta hacer esto, pero no es normal. Tu hijo te necesita.

No puedo, dije.

Se sentó en el borde de la cama, con el bebé apoyado en el hombro. Me acarició la cara.

Nunca habíamos estado especialmente unidas, ni tampoco lo estábamos ahora.

Nunca unidas, y al mismo tiempo *demasiado* cerca, yo me asfixiaba, la habitación me estrujaba como una faja. Ella me rozaba con la cadera y me quemaba a través de las sábanas.

No tenía la menor idea de lo que estaría pensando.

Y, al sentarse a mi lado y estudiar mi cara, me di cuenta por primera vez de que mi madre me encontraba a mí tan incomprensible como yo a ella.

¿Qué te ocurre?

Que soy desgraciada, dije.

Pero ¿por qué?

Aborrezco este apartamento, susurré.

Durante años había querido decir eso, pero sabía que sería en vano.

Entonces, quizá deberías mudarte, dijo ella; se levantó bruscamente y salió de la habitación.

Sabía que ella nunca querría dejar el apartamento. Había vivido en él desde que llegó a este país, era prácticamente un miembro de la familia. Ella nunca lo dejaría y yo no podía dejarla a ella.

Por eso me sorprendió que, cuando Joe vino una noche contando que le habían ascendido, mi madre dijera: Es hora de irse a vivir a otro sitio.

Joe dijo que buscaría otro apartamento.

Yo no confiaba del todo en su gusto, pero no importaba, dejaríamos ese piso deprimente con sus lúgubres recuerdos, dejaríamos este barrio de calles estrechas, música de radio a todo volumen, gatos callejeros, ropa interior tendida de un lado a otro de la calle, alcantarillas atascadas por cosas innombrables.

Salté de la cama. Me ricé el pelo por primera vez en varios meses.

Cogí a mi hijo en brazos.

Y, en cuestión de días, Joe dijo que había encontrado un piso que estaba seguro de que me iba a gustar.

Ilana

Yo no quería ir con ellos.

Este apartamento está cargado de recuerdos, manchas, ropa mohosa de gente ausente durante largo tiempo. No podía imaginarme abandonándolo. El sitio nuevo estaba tan lejos que la gente hablaba y se vestía de otro modo. Hasta la luz caía distinta, más pálida y fría. Sería como viajar a otro país. ¿Dónde iba yo a comprar las coles y la canela? ¿Quién me vendería las tiras de cuero para arreglar los zapatos?

Y, ¿cómo encontraría Shmuel el camino hasta la cama?

Yo había esperado que ellos se mudaran sin mí. Sashie tenía que aprender a cuidar de su hijo. Yo no le hacía ninguna falta. Lo que ella y su marido necesitaban era intimidad, llegar a conocerse. Después de un año de matrimonio apenas sabían nada uno del otro.

Y confieso que, después de tanto tiempo dedicándome a los demás, estaba deseando no cuidar de nadie excepto de mí misma.

Sashie nunca apreció mucho mi compañía. Así y todo, insistió en que me trasladase con ellos.

Dijo que era un deber filial, pero creo que había algo más.

Creo que tenía miedo de quedarse sola con Joe. Yo había sido la promotora de este matrimonio, y ella parecía temer que, sin mí, se desmoronase.

Y también creo que ella desconfiaba de mí. Siempre estaba vigilándome, irrumpiendo en mi cuarto sin previo aviso. Ella quería que yo estuviera donde no me perdiera de vista.

Así que me fui con ellos. En parte, porque Sashie insistió. Pero, principalmente, por Jonathan. Él me apretaba el dedo con su fuerte manita y me infundía esperanza.

Sashie

Nos cambiamos al nuevo piso cuando Jonathan era todavía muy pequeñito.

Me hacía tanta ilusión.

Estaba muy contenta de que nos trasladásemos, no sólo por mí, sino por Jonathan. El barrio antiguo se había puesto fatal, borrachos dormidos en los umbrales que no se despertaban ni cuando te tropezabas con ellos al salir, chiquillas que acababan de dejar las trenzas y ya se prostituían en las esquinas. Estaba segura de que ese lugar tendría una mala influencia sobre él.

De repente, Jonathan parecía más importante que cualquier otra cosa.

Todo me resultaba nuevo. Brillante y distinto.

Una nueva vida.

Decidí despejar mi mente y no pensar en nada excepto en el futuro.

¡Seis habitaciones! Sólo para Joe, para Jonathan y para mí. Y para mi madre, claro. No podíamos dejarla.

Era un edificio muy selecto. Joe tuvo que superar una entrevista para solicitar el apartamento. Naturalmente a mí *eso* no me preocupaba, Joe era el tipo de hombre que gustaba a la gente inmediatamente. Sabía cómo tenía que hablar. Ya te he dicho lo alto y lo guapo que era: ¡unos hombros, una barbilla, un pelo ondulado! Los zapatos tan brillantes, el pañuelo en el bolsillo, bien dobladito. Tenía unos modales impecables. Pero no era afeminado, de eso nada. Cuando conocía a otros hombres, les estrujaba la mano de un apretón y hacía una ligera inclinación de cabeza, poniendo una mirada que daba a entender: Tú sabes igual que yo que podría hacerte papilla si quisiera, pero mejor nos comportamos civilizadamente, ¿eh?

Era un hombre imponente. Yo deseaba que Jonathan, cuando creciera, fuese exactamente como él.

Así que nos mudamos, y nuestros muebles viejos no llenaban ni la mitad del espacio. Yo estaba impaciente por arreglarlo todo. Mi madre se instaló en su habitación y se mantenía apartada. A mí no me importaba. Ella seguía avergonzándome; en aquel sitio tan fino, su acento, las medias gruesas que se ponía y aquel pelo que se teñía de negro como boca de lobo con algo similar al betún, llamaban la atención todavía más. Pero me alegraba de tenerla cerca.

Conocí a nuestra vecina de al lado, la señora Fishbein, que parecía una persona respetable. Salió a la puerta con perlas y guantes blancos, rizos grises con laca y las gafas sujetas a una cadena; me invitó a tomar el té con ella en alguna ocasión. Y nuestro vecino del otro lado del pasillo, el señor Mizzer, se parecía al mismísimo Abraham Lincoln y era un banquero jubilado, así que era ideal, naturalmente.

La señora Fishbein fue la primera en hablarme de los barrenderos. Nuestro edificio estaba en un barrio particularmente selecto; tenía un servicio privado de limpieza de las calles que funcionaba una vez a la semana. Había unas normas rigurosas respecto a la ubicación y clasificación de la basura. Los barrenderos venían los martes por la noche y retiraban todo lo que no estuviera en su sitio.

Me resultaba demasiado maravilloso para ser verdad. El martes siguiente me quedé despierta hasta bien entrada la noche. Por fin les oí; un zumbido mecánico y presuroso abajo en la calle, como de cien cepillos y cogedores, o miles de pequeños tenedores y cuchillos rebañando los restos de la cena. Un sonido tranquilizador y sosegante.

A la mañana siguiente, las calles estaban inmaculadas. Relucientes. Metí a Jonathan en el cochecito y le llevé de paseo. Mira, Jonathan, le decía, mira qué calles tan limpias. Pero a él se le veía más interesado por el juguete que mi madre le había regalado: una figura tallada en madera, de rasgos informes y lo que parecía pelo de verdad. Era un cachivache de lo más antihigiénico.

Los barrenderos trabajan estupendamente, le dije a la señora Fishbein.

Sí, dijo, nos ha costado trabajo, pero las calles por fin están decentes.

Me enteré de que la señora Fishbein tenía un cachorro de dogo que ladraba a altas horas de la madrugada. El perro me irritaba hasta decir basta, pero, con lo amable que ella había sido conmigo, no podía decirle nada. Además, yo tenía mejores ideas que andar peleándome con los vecinos ya desde el principio.

Joe volvía cansado del trabajo por las tardes. Le recibía en la puerta con una copa y un beso. ¿No es *fantástico,* Joe? Debí de decírselo mil veces. Me encantaba salir a recibirle dando pasos ligeros sobre aquel espléndido suelo de madera dura. Y me fascinaba la luz purísima que entraba por los ventanales.

Fantástico, sí, decía siempre él con poca convicción. Tenía que trabajar mucho, y más tiempo que antes; los gastos del apartamento eran más altos de lo que él había previsto.

Yo pensaba que el *vacío* del apartamento le perturbaba. Estaba segura de que, una vez que estuviese completamente decorado, él se daría cuenta de lo maravilloso que era.

Todos los martes por la noche me quedaba despierta para oír a los barrenderos. Los miércoles por la mañana las calles estaban magníficas. Parecían bruñidas.

Las calles de fuera de nuestro barrio resultaban muy apagadas y muy sucias en comparación. Gente a medio vestir sentada en las entradas, bolsas de basura, latas y botellas rotas, música ratonera, coches desvencijados, niños metiéndose por una boca de riego abierta, ¿no está prohibido eso? No me gustaba salir de nuestro barrio ni para ir de compras. Y, naturalmente, nunca llevaba a Jonathan.

Entonces, descubrí los catálogos. Encargué cortinas, fundas, lámparas, alfombras, mesitas auxiliares. ¡Qué cómodo! Les di todas las medidas y los colores por teléfono, les dije mi nombre lenta y claramente, y diez días después llegaron las cosas en unas cajas de cartón muy bonitas.

Los repartidores montaron algunos de los muebles por mí. No me agradaba su aspecto, sus uñas negras, pero no habría podido montarlos yo sola y no quería pedírselo a Joe. Me apetecía darle una sorpresa.

Las cortinas blancas de gasa, la cristalería nueva en las vitrinas, todo resultaba precioso. Cogí el teléfono y encargué más cosas.

Pero, cuando llegó a casa, Joe apenas se fijó. Parecía cansado, nada que ver con su habitual buen humor. Cuando le di un beso de bienvenida, me agarró y hundió la cara en mi cuello como si necesitara consuelo. El cuello de la camisa le olía a colonia desvaída y a fatiga sudorosa.

Noté que se frotaba y me besuqueaba entre el vestido limpio y que tiraba de mí hacia el dormitorio.

Ahora no, Joe, dije.

No es que me *importe* que nos comportemos como unos recién casados tontitos. En absoluto. No me importa *de vez en cuando.* Pero es que Joe quería hacerlo *muy a menudo,* y siempre a las horas más intempestivas. Y desordenaba tanto la cama, arrugaba las sábanas, prácticamente las sacaba de la cama algunas veces. Me pasaba horas estirándolas después. Por no hablar de lo que hacía con mi ropa. La rompía de una manera, ¡como si nunca hubiese visto un botón o un corchete!

Además, temía la influencia que eso pudiera ejercer sobre Jonathan; seguro que oír semejante cosa tendría un efecto nocivo en un niño.

Joe me soltó y mi madre y yo preparamos la cena; comimos y luego nos sentamos con unas bebidas y revistas. Hablamos poco. En realidad, no creo que Joe dijera dos palabras. Fue una agradable velada doméstica. Tan tranquila y tan serena. El cuarto de estar tenía un aspecto soberbio.

Esa noche, el ruido de los barrenderos fue suave y elegante, como si hubiera bailarinas de ballet haciendo piruetas por la calle y limpiando el polvo con sus tutús.

A la mañana siguiente, la señora Fishbein me dijo que uno de los niños del piso de arriba había dejado la bicicleta en la entrada por la noche y había desaparecido. Le oíamos gritar allí arriba.

Fue mala suerte, quizá, pero también culpa del niño. Debería haber cumplido las normas. Todo el mundo en el edificio lo hacía así. Los martes por la tarde todos volvían pronto a sus hogares, se quedaban en casa, corrían las cortinas y cerraban las puertas con llave.

Unas noches después, Joe llegó a casa con aire enérgico y decidido. ¡Esta noche salimos! ¡Venga!, dijo. Me agarró del brazo y me hizo girar en redondo.

¿Adónde?, pregunté.

A donde tú quieras.

Le miré. Estaba tan guapo como siempre, pero, mirándole de cerca, se le veía un pelillo que sobresalía de la nariz. Una vez visto, me era imposible *dejar* de verlo. Eché una mirada a la habitación. Había encargado almohadones nuevos para el sofá, con borlas en las esquinas. Había puesto cortinas nuevas que cubrían las ventanas completamente. Había limpiado todas las superficies con un cepillo y un polvo abrasivo especial.

Quiero quedarme aquí, dije.

Él dejó caer los brazos.

Después de eso, empezó a venir más tarde por las noches. Decía que tenía cenas de trabajo con los clientes. Y que tenía que verse con los viejos amigos.

A mí no me importaba. Yo era generosa con él, le permitía que emplease su tiempo como le apeteciese. No era una esposa dominante. Además, yo tenía muchísimo que hacer.

Mi madre seguía aislada. Tenía su propia vida, iba y venía como le daba la gana. Yo me mantenía apartada de su habitación; verla me producía desasosiego. Me hacía recordar que había nacido en un país donde la gente se bañaba una vez al mes, y en invierno tenía las gallinas en la cocina. Ella había llegado muy lejos, pensándolo bien. Yo nunca le hacía preguntas, y estaba contenta siempre que se hacía cargo de Jonathan. Daba la impresión de que no le importaba mucho cambiarle los pañales.

Los martes por la noche eran mis momentos favoritos. Los barrenderos hacían un ruido dinámico, militar, como de tropas en desfile, atravesando los papeles con sus bayonetas.

Ya muy entrada la noche, cuando ellos habían terminado, yo siempre me sentía limpia, purificada y placenteramente tranquila. Algunas veces me sentía tan bien que despertaba a Joe y le dejaba que se divirtiera un poco conmigo. Pero tenía que prometer no revolcarse mucho ni desordenar la ropa de la cama.

Unas semanas después, un soleado miércoles, me encontré a la señora Fishbein sollozando en el pasillo. Me contó que su doguillo había desaparecido; estaba segura de que había bajado a la calle la noche anterior. Traté de consolarla, pero el perro nunca apareció y no puedo decir que yo lo lamentara.

Recibimos avisos en nuestros buzones comunicándonos que los barrenderos iban a mejorar sus servicios sin coste adicional. Ahora vendrían martes y jueves.

Yo estaba entusiasmada. Me quedaba despierta dos noches a la semana escuchando a los barrenderos como un redoble de nubes en movimiento o el crepitar de un bosque incendiado.

La señora Fishbein lloraba por el doguillo. Los días eran extraordinariamente luminosos. Jonathan crecía y se desarrollaba. Un jueves olvidé subir el cochecito de la calle y al día siguiente no estaba. Era una pequeña pérdida. Pero Jonathan tuvo una rabieta de varias horas, chillando por el muñeco de madera que habíamos dejado dentro, bajo la mantita.

Joe llegaba pronto los martes y los jueves, como todo el mundo, pero las otras noches, miércoles, viernes y fines de semana, se quedaba por ahí, cada vez hasta más tarde, y volvía a casa de madrugada, haciendo eses.

Y entonces ocurrió una cosa extraña.

En el primer piso de nuestro edificio vivía una mujer mayor que tenía dos docenas de gatos en su apartamento. Se había mudado allí hacía mucho tiempo, antes de que se estableciera el trámite de selección; llevaba viviendo varios años en el edificio, a pesar de las amables tentativas de la gente para desalojarla a ella y a los gatos. Era antihigiénico; el olor; la *idea* misma de dos docenas de gatos. Por no hablar de lo inhumano que era para los propios animales. Y no digamos lo que pensaría la gente al pasar por nuestro bloque.

Lo que pasó fue sencillamente esto: un jueves, cerca del crepúsculo, parece que la mujer de los gatos salió a vaciar unas bandejas de arena. Por lo visto, se quedó fuera con la puerta de su apartamento cerrada. Y desapareció.

Yo hablé de ello en el pasillo con la señora Fishbein. Estoy segura de que se despistó y entró en el bloque que no era, chocheaba, eso es todo, le dije. Pero la señora Fishbein movió la cabeza, con ojos asustados.

¿Qué harías tú si se tratara de tu madre?, dijo.

Cerró la puerta entre las dos.

Yo apenas la había escuchado y, sin embargo, sus palabras se fijaron en mi mente durante varios días.

¿Qué *haría* yo? La idea de mi madre eliminada limpia y silenciosamente. Sin delito, sin culpa, sin nadie a quien acusar. Una habitación más. Ya no me recordaría lo que le hacía a mis hermanos o cómo se sentía respecto de Joe.

Un espacio vacío y limpio.

Qué idea tan terrible.

La deseché de mi cabeza. Pero volvía, sin que se la llamara, de vez en cuando.

Yo quería a mi madre, a pesar de todo.

Pero la idea persistía algunas veces, de noche, mientras escuchaba a los barrenderos. La mente tiene sus sistemas para detenerse en fantasías de niños que se caen de las ventanas o saltan de los puentes o aprietan gatillos..., posibilidades, accidentes que te imaginas con todo detalle, pero que esperas que *nunca* sucedan en la realidad.

La mujer de los gatos nunca volvió. Limpiaron su apartamento, se llevaron a los gatos y una joven y atractiva pareja se instaló allí.

Nuestros vecinos comenzaron a llegar a casa cada vez más temprano los martes y los jueves. A mí todavía me encantaban los ruidos de esas noches: una carrerilla resuelta, como hormigas amazónicas en un país tropical, arrasando los pueblos, devorándolo todo a su paso.

La señora Fishbein me agarró del brazo y me susurró que uno de los niños de arriba había salido a dar un paseo en bicicleta cerca de la puesta de sol en un día de limpieza y que no había regresado.

Es como si pasara el ángel de la muerte, decía muy bajito.

Yo le respondí que no fuera tonta. A los niños les gusta escaparse de casa algunas veces, pero siempre vuelven.

Movió la cabeza y se retiró a su apartamento.

No pasaba nada. Sólo eran habladurías. De todos modos, aquellos niños eran demasiado traviesos.

La señora Fishbein empezó a dejar cosas raras en la calle los días de limpieza. Una lámpara, un edredón, un pastel dentro de una caja, unos guantes nuevos, frascos de píldoras. Pequeñas ofrendas a los barrenderos, como si quisiera apaciguarlos. Con el tiempo, los regalos se hicieron más rebuscados: levantaba pequeños altares con velas encendidas, incienso, poemas escritos a mano, un pavo relleno, un paraguas, sus propios vestidos y fajas cuidadosamente doblados y atados con cintas.

Todo había desaparecido al día siguiente.

Yo le hablé de ella al señor Mizzer, tratando de hacerle reír. Él frunció el ceño y sacudió la cabeza, diciendo: Los barrenderos no pueden seguir así. Esto tiene que parar. Tenemos que hacer algo.

Yo me puse furiosa, pero conseguí mantener mi voz neutral cuando dije: ¿Cómo podemos pedirles que paren? Les *necesitamos*. Si dejan de venir, todo volverá a estar como antes: montones de basura, borrachos y prostitutas, extraños en nuestras puertas, delitos, enfermedades y cosas horribles por todas partes. No *podemos* volver a eso.

Se retiró a su apartamento, lleno de libros viejos. Recogedores de polvo, los llamaba yo.

El edificio estaba tan silencioso ahora. Me encantaba andar por los pasillos vacíos y mirar por las ventanas a las calles relucientes.

Un día, la señora Fishbein llamó a mi puerta. No quiero disgustarte, dijo, pero una de estas noches he visto a tu marido con otra mujer.

Estoy segura de que no es nada importante, le dije yo.

Estaban *sumamente* cerca, dijo.

Sería su hermana, dije yo de pronto.

Estaban abrazándose, dijo. *Besándose, me temo,* añadió en un susurro.

Su hermana es canadiense y ya sabe usted cómo *son* allí, le dije a la señora Fishbein.

Naturalmente yo no la creí ni por un momento. Joe no haría jamás una cosa así; le conocía muy bien. Decidí no decirle nada de esto a él; ni siquiera quería que se diera cuenta de que estaba disgustada; eso le preocuparía. Así que oculté todo el incidente, cosa que me fue bastante fácil puesto que ya sólo hablábamos en raras ocasiones.

Pero, por una u otra razón, yo no podía dormir por la noche y ni siquiera los barrenderos me tranquilizaban. Y luego estaba el asunto de las cajitas de cerillas que encontraba en los bolsillos de los pantalones, procedentes de distintos bares cercanos.

Finalmente, resolví comprobarlo por mí misma. Lo haría por Joe. Probaría que la señora Fishbein estaba ciega, y loca, y que era una estúpida chismosa. Me vestí con esmero, guantes, sombrero con velo y unos chanclos de goma para que no se me ensuciaran los zapatos; y esa noche me propuse encontrarle.

Yo no había salido del vecindario desde hacía mucho, mucho tiempo. Las calles me resultaban extrañas y aterradoras. Tan *oscuras,* y con *charcos* por doquier, la gente apoyada en las paredes sin hacer nada de particular. Caminaba todo lo deprisa que podía; hasta el aire me parecía inmundo, frío, húmedo, y se me pegaba desagradablemente a los pulmones. Y el *ruido:* los coches chirriaban, la gente daba voces, los aparatos de radio..., ¿es a eso a lo que llaman *música?*

Traía las cajas de cerillas en el bolso e hice un esfuerzo mental por encontrar las calles. Me dolía un costado, pero estaba decidida.

Le encontré en el tercer bar que inspeccioné. Un sitio oscuro, lleno de humo, donde hombres y mujeres se apretujaban, hablaban demasiado alto y se reían, y había serrín sucio por el suelo. Le vi sentado en un rincón con una mujer. Él la tenía abrazada, estaban los dos fumando, las caras separadas sólo por unas pulgadas, hablando y echándose el humo el uno al otro. Ella tenía el pelo teñido y una cara fláccida y cansada. Y, así y todo, se reían. ¡Joe sonriendo! Le vi tocarle un pecho en aquel sitio público.

Salí huyendo de allí. Los hombres de las esquinas me llamaban y silbaban. Corrí a casa lo más deprisa que pude. Ah, qué alivio las calles pulcras y vacías. Ah, los preciosos pasillos limpios, grises y asépticos como un hospital. Y, finalmente, el maravilloso apartamento con las ventanas selladas, el aire puro, las sábanas frescas como papel nuevo.

Estuve trastornada varios días. No sabía qué hacer. No quería que se enterara nadie. Nuestra vida doméstica era tan perfecta, no entendía cómo había podido hacer semejante cosa. Nuestro encantador matrimonio, nuestra encantadora casa, nuestro encantador niño. Joe seguramente ejercería una influencia perniciosa en su desarrollo. Una familia rota traumatizaría a Jonathan en ese momento. Tenía que proteger a mi niño a toda costa. Tenía que proteger la reputación de la familia, aunque sólo fuera por él.

No le dije nada a Joe. Esperé.

Y entonces, en ese momento de lucha, me di cuenta de que estaba embarazada.

Me puse furiosa. No deseaba otro niño. Quería concentrar todas mis energías en educar a Jonathan, quería que se hiciera un hombre atractivo como su padre, pero tenía que cultivar cuidadosamente en él los buenos rasgos de Joe y arrancar los malos. No tenía tiempo para un segundo hijo.

No podía ni comer ni dormir. Pasaba horas bañándome en agua perfumada.

La señora Fishbein llamó de nuevo. ¿Cuántas hermanas *tiene* su marido?, me preguntó.

Le di con la puerta en las narices.

Ya no aguantaba más. Se lo conté todo a mi madre. Me dio unas palmadas en el brazo, me lanzó una mirada significativa y me dijo que no me preocupase. Yo la miraba. Había firmeza y convicción en sus ojos.

Al día siguiente, martes, volvimos a tener avisos en los buzones. Los barrenderos mejoraban sus servicios de nuevo: ahora vendrían todas las noches.

Mi intención era subir el aviso a casa con el resto del correo, pero, no sé cómo, lo perdí. Esa noche permanecí despierta en la cama al lado del peso muerto y distante de Joe. Los barrenderos chirriaban como langostas.

Al día siguiente, cuando Joe se fue a trabajar, yo me quedé en la cama, como de costumbre, durante un buen rato. Luego tomé un baño. Froté las juntas de los azulejos y después me bañé otra vez. Cogí una bayeta y me paseé por todo el apartamento. Que me maten si se podía encontrar una mota de polvo.

Entré en la habitación de Jonathan y le tomé en brazos. Estaba limpio y empolvado, con aquellos enormes ojos puros e inocentes. Realmente se parecía mucho a Joe. Me prometí a mí misma que trabajaría tenazmente para convertir a Jonathan en la clase de hombre que su padre era *antes*. En el hombre que Joe *podría* haber sido si lo hubiera intentado un poco más. Llevar a Jonathan por el camino correcto exigiría mucha dedicación. Muchos baños fríos y pasta de dientes, normas y zapatos de cordones y lejía. Pero merecería la pena.

Pensé en la criatura que llevaba dentro y se me ocurrió que a lo mejor era niño y podría parecerse a Joe, y que, en ese caso, también tendría que educarle perfectamente. Si era una niña, no me tomaría la molestia.

Acosté a Jonathan, lo arropé con cuidado y bajé las luces.

Encontré a mi madre en la sala de estar haciendo ganchillo tranquilamente. Dije: Por cierto, ¿avisaste a Joe de que a partir de ahora los barrenderos pasarán todas las noches, de que vendrán esta noche y que, por lo tanto, tiene que regresar a casa temprano?

No, dijo con calma. Se me habrá olvidado.

Yo dije: Se me habrá olvidado a mí también.

Esa noche los barrenderos se lanzaron en picado como aves de rapiña, moviéndose en círculos como carroñeros, abriéndose camino como gusanos; yo dormí profundamente.

Ilana

Yo sólo quería lo mejor para ella. Que fuese feliz.

Tendría que haberme dado cuenta. No debí confiar en Anya.

En parte fue culpa mía.

Pero también ella era responsable de alguna manera, aunque no sabría decir por qué. No había sabido tratar a su marido, era como si faltara algo, como si se interpusiera un gélido muro de cristal entre los dos.

Quizá el lugar en el que vivíamos tuvo algo que ver, frías superficies lisas y techos altos que me angustiaban, demasiado espacio a mi alrededor. Éramos como conejos en campo raso.

No había forma de echar raíces en semejante sitio; se me resistía igual que una superficie encerada repele el agua.

Estaba contenta de volver al antiguo barrio, aquí las cosas tenían sentido y yo podía encontrar un trabajo que hacer con las manos.

Estaban los niños, al menos.

Era algo que ella tenía que agradecerle.

Eso que salió ganando.

Sashie

Y volvimos allí, al viejo barrio, mi madre, Jonathan y yo.

Encontramos un apartamento en otro edificio en la misma calle que el anterior. Era como estar en el antiguo, los mismos olores a repollo y cebolla, los mismos grifos que goteaban, los mismos gritos en el hueco de la escalera.

El inquilino que nos había precedido dejó algunos muebles con el fondo roto y lámparas que no funcionaban. No nos molestamos en sacarlos antes de llevar los nuestros, por lo que las habitaciones estaban tan atestadas que apenas quedaba sitio para moverse. Mi embarazo hacía que deslizarse entre los afilados bordes de los burós y los sofás cama y los enormes bultos, que ni sabía lo que eran, fuera aún más difícil. Todo estaba festoneado de horribles molduras talladas, gárgolas y hojas y enormes frutas bulbosas de madera.

Me merecía algo mejor. Ése no era mi sitio. Mis gustos eran más refinados, tenía esperanzas y aspiraciones. Necesitaba un ambiente más apropiado, unas compañías más selectas.

Mi madre se volvió más retraída, pero a mí no me importó. Se encerró en sí misma, ocultando sus sentimientos.

Yo trataba de tenerlo todo limpio, pero parecía que el polvo brotaba en las superficies por la noche. Hasta los platos recién lavados, puestos a secar en el escurreplatos, mostraban una película de polvo gris por las mañanas.

Me concentré en mí misma, en cuidar de mi ropa, en rizarme el pelo, en mantener a raya la desidia y los sudores, las malditas manchas y las incomodidades del embarazo.

Nació mi hija. No merece la pena mencionar los detalles.

Incluso con los dos niños pequeños llorando a todas horas, el apartamento parecía triste, vacío, silencioso.

Para entonces ya sabía que esto era debido a la ausencia de hombres. Los hombres dan vida a los sitios. Sin ellos no hay más que trabajo y espera. No hay historias que merezcan ser contadas.

Fue una pena que Joe no resultase como yo esperaba.

Afortunadamente estaba Jonathan. Tenía puestas todas mis esperanzas en él. Le veía crecer y convertirse en un chico brillante, fuerte y atractivo, y mi madre también le miraba con ávida expectación. Yo sabía que estaba pensando en Eli y Wolf, que oía sus voces cuando Jonathan correteaba y reía entre el laberinto de muebles, ajeno a nuestras aspiraciones.

Se diría que entró siendo un muchacho en aquel bosque de muebles y salió hecho un hombre, tan deprisa crecen los niños.

Soñé con una carnicería en una calle mal iluminada.

Me resultaba conocida, si bien no podía recordar dónde la había visto. Mi madre era la que hacía todas las compras.

El gordo carnicero de detrás del mostrador se limpiaba las manos en el delantal, dejando huellas coloradas. En la pared que tenía enfrente colgaban fotografías de unas chicas regordetas y rubias embutidas en unos vestidos blancos demasiado ajustados. Abrí la puerta de la tienda y entré; una campanilla sonó por encima de mi cabeza. En la alfombrilla para los pies se leía: BIENVENIDO.

Las fotografías empezaron a moverse y a cambiar de sitio, las chicas de las fotos crecían hasta llenar los marcos por completo, pegaban la cara al cristal, como si las superficies de los cuadros fuesen ventanas tras las que estuvieran atrapadas. Presionaban tanto que empañaban el vidrio con su aliento y se les veían los granos y restos de comida entre los dientes.

Las chicas dibujaban con los dedos en el cristal empañado. Números, palabras, mensajes. ¿Para mí?

Qué desea, me preguntó el carnicero. Hablaba con brusquedad e impaciencia, a pesar de que la tienda estaba vacía. Miré afuera, hacia la oscura y borrosa calle. No podía discernir si era tarde por la noche o temprano por la mañana, la luz era imprecisa, y yo no sabía qué pedir.

Miré en la vitrina que tenía delante de mí. Junto con las piezas de carne y las porciones de pollo sobre el hielo, vi ropa cuidadosamente doblada, guantes, zapatos viejos, joyas deslustradas, dentaduras postizas, relojes, velas y chucherías, como una tienda de empeños.

¿Y bien?, dijo el carnicero. Se tiraba del bigote, separando así de los dientes el labio superior y soltándolo después. No tenemos todo el día, señorita, dijo.

Yo miraba cómo se tiraba del labio una y otra vez.

Tiene pocas oportunidades, dijo, muy pocas, ¿entiende lo que le digo? Y estamos a punto de cerrar. Es su última ocasión, señora.

Se inclinó hacia delante y vi, detrás de él, pedazos de carne rosados y rojos, más grandes que un hombre, colgados de ganchos. Goteaban sobre el serrín en el suelo. Blancas articulaciones, enormes huesos y brillantes cartílagos.

Y al mirar yo, los cadáveres empezaron a moverse en los ganchos. Se retorcían y se agitaban como si quisieran liberarse. Una larga hilera de costillas se ovillaban como una oruga, como un trapecista. Un trozo de lengua aleteaba repulsivamente, esparciendo gotas de sangre. Cuanto más se movían, más penetraban los ganchos en la carne y más la rasgaban.

El carnicero, ajeno a la actividad que tenía lugar a sus espaldas, suspiraba con impaciencia esperando a que yo pidiera. Llovían gotas de sangre sobre su calva.

Los trozos de entrañas que había en el suelo empezaron a separarse unos de otros; levantaban la cabeza como cobras, tratando de arrastrarse hacia las cavidades de donde habían sido arrancados.

Un pedazo de músculo de corazón empezó a latir en la vitrina.

El carnicero emitió un gruñido de asco y alargando el brazo sacó un pollo vivo de una caja que había tras él. Lo puso en el mostrador, delante de mí, y vi sus ojos, unos ojos enormes y tristes como los de un hombre, con largas pestañas. Aquellos ojos se movían aterrorizados, y entonces me miraron de frente y empezaron a brotar lágrimas de sus comisuras.

¿A la mitad, en cuartos o en trozos?, dijo el carnicero.

Pero el cuchillo descendió antes de que pudiera contestar. Una y otra vez.

Aquellos ojos seguían mirándome.

Demasiado tarde. Demasiado tarde para decir que lo quería entero.

A la mañana siguiente, le conté el sueño a mi madre.

¿Te lo *imaginas*?, dije.

Mi madre me cogió la mano y la estrechó con fuerza. No llores, dijo.

Yo no me había dado cuenta de que estuviera llorando.

Debe de ser porque el carnicero fue grosero conmigo, dije. Tan impaciente, tan avasallador. No soporto que la gente sea grosera conmigo, ni siquiera en sueños. La gente de hoy es muy maleducada, ¿no te parece?

Lo siento, dijo, con mi mano entre las suyas.

Ilana

Después lamenté lo que habíamos hecho. Lamenté todo el asunto.

Deseé no haberme entrometido en su vida. Estaba demasiado impaciente por encontrarle un buen partido, por que se asentara y se marchase de casa. Debería haber dejado que ella lo hiciera a su alocada manera.

Yo le puse a ese hombre en las manos y, cuando nos ofendió, le despachamos.

Nos lo sacudimos de nuestras vidas como si fuera una mota de polvo. Fue la primera vez que Sashie y yo unimos nuestras fuerzas en algo.

El hecho de compartir la culpa no nos acercó la una a la otra precisamente.

Yo apenas conocía a Joe. Eso hizo que deshacernos de él fuera más fácil. Sin embargo, pensar en él me quitaba el sueño.

Sashie estaba inquieta también, aunque no lo admitiese. Era en los sueños donde le asaltaban los remordimientos; era entonces cuando se le presentaban las consecuencias de lo que habíamos hecho. La desgraciada pérdida, el vacío dejado, las oportunidades perdidas.

Nunca hablábamos de ello. Pero nos ataba irremediablemente.

Aquello nos molestaba como puntos de sutura en la carne, que pican y tiran y piden a gritos ser arrancados sin importar lo que pueda doler.

Mara

Mira esto, dijo Jonathan.

Nos encontrábamos en el dormitorio de atrás, donde las cortinas estaban siempre echadas y el papel de las paredes se despegaba a tiras como si fueran escamas. Nuestra madre estaba en la cama, dormida. Dormía mucho.

Acércate, dijo Jonathan, ya de puntillas al lado de la alta cama, inclinado sobre ella.

Se le veían los pechos subiendo y bajando, los oscuros orificios de la nariz. Su respiración le raspaba ligeramente en algún lugar profundo de la garganta. Dormía completamente vestida, con zapatos, con todas sus joyas puestas: un anillo en cada dedo, unos pendientes, collares alrededor del cuello, broches prendidos en la delantera de su vestido. Dormía con una mano en la garganta, como esperando algún desastre.

Siempre me había dicho que me asegurara de llevar ropa interior limpia y que no estuviera rota. Nunca se sabe si te va a atropellar un autobús o te vas a caer a un río o algo así, decía. Si en el hospital o en el depósito de cadáveres te ven las bragas rotas, eso traería la vergüenza sobre la familia durante generaciones.

Ahora descansaba boca arriba, con la cabeza justo en el centro de la almohada. En la habitación había un fuerte olor a amoniaco, aunque se veía polvo en los rincones. Las sábanas de la cama tenían tanto almidón que estaban tiesas como el papel, y la pared aparecía cubierta de fotografías de mujeres con sonrisas extrañamente soñadoras y hombres con aire presumido y pelo ondulado.

Algunas veces mi madre me llamaba a su habitación para que le llevara un vaso de agua o una revista. Yo nunca iba allí sola.

Mira esto, dijo Jonathan, y se acercó a ella un poco más, soplándole ligeramente en la oreja.

Mi madre movió las piernas, agitando las sábanas, giró la cabeza de un lado a otro y dio unos manotazos al aire en dirección a Jonathan. Luego se calmó y bajó la mano. Jonathan la miraba, con aquel pelo negro que le tapaba un ojo.

Siempre hace lo mismo, susurró él. Le sopló en la oreja otra vez, y ella volvió a repetir los mismos gestos como una muñeca de cuerda. Se le subió la falda por encima de las rodillas. Parecía mucho más grande tumbada que de pie. Jonathan la miraba, sonriendo.

Le sopló una tercera vez, y ella musitó unas palabras.

Volvimos corriendo a la cocina.

Tú te comportas como ella cuando estás dormida, me informó Jonathan. A ti te he hecho lo mismo.

Mentira, dije.

Verdad, dijo, pero no te diste cuenta porque estabas dormida. No podía negárselo.

Me parecía tan listo, afirmaba las cosas de una manera que era imposible rebatírselas. Tenía un cuello delgado que yo adoraba, y un pelo suave que le caía hacia delante escondiéndole partes de la cara de manera que nunca se le veía entera. Y las puntas de las orejas le asomaban como las asas de un azucarero.

Te he visto cuando sueñas, dijo.

Mentira, dije. Aunque era verdad que siempre tenía la sensación de que *alguien* me estaba mirando, en todo momento, observando mi comportamiento. Cuando estaba sola, cuando estaba en la cama, cuando estaba en el baño. Pero ese alguien no podía ser Jonathan.

Ahora hazlo tú, dijo. Ve y sóplale en la oreja. Será divertido.

No, dije, podría despertarla y se pondría furiosa.

No si lo haces bien, dijo él.

No, dije yo. No debíamos molestar a mi madre. Cuando se levantaba, su cólera se materializaba en enérgicos cuidados maternales. Esto suponía baños de agua fría obligatorios, clavarme el peine en el cuero cabelludo al desenredarme el pelo, y una semana llevando ropa interior de lana pasada de moda que picaba e irritaba, especialmente en verano. Durante esos días de castigadoras atenciones, ella preparaba cenas verdosas y llenas de grumos y nos daba besos inesperados y asfixiantes que nos dejaban pegajosos y doloridos.

Yo prefería que no nos hiciera caso.

Te toca a ti, dijo Jonathan. Si no quieres hacérselo a ella, házselo a la abuela.

La abuela era más accesible, no tan fría y distante como nuestra madre. Era casi del mismo tamaño que nosotros, tenía unas manos diminutas. Podía hacer cualquier cosa: sacar astillitas de los dedos y pestañas de los ojos, extraer dientes flojos, deshacer nudos, curar dolores de estómago, quitar el hipo. Su forma de tocar era natural, no como los torpes meneos de mi madre. Mi abuela podía alzarme y llevarme en su cadera como si fuera una niña pequeña, aunque yo era tan grande que casi iba arrastrando los pies por el suelo.

Pero, de alguna manera, resultaba más aterradora que mi madre. Decía cosas que no tenían sentido, murmuraba una lengua que más bien parecía una tos perruna, y hablaba con gente que no estaba allí. Sabía las cosas sin necesidad de que se las contaran.

Yo creía que era *ella* quien me observaba, todo el tiempo, incluso cuando dormía.

Fuimos a la sala de estar donde mi abuela dormía la siesta en una silla con forma de trono. Sus manos se aferraban a la labor de punto que tenía en el regazo. Por la ventana que había a su izquierda entraba una estrecha franja de luz que incidía sobre ella como un cinturón de seguridad.

Vamos,˙dijo Jonathan, dándome un codazo.

Su respiración era suave y regular, con la cabeza inclinada hacia atrás. Tenía los párpados medio caídos y se le veía el blanco húmedo de los ojos, como huevos duros. ¿Estaba realmente dormida? Notaba su aliento en mi frente. Miré en los oscuros recovecos de su oreja y casi esperaba que alguna cosa horrible y peluda saliera arrastrándose de allí. Fruncí los labios para soplar como lo había hecho Jonathan, pero decidí comprobar una vez más que estaba dormida. Me acerqué a mirar sus ojos entornados y en blanco, y mientras lo hacía éstos se movieron repentinamente y giraron. Sus pupilas se encontraron con las mías y me agarró del brazo.

Di un salto. Para no gritar me mordí la lengua con tanta fuerza que vi las estrellas.

¿Pero qué demonios estás haciendo?, dijo. Oí a Jonathan reírse en alguna parte a mis espaldas.

Creí que estabas dormida, dije.

Deberías dormir siempre con un ojo abierto, dijo ella. A ser posible con los dos. Es mejor estar preparado.

Sí, dije. Me dolía la lengua.

Y no andes fisgoneando por ahí, podrías enterarte de cosas que preferirías no saber, añadió.

Ah.

Mira lo que te estoy haciendo, dijo, cogiendo la labor de punto. Pruébatelo, dijo, a ver si es lo bastante largo.

Me metió el jersey por la cabeza. Dentro picaba y hacía calor, estaba oscuro pero se veían unos puntitos de luz que brillaban a través de las costuras. ¿Dónde estaban las mangas? No encontraba los agujeros para los brazos y la lana no dejaba de enganchárseme en las uñas. Quería sacar la cabeza pero tampoco encontraba el cuello. Debía de haberse retorcido de alguna manera; lo giraba y tiraba de él y hacía cada vez más calor. Me pareció hallar una manga y empujé con la mano, pero aquello no tenía final. Di vueltas y me tropecé con una silla. Jonathan se reía, allí fuera, en alguna parte, y creí que mi abuela reía también, pero no estaba segura, pues nunca la había oído reír.

El jersey era mi pequeño mundo, un universo completo con un cielo caliente de lana y puntitos de luz como estrellas, y creía que nunca iba a poder salir de allí. Traté de quitármelo y empezar de nuevo, pero se me había quedado atascado en las axilas y no lograba moverlo. Tenía los brazos por encima de la cabeza, doblados en una extraña postura, mis dedos se encontraron con algo suelto y tiré de ello, pero resultó que era mi pelo. El jersey se hacía más pesado por momentos.

Entonces sentí algo afilado que me pinchaba en las mejillas y en las orejas cada vez que me movía. ¿Las agujas de hacer punto? ¿Acaso seguían puestas en el jersey? Traté de llamarles pero mi voz estaba atrapada conmigo dentro del jersey. Me quedaré aquí para siempre, pensé, completamente sola en este lugar caluroso y apretado, y todos los demás fuera riéndose. Me haré vieja. Me moriré aquí.

El jersey se me había pegado fuertemente a la cara, y entraba y salía de mi boca al ritmo de la respiración.

Llevaba horas allí dentro, me parecía a mí. Semanas. Noté que el verano se estaba terminando, un viento frío de otoño me daba en las piernas. Oía el rumor de hojas secas en la ventana, a los vendedores ambulantes recoger sus mesas y al vagabundo que tocaba el violín en la esquina soplarse los dedos.

Parecía que el jersey tenía vida propia, que se aferraba a mí como un parásito, y me daba la impresión de que, si me estrellaba contra la pared, lo mataría. Así que eché a correr, atropelladamente, rebotando contra las esquinas y resbalándome en el suelo. Oí que algo se rompía, y entonces me caí. Unas manos empezaron a quitarme el jersey.

Respiré profundamente. Era agradable sentir el aire fresco en la cara. Paseé la mirada por aquella conocida habitación, con sus montones de muebles, como una tienda de trastos viejos.

Jonathan y mi abuela sostenían el jersey entre los dos.

Dejad ya de reíros de mí, dije yo.

No nos reíamos, dijo mi abuela.

¡Vaya una niñita!, dijo Jonathan. ¿Es que aún no sabes vestirte tú solita?

Déjala en paz, dijo mi abuela. Ella examinó el jersey, que colgaba lacio e insignificante en sus manos.

Es más bien pequeño, afirmó. Habrás crecido.

Algunas veces mi abuela me contaba historias.

Normalmente cuando la molestaba.

Y la molestaba haciéndole demasiadas preguntas.

La incordiaba porque no me daba respuestas satisfactorias. Estaba segura de que no era porque no las supiera, sino porque, por alguna razón, quería ocultármelas a mí.

Parecía que la gente me ocultaba cosas constantemente.

Que coleccionaba secretos.

Un día en que le pregunté *¿Por qué?* un montón de veces, ella dijo: ¿Sabías que un niño antes de nacer ya sabe todo lo que hay que saber? Un nonato sabe todo lo que ha sucedido y todo lo que sucederá, y todos los porqués.

¿Todos los niños?, pregunté. ¿Yo también?

Tú también. Lo que pasa es que justo antes de nacer, un ángel les toca en la boca y les hace olvidar todo.

Ésa es la razón por la que lloran al nacer, añadió. Lloran por el conocimiento que han perdido. Lloran porque tendrán que aprenderlo todo otra vez. Y saben que no podrán, que una vida no es lo suficientemente larga.

Se tocó el surco sobre el labio superior y dijo: Por eso tenemos esta marca, aquí, entre la nariz y la boca. Ahí es donde nos tocó el ángel.

¿De verdad?

Claro. ¿Si no, de dónde sale esta marca?

Yo no tenía ninguna respuesta para eso.

Me miré la cara en el espejo, y me palpé la pequeña depresión. Pensé que casi podía recordar las cosas maravillosas que sabía antes de nacer, jugueteaban en los rincones de mi mente.

¿Qué?, ¿contemplándote otra vez?, dijo Jonathan. Apareció por detrás de mí, diciendo: Espejito, espejito, ¿quién es la más hermosa de todas? Tú no, desde luego.

Se inclinó sobre mí y me hincó su afilado mentón en la coronilla. Me dolió. Ésa era su forma de ser cariñoso. Yo miré nuestras dos caras, una sobre la otra en el espejo.

Se me cortó la respiración, casi me ahogo. Y no fue porque Jonathan se hubiera vuelto los párpados, se hubiera estirado las aletas de la nariz y tuviera la lengua fuera.

Sino porque encima de su boca no había ningún surco.

El ángel debió de pasarle por alto.

No me gustaba el colegio.

En cuanto aprendí a leer, decidí que el colegio había cumplido con su finalidad y que no quería ir más. Deseaba que me dejaran en paz con mis libros de la biblioteca.

Pero tenía que ir.

¿Quieres ser una ignorante como tu abuela?, decía siempre mi madre (cuando estaba segura de que mi abuela no la oía).

No, decía yo.

Por supuesto que no quería ser como mi abuela.

Mi madre estaba equivocada, sin embargo. Mi abuela era analfabeta pero distaba mucho de ser ignorante. En realidad era todo lo contrario. Sabía demasiado.

Aun así no quería ser como ella, porque su mente estaba siempre lejos, arraigada en un país extranjero que parecía existir sólo en su imaginación.

Mi sitio estaba *aquí*.

Y quería recobrar todo aquel conocimiento perdido que el ángel se había llevado cuando nací. Quería saberlo todo para no tener que preguntarle nada a nadie nunca más.

Así que fui al colegio.

Mis compañeros de clase me parecían unos críos, supongo que porque estaba acostumbrada a estar sólo con personas mayores: mi madre, mi abuela, mi hermano mayor.

El colegio estaba a varias manzanas de mi barrio. Tenía ventanas altas, relojes con manillas que no andaban, y aquel olor a sudor, moho y leche cortada que sólo los colegios tienen. Las clases estaban adornadas con retratos de Washington, Lincoln y Roosevelt, con mapas del mundo, con coloridos carteles de verduras y carne que proclamaban ¡ERES LO QUE COMES! En la parte de atrás de la clase había un rincón frío y húmedo donde colgábamos los abrigos y donde un chico llamado Freddie esperaba para retorcerte el brazo hasta que le dabas el dinero de la leche.

Había una chica en mi clase con el pelo largo y amarillo, y faldas plisadas y jerseys de los que le rogaba a mi madre que me comprara, aunque nunca lo hizo. La chica me miraba a veces, desde el otro extremo de la clase, con los ojos como platos. Como si yo le interesara. Como si le picara la curiosidad.

Pensé que no me importaría mucho que fuera mi amiga.

Una tarde en que me dirigía a casa después del colegio, ella me alcanzó y caminó a mi lado. Yo le sonreí, le dediqué una misteriosa sonrisa, una sonrisa que había estado practicando delante del espejo para un momento como éste.

Caminamos durante un rato.

Llevaba los libros abrazados al pecho, igual que ella.

Traté de pensar en algo que decir. Abrí la boca y empecé a decir algo, entonces cambié de opinión y me puse a canturrear. No creo que se diera cuenta.

¡Dios mío! ¿De dónde has sacado esos zapatos?, preguntó.

Me los ha hecho mi abuela de unos viejos de mi madre, contesté yo.

Nadie tiene unos zapatos como ésos.

¿De verdad?, dije yo, como si no lo supiera y no hubiera sufrido bastante ya por ello.

Dijo ella: Tu abuela es una bruja. Se come a los niños y bebe su sangre.

No, no es una bruja y no hace esas cosas, dije yo.

Sí que las hace, insistió la chica. Me lo ha dicho mi madre.

Eso es mentira, dije yo.

Es verdad y lo sabes. No hay más que verla.

Ya sé cómo es, dije yo.

La chica añadió: Se come a los niños, por eso es tan pequeñita. Uno es lo que come, ¿no?

No.

Por eso tiene un pelo tan largo y tan negro. Nadie a su edad tiene el pelo así. Largo y negro, como el de una niña.

Se lo tiñe, dije.

No se lo tiñe, dijo la chica. La única razón por la que no te ha comido a *ti* es porque tú eres muy fea.

Entonces se echó a correr y se unió a las amigas que la estaban esperando. Todas se reían en corrillo.

Fui a casa sola.

Tenía una cicatriz en la rodilla, aquella chica, de donde le habían quitado una marca de nacimiento. Una enorme marca morada, con una raíz profunda, como la de un nabo. Y tenía también una verruga, abultada y marrón, en el muslo. Era un monstruo con manchas y falda corta. La gente decía que las manchas de nacimiento no eran contagiosas, pero ¡cualquiera se arriesgaba!

Mi hermano jugaba al béisbol con palos en la calle con sus amigos después del colegio. Yo no le veía hasta la noche.

¿Tú no detestas el colegio?, le pregunté.

No está tan mal, contestó.

Claro que las cosas eran más fáciles para él porque ya lo sabía todo. Tenía todo aquel conocimiento en la cabeza, pero era demasiado vago para usarlo. Mis notas eran mejores que las suyas. Sin embargo, él tenía mejor ropa, los dientes más rectos y corría más deprisa. Sabía cómo hablar con la gente.

Aquella noche mi abuela preparó su sopa de remolacha. Era turbia y de un rojo fuerte. Unas hebras irregulares se posaban en el fondo. Aparté de mí el tazón.

Tómatela, dijo mi abuela. Te hará fuerte.

La miré, miré su pelo negro y sus cejas oscuras. Había algo extraño en ella, apenas tenía arrugas en la cara, pensé. Ella y mi madre parecían de la misma edad.

Tómatelo, dijo muy seria.

Veía sus intenciones, lo que estaba tramando. Quería que yo fuese como ella. Quería a alguien a quien contar todos sus horribles secretos.

Pero no me tomaría la sopa. No se lo permitiría.

Ilana

Tenía todas mis esperanzas puestas en Mara.

Había algo que me resultaba conocido en el gesto obstinado de su mandíbula, en su enigmática mirada.

Era consciente de que había descuidado a su madre, y me había propuesto no hacer lo mismo con ella.

Pero mi nieta no apreciaba mis atenciones. Cada historia que le contaba, ella se las arreglaba para retorcerla y convertirla en una ofensa personal. Rechazaba todo lo que yo le ofrecía, la sopa, el té, los pasteles de miel. Todo lo que ella tocaba se estropeaba. Les salían pinchos a los jerseys que le tejía, se transformaban en cilicios incluso antes de que los terminara.

Daba gritos cuando la peinaba, decía que le tiraba mucho.

Siempre creyó que quería hacerle daño.

Pero lo que yo deseaba era enseñarle a ser fuerte. No como su madre.

Lo intenté, ¿me entiendes?

Pero tiene un carácter tan difícil, ya sabes cómo es.

¿Cómo se llega a ser una chica así?

Es como tirar el balón a alguien que se niega a cogerlo, que obstinadamente se queda con los brazos caídos y espera a que se le estrelle en la cara. Una y otra vez, hasta que deja de ser un juego.

Sashie

Soñaba con incendios, por eso me acostaba con las joyas puestas, no fuera a ser que los sueños se hicieran realidad y tuviera que salir volando del apartamento. No quería que me cogieran desprevenida.

Eran unos sueños agradables, cálidos, pausados, con luz anaranjada, en los que un bombero echaba abajo la puerta y me sacaba de allí por una escalera, con el humo envolviéndonos por completo. Era incapaz de entender cómo él bajaba la escalera sin agarrarse, y nunca le veía la cara con claridad, pero no me importaba. Le veía el pelo, que se le rizaba detrás de las orejas, la nuez, las manos y las botas de goma.

Mis joyas se derretían con el calor, y sentía una quemazón en el pecho que bien podía deberse a que se estaban fundiendo los aros metálicos del sujetador.

Bajábamos sin parar; el bombero descendía con la misma facilidad que si estuviera bajando peldaños, y cuando me despertaba aún no habíamos alcanzado el suelo.

Mis hijos parecían cuidar de sí mismos. No reparaba mucho en ellos. Algunas veces hasta me olvidaba de que *tenía* hijos. Oía los pasos de Jonathan en el vestíbulo y creía que era uno de mis hermanos. Veía la cara de Mara asomando por encima de un libro en un rincón oscuro y me preguntaba si no sería la hermana pequeña que había imaginado algunas veces pero que nunca había deseado tener realmente.

Me sentía como una niña aún. Después de todo, aquí estaba mi madre, igual que siempre, con el mismo vestido que había llevado durante los últimos veinte años, todavía manteniendo con mi padre conversaciones que yo no llegaba a oír del todo. Aquí estaba yo, en este apartamento en el que entraba la luz igual que cuando yo era pequeña. Y aquí estaba una chica reservada que daba portazos, y un chico que hacía el pino en la cocina golpeando la pared con los talones.

Soñaba con unas mujeres que iban en fila por la nieve, cada una pisaba las huellas de la que tenía delante. A su alrededor se desplegaban vastas extensiones de nieve tersa, sin hollar, sin explorar.

Mi vida era como una película circular, sin principio ni fin, con los mismos personajes repitiendo los mismos actos una y otra vez.

Parecía inevitable que Jonathan se marchara para no regresar nunca más y que Mara se quedase con nosotras para siempre.

Quería impedirlo de algún modo.

Veía a Mara mirarse en el espejo.

Deberías lavarte la cara cuidadosamente, pronto te saldrán granos, le dije. Ella se volvió, alarmada. Déjame que te enseñe, dije. No, no *así,* sino *de esta otra manera.*

De repente era toda rodillas y codos saliendo como una exhalación del baño.

Parecía una anciana esta chica. Había nacido vieja. No se cuidaba mucho.

Todas las tardes se marchaba a escondidas, ella sola. Un día decidí seguirla. Pensé que quizá salía con chicos. En caso de ser así, se lo prohibiría. Era demasiado joven para eso.

Seguí sus pasos hasta la biblioteca pública, que en principio me parecía un lugar inofensivo. Tal vez había alguien esperándola entre las estanterías, algún sobón de lengua carnosa.

La vi devolver unos libros y luego pasearse por los pasillos, cogiendo de vez en cuando algún otro de los estantes para hojearlo. Estaba empezando a aburrirme. Los libros no me han interesado nunca.

Fui a sentarme a la sala de lectura para que me descansaran los pies. Los zapatos que llevaba eran mis preferidos, todavía tenían un aspecto impecable, pero me apretaban un poco. Seguramente era por el tiempo, había oído que la humedad hace que la piel se contraiga.

Me fijé en el hombre que estaba en la mesa de al lado tomando notas afanosamente. Tenía libros esparcidos a su alrededor en montoncitos ordenados. Llevaba un *bombín.* Y un *fular.* No había visto a una persona tan elegante en muchos años. El pico del pañuelo que le sobresalía del bolsillo delantero era perfecto.

Miré disimuladamente por debajo de la mesa y me fijé en las vueltas del pantalón, en los calcetines y en los zapatos, relucientes.

Nuestras miradas se cruzaron durante un largo y agradable rato.

Después me fui a casa, pues una señora no debe dejarse ver mucho en lugares públicos.

Volví al día siguiente, y me acordé de ponerme los guantes. Él estaba en la misma mesa, concentrado en sus investigaciones. Cogí el libro que tenía más a mano y me senté cerca de él. Lo abrí y traté de leer, pero las palabras de la página eran tan escandalosas y vulgares que me dio vergüenza leerlas en un lugar público.

Me di cuenta de que el caballero llevaba exactamente la misma ropa del día anterior. Eso me desagradó un poco, pero parecía tan limpio y tan acicalado que no quería perder la esperanza tan pronto.

Así que me senté y esperé, e intenté leer el libro que tenía delante (¿es *esto* lo que lee la gente hoy día?). Finalmente el hombre cerró los libros, recogió sus papeles y se preparó para marcharse.

Le seguí hasta la puerta, la mantuvo abierta para que pudiera salir yo detrás de él. Un caballero de los pies a la cabeza.

Hablar con él resultó más fácil de lo que había imaginado, y fue bastante locuaz cuando le pregunté por sus estudios. Y aunque era más ancho de cintura de lo que me hubiera gustado, aunque tenía los dedos manchados de tinta, aunque pensaba que el bombín estaba bastante pasado de moda, e incluso parecía un poco ridículo, a pesar de todas esas cosas noté que el corazón empezaba a latirme como no lo había hecho durante años.

Me preguntó si podía acompañarme a casa, y vi que los ojos se le fueron a mi dedo anular. Me alegré de llevar guantes. Le cogí del brazo, y los grupos de personas se apartaban como no lo hacían cuando iba sola.

Mi acompañante llevaba un buen rato hablando sobre algo, pero tengo que admitir que no le escuchaba, iba disfrutando con el sonido de nuestros pies caminando al unísono, el rumor de una voz que se dirigía a mí. De vez en cuando yo decía: ¿Tú crees?, y Sí, eso es.

Las cosas han *cambiado, ¿*no te parece?, dijo él. Nada es lo que era. En especial las mujeres. ¿No te da la sensación de que las mujeres son muy *estiradas* ahora, no son tan *dóciles* como antes?

Delante de nosotros iba una chica que caminaba despacio, zigzagueando, con la cabeza inclinada sobre un libro. Mi compañero tenía los ojos puestos en mí y se llevó a la chica por delante. El libro se le cayó de las manos.

Por el amor de Dios, dijo, mira por dónde vas. No deberías andar por ahí con un libro pegado a las narices.

La chica se agachó junto al libro como si le hubieran pegado un tiro. Levantó la cabeza y nos miró de soslayo.

Deberías disculparte, dijo el hombre. Serías muy guapa si borraras esa expresión tan fea de la cara.

La chica lanzó una mirada aún más feroz. Entonces me vio, y se le pusieron los ojos como platos. *Madre,* dijo.

El hombre pasó de mirarla a ella a mirarme a mí. Algo cambió en su rostro.

Madre, dijo Mara otra vez.

¿Es hija tuya?, dijo el hombre, pero yo había echado a andar ya.

El hombre vaciló, y luego me siguió.

¿Conoces a esa chica?, dijo.

Le cogí del brazo y dije: Le habré recordado a alguien.

Me acompañó a casa, pero la armonía se había esfumado; me miraba con recelo todo el tiempo y me rechazó una taza de té. Nunca me dijo cómo se llamaba, y la manga de su abrigo me dejó un olor a rancio en las yemas de los dedos. Desapareció rápidamente en la calle, caminando tan deprisa que pensé que se le iban a rasgar los pantalones.

Mara llegó a casa mucho más tarde.

¿Por qué lo hiciste?, dijo con voz áspera.

¿El qué?, dije yo.

Lo sabes muy bien, dijo.

No sé a qué te refieres. Debes de haberme confundido con otra persona.

Dijo ella: Sé que eras tú. Con un extraño. Hiciste como que no me conocías.

No veía... o sea... no llevaba las gafas...

Tú no *usas* gafas, dijo ella. Y por si quieres saberlo, ese hombre viene a la biblioteca todos los días, yo le he visto, y se rodea de pilas de libros para que nadie vea que lo único que hace es ¡dibujar guarradas en trocitos de papel!

Se marchó a su habitación.

Yo no volví por la biblioteca.

Sólo vi al hombre una vez más. Mucho después. Llovía a cántaros, y él iba vestido con la misma ropa de siempre: traje, fular, zapatos de puntera, bombín. Paseaba por el parque, bajo un enorme paraguas, estaba regando los árboles con una regadera plateada.

Mara

Era verano. Jugaba a hacer solitarios en las escaleras de la entrada.

254 • *Si yo te dijera*

No me gustaba estar en la calle, con niños por allí corriendo y gritando. Pero dentro del apartamento el aire era insoportable.

Calle abajo, los niños jugaban con el agua que salía a borbotones de una boca de riego. Estaban en la cuneta con las camisetas y los pantalones empapados, descalzos entre basura y cascos de botellas. Corrían el riesgo de pisar un cristal roto.

El sudor me caía de la frente y salpicaba los peldaños.

Uno de los chicos se puso a horcajadas encima del surtidor de manera que el agua le salía de entre las piernas. Los demás silbaban y chillaban riéndose.

Las calles eran un horno. Todas las cosas desprendían su olor al aire. Olía a basura, a gasolina, a tubo de escape. Pero también me parecía que olía a ladrillos, a asfalto, al aroma metálico de los coches que han permanecido al sol hasta que están demasiado calientes al tacto.

Mi hermano salió disparado por la puerta, pisoteándome el juego y desparramando las cartas. Echó a correr calle arriba.

Yo le seguí, con la mirada puesta en la descolorida parte trasera de sus pantalones. ¿Adónde vas?, le pregunté.

¿Es que no oyes?, gritó por encima del hombro.

Por toda la calle empezaron a salir niños de sus casas, tropezando con los peldaños, bajando por las escaleras de incendios. Todos corrían en la misma dirección.

¿Qué pasa?, pregunté al alcanzar a Jonathan.

¿Es que no lo oyes?, dijo jadeando. Esa música, ahí está de nuevo —da da, dum da da—, ¿la oyes?

No, dije. Le escudriñé la cara para ver si me tomaba el pelo. Entonces, vamos, dijo. Ven a ver.

Me tomó del brazo y tiró de mí. Él nunca me invitaba ya a nada, así que fui. Vi una de las cartas de mi solitario pegada a su zapato.

Dimos la vuelta a la esquina y allí estaba... una camioneta blanca, con una cara de payaso pintada en un lado.

¿Eso es todo?, dije molesta. ¿El camión de los helados?

Pero los niños nos pasaban sin interrupción y Jonathan se separó de mí y se abrió paso a codazos hasta el frente de aquella oleada.

Vi que un panel se deslizaba hacia atrás y salían un par de manos, recogían monedas y distribuían polos y granizados en cucuruchos de papel, que ya estaba empapado. Los niños venían, unos pequeños y otros mayores, de la edad de mi hermano, todos con un brillo extraño en los ojos y la boca abierta.

Aquellas manos eran grandes, manos de hombre, pero muy cuidadas, con las uñas limadas y rectas. La del dedo meñique medía casi una pulgada. Creí que los dorsos de las manos estaban cubiertos de pelillos rizados, hasta que me acerqué y vi que en realidad eran remolinos tatuados.

¿A que es fenomenal?, dijo mi hermano. Tenía un polo de color verde encajado hasta media garganta y un segundo derritiéndose en el bolsillo de la camisa, justo encima del corazón. El griterío de nuestro alrededor se había calmado; todo lo que ahora se oía era el sonido de los lametazos. La multitud de críos, cincuenta o más, estaba clavada en el sitio. Lamiendo y tragando. El camión de los helados se puso en marcha desde el bordillo.

El sol era aplastante, pero ninguno se movía hacia la sombra.

¿Me das un poco?, pregunté, y mi voz sonó fuerte en medio del silencio.

No, dijo mi hermano, y dio un paso atrás. Cómprate uno, dijo. El último trocito de hielo estaba a punto de desprenderse del palo; lo cogió y se lamió la palma de la mano.

Venga, dije, y alargué el brazo hacia él. Todos los niños protegieron sus cucuruchos con las manos. La mitad de ellos tenía la cara manchada de vainilla o chocolate.

Ya volverá otro día, dijo mi hermano para tranquilizarme. Los otros niños asintieron, con la mirada indiferente. El pequeño que estaba junto a mí tenía una fosa nasal taponada con helado de vainilla, un jugo rojo en el pelo y sonreía muy contento.

Los helados son para los críos pequeños, le dije a mi hermano, pero no se dio por aludido.

Lo que te estás perdiendo, dijo él.

La tarde siguiente, vi que mi hermano salía corriendo escaleras abajo. ¿Lo oyes?, gritó.

Le seguí otra vez aunque yo no oía nada. Otra vez nos unimos al torrente de niños que llenaba la calle. Esta vez tenía dinero en el bolsillo. Empujé y me colé hasta la ventanilla de la camioneta blanca, donde las manos entraban y salían. Fui acercándome, sosteniendo en alto el billete de un dólar, pero, justo cuando pensaba que habrían reparado en mí, las manos se retiraron y la camioneta arrancó.

El payaso calvo de dientes negros pintado en un lado parecía burlarse de mí.

El sol me quemaba el pelo.

Miré a mi alrededor, a los ojos abiertos y a los polos que entraban y salían de las bocas. Los helados eran de colores que nunca había visto antes, colores vibrantes y nada normales, como luces de neón. Colores incomestibles. Como los de ciertos peces e insectos venenosos. Las bocas de los niños estaban sucias de ellos.

¿A que son los mejores?, dijo mi hermano.

Yo no tengo, dije, pero él pareció no oír.

En aquellas noches sofocantes yo entraba sigilosamente en su habitación y le observaba mientras dormía. Una baba lechosa le caía de la boca.

Daba la sensación de que la ola de calor no molestaba a mi abuela. Ella no sudaba, y eso que se envolvía en más prendas que durante el invierno. Era como si todas aquellas capas la resguardaran del calor igual que lo hacían del frío.

Si no podéis dormir, decía, tú y Jonathan deberíais salir a la escalera de incendios, allí soplará un poco de brisa.

Así lo hicimos. El cielo no llegaba a oscurecerse del todo por la noche, nunca se ponía negro, una difusa luz azul permanecía hasta el alba. Se reflejaba el brillo de las luces de la ciudad. Jamás vi ni una estrella.

Yo me acostaba de lado y miraba cómo dormía mi hermano, con la cabeza colgando hacia atrás y la boca abierta como si estuviera sorprendido. Probaba a soplarle en la oreja, pero no se movía. Tenía un sueño muy profundo, ajeno a las sirenas y los camiones de la basura que pasaban por la calle.

Una noche, sin embargo, abrió los ojos de repente. ¡Ahí está!, susurró. Vi que le brillaban los dientes.

¿*Qué* es lo que está ahí?, pregunté, aunque creía adivinarlo.

Estaba de pie, a contraluz, con su pijama y el flaco pecho sacado hacia delante. Entonces, se fue escaleras abajo, dando zapatazos por cuatro pisos y luego se colgó del último rellano y se dejó caer a la calle.

Yo me dormí esperando que volviera.

Por la mañana temprano, le encontré dormido tranquilamente a mi lado, exhalando un fresco olor a menta por la boca y la nariz.

Una noche tras otra oía la música y desaparecía.

Quédate aquí, le dije una vez cuando se levantaba para marcharse.

No puedo, dijo, es muy fuerte. Esa música. Tengo que ir. ¿No la oyes?

No vayas, dije. Se lo diré a mamá.

No le importará, dijo él.

Entonces, se lo diré a la abuela, dije.

Eso le hizo pararse un momento. Después, se fue pisando ruidosamente y vi su silueta oscura pasando como una flecha calle arriba.

Al amanecer me desperté y lo encontré durmiendo con una sonrisa y la boca embadurnada de algo dulce y pegajoso. Yo quería saber qué era. Me incliné y lo probé. Al principio sabía a cereza, pero después amargaba, como un jarabe para la tos. Lo probé otra vez.

Abrió los ojos. ¿Qué estás haciendo?, preguntó.

Nada.

Dios mío, das miedo así, tan de cerca. Quítate de ahí, dijo, y me dio un empujón. Pero fue un empujón suave, estaba riéndose.

La noche siguiente, me fui a la cama vestida y con zapatos, como mi madre. Cuando mi hermano se levantó para marcharse, le seguí por la escalera de incendios. La caída a la calle era mucho más larga de lo que yo había pensado. Mis zapatos restallaron contra el suelo y me caí dando un resoplido.

Mara, ¿qué *haces*?, dijo.

Ahora la oigo, dije, de verdad que la oigo.

Me miró sonriente. ¿A que es preciosa?, dijo.

Yo dije: Sí.

Preciosa, repitió, con la cabeza levantada y alerta, como un ciervo. Son como campanas, ¿verdad?

Eso es, exactamente, dije. Se dio la vuelta y echó a correr, y yo le seguí.

Las calles estaban silenciosas, desiertas. Corríamos por el centro de la calzada y los semáforos cambiaban de color con un ruidito. Las tiendas estaban protegidas con rejas de hierro, y las ventanas de los apartamentos, a oscuras. El único sonido era el tamborileo de nuestros pasos.

Pero pronto oímos el de otros pies que se sumaban, aumentando como gotas de lluvia. Por todos lados llegaban niños en pijama o en calzoncillos y con las camisas desechadas de sus padres.

Corríamos, y todos parecían conocer el camino, excepto yo. Corríamos hacia el río y yo no entendía por qué, no veía la camioneta blanca por ningún sitio. Los otros corrían incansables, como en un sueño, parecían desplazarse sin rozar el suelo. Pero yo me notaba muy despierta y muy cansada, el aliento me arañaba en la garganta y sentía una punzada en el costado.

Suena más alto que nunca, ¿verdad?, dijo mi hermano, jadeante.

Sí, dije, aunque me estaba quedando rezagada.

Corrían todos como los personajes de las películas de dibujos animados, las piernas completamente borrosas. Ya voy, dije yo cuando me adelantaron todos en bloque, y enseguida me dejaron atrás.

Esperadme, pedía yo, pero ya habían desaparecido, apenas se distinguían unas formas difusas.

Les seguí con una lenta carrerilla. Pronto divisé el río, el agua brillante. Daba la sensación de que era lo bastante sólido como para caminar sobre él. Las luces titilaban en la otra orilla. Desde allí llegaba un aroma dulce y a algo quemado que salía de la fábrica de azúcar. Y, entonces, vi la escalera.

Iba desde el suelo hasta lo alto del cielo nocturno. Estaba allí suspendida, más elevada que el más grande de los rascacielos. No se veía dónde terminaba, se disipaba entre las nubes. Los peldaños desprendían un débil fulgor y se veía a los niños subir ininterrumpidamente. Algunos se chupaban el dedo mientras subían, otros se equivocaban y se saltaban peldaños, pero no parecía importarles. Los mayores ayudaban a los pequeños, cuidando de que no cayeran.

Miré hacia arriba, estirando bien el cuello, y por un momento creí ver una camioneta blanca flotando en el cielo. No estaba segura. Pero juro que oí algo, una tenue y melodiosa sirena que se acercaba y luego se perdía pasando por mis oídos como el zumbido de un mosquito.

¡Yo oí aquella música! ¡La oí!

Y comencé a subir por la escalera. Pero cuando pisé el primer peldaño, me pareció que había que ascender tantísimo, era tan alto aquello, y yo estaba tan cansada. No me inspiraba confianza; ¿cómo podía yo estar segura de lo que me esperaba allí arriba?

De todos modos, nunca me han gustado las alturas.

Así que me di la vuelta y me encaminé a casa. No miré hacia atrás.

No quería saber qué me estaba perdiendo.

Para cuando llegué, ya clareaba el día. Llamé a la puerta del dormitorio de mi madre y del de mi abuela y les dije que Jonathan había desaparecido.

Ya estás inventando cosas otra vez, ¿verdad, Mara?, dijo mi madre.

¿Adónde fue?, preguntó mi abuela. Daba la impresión de haber encogido; el camisón le colgaba por los tobillos y el pelo le arrastraba por el suelo. Parecía una niña jugando a los disfraces.

Señalé hacia el río.

Mi abuela se vistió y se apresuró escaleras abajo. Volvió varias horas después con mi hermano, adormilado y medio cayéndose, apoyado en su hombro. Contó que le había encontrado durmiendo bajo el puente, rodeado de cucuruchos de papel arrugados y palitos de polo rotos. Todavía conservaba una baba marrón y viscosa.

Desde hoy dormiréis dentro, dijo. Los dos.

Así lo hicimos, y mi abuela se aseguraba, antes de irse a la cama, de que las ventanas estaban perfectamente cerradas, a pesar de que el calor era asfixiante.

A mi hermano le costó trabajo dormir en las semanas siguientes. A menudo venía y me despertaba en medio de la noche.

¿Cómo era? La música, ¿cómo era? Se me está olvidando. Cántamela un poco, por favor.

No sé, dije.

Tararéamela sólo, entonces.

No, dije.

Nunca la oíste, ¿a que no?, dijo él.

Sí que la oí.

Mentira. Me estás engañando.

¿Qué había al final, Jonathan? ¿Qué viste arriba del todo?

No lo entenderías, respondió. Tenía la frente sudorosa y el pelo de punta.

Nunca me lo contó; al poco, cesó el calor y llegó el otoño y él comenzó a ir al instituto. Le salió bozo en el labio superior, aparentemente de la noche a la mañana. Examiné su cama en busca de pruebas de otras excursiones nocturnas y encontré unas manchas secas en las sábanas, pero no parecían de helado. Cuando le preguntaba por la escalera, me decía que ya no se acordaba. Al principio creí que lo decía por decirlo, pero pronto me di cuenta de que era verdad. Siempre había tenido mala memoria y esto lo había olvidado por completo.

Una cosa más que me había perdido, una cosa más que yo seguiría preguntándome siempre. Una cosa más que se me ocultaba.

Ilana

Le dije a Sashie: No me gusta lo que está pasando con tus hijos.

Todo va bien. Jonathan se está poniendo muy guapo, ¿no te parece?

Mara está muy rara. No me gusta eso.

Sashie dijo: Siempre ha sido un poco mohína. Lo hace para llamar la atención. Cambiará de actitud si no le hacemos caso.

Yo le dije: Te equivocas. Vigílala. Anda siempre como si el suelo fuera de hielo quebradizo. Mira debajo de los cojines del sillón antes de sentarse. Detrás de las puertas. Ayer le preparé un huevo y no quería comerlo a menos que yo lo probara antes. Después, me la encontré contando los cuchillos en el cajón de la cubertería.

Sashie dijo: No hay nada de malo en ser maniático.

Yo dije: Me mira de reojo. No me gusta.

Estaría más mona si se arreglase un poco más.

Es el espíritu de la contradicción, más retorcida que los pelos que crecen hacia dentro.

Madre, *por favor,* dijo Sashie. Eres más paranoica que ella.

Dije: Pues yo creo que se parece mucho a mí. Nos repelemos como los polos del mismo signo.

Jonathan es estupendo, en cambio, ¿no crees?, dijo.

Es demasiado frágil, demasiado débil, no sé. Necesita un padre, necesita un hombre en casa.

Él *es* ahora el hombre de la casa. Deja a mi hijo en paz. Nos ha salido muy bien.

Dije: Yo debería hacer algo. Debe de haber algo que yo pueda hacer.

¿Es que no te has inmiscuido ya bastante? Son mis hijos, no los tuyos. Tú tuviste tu oportunidad.

No tenía nada más que decir. Fui a mi cuarto, cerré la puerta y me senté en la cama. Noté que crujía y cedía al sentarse Shmuel al otro lado, de espaldas a mí. No me volví a mirar porque, si lo hacía, él se apresuraría a marcharse antes de que le viera. Era mejor quedarse así, sentirle detrás de mí, saber que estaba allí. Bastaba con saber que *podía* volverme y verle. No necesitaba hacerlo realmente.

Tendría que haberme dado cuenta de que esto iba a pasar. Mi nieta se parece demasiado a mí. Mi hija también. Algunas veces, sujetar algo con mucha firmeza, intentar guiarlo demasiado de cerca, solamente hace que se vuelva contra ti. Como un río que rompe diques y presas y se desborda por los campos.

Mi hija parecía no oírme. Tapaba mi voz con la suya. No sabía cuándo había pasado; había sido algo progresivo, su voz elevándose y elevándose hasta ahogar la mía. Y pronto Mara uniría su voz también, pronto el sonido se alzaría por todos lados, me envolvería y no sería siquiera capaz de oírme a mí misma.

Mara

Escucha esto.

Es la historia de mi hermano y la mujer con quien quería casarse.

Yo quiero mucho a mi hermano, y le admiro, y respeto sus opiniones, pero tengo que decir que esta mujer no fue una decisión acertada.

Mi hermano y yo estábamos muy unidos de niños. Durante años compartimos la misma habitación. Mi madre y mi abuela adoraban a Jonathan. Era la viva imagen de nuestro padre muerto, todo el mundo lo notaba y se lo decía. Cuando mi madre le miraba, él andaba despacio y se sentaba tranquilamente cuando otros chicos de su edad estarían saltando por los muebles haciendo ruido de metralletas. Él me decía entonces que sus sesos eran tiernos y blandos como la compota y que, si se cayera, se le derramarían.

Yo era más pequeña que él, pero siempre sentí el impulso de cuidarle. En mis primeros juegos, yo preparaba imaginarias comidas para él, le servía imaginarios cafés, le lavaba y planchaba imaginarias camisas.

Después se hizo mayor y se dispuso a hacer algo práctico. Empezó a estudiar Medicina, quería ser médico. Mi madre estaba entusiasmada, pensaba que eso era lo más apropiado para él. Mi hermano era tan fino, tan brillante, tan atractivo; curaría a la gente de sus enfermedades y traería niños al mundo. Se haría famoso, todos le querrían, tendría un toque mágico. Pensar en todo esto casi hacía llorar a mi madre: qué futuro más esplendoroso. También hablaba del dinero que iba a ganar, de lo rico que se haría y del éxito que tendría. Él nos mantendrá a todos cuando seamos viejos, le gustaba decir.

Pero la verdad del asunto era otra: era de mí de quien se esperaba que les cuidase en su vejez. Había pensado en irme de casa cuando cumpliese dieciocho años, viajar y aprender a pilotar aviones, cazar elefantes en las llanuras africanas, bailar de corista; bueno, un montón de cosas. Pero llegaron los dieciocho y pasaron y yo seguí en casa, haciendo té para la abuela al estilo del viejo país: fuerte, en vaso, con un terrón de azúcar en el plato. Pasaban los años y yo seguía preparando las sales Epsom para los pediluvios de mi madre, sacando la carne del congelador para que se descongelara durante la noche.

Y mi hermano seguía viviendo en casa mientras asistía a la Facultad de Medicina, para ahorrar, así que llegué a hacerle en la realidad la cena y el café y a plancharle las camisas, tal como yo había fantaseado. Supongo que esto debería haberme hecho feliz. Mi madre y mi abuela estaban contentas de tenerle cerca, se les caía la baba cuando él les enseñaba su bata blanca de médico, su estetoscopio. Traía a casa sus instrumentos, les examinaba los ojos, los oídos, la garganta, y les decía lo sanas que estaban. Ellas se reían y admiraban sus manos, tan bellas. E incluso cuando él no les prestaba ninguna atención, cuando estaba estudiando o afeitándose frente al espejo, ellas le observaban orgullosamente. Como si fuera una proeza afeitarse uno mismo.

Como ya he dicho, yo quería mucho a mi hermano, pero no estábamos ya tan unidos como de pequeños. Ahora él apenas paraba en casa, y rara vez solo, y mi madre siempre halagándole porque cada día que pasaba se parecía más a nuestro padre muerto. Al menos, eso era lo que decía ella. Yo conocía a mi padre sólo por fotos. Cuando miraba a mi hermano, todo lo que veía era su parecido conmigo, me veía a mí misma en él, veía lo que *yo* podría haber llegado a ser si las circunstancias hubieran sido otras.

Porque, mira, yo siempre había sido la más inteligente; aunque él era dos años mayor, siempre había inventado yo nuestros juegos. Aprendí antes a atarme los zapatos, a contar y a leer. Y andaba saltando del tejado del cobertizo al patio mientras él se sentaba en un sillón de flores, con las manos en la barbilla evitando que se le derramaran los sesos por el suelo.

No es que tuviese envidia. Qué va, en absoluto. Ellos me necesitaban, eran mi familia. Mi abuela no quería admitirlo, pero pronto iría sintiéndose más débil y precisaría de mi ayuda cada vez más. Y mi hermano, el gran estudiante de Medicina, apenas si podía cuidar de sí mismo. Venía del hospital por las tardes, se tiraba en la cama y gruñía. Yo le llevaba café, le leía los libros de texto, le recordaba los exámenes.

No me gustaba mirarme en el espejo. Me había hecho muy alta, mi cara era la de una extraña y tenía un sarpullido en las manos y los brazos de tanto trabajar. En mi mente me veía como una niña todavía, de expresión audaz, saltando desde tejados y escaleras de incendios y luego yendo a casa tan fresca, sin lágrimas, desafiante, con las rodillas llenas de grava y cristalillos. El experimento de aquel día había tenido éxito: había descubierto que, si no miraba las heridas y no pensaba en ellas, no las notaba. No existían.

Pero yo no tenía envidia de mi hermano. Sólo es que me sentía un poco cansada, supongo, pero era normal. Había en el ambiente un no sé qué de claustrofóbico, algo que era de esperar cuando cuatro adultos comparten un apartamento pensado para dos. Y luego estaba el incesante movimiento de la aguja de ganchillo de mi abuela tejiendo mantones, bufandas y calcetines gordos en un rincón del cuarto de estar —era una tontería, supongo—. Pero, aunque no lo creas, soy una persona sensible. Imagina la luz tenue de una tarde de principios de invierno. Mi abuela tiene los ojos medio cerrados, apenas se la oye respirar, y el ganchillo metálico se mueve y avanza rápidamente por los montones de lana peluda con un sonido áspero; el ganchillo refleja la luz como un escarabajo, se agita continuamente por sí mismo como un horrible insecto hurgando en el pellejo de alguna pobre criatura, yo la miro, allí sentada, y es igual que un animal muerto, grande y lanudo, plagado de gusanos.

Será una tontería, pero me afectó.

Así que mantuve los ojos en el trabajo que tenía delante y esperé ansiosamente el día en que mi hermano terminara sus estudios y se hiciera cirujano. Le imaginé cosiendo las tripas de la gente con una aguja de oro, con tanta facilidad como se zurce un calcetín, suavemente y sin sangre, y los pacientes se levantarían de la mesa, le abrazarían y le darían sacos de dinero. Bueno, sabía que no sería tan sencillo. Pero vi dinero, grandes cantidades de dinero, alguien cuidando a nuestra madre y nuestra abuela, y mi hermano y yo libres de volar a algún lugar remoto y de empezar a vivir nuestras auténticas vidas.

Y entonces mi hermano conoció a la mujer con la que quería casarse.

Se llamaba Chloe y la conoció en la piscina del hospital.

Mira, el hospital donde trabajaba era uno de esos hospitales nuevos y progresistas donde les gusta probar las últimas terapias y experimentos. La piscina había sido construida recientemente, en una sala grande de cristal esmerilado aneja a la parte de atrás del edificio, y era para que los pacientes paralíticos o con otras lesiones se metieran en el agua, flotaran como niños y aprendieran a usar su cuerpo partiendo de cero.

Mi hermano no era muy fuerte que digamos, pero estaba orgulloso de su cuerpo y le gustaba hacer ejercicio. Obtuvo permiso para usar la piscina y nadaba allí con frecuencia. Me la describió una noche. Dijo que el agua estaba climatizada, y también el aire, de modo que parecía tropical y rara, como un invernadero; el agua era de un inverosímil color azul; la luz invernal que se filtraba por las ventanas esmeriladas tenía un tinte violeta y misterioso, y las voces de la gente resonaban con un eco fantástico, sonoro y melodioso, poco humano, y cuando te sumergías no se oía nada en absoluto, sólo había una sala cuadrada y azul hecha de azulejos, silenciosa.

Los pacientes se agarraban al borde de la piscina, gritaban o chapoteaban tímidamente al principio; no tenían seguridad en sí mismos. Pero a mi hermano le gustaba zambullirse y mirarles los pies colgantes, los vientres, y la luz que ondeaba en la superficie. También hacía largos, hacia atrás y hacia delante, a toda velocidad, salpicando mucho y con estilo, y todos los pacientes, las enfermeras y los médicos le admiraban. No porque fuese especialmente bueno, sino porque es el tipo de persona a quien siempre se admira.

Me hablaba de la piscina con una voz vibrante. Tenía los ojos y la nariz rosados, y el pelo mojado y lacio le apestaba a cloro.

Mi madre le tocaba y decía: Estás empapado, vas a coger una pulmonía volviendo húmedo con este tiempo. Mi hermano no le hacía caso.

Usaban la piscina del hospital para otras terapias también. Los médicos habían invitado a mujeres embarazadas a nadar en la piscina. Querían ver cómo reaccionaban los bebés aún no nacidos, querían ver si recordarían y no tendrían miedo al agua después de nacer. El día en que mi hermano conoció a Chloe la piscina estaba llena de mujeres embarazadas. Llena de sus cuerpos pálidos y protuberantes, flotando y desplazándose de un modo lánguido y gracioso. Mi hermano se sumergía hasta el fondo de la piscina y las observaba subir y bajar. Parecían traslúcidas a contraluz; él creyó ver a los bebés dando volteretas dentro de ellas. Dejaban una estela de burbujas, nadaban en grupos cerrados, como ballenas. La luz caía en forma de agujas centelleantes a través del agua. Y entonces, repentinamente, una silueta oscura y elegante salió disparada de entre ellas, las dispersó y se hundió hasta llegar donde estaba él.

Era Chloe. Se gustaron inmediatamente, me dijo mi hermano después. Ella era una nadadora mucho más rápida que él, y muy inteligente, dijo. Me sonreía mostrando todos los dientes. Yo le dije que daba la sensación de tener fiebre, que debería dejar de nadar unos cuantos días y que, como médico, debería pensar en los riesgos.

Habían estado viéndose tres meses antes de traerla a casa. La invitó a cenar un día con nosotros. Intenté arreglar el apartamento. Pero ¿qué podía hacer yo? Los muebles no se habían movido durante años. Las patas de las mesas se habían hundido en las alfombras y echado raíz. Los pañitos de los sillones y del sofá amarilleaban y se habían vuelto rígidos: no pude desprenderlos ni con las uñas. Los tableros de las mesas y las vitrinas estaban llenos de las recargadas estatuillas de mi madre y de las cosas raras que coleccionaba mi abuela. Hierbas secas y frascos que contenían unos líquidos espesos. Mi abuela no me dejaba tocarlos ni siquiera para limpiarles el polvo.

Hice lo que pude, cubrí la mesa de la cocina con una sábana de mi cama, bajé las luces y encendí velas. Esperamos; mi madre se retorcía las manos, mientras mi abuela hacía labor de ganchillo con el ceño fruncido. Busqué en los armarios y encontré una botella de vino. La abrí. Se había agriado y olía tan mal como el queso rancio. Mi hermano entró por la puerta con la chica de su brazo y la habitación se llenó de ruido y alboroto aunque nadie había dicho una palabra.

Verás, yo soy una persona normal. No soy supersticiosa, no soy religiosa. Sólo creo lo que veo, oigo y entiendo. Pero mira lo que te digo..., en cuanto la vi, supe que esa chica tenía algo raro. Había algo malo en ella, *agriado,* como el vino. No puedo explicar cómo lo supe. Pero, con una mirada a su carita puntiaguda, me di cuenta de que sólo traería dolor y desgracia.

¿Qué clase de nombre es Chloe? Un nombre frívolo y estúpido. Tenía la cara pequeña, de huesos finos, una mata espesa de pelo que le caía por los hombros, las uñas pintadas. Una chica vulgar. Y su voz era aguda y nasal, como el relincho de un poni. Tenía un hueco entre los dientes.

Estaba hablando con mi madre, explicándole que trabajaba en el hospital, como Jonathan; no, no era enfermera, sólo ayudante de enfermería, su trabajo consistía principalmente en procurar que los pacientes estuviesen cómodos, darles baños de esponja y todo eso. Jonathan interrumpió diciendo: Los pacientes la adoran, es muy amable. Mi hermano sonreía de un modo extraño. Nunca le había visto así, parecía enfermo.

Yo la miré con desconfianza. Para mí las palabras *baños de esponja* eran como *masaje:* un eufemismo para algo morboso y de mal gusto. La observé más detenidamente y noté su mirada velada y oscura. Vi claramente sus ojos y eran oscuros y claros al mismo tiempo, iridiscentes y sin vida, como los del pescado. La vi como lo que era, una criatura muy astuta con las miras puestas en mi hermano. Yo me percaté, y ella me miró y vio que me había percatado, y dio unos pasos para ponerse más al abrigo del cuerpo de mi hermano, protegida con su sombra.

Y vi que ella había conseguido un cierto influjo sobre mi hermano, un vínculo anormal, pues ¿por qué, si no, hablaba él con tanta vehemencia, sonreía tan exageradamente mientras a mí me evitaba los ojos? Estaba sudando y transmitía su calor a toda la habitación.

Cenamos, pero no puedo recordar nada; sólo tenía presente su pequeña mano agarrada a la manga de mi hermano, y la mirada en sus ojos, que era vieja y antigua y perversa y no tenía nada que ver con su voz aguda y como de relincho cuando ella y Jonathan se reían y hablaban de sus baños en la piscina y de los pacientes del hospital, de gente enferma curada milagrosamente, cirugía cerebral que cambiaba la personalidad, drogas, microbios y rayos invisibles que iban a cambiar el mundo.

Después, mi hermano la llevó a su casa, regresó y nos dijo que pensaba casarse con ella. En cuanto sea posible, manifestó, y entonces vivirían juntos en otro sitio.

Mi madre lloró; la idea de perderle la hacía sufrir. Pero no estaba demasiado disgustada; ella no había visto lo que yo. Mi madre era feliz con la felicidad de mi hermano y no veía más allá. Hasta mi abuela, normalmente tan perceptiva, tan increíblemente perceptiva, no hizo ninguna objeción.

Yo no quería ver a mi hermano arrastrado a algún oscuro lugar con esta chica tan extraña. Quería advertirle. Pero no me daba la oportunidad; trabajaba en el hospital, nadaba, pasaba las tardes con ella, venía a casa algún rato suelto, distraído y con los ojos brillantes. Ella fumaba, así que, siempre que había estado con ella, yo lo olía. Esto me molestaba más que ninguna otra cosa. Su olor, tan evidente.

Por fin una noche le pillé, le obligué a escuchar, le pregunté, le supliqué: ¿Cómo puedes hacerme esto? ¿No te das cuenta de lo equivocado que estás?

Se reía como si yo hubiera hecho una gracia. Apestaba a ella.

¿Cómo puedes irte y dejarme así?, dije.

Vamos, vamos, que yo no te voy a dejar nunca.

Hablo en serio, le dije. No puedes hacerme esto.

También yo hablo en serio, dijo él.

Yo diría que apenas me escuchaba. Le dije: Tú me necesitas.

Por supuesto que te necesito, dijo sonriendo. Eres mi hermana.

No, dije, tú me necesitas realmente.

Y le traje a la memoria aquello de lo que nunca hablábamos, y él, finalmente, dejó de sonreír.

Verás, unos años antes yo me había presentado por él a sus exámenes de ingreso en la Facultad de Medicina. Entonces no estaban regulados tan estrictamente como ahora. Fue muy sencillo para mí hacerlos y firmar con nuestro apellido. Él nunca habría aprobado. Adoro a mi hermano, pero su mente es como un colador.

Desde aquel momento yo le ayudaba con sus clases siempre que podía, y le preparaba para los exámenes. De vez en cuando, en un arranque de orgullo, rechazaba mi ayuda. Pero yo estaba segura de que nunca sería capaz de terminar sus estudios de Medicina sin mí. Se lo recordé.

Pensé que cedería cuando yo le asestara este golpe. Pero sólo me miró de un modo extraño, como si me viera por primera vez.

Quería casarse con ella inmediatamente, pero le invitaron a pasar un mes de prácticas con un famoso médico de otra ciudad.

Decidió aprovechar la oportunidad; se casaría con Chloe en cuanto regresara. Se dispuso a hacer los preparativos para su marcha; estaba muy ilusionado; era la primera vez que salía de casa.

El día antes de irse se dirigió a nuestra madre y le preguntó si Chloe podría quedarse con nosotras mientras él estaba fuera. Podría usar su habitación.

Al parecer, la habían echado del apartamento inesperadamente y no tenía adónde ir. Por lo visto, carecía de familiares cercanos.

Esto os brindará la ocasión de conocerla mejor, explicó mi hermano.

A mí, toda la situación me resultaba sospechosa, pero nadie pareció notarlo.

Mi madre aceptó con entusiasmo, mi abuela siguió haciendo ganchillo y no dijo nada.

Mi hermano se marchó. Y la extraña Chloe vino a vivir con nosotras.

Yo no tenía sosiego. Ella parecía llenar el apartamento. Mi impresión inicial no había resultado equivocada, no, se había intensificado con la convivencia. Mi madre disfrutaba de su compañía, no sospechaba nada. La chica era así de ladina.

Su olor, los cigarrillos, un nauseabundo perfume de lilas..., todo el apartamento se impregnaba de ella. Y sus ojos nunca perdían aquella mirada anfibia y fría. Incluso cuando estaba charlando con mi madre o arreglándose el pelo frente al espejo del baño, veía en sus ojos el engaño, sus aviesas intenciones.

Yo sabía por qué había venido. Quería a mi hermano, quería arrancármelo. Sabía que yo era la única que comprendía lo que pasaba y que me interpondría en su camino. Estaba tramando y conspirando, tratando de pillarme desprevenida.

No podía comer. No podía dormir, temía que viniera en medio de la noche y me asfixiara con una almohada. Era como un gato, un gato que se frota con tus piernas, ronroneando, durante el día, y luego, por la noche, se te pone encima de la cara mientras duermes para ahogarte. No la miraba a los ojos, sabía que si lo hacía me hipnotizaría sin una palabra, me haría tirarme por la ventana o tragarme la lengua.

Yo tenía muy claro quién era ella, ¿sabes? La había descubierto. Era una de esas oscuras criaturas marinas que seducen a los hombres para matarlos por simple diversión, como las sirenas que atraen con su irresistible canto a los marineros, a la luz de la luna, y los arrastran al lecho del océano atrapados en su largo pelo escamoso.

Sabía que era uno de esos seres acuáticos, de cuerpo extraño y sangre fría. Lo sabía por el modo en que se daba largos baños todas las noches que estuvo con nosotras. La miraba por el hueco de la cerradura, regodeándose en el agua, fumando un cigarrillo. No podía ver todo lo que hacía; había sonidos raros, olores raros, sabía que se metamorfoseaba detrás de la puerta, que le salían aletas y escamas. Vi su pelo flotando entre el vapor, ondulándose como las algas movidas por la corriente.

Lo sabía.

Lo sabía por sus dientes: hileras e hileras, afilados como agujas, igual que los de una carpa.

Lo sabía por el modo en que llegó hasta mi hermano la primera vez: por el agua, silenciosa, inesperada, moviéndose veloz como una serpiente, entre las pálidas mujeres embarazadas que se solazaban en la superficie como vacas entre hierba.

Tenía que salvar a mi hermano, pero no sabía cómo librarme de ella. Me hubiera gustado preguntarle a mi abuela, ella estaba considerada una autoridad en la materia. Pero no sabría nada de una criatura marina como Chloe; mi abuela sólo sabía de los duendes y diablillos del viejo país. Afirmaba saber cómo expulsar de la casa a los espíritus que apagaban el fuego de la cocina y agriaban la leche; decía que una vez resucitó a un recién nacido soplándole en una oreja, obligando así al ángel de la muerte a salir por la otra. Sus pequeños rituales incluían velas, cabellos, susurros. Yo nunca había creído de verdad sus historias, pero lo cierto era que cada vez que la disgustaba de alguna manera, luego me veía aquejada de indigestión, heridas ulceradas, padrastros, orzuelos, sueños en los que me caía, calambres menstruales como si tuviera una aguja de hacer ganchillo en el vientre.

Así que no se lo dije a nadie; observaba y esperaba, escuchaba a Chloe por la noche chapoteando en la bañera, sabía que estaba pensando en mi hermano, en mi hermano nadando, quizá se imaginaba su cabeza apareciendo de repente, emergiendo chorreante e incorpórea de entre sus piernas en el agua, su cabeza sostenida por ella entre sus manos como la de Juan Bautista en la bandeja. Agitaba el agua, que borboteaba; el vapor se filtraba por debajo de la puerta y se extendía por el frío apartamento avanzando, tocando y retrocediendo como una cosa viva.

Los días pasaban, mi hermano volvería pronto. Se casarían enseguida, sin poderlo remediar. Oí que Chloe le decía a mi madre: Una boda modesta, soy huérfana, ya sabe, no tengo familia, sólo una ceremonia para nosotros, y después haremos un viaje a la costa.

Sabía que tenía que actuar. Pensé en mi hermano, mi pobre hermano, su cuerpo en el fondo del océano, cubierto de estrellas de mar y erizos que le sorbían los jugos, cangrejos ermitaños que entraban y salían de las cuencas de sus ojos, anguilas que se deslizaban dentro y fuera de las grutas secretas de su cuerpo.

Llegó una tarde en que oí un increíble sonido: el silencio. El incansable ganchillo de mi abuela se había detenido; se deslizó de su mano y cayó al suelo con un repiqueteo. Se había dormido, envuelta en su última labor: una manta, blanca y azul, lo suficientemente grande para una cama de matrimonio. A punto de terminarla, estaba enterrada casi en ella. Todo lo que se veía eran sus dedos apretados y una madeja de pelo de un negro azabache grasiento: se lo teñía ella misma con sus mejunjes.

La observé mientras dormía; el aliento silbaba al entrar y salir con un tictac regular en la garganta, parecido al chasquido de una válvula, como si tuviera un mecanismo en su interior. Suavemente, suavemente, ¡cómo crujían las tablas del suelo!, pasé por delante de ella, abrí la puerta de la vitrina y cogí uno de sus frascos prohibidos.

Era un frasco cuadrado, pesado, con polvo de una pulgada de espesor. Estaba lleno de un líquido viscoso, oscuro, denso y brillante. Estaba segura de que a Chloe le gustaría. Ya sabes lo aceitosos que son los peces. Podría usarlo para las escamas. Puse una cinta en el frasco y se lo regalé aquella noche.

Es para el baño, dije.

Lo cogió y me dio las gracias, pero no me atreví a mirarla por miedo a que mis ojos me delataran. Nos quedamos las dos un momento en el estrecho pasillo, codo con codo. Percibí su olor con más intensidad que nunca, un olor a pescado podrido. Mi hermano volvería a casa al día siguiente.

Dijo que sentía que no nos hubiéramos hecho mejores amigas. Dijo que sabía que teníamos una cosa en común: ambas queríamos muchísimo a Jonathan. Me dio las gracias otra vez.

Su voz sonaba completamente normal, pero yo sabía que era una estratagema y que, incluso mientras hablábamos, se iba haciendo cada vez más monstruosa. No la miré otra vez; si lo hacía, me convertiría en piedra. Le di las buenas noches, anduve por el pasillo, esperé hasta que la oí empezar con su baño y luego volví para mirar por el ojo de la cerradura.

La vi verter el líquido negro en el agua y cómo éste hacía espuma. El cuarto se llenó enseguida de vapor. La vi entrar en la bañera, primero un pie, después el otro, y luego agacharse dentro del agua. Le vi la cara, húmeda de sudor, el cigarrillo en los labios, los ojos cerrados. Contuve la respiración.

Creí que mi regalo la arrastraría al fondo del mismo modo que los vertidos de petróleo asfixian a las focas, los peces y las aves acuáticas. Pensé que se debatiría y se hundiría lentamente, como un dinosaurio cansado en un pozo de alquitrán. Pero no fue así.

Yo esperé, con la sangre latiéndome violentamente en las orejas y el pomo de la puerta presionándome en la frente. Vi la mota de ceniza permanecer un momento en la colilla, temblar, caer. Una chispa. El agua de la bañera estalló en llamas. Un estruendo en el aire y las llamaradas se alzaron vertiginosamente; el golpe de luz y la sacudida me hicieron caer hacia atrás y apoyarme contra la pared. Era tan hermoso. Durante un momento no vi nada; después, descubrí hermosas flores verdes abriéndose dentro de mis párpados. Me calenté las manos.

Más tarde, yo estaba en la acera, delante del edificio, abrazando a mi madre y a mi abuela, entre sirenas y luces intermitentes, y unos atractivos bomberos nos ofrecían mantas y chocolate caliente. Nuestros vecinos se apiñaban a nuestro alrededor en ropa de dormir. Todos ellos sujetaban sus objetos de valor: joyeros, pólizas de seguros, perritos con lazos en el pelo que ladraban asustados.

Después, todos decían que lo peor había sido el grito..., el penetrante y agudo chillido de dolor y desesperación que les sacó de su sueño. Todos coincidían en que era lo más espantoso que habían oído en su vida, como el rechinar de la tiza en una pizarra del tamaño del cielo, un sonido humano a pesar de todo, el de un niño arrastrado bajo las ruedas de un tren, un sonido que les encogió los corazones e hizo que murieran dentro de ellos.

Exageraban, naturalmente. El sonido no fue tan malo como ellos decían. Era un sonido que tú misma puedes haber oído, si estás familiarizada con los mariscos. Si alguna vez has cocido una langosta.

Ilana

Debería haberme dado cuenta de que iba a ocurrir esto.

Esta Mara. Era inevitable.

Yo había observado que su visión del mundo, con el paso de los años, era cada vez más distorsionada, como la de los espejos de las ferias. La había visto chocar con las esquinas de los muebles y tratar de poner el pie en una escalera fantasma, como si viviera en una casa invisible para el resto de nosotros. Había observado cómo sus sentimientos hacia su hermano se agudizaban y se transformaban en celos.

Pero no pensé que llegáramos a esto.

Nunca creí que pasara a la acción.

Creo que es culpa mía. No debería haber dejado mis pócimas y ungüentos a su alcance.

Me había vuelto descuidada, ¿sabes? Pensaba que ella no estaba interesada en mis cosas, así que no las guardé adecuadamente. Siempre se había reído de ellas, las calificaba de charlatanería y superstición.

Pero, según parece, creía en ellas lo suficiente como para usarlas en sus propósitos.

Encontré el frasco, destapado y vacío, en el ahumado apartamento. Y me di cuenta de lo que había hecho.

Hay en ella una vena de violencia. Ahora lo veo. Algunas veces casi no puede contenerla.

¿De dónde la ha sacado?, me pregunto.

Mara

Mi hermano volvió de la lejana ciudad; fue a ver a Chloe al hospital y volvió a casa mudo y con el corazón roto.

Intenté consolarle. Sabía que supondría un disgusto para él descubrir por fin a la verdadera Chloe, a la que yo había visto desde el principio. Yo le había echado un vistazo en la blanca cama del hospital, el pelo chamuscado, sin párpados ni orejas, el cuerpo cubierto de escamas rígidas y brillantes. Las membranas entre los dedos de las manos y pies. Me pareció hermosa, tan pura y natural.

Pero mi hermano estaba desconsolado.

Nuestro apartamento había quedado intacto, aunque húmedo y ahumado. Nadie podía entender cómo había comenzado el fuego, y todos me alababan por ayudar a mi madre y a mi abuela a ponerse a salvo.

Mi hermano se instaló de nuevo en su habitación. Pensé que todo volvería a la normalidad. Nunca me había sentido tan feliz.

Pero dejó sus estudios de Medicina. Iba al hospital, pero pasaba la mayor parte del tiempo en el apartamento. Se había quedado sin energía. Los hombros caídos y la cara amoratada, como un boxeador derrotado. No nos hablaba, ni se lavaba. Andaba en pantuflas por las habitaciones, arrastrando los pies, mirando por las ventanas, haciendo sonar las monedas de sus bolsillos.

Se sentaba tardes enteras con nuestra abuela. Los dos juntos en el oscuro rincón. Me cuesta imaginar qué tendrían que decirse el uno al otro.

Deambulaba por el apartamento a todas horas, ajeno al tiempo que hiciese afuera. Nos encontrábamos en el pasillo y no decía una palabra.

Yo sabía lo que sentía él. Lo había sabido siempre sin necesidad de que me lo contara. Sabía que vendría a mí. En su momento.

Un día le encontré en la ventana de la sala de estar, sujetando las cortinas con la mano.

Está lloviendo, Jonathan, dije.

¿Qué?

Que está lloviendo, dije.

Sí, dijo él, con la luz del sol reflejándosele en las gafas.

Al día siguiente huyó al mar.

Mi madre, mi abuela y yo le echábamos terriblemente de menos. Esperamos, durante días y semanas, alguna noticia suya. Estaba segura de que vendría a por nosotras, en cualquier momento llegaría, con un barco pirata y un cofre del tesoro.

La manta de mi abuela, aquella enorme que estaba a punto de terminar, se destruyó con el fuego. Eso la tuvo muy alterada, enfadada y silenciosa durante días. Después volvió a coger el ganchillo y empezó otra cosa.

¿Qué vas a hacer esta vez?, le pregunté un día.

Esto, dijo, es para ti.

Me miró con ojos tranquilos y escrutadores. La aguja empezó a serpentear en la lana.

Sasha.

Así se llamaba mi madre. Toda su vida había querido un nombre que pareciese americano; de niña eligió Shirley. Aún la veo, poniéndose bigudíes en el pelo, haciendo gestitos con la boca delante del espejo, suplicando: Shirley, madre, llámame Shirley.

Durante años mi abuela no le prestó atención, hizo oídos sordos; por las noches, le susurraba *Sashie* al oído cuando mi madre dormía; por el día escribía *Sasha* con sal en el pan antes de hornearlo.

Finalmente mi madre se rindió.

Cuando yo nací (o eso me han dicho, y no tengo ninguna razón para dudar de ello) mi madre estaba decidida a ponerme un nombre americano. El más americano que se le ocurriese.

Mary. Ése es el nombre que quería ponerme.

Rizos rubios y corderitos.

Mi abuela se puso furiosa al enterarse: ¡No puedes llamar así a la niña! No puedes darle el nombre de la madre del dios cristiano. Estaremos malditos para siempre. Ya has maldecido a la niña al parir delante de todos esos hombres. ¿Por qué quieres empeorar las cosas?

Me las imagino en la habitación del hospital después de mi nacimiento: mi madre acostada, tensa y furiosa, bajo las sábanas (ella deseaba un niño), la espalda recta, como si la cama fuese un instrumento de tortura y esperase que en cualquier momento un péndulo oscilase y cayese una cuchilla; mi abuela rondando por allí ágilmente, vestida de negro, aleteando y graznando como un cuervo; y la enfermera, con su cofia blanca, confundida, ofreciendo el certificado de nacimiento primero a una y luego a otra, esperando a que le respondieran con el nombre de la niña; y la niña misma, un fardo olvidado en un rincón, envuelto en mantillas y gritando con todas sus fuerzas.

Me consta que discutieron.

Un nombre pagano, ¡quedará maldita para siempre!

¡Quiero que se integre, que sea una chica americana!

Me pregunto si se abofetearían y se escupirían como dos colegialas.

Me pregunto si mi abuela se arremangaría la falda, se subiría a la cama, sujetaría a mi madre, se pondría de rodillas en su pecho y le tiraría del pelo y la ahogaría con la almohada, exigiéndole que se diese por vencida, como si fuera un macarra de barrio, mientras mi madre patalearía y chillaría, revolviendo la ropa de la cama.

Puedo imaginármelo con tanta claridad que no creo que me lo esté inventando; *tiene* que haber sucedido así.

Finalmente, llegaron a un acuerdo.

Mara, puso mi madre en el certificado de nacimiento (con la mano de mi abuela sobre su muñeca, supongo).

Mara. Significa amargura.

Yo mantenía limpia su habitación. Sabía que él volvería.

Entremetía las sábanas estirándolas bien. Limpiaba el polvo de los alféizares. Le compré lapiceros nuevos, los afilé, se los puse en la jarrita encima de su escritorio. Cada pocos días los probaba y los afilaba de nuevo.

El tiempo era cálido, lluvioso y extraño; había una película de humedad sobre todas las cosas. Empezaba a hacer calor por la mañana temprano y quedaba flotando sobre la ciudad durante todo el día. Me picaba el cuero cabelludo, tenía las manos pegajosas. El pelo me olía a moho.

Mara, lávate el pelo, ¡por el amor de Dios!, decía mi madre.

Es que no me gustaba entrar en el baño, ¿sabes? No me gustaba la idea de que me cayera agua en la cabeza.

Mi abuela se quedaba en su rincón oscuro, con los dedos activos y los labios apretados. Cada vez que me acercaba, ella trataba de esconder su labor, protegiéndola con los brazos, ocultándola en su regazo, con furtivas miradas.

Como si pudiera esconderme algo a mí.

Como si no fuese evidente que estaba empezando su enésimo mantón o bufanda o un maldito calcetín.

Como si a mí me importara.

Mi madre iba a menudo al hospital a visitar a Chloe. Pensaba que era su deber, decía, la chica no tenía familia, a nadie en absoluto. Así que varios días a la semana se ponía un cuello de encaje, un sombrero y unos guantes e iba a sentarse al lado de aquel caparazón crujiente y hueco, cuyos ojos estaban sellados con cicatrices, cuya boca era un agujero redondo dibujado al carboncillo. ¿Para qué se molestaba?

Fui con ella una vez. La piel de Chloe tenía un aspecto brillante, duro, bruñido, como una concha; en algunos sitios se había agrietado y abierto; se veía dentro una gelatina oscura. No era la Chloe que yo conocía; no era una persona siquiera, sólo una mancha en las blancas sábanas de la cama de un hospital, como las sobras de un almuerzo que se dejan en una servilleta.

No se movía y apenas respiraba. Estaba sujeta por el brazo a una bolsa de líquido que colgaba sobre la cama; una solución salina que le goteaba en las venas, para que se acordara del océano, sin duda.

El médico de Chloe pasó por la habitación y habló con mi madre durante unos minutos. Era muy alto, con una cara colorada y arrogante y un pelo con ondas plateadas. Mi madre se irguió, levantó el mentón y sonrió, y comprendí la razón del cuello de encaje y el sombrero. Hablaban en voz baja, confidencialmente, con mucha solemne inclinación de cabeza.

Decidí no volver más al hospital.

Me pasaba casi todo el tiempo en la habitación de Jonathan.

Había una fotografía en su cómoda, tomada el día en que se graduó en la escuela secundaria. Está sonriendo, en la foto, con su birrete graciosamente ladeado, el labio inferior hacia fuera, la lengua en una extraña mueca, y su cabello castaño brillando cobrizo al sol. Yo estoy cerca de la cámara, como un pegote en primer plano, con medio cuerpo cortado por el borde de la foto. Tengo el ceño fruncido, un profundo surco entre las cejas, la boca abierta; mis manos se aferran al folleto del programa en un gesto nervioso y desconcertado, parezco un turista perdido. El contorno de mi sujetador se adivina claramente a través del vestido. Era un vestido modesto que me compré porque estaba de oferta, no me di cuenta de que se transparentaba con la luz directa del sol hasta el día de la graduación.

Jonathan está flanqueado por su mejor amigo, Martin, y por su amiga de turno. Una más de una larga serie de chicas insustanciales; se llamaba Amy, pero ella insistía en escribirlo Aimee y ponía un pequeño corazón sobre la i.

Jonathan les agarraba por los hombros, los tres parecían reírse de algo que podía, o no, ser yo.

Siempre había detestado aquella foto, pero era la más reciente de nosotros dos.

De niños habíamos jugado juntos debajo de su cama. Nos arrastrábamos bajo el somier hasta que alcanzábamos la pared. Nuestra madre había sido una fanática de la limpieza, pero dejó de serlo cuando se mudó a este apartamento, donde parecía que el polvo crecía como los hongos. El espacio olvidado de debajo de la cama tenía una gruesa capa de pelusas. Era nuestro mundo privado, un reino enmohecido y gris. Soplábamos y hacíamos rodar las bolas de polvo; imaginábamos que eran plantas rodadoras que el viento llevaba por la calle principal de una ciudad del Oeste como las de los libros que Jonathan leía. El viento era un viento mágico que nos hacía volar. Era polvo lunar, el Sáhara, la superficie de Marte. Éramos los reyes de todo el territorio; y yo pensaba, mientras estábamos tumbados boca abajo en aquel espacio tan pequeño como un ataúd, sin nada salvo nuestros rostros cercanos y el paisaje en miniatura que íbamos perfilando, pensaba que era todo lo que yo quería en el mundo, que quería quedarme allí para siempre.

Jonathan, con la barbilla en el suelo, polvo en las pestañas, los ojos brillantes en la semioscuridad y su mano empujando ligeramente la mía. Qué guapo estaba entonces.

Mara, ¿qué diablos haces?, dijo mi madre.

Yo estaba a gatas, con la cabeza bajo la colcha. Miro a ver si hay polvo, dije.

Tengo una noticia, dijo. Daba la impresión de que se estaba ahogando. Me puse en cuclillas y levanté la mirada. Ella tenía la cara hinchada de la emoción contenida.

La seguí hasta el cuarto de estar. Mi abuela miraba con expectación.

Los médicos dicen que Chloe está embarazada, nos comunicó mi madre.

Mi abuela dijo: ¡Ah!

Yo dije: ¿De quién?

Mi madre dijo: Ésa es la cuestión. No creerás que *Jonathan...*, no estaban casados todavía, Jonathan *nunca...*, él era un hombre de honor, él la respetaba, estoy segura de que estaba esperando..., reservándose para el matrimonio...

Yo dije: Entonces, el niño tiene que ser de otro.

¿Otro hombre? Pero ¿cómo es *posible* que Chloe...?, iban a casarse..., todavía puede que..., cuando Jonathan vuelva...

Yo dije: No me sorprende. Era una golfa, una pelandusca.

¿Crees verdaderamente que... con otro hombre?

Yo dije: Estoy convencida.

Mi abuela terminó su taza de té, se pasó la lengua por los labios y examinó los posos.

Gracias a Dios que Jonathan *no* se casó con ella, dijo mi madre. Enterarse de esto le habría partido el corazón. Gracias a Dios que las cosas se han resuelto así. No diré que me alegro por lo del fuego... por supuesto que no, pobre chica..., pero sí que no hay mal que por bien no venga...

Sí, dije yo.

Me alegro de que hayamos descubierto la verdad. Antes de que fuera demasiado tarde. Así, cuando Jonathan vuelva, puede partir de cero, terminar su carrera de Medicina, encontrar una buena chica...

Sí, dije. Me dolía la cara; tenía los músculos tensos, de un modo que no era habitual. Me di cuenta de que estaba sonriendo.

Mi abuela levantó la mirada de las hojas del té. Dijo: Sashie, cuando nazca ese niño tienes que traerlo aquí.

Pero ¿es que no has oído?, dijo mi madre. No es...

Sí es, dijo mi abuela enérgicamente. Es tu nieto y mi bisnieto. Cuando nazca, tienes que traerlo a esta casa.

¿Cómo puedes estar tan segura?

Estoy segura, dijo mi abuela, y le clavó la mirada.

Mi madre vacilaba, entre dos aguas. Es imposible, dije yo.

¿No quieres un nieto, Sashie?, dijo mi abuela suavemente. No tendrás otra oportunidad. Tu hijo no va a volver. Y *ésta* no te dará nietos a menos que se enmiende.

Me señaló con el dedo.

La cara de mi madre se distendió.

Un hijo de Jonathan, dijo mi abuela. Se parecerá a él, espera y lo verás. Un niño precioso.

Mi madre asentía, asentía.

¿Es que no os dais cuenta de que es una golfa? Chloe es una golfa, el niño no puede ser de Jonathan, dije con desesperación. Recordé cómo me había deshecho de Chloe, para siempre, y ahora aquí estaba otra vez, acercándose a nuestras vidas, alargando sus tentáculos.

La imagen de un mocoso de Chloe criándose en nuestra casa me ponía enferma. Imagínate: tendríamos que comprar una pecera, más tarde un acuario, algas de plástico y un falso buzo que soltase burbujas.

Como Chloe estaba inconsciente y no podía dar a luz por sí misma, los médicos tuvieron que sacar al bebé prematuramente mediante una cesárea.

Una niña.

Yo no estuve allí, pero supongo que sería como eviscerar a un pez, un corte limpio y se le extrae el repugnante relleno.

Dijeron que, al sacarla de las aguas de su madre, la niña abrió la boca y de sus labios salió un chorro de burbujas que anduvieron flotando por la habitación y se acercaron a las luces, como polillas, antes de explotar.

La niña se quedó en el hospital durante varias semanas, dentro de una vitrina de cristal, conectada a cables y tubos de goma.

Era enclenque y arrugada, y tenía un mohín de disgusto. Tal vez esto se debiera a los tubos de la nariz. Las enfermeras le habían puesto un gorrito de punto que, con las arrugas de la cara, hacía que se pareciera al conserje de nuestro edificio, un viejo calvo y desdentado que llevaba gorras de canalé en invierno y en verano.

Es preciosa, musitaba mi madre. Se pasaba las horas en la sala infantil acariciándole la manita con un dedo enguantado de goma.

Es un pajarillo cascado, decía mi abuela. Había salido de nuestro barrio por primera vez en varios meses, para ver a la niña. Por algún motivo, esta vez no protestó de que hubiera hombres en la sala de partos.

La verdad es que la niña parecía un pollo hervido y sin color, escaso de carne con que acompañar los huesos.

Se parece a Jonathan. Sólo que Jonathan era mucho más grande. Pero tiene los mismos ojos, decía mi madre.

Miré a la niña y mis temores se confirmaron. Vi las marcas que había en su cuello, allí donde las agallas acababan de cerrarse. Movía las piernas como si nadara. Y luego estaba aquella expresión, cuando abría la boca, como si no conociera este extraño elemento, el aire, en que se encontraba de repente.

Mi abuela dejó a un lado su proyecto secreto y lo guardó entre los cojines del sofá. Compró lana de angora y se puso a tejer mantitas y jerseicitos. Y ridículos patucos y gorritos con borlas.

¿Te gusta tu sobrina?, me preguntó. Se la veía más feliz que en muchos años; se había soltado el pelo de la severa trenza y, aunque todavía era de un negro aceitoso, parecía más fino y suave cayéndole por los hombros.

No es mi sobrina, dije. No me gusta su madre ni puedo imaginar quién será su padre, y ella es una cosa raquítica y patética.

Mi abuela adelantó la mano en un movimiento rápido. Creí que iba a abofetearme; en cambio, me sujetó la barbilla y me examinó la cara detenidamente. Estás celosa, dijo.

¿Yo? ¿De qué?

De Chloe, dijo. Esta chica, Chloe, abrasada, medio muerta, da a luz una niña preciosa. ¿Y tú qué has hecho? Nada.

Yo tendré hijos, niños magníficos, algún día. Soy más fuerte que ella, más lista que ella, mis hijos serán altos, sanos e inteligentes, no enclenques como la suya. Los míos crecerán y cambiarán el mundo. Y los tendré en el momento adecuado, no antes.

Tú no puedes hacerlos sola, ya lo sabes. Ni siquiera en estos tiempos nuestros, dijo mi abuela.

Ya lo sé.

¿Cómo piensas encontrar un padre para esos niños?

Ya encontraré alguno. Algún día.

Estás celosa de Chloe porque hizo un niño con tu querido Jonathan, dijo mi abuela.

No, dije yo. No, no estoy celosa. Ni ella hizo ningún niño con Jonathan. No y no.

Al parecer, Chloe no tenía familia ni amigos íntimos ni nadie que supiera algo de ella. Después de algunas conversaciones con médicos y asistentes sociales, mi madre obtuvo permiso para traerse al bebé.

Ella y mi abuela prepararon la habitación de Jonathan para la niña.

¡La habitación de Jonathan!

Pero ¿y si vuelve?, protesté débilmente.

Pues se encontrará a su hija ahí, esperándole, replicó mi madre.

Afortunadamente, cambiaron poco la habitación. Sólo metieron una cuna y dispusieron la mesa de estudio para usarla como vestidor. No podía evitar sonreír al pensar en la delicada piel del bebé apoyada donde yo había puesto los lápices de Jonathan cuidadosamente afilados.

Ahora, para tener intimidad, no salía del pequeño ropero que era mi cuarto. Por las noches me acordaba de lo que mi abuela había dicho. Me desnudaba y me ponía delante del espejo. Mi cuerpo me resultaba extraño de lo poco que pensaba en él. La mayor parte de los días no me parecía nada más que un par de ojos flotando por el mundo, un par de ojos, una boca que ocasionalmente emitía algún comentario y un cerebro lleno de nudos apretados que constantemente se retorcía sobre sí mismo como dos babosas copulando. El resto de mi cuerpo parecía algo que usaba pero que en realidad no me pertenecía, como la ropa que me ponía por las mañanas. Algo parecido a un mecanismo, unos miembros de marioneta unidos con cuerdas.

Miraba yo mi cuerpo ahora como no lo había hecho durante años. Había mucho que mirar. Me acariciaba la piel, suave y sensible, no como el caparazón de insecto que tenía Chloe. Me tocaba el vientre, de donde saldrían los niños. Imaginé obreros enanitos allí dentro, gritándose órdenes, fabricando niños con los alimentos que yo había ingerido. Pensé en el increíble potencial que latía en mi cuerpo, la infinidad de niños perfectos que esperaban para nacer. Yo no tendría que hacer nada, mi cuerpo sería capaz de producir esas maravillas espontáneamente.

Una vez que diese el paso inicial, naturalmente.

Mi madre trajo a la niña del hospital una tarde lluviosa. Paseó aquel pequeño fardo enfurruñado por el apartamento arrullándolo y parloteando, con mi abuela rondando por alrededor. Yo andaba por los rincones, no quería acercarme demasiado. Ese olor de los bebés, tan patente, tan dominante, invadió nuestra casa en cuestión de minutos. La llevaron a la habitación de Jonathan y la pusieron en la cuna. Ella lloriqueaba.

Tal vez los bebés fueran un bien deseable, tal vez yo estuviera empezando a querer uno para mí; pero éste en particular *no* me gustaba, se parecía demasiado a Chloe y me revolvía el estómago mirarlo. Mi madre le hablaba en murmullos, la mecía sin parar, bajaba las luces y la acunaba con un movimiento como el flujo y reflujo de la marea.

Empezaron las molestias: los llantos en medio de la noche, los pañales, preparar la leche, esterilizar el biberón, bañarla cuidadosamente, hacerla eructar, ridiculizarse hablando con media lengua, como los niños, y las discusiones en voz baja sobre reflejos, fontanelas y posturas para dormir.

Mi madre y mi abuela se repartían las tareas, a mí no me pedían ayuda.

¿Qué tal va el ombligo?, se preguntaban la una a la otra. ¿Qué te parece su respiración?

Igual que hacía siempre en ocasiones especiales, mi abuela se dispuso a preparar sus hierbas, las trituró e hizo una infusión, obligándonos a beber a todas aquel té amargo, hasta un sorbito para la niña, que protestó. Le cortó unos trocitos del sedoso pelo para alguna de sus particulares ceremonias y le ató una cuerda roja en la pequeña muñeca.

Era imposible ignorar a la niña. Dominaba el apartamento. Yo detestaba sus lloros y sus ojos empañados y entreabiertos; parecía que me miraba con malicia, como si lo supiera todo de mí.

Por la noche, en la cama, pensaba en Jonathan, me preguntaba dónde estaría y cuándo regresaría. Recordaba nuestros juegos. Una noche estuve varias horas sin poder dormir. Me levanté sin hacer ruido y fui a su cuarto.

La luz nocturna desprendía un brillo anaranjado. Me senté despacito en la cama. Luego, me tumbé, olfateé la almohada y el cobertor buscando rastros de él. Sólo olía a jabón y a limpieza, claro. ¡Se había ido hacía tanto tiempo! La cuna se balanceaba suavemente por sí sola.

Me arrodillé al lado de la cuna y examiné a la niña. Estaba boca arriba, con la cabeza ladeada y los puñitos apretados. Dejó escapar un suspiro, un suspiro tan profundo y tan indicativo de su hastío de la vida como el de una anciana. Frunció el ceño, luego lo distendió. Le toqué uno de los puños cerrados e inmediatamente me agarró un dedo. Con fuerza, como un monito. Me dio un vuelco el corazón. Sí, sabía que era sólo un movimiento reflejo. Lo sabía. Y aun así...

La miré y vi, sobresaltada, a Jonathan en ella. Sin lugar a dudas, vi a mi bello hermano en aquella redonda cara de bebé. La vi y supe que era su hija. Lo supe. Con toda certeza.

La tomé en brazos. Esperaba que llorase, pues yo no había cogido un bebé en mi vida, pero no lo hizo, sencillamente se apoyó en mi hombro y se quedó dormida. ¡Qué agradable y reconfortante era sentir su peso contra mi pecho, su aliento en mi oreja! Se acomodaba perfectamente a mis brazos, era como si estuviera hecha para ellos. Le sostuve la cabeza con una mano y el almohadillado trasero con la otra; la acaricié, la balanceé suavemente, la mecí; me descubrí tarareando una melodía que no había oído nunca.

La luna paseaba libre de nubes en ese momento y la habitación se iluminaba con una luz plateada. Apreté la mejilla contra la sedosa cabecita y entonces me di cuenta, tan súbitamente como había descubierto que era hija de Jonathan, de que era también mía.

Lo sabía. Hasta el más tonto vería, por el modo en que la niña se adaptaba a mis brazos, que yo era su madre. Que me pertenecía.

Así se lo diría a ella. En cuanto fuese lo suficientemente mayor para comprender. Y no habría ninguna razón para que creyese otra cosa.

Chloe murió en el hospital, con su caparazón quemado desmenuzándose hasta hacerse polvo.

Por fin.

Noté la mirada de mi abuela puesta en mí cuando se enteró de la noticia. Yo me esforcé por no sonreír.

Mi abuela se puso de luto por la chica, pero es que ella nunca había dejado de estar de luto. Desde que yo la conocía siempre había vestido de negro y pensaba más en los muertos que en los vivos.

Ilana

De nuevo había un recién nacido en casa.

Algunas veces, cuando su llanto me despertaba por la noche, me incorporaba bruscamente pensando: ¿Eli? ¿Wolf?

Habían pasado tantos bebés por mis brazos que ya no los distinguía. Me acordaba de otras niñas que había sostenido, pequeñitas como ésta, con el ceño marcado estropeándole los suaves rasgos infantiles.

Recordé a Sashie debatiéndose, incómoda, en mis brazos; a Mara escupiéndome en el hombro. Olvido, a veces, quién llegó primero. No importa.

A pesar de todo lo que había pasado antes, esta niña me infundía esperanza. Me apetecía moldearle el blando cráneo, frotarle las encías cuando le salieran los dientes, contarle todas las cosas que no había sido capaz nunca de expresar.

Mara

Con el tiempo, se me hizo cada vez más evidente.

Esta hija era mía. Puede que no en carne, pero sí en espíritu.

Era la niña que podíamos haber tenido Jonathan y yo si las circunstancias hubieran sido diferentes.

La cogía en brazos horas y horas. Su boquita buscaba mi pecho, y se apartaba contrariada. Esto me producía una sensación muy singular.

Siempre hacía pucheros cuando la cogía.

Quizá la agarraba con demasiada fuerza. Quizá.

Pero tenía que hacerlo.

Las otras dos trataban continuamente de arrebatármela.

Mi madre y mi abuela se peleaban conmigo por la niña. ¿Es que no veían que era mía?

Era algo sutil y constante. Una guerra silenciosa que librábamos las tres. Una esterilizaba y preparaba el biberón y entonces otra se lo quitaba de las manos y corría al cuarto de la niña. Todas nos inclinábamos sobre la cuna mientras dormía, queriendo ser cada una la primera cara que viese al despertar. Nos apartábamos a codazos las unas a las otras a la hora de cambiarle los pañales. Hasta mi madre, tan tiquismiquis habitualmente, intervenía.

Todas la queríamos.

No era justo. Mi abuela había parido una hija no deseada, mi madre, lo mismo. Ahora me tocaba a mí. ¿Por qué querían quitármela?

Era mi última oportunidad.

Era la última oportunidad para todas nosotras.

La última oportunidad, ¿para qué?

Para tener buenas relaciones, quizá.

Para llenar estos brazos vacíos.

Le pusimos Naomi. Yo lo elegí y las otras dos estuvieron de acuerdo. Todas pensamos en la historia antigua: Ruth, Orpah y Naomi en el camino, y Orpah que se va a su casa, cobarde, débil y llorona; y entonces Ruth se vuelve hacia Naomi y le promete lealtad con unas palabras que suenan a cántico: *No insistas en que te deje... porque donde vayas tú, iré yo..., y allí seré sepultada.*

La promesa de dar la vida por otra persona y hacerlo con alegría.

Eso era exactamente lo que le ofrecíamos a esta niña. Una devoción así era lo que sentíamos por ella, aunque no lo dijéramos.

Hay que admitir que ninguna de nosotras es especialmente elocuente.

Todas la cogíamos, nos la pasábamos de mano en mano, cantándole suavemente al oído: Que sepas que no te dejaré nunca. Que sepas que estaré siempre aquí. Que te enseñaré todas las cosas.

Nos la pasábamos unas a otras, de mano en mano. Eso me hacía pensar en desastres, en largas hileras de hombres pasándose cubos de agua en un incendio o sacos de arena en una inundación.

Naomi se convirtió pronto en Nomie para nuestras perezosas lenguas.

Nomie, la llamábamos.

Ella iluminaba el apartamento. La observábamos mientras crecía. Las tres queríamos hacer de madre.

Yo pensaba: Seguramente, cuando aprenda a andar y a hablar, señalará a su legítima madre, pronunciará mi nombre, correrá hacia mí y aquellas dos se verán obligadas a retroceder.

Pero no lo hizo. Era una niña seria y callada, y nos trataba a todas por igual, a todas nos mantenía a distancia. A medida que se hacía mayor iba retrayéndose cada vez más. Le creció el pelo y no nos dejaba cortárselo, se escondía tras él como si fuese un velo.

Yo me daba cuenta de que me prefería a mí, pero no quería herir los sentimientos de las otras dos. Era una niña muy considerada.

Le gustaba jugar en el oscuro laberinto de muebles de la habitación delantera, igual que una vez habíamos jugado allí su padre y yo.

Eso tenía que significar algo.

A veces desaparecía durante horas en aquel revoltijo; yo me abría camino a través de las telarañas y apilaba las sillas para buscarla, pero nunca la encontraba hasta que ella quería que se la encontrase. A veces desaparecía durante horas. Eso no me gustaba nada.

El modelo familiar se fue manifestando en su apariencia, pelo largo y negro, ojos oscuros y labios un poquito demasiado anchos para su cara. Igual que yo. Igual que todas nosotras, en realidad, aunque el pelo de mi madre tenía ya pinceladas grises y el de mi abuela era de un negro metálico nada natural.

Mi madre y mi abuela comentaban que Nomie no tenía los ojos de su padre, que eran azules como los extraordinarios ojos de mi abuelo.

Estaba harta de oírlas hablar de aquellos ojos.

Yo opinaba que Nomie era preciosa. Que no se la podía mejorar.

Pero las madres siempre quieren pensar que sus hijos son perfectos.

¡Fíjate! ¿Has visto lo que he dicho, así, sin pensarlo? Esto es otra prueba de que Nomie era mi hija.

Pensaba que, cuando fuese suficientemente mayor, ella manifestaría su lealtad. Esperaría hasta que estuviese preparada. Soñaba algunas veces con separarla de las otras dos, con dejar el apartamento en el que había vivido toda la vida, con dejar esta ciudad. Pero no se me ocurría cómo ni adónde ir.

Y, además, tenía que esperar a Jonathan, por supuesto. No podía marcharme. Él volvería aquí en algún momento. Yo tenía que estar cuando lo hiciera.

Cuando él volviera, le llevaría a Nomie y diría: ¿A que es preciosa? ¿A que he hecho un buen trabajo? ¿No te das cuenta de que no hay rastro de Chloe en ella? ¿No he sufrido bastante por ti? Él estaría de acuerdo y nos iríamos juntos, con Nomie, y construiríamos castillos en la arena.

Así que esperaría.

Hasta entonces había mucho que hacer. Tenía que borrar cualquier indicio de Chloe que apareciera en la piel de Nomie. Tenía que protegerla de los cuentos incoherentes y truculentos de mi abuela, de los delirios de grandeza de mi madre. Tenía que mantenerla en el buen camino.

Creció rápidamente.

Daba la sensación de que había ocurrido en una sola tarde.

Andaba tambaleándose entre el laberinto de muebles, todavía un bebé con bragapañal, y una hora después aparecía esta chica huraña de piernas largas haciendo preguntas sobre la sangre que había en su ropa interior.

Juro que me pareció que había pasado así de rápidamente. Tenía que sujetarla con firmeza.

Ilana

Me han seguido hasta aquí, esas tres.

Huí de ellas hace mucho tiempo y me han encontrado otra vez.

Nadie más parece advertirlas, se han disfrazado muy astutamente. Pero a mí no me engañan con sus estratagemas.

Intenté decírselo a mi hija y a mi nieta: Mirad. Ellas. Ya veis. Allí.

Usé los términos más sencillos para asegurarme de que entenderían. Intenté que el pánico no dominase mi voz. Sólo me dieron unas palmaditas en las manos, asintieron y sonrieron como idiotas.

Vivo en una casa de locos.

Por lo menos el cielo sabe que pasa algo malo. Está gris, cubierto, combado y bajo, apuntalado por los extremos de los edificios como si fuera un toldo empapado. La ciudad está llena de ráfagas de aire viciado que te pillan desprevenido y de repente te encuentras asfixiándote y ligeramente avergonzado, como si, de algún modo, tú fueses responsable.

Hay polvo por doquier en esta habitación. Lo recojo en montoncitos con la mano y los dejo ahí para que alguien se ocupe de ellos. Menuda maraña de pelo que hay en el polvo:

negro, castaño y gris. Un extraño se preguntaría qué clase de animal de varios colores en época de muda vive aquí.

Esta chica se sienta a mi lado algunas veces; su cara me resulta tan conocida que podría ser la mía. Yo fui así una vez; todavía lo soy cuando cierro los ojos. Los espejos son un engaño cruel; sólo te dejan ver un punto en el tiempo, cuando la verdad reside en otro.

Hablarle a ella es como hablar conmigo misma.

Se agacha a mi lado esta chica con mi cara, que ella crispa haciendo gestos amargos mientras masca chicle. Nunca habla. A veces tiene la radio portátil y se sienta con los auriculares bien hundidos en las orejas y la mirada lejana. Otras, me mira de un modo tan sagaz que me asusta. Me recuerda a aquellos niños nacidos en el pueblo donde me crié, niños de los que la gente decía que habían nacido viejos, niños que no lloraban y que nos miraban a todos con ojos ya cansados del mundo y que morían a los pocos días.

Esta chica es así. Mira como si, en el caso de que yo la advirtiera, de que intentara explicarle, de que tratara de hablarle de esas tres, ella pudiera entenderlo.

Esas tres.

Ya ves, y yo que viajé tan lejos para escapar. Viajé hasta este lugar donde no hay seres como ellas, donde el mundo se rige por otras normas. Aquí, donde el futuro es incierto y el pasado lejano y se pueden inventar ambos sobre la marcha, si se quiere.

Creí que las había dejado atrás. Dejé de oírlas en mi cabeza, ni siquiera había soñado con ellas durante años.

Pero ahora, de pronto, después de todo este tiempo, me han encontrado. He comenzado a verlas otra vez.

Han cambiado, eso sí. Son muy astutas. Pero no me engañan con sus disfraces, las reconozco por la voz. El problema es que esta ciudad está tan llena de ruido que no puedo oírlas claramente.

Las vi primero en el Laundromat. Tres mujeres, cotilleando sin parar, clasificando calcetines. Tenían la piel negra y suave y el pelo exuberante; una tenía tres dientes de oro, otra pendientes de oro y otra un aro de oro en la nariz. Las vi a través de la ventana, entre las letras pintadas en el cristal, y oí sus voces que salían por la puerta abierta entre nubes de detergente.

No entendí la mayor parte de lo que decían; sus voces eran densas y suaves, aterciopeladas y tenues. Pero percibí unas cuantas palabras que me sobresaltaron, palabras en una lengua que no había oído en muchos años; y una de ellas se volvió y me miró, una mirada fija y maliciosa, para que no me quedasen dudas.

Las vi por segunda vez; tres mujeres, esperando el autobús, con las bolsas de la compra a sus pies. Las bolsas olían a pescado, la humedad se filtraba y escurría por la acera dibujando motivos antiguos. Sus bocas hablando continuamente. Las manos, nunca quietas. El estruendo del autobús ahogaba sus palabras. Pero yo sabía que eran ellas; no se subieron al autobús cuando llegó, se quedaron esperando a alguna otra persona. Siguieron en su banco observando a los ajenos transeúntes.

Yo quería estar segura. Me fui acercando poco a poco al respaldo del banco, me incliné, olí con cuidado y percibí su olor, aquel olor característico entre dulzón y podrido. Nadie más en el mundo olía de aquella manera.

Sus orejas se torcieron; sabía que me habían detectado. Me di la vuelta, quería correr, irme volando como había hecho hacía mucho tiempo, pero ahora no podía, era terrestre, sólo podía poner un pie delante del otro, con una lentitud de pesadilla, temiendo sentir a cada paso su aliento en mi cuello. Con la clarividencia que proporciona el pánico, vi un escarabajo dorado entre mis pies escabulléndose por la acera, corriendo más deprisa que yo. Vi cómo cambiaba mi sombra con el movimiento ascendente del sol, encogiéndose ante la previsión de un golpe.

Todo esto lo vi en aquel momento en que ansiaba correr pero sentía el lastre de la carne y esperaba el contacto de sus dedos. Pero llegó otro autobús y el torrente de viajeros que se precipitó por las puertas se interpuso entre ellas y yo; me liberó de su garra, me escondió de su vista. El semáforo cambió y la multitud me empujó a cruzar la calle hasta la acera de enfrente.

El aire estaba lleno de ruido de coches, de espaldas en marcha. Un primoroso cochecito con dos niños dentro como príncipes me pasó por los pies. Un hombre de fuertes botas andaba pesadamente con una gran barra de pan apoyada en el hombro a modo de rifle. Un chico tropezó y se dio conmigo, la cabeza afeitada, la forma del cráneo clara y vulnerable bajo la piel. Sus manos se movían con pericia y rapidez por mi ropa, hundiéndose en bolsillos y puños y saliendo vacías. Noté sus dedos en mi muñeca, la presión de su cuerpo y el empuje de sus hombros.

Durante un buen rato observé cómo la parte posterior de su cabeza asomaba y se mezclaba con la muchedumbre, una cabeza delicada como cáscara de huevo, que trasluce los secretos que guarda.

¿Sabías que si pones un huevo a la luz se puede ver hasta la menor sombra de la criatura que tiene dentro acurrucada?

Me volví y miré a la parada del autobús. Creí ver tres figuras todavía sentadas en el banco, creí que eran las mismas tres, pero no estaba segura.

Últimamente tengo dificultad para ver.

El problema no está en mis ojos; mi vista es tan aguda como siempre. Es el mundo el que se ha vuelto borroso.

Es el aire de aquí; hablan de contaminación, de iones, de electricidad, de ozono, de cosas. El aire es enfermizo, pegajoso, embota los sentidos. Nadie ve ya con claridad.

Esa vez me escapé de las tres mensajeras.

Pero pronto empecé a verlas por todas partes.

En los autobuses, en las escalinatas de iglesias y hospitales, sentadas en los bancos de los parques. Siempre tres mujeres, tan parecidas que podrían ser hermanas, siempre hablando, siempre lanzando miradas taimadas y conspiradoras a su alrededor. Yo las espiaba en el mercado, mientras esperaban en las esquinas a que el semáforo cambiase, llamando a la vez a un taxi, sentándose juntas a compartir el mismo periódico y, una vez, durante un momento breve y fantástico, enzarzadas en un juego de tres a tres con unos jóvenes negros.

Cuando aparecieron en el callejón que hay detrás de nuestro bloque, intenté decírselo a Sashie.

Ella asintió con la cabeza y me dio unas palmaditas, y después me puso una taza de té en la mano.

Las miré, allí abajo, desde la ventana. Andaban por el callejón fingiendo tener algo que hacer. Se habían metido allí con el pretexto de echar un trozo de papel al contenedor de la basura. Pero yo sabía por qué estaban en ese lugar.

Hacían ruido con las tapaderas, charlaban con aparente indiferencia. Sabían que yo estaba mirándolas.

Había estado callada mucho tiempo.

Me había aislado en un lugar oscuro y pequeño, apartada de los acontecimientos. A salvo en este apartamento, impenetrable como una tumba. Me había recluido igual que mi abuela un montón de tiempo atrás, que se había atrincherado con mendrugos de pan rancio. Yo había visto la ciudad levantarse a mi alrededor, había observado a mi hija y mis nietos a una distancia desde la que parecían minúsculos, no más grandes que hormigas en un hormiguero.

Ahora, de repente, me sentía viva otra vez; la llegada de aquellas tres me había sacudido bruscamente. Me había empujado de nuevo hacia el mundo.

¿De dónde habían salido estos enormes edificios? ¿Estas fantásticas luces? ¿Qué música era ésta? Todo resultaba maravilloso y aterradoramente vívido, ruidoso e inmenso. Los coches pasaban en una nebulosa. Nunca había visto semejantes tonalidades, me deslumbraban. Y estas personas de colores distintos, músculos prietos y hermosa piel, ¿de dónde había llegado esta gente tan espléndida?, ¿dónde tenían las alas?

Me sentía viva otra vez, todo era bello y todo estaba cargado de peligro.

Aquellas tres mujeres me encontrarían antes o después, lo sabía, y me dirían cosas que yo no quería oír. Sus horribles murmuraciones, sus predicciones espantosas.

Me devolverían al lugar del que había huido hacía tantos años. Me arrebatarían todo lo que he hecho y he sido hasta quedar como una concha vacía en medio de una vasta y árida llanura.

Si me voy de este lugar y no dejo nada tras de mí, será como si no hubiera existido nunca.

La única manera de evitarlas era contárselo a alguien.

Tenía que derrotarlas con sus propias armas, acallar su historia con la mía.

Pensé de pronto en esa chica que escucha, esa chica con mi cara, la única que me presta atención ahora.

Yo tenía miedo por ti. Tenía miedo de que se fijasen en ti, de que reconocieran mis rasgos en tu rostro. Te arrastrarían con ellas y te obligarían a repetirlo todo, a pasar otra vez por la misma rutina, una vida trillada.

El único modo de protegerte es advertirte. Eso es lo que estoy intentando.

Por favor, escucha. Por favor, no me des palmaditas en la mano ni me ofrezcas té.

Si yo te cuento lo que sé, tal vez tú puedas esquivarlas. Mara y Sashie ya han fracasado sin darse cuenta, se han metido en la rutina hace mucho tiempo; caminan en círculos en sus introvertidas vidas, círculos dentro de otros círculos, cada vez más pequeños, hasta que muy pronto den vueltas en un punto fijo. Pero a ti quiero yo enseñarte a escapar.

Es una paradoja, ¿verdad? Hacerte aprender la historia y sus esquemas con la esperanza de que te rebeles contra la lección, te salgas de ese trazado y sigas tu propio camino.

¿Me escucharás? ¿O te taparás las orejas, saldrás corriendo de la habitación y ahogarás mi voz con la tuya?

Me vas a escuchar, ¿verdad?

Mara

Hoy volví a casa y me las encontré así otra vez.

Mi abuela contando historias, con Nomie agachada a su lado, silenciosa y extasiada, la cara apoyada en las rodillas. Peor que una comadre de barrio es mi abuela.

El comadreo, por lo menos, te lo puedes tomar con cierta reserva.

Mi abuela cuenta sus historias como si fueran dogmas de fe.

Me quedé en la puerta un minuto escuchando esa voz que me resulta más familiar que la mía propia; es la voz que adopta mi conciencia estos días, el eco de mis más íntimos reproches.

Esto no puede seguir así.

Escuché y luego interrumpí: ¿*Esa* historia? ¿Otra vez? Si no has contado esa historia mil veces, no la has contado ninguna.

Levantó los ojos hacia mí. Bueno, entonces esta vez será la mil una, dijo con calma.

Nomie no dijo nada, jugaba con los flecos del mantón de mi abuela, contando las hebras, los nudos, los trenzados.

Las historias son lo que nos mantiene vivas, dijo mi abuela de aquel modo tan significativo que no admitía discusión; bajó la cabeza y reanudó sus relatos en un tono que sólo Nomie podía oír.

Mil y uno de sus lamentables cuentos; ¿cómo podrá Nomie soportarlo?

Mi abuela parece decidida a estar hablando hasta la muerte.

Está durando mucho.

Hace tiempo que ha dejado de intimidarme con esas miradas suyas tan sagaces, con esa manera de adivinar los pensamientos a través de los ojos o la nuca de la gente, con ese aire de poseer un conocimiento misterioso que el resto de nosotros somos demasiado imbéciles para comprender. He empezado a ver estas cosas como lo que realmente son: la falsa grandiosidad de la vejez.

Sí, he dejado de temerla. Salí de la habitación, rápidamente, cuando ella me dirigió una fría mirada, pero sólo porque no quería oír ni una más de sus historias.

Estos cuentos suyos, no me gusta que Nomie los escuche. No son adecuados para que los oiga una jovencita impresionable. No son adecuados para nadie, en realidad, ni para eruditos ni para locos ni para reyes árabes insomnes.

Lo que más me molesta de sus historias no son los detalles crudos y sangrientos, sino que ella las considere la verdad, que les ponga el sello de históricas. Disfraza sus mentiras como lo haría un rey con harapos o un lobo con piel de cordero. Nadie en su sano juicio se dejaría engañar. Viendo a Nomie en sus rodillas me habría gustado decir: Qué ojos más grandes tienes, abuela, qué dientes más grandes.

Cuando yo tenía la edad de Nomie, también quería creer en algunas cosas, y cuando descubrí que eran falsas, acusé el golpe como una de las mayores traiciones.

Quería evitarle a Nomie esa sensación.

Nunca había escuchado con demasiada atención las historias de mi abuela, pero no era necesario; esos cuentos del viejo país son todos iguales.

La verdad es que sus historias son mentira. Todas.

Ah, esto no puede seguir así.

Ilana

Estos días pienso en Ari.

Me pregunto si aún estará vivo.

Si lo está, me gustaría saber cómo habrá saciado su apetito todos estos años.

¿Cuántos cientos de oficiales de cuello gordo?

Debe de ser un hombre viejo ya. El vello de sus hombros será plateado.

Me pregunto si estará enfadado conmigo por haberle dejado allí.

Aquella mancha en el agua. Yo no miré, no me di la vuelta.

¿No te das cuenta? No eras tú lo que yo quería dejar, era todo lo demás que había en aquel sitio.

Y ahora resulta que ha sido inútil, no he dejado nada atrás, todo me ha seguido hasta aquí. Pensé que en este país podría educar a mis hijos de un modo diferente. Y miro a mi hija, y a su hija, y veo en ellas la misma fiereza y la misma estrechez de miras que tenía la gente de allí.

¿Te acuerdas de nuestros padres?

Quizá un día, hace mucho tiempo, por casualidad, caminando por el bosque, te hayas encontrado con mis queridos hijos. Quizá un día, deslizándote por el océano, hayas visto a mi nieto. Le encantaba nadar.

Uno de estos días sé que saldré por la puerta y me encontraré otra vez en una ciudad de polvo, derruida y vacía, relojes rotos y silenciosos en las cunetas, y barcos como esqueletos de grandes pájaros caídos en el lecho seco de un océano.

Sashie

Últimamente mi madre ha andado murmurando algo de tres ancianas que ha visto, unas mujeres que la han ido siguiendo por todas partes. Dice que vienen por ella.

Ahora, cada vez que llega a casa, entra como una flecha en el apartamento, da un portazo, se apoya contra la puerta y la cierra con llave. Sin aliento, el pañuelo de la cabeza torcido, despeinada.

¿Qué pensará la gente de mí, que permito a mi madre deambular por las calles con este aspecto?

Es una cabezota. No puedo con ella.

Sigue insistiendo en que esas ancianas la persiguen.

No parece darse cuenta de que ella es también una anciana, y de que probablemente la gente se asusta cuando la ve.

Últimamente se lleva aparte a Nomie y le cuenta sus rollos, no sé exactamente qué, pero me lo puedo imaginar. Sé que su mente está llena de oscuridad, de cosas horribles que sería mejor olvidar o no mencionar. Le está transmitiendo a Nomie ideas extrañas sobre su herencia, sobre *nosotros*.

Estos días, cuando busco a Nomie, siempre la encuentro con su bisabuela, sentadas las dos en un rincón de la oscura habitación, entre los viejos muebles, envueltas ambas en el mantón horroroso de mi madre. Nomie, normalmente tan mohína (eso es natural: tiene catorce años), ahora se sienta contemplando a mi madre como si estuviera enamorada (*eso* ya no es tan natural).

Es malsano. Contaminará su mente de adolescente.

He leído artículos de periódico que trataban de estas cosas.

Ignoro de dónde saca mi madre sus grotescas historias. Mara y yo nos preguntamos si salen de algo que ha leído, o de algo que ha visto en televisión. Pero nunca ha abierto un libro, que sepamos, y trata al televisor como a un huésped no deseado: cuando una de nosotras lo enciende por la tarde, ella le da la espalda y deja escapar suspiros ofendidos.

Por supuesto, nosotras sospechamos que tiene demencia senil; debe de pasar de los noventa, después de todo. No sabe exactamente cuántos años tiene ni el día ni el año de su nacimiento. No es que lo haya olvidado, es que no lo ha sabido nunca. Nadie lo tiene en cuenta en aquel país tan atrasado donde nació. ¿Te imaginas? ¿Cómo puede alguien no saber su propio cumpleaños?

Sin embargo, su mente parece tan ágil como siempre. Tiene memorizado el horario de autobuses, por ejemplo. A cualquier hora del día o de la noche, cuando oye el ruido bajo la ventana, dice algo como: Es el expreso de las tres treinta y siete, o: Es el setenta y seis, conduce Arthur, siempre se retrasa un poco.

Me preocupa que se caiga, que se rompa la cadera, que la tiren al suelo y le roben en la calle. No parece darse cuenta de que es una anciana, continúa trabajando como una mula, se recorre la ciudad con sus misteriosos recados.

Puede que sea que, después de toda una vida de trabajo, su cuerpo no sabe cómo parar.

Tampoco puedo llamarla exactamente anciana. Está en la fase siguiente, es *más* que una anciana. Sea lo que sea.

Porque *yo* soy una anciana ya. Lo admito.

La idea de que somos compañeras es aterradora.

Cada vez que empieza con sus historias, le digo (suavemente, por supuesto): Eso es imposible, madre. Nunca ha sucedido nada de eso.

Y ella dice: Sí que ha sucedido. ¿Qué sabes tú? Yo no recuerdo que *tú* estuvieras allí

Y yo le digo: Claro que no estaba allí, no había nacido todavía.

Entonces cómo vas a saberlo, dice en tono triunfal. Yo sí estaba, lo vi todo, recuerdo exactamente todo lo que pasó.

Me gustaría pedirle pruebas, fotografías, recortes de periódico, cartas de amor. Pero sé que ella no tiene tales cosas, sólo imágenes en su cabeza. Y, de todos modos, es mejor no presionarla. Es una mujer vieja al final de su vida que intenta disfrazar con colores chillones, lentejuelas y armaduras un pasado gris.

Y es mi madre. Así que trato de dejarla en paz. Si le pregunto es por Nomie. Creo que Nomie debería saber la verdad.

Cuando se me presente la oportunidad, me llevaré a Nomie aparte y le daré *mi* versión. Le explicaré cómo es mi madre, cómo distorsiona las cosas. Creo que le diré a Nomie que le siga la corriente, que finja tragarse sus cuentos. Por su bien.

Me parece que es lo más amable que se puede hacer.

Por eso, cuando las miro, cuando veo a mi madre moviendo la lengua, trato de mantener la boca cerrada. Mi madre se aferra a sus historias como a un clavo ardiendo. Es como una niña terca. La dejaré con sus castillos de arena, sus graneros y sus bosques encantados, ese pasado destartalado que se ha construido ella misma y en el que habita como si fuera la dueña.

. . .

Pero no podía dejar de devanarme los sesos tratando de averiguar de dónde habría sacado esas historias. Y por qué las contaba, qué orgullo o qué vergüenza la movían a hacerlo.

Yo sospechaba que escondía algo. Las historias eran el modo de enmascarar algo a lo que no quería enfrentarse.

Quería enterarme de qué se ocultaba tras esa estrafalaria fantasía que hace de su pasado pueblerino.

Y finalmente un día ya no pude aguantar más.

Esperé hasta que salió de casa en una de sus expediciones basureras por el barrio. (La he visto hurgar en los contenedores de la basura, coger ropa tendida de las cuerdas, birlar tranquilamente limones y manzanas de los puestos de fruta y seguir paseando. Se rige por sus propias normas mi madre.) Entré en su habitación y desenterré la verdad, y las pruebas.

Desenterré, literalmente: tuve que buscar debajo de todos los bártulos diseminados por la habitación, viejas mantas mugrientas, cajas de cartón, tiestos con plantas medio marchitas, cajas de cerillas gastadas, papel ondulado y bolsas de plástico de marihuana que le compra al chico de la sudadera con capucha que se pone en la esquina (ella la llama hierba medicinal y dice que es buena para la tos. Yo hago la vista gorda, sencillamente). Las cortinas de las ventanas, amarillas por el uso, daban a la luz un tono sepia antiguo de atardecer, aunque apenas era mediodía.

Sé que no estaba bien hacer aquello, invadir su intimidad. Pero mira lo que encontré.

Un huevo Fabergé, auténtico, como los que se ven en los museos. La parte exterior estaba cubierta de piedras preciosas; las probé con los dientes, arañé las ventanas con ellas. Dentro había un pequeño diorama muy sofisticado, increíblemente minucioso. No tenía tiempo de mirarlo detenidamente, estaba demasiado nerviosa. Y, de todos modos, el exterior del huevo, la superficie adornada de piedras, me cautivó mucho más. Aquello no tenía precio.

Y pensar que lo había tenido escondido bajo la cama, como basura. ¿Cómo lo habría conseguido?

En ese momento comprendí la verdad, después de tanto tiempo, el misterio de su familia. No habían sido campesinos, debían de ser muy ricos. Hasta pertenecerían a la aristocracia. Una familia de rancio abolengo. Aquí tenía la prueba, en mis manos.

Es curioso cómo, de algún modo, yo lo había sabido siempre. O, por lo menos, lo sospechaba. Había percibido que yo era alguien especial: la sangre noble no puede negarse.

Me preguntaba: ¿Tendrían propiedades? ¿Una casa señorial? ¿Sirvientes, caballos, nombres complicados, con muchas sílabas? ¿Por qué habría renunciado ella a todo eso? ¿Se habrían visto obligados a huir de la revolución?

Y entonces encontré algo más. En la cuarta caja de cartón en la que miré, llena de papeles arrugados y amarillos y pequeñas arañas marrones que escapaban de la luz, aparecieron los documentos, garabateados en el viejo idioma. Pude traducirlos, poco más o menos, y vi que eran documentos de identidad. El de mi madre y el de mi padre, doblados juntos.

Lancé una exclamación, tragué polvo y me atraganté.

Mis padres eran hermanos.

¿Mis propios padres? ¿Viviendo en incesto todos esos años?

Me agaché, entornando los ojos en medio del polvo para examinar los dos papeles, tan quebradizos por lo viejos que parecían a punto de agrietarse más que de rasgarse.

¿Hermanos? Quizá era un error, un engaño nacido de la confusión o de la simple ignorancia. Pero cuanto más lo analizaba, más sentido parecía tener.

Hermanos. Un amor prohibido. No era extraño que hubieran huido de su casa, que se hubieran trasladado a otro país donde nadie les conocía. No era extraño que tuvieran que dejar la fortuna de la familia, los sirvientes y los bailes elegantes (yo ya había empezado a imaginar mi herencia perdida). Habían venido aquí con su amor pecaminoso para vivir de incógnito.

¿Mi madre?, me interrogué a mí misma. ¿Viviendo en pecado con su hermano? ¿Incesto?

Mira esos ojos. Es capaz de cualquier cosa.

Yo *miraba,* porque ella estaba allí de pie, por encima de mí, la cabeza todavía cubierta con un pañuelo, contemplándome fijamente mientras estaba en cuclillas junto a la cama. Qué ojos. Me arrebató los papeles de las manos, me dio un ligero empujón con el pie de modo que caí torpemente hacia atrás. Miré por delante de ella, a las motas de polvo fijas en el rayo de sol, flotando centelleantes en el aire, sin posarse en ningún momento, como esos insectos de los tiempos bíblicos que se ven en los museos, congelados durante siglos, suspendidos en ámbar.

Su mirada era heladora también.

Salí a gatas de la habitación, como un niño castigado.

Pero satisfecha. Había descubierto la verdad, su familia real, su pasión incestuosa.

No era de extrañar que ella quisiera disfrazarlo todo de cuentos de hadas y magia.

Me quedé en el baño examinándome la cara. Pensé en trajes de terciopelo, joyas en el cabello, retratos pintados. Me giré para ver el perfil. Definitivamente vi rasgos de nobleza, un mentón Habsburgo, propio de un camafeo.

Sí, me percaté de que mis hermanos y yo éramos producto del incesto.

Pero este conocimiento no me trastornó demasiado. Es un hecho histórico que los miembros de las familias reales se casan entre ellos para mantener la sangre pura, ya sabes. Se ha venido haciendo durante siglos. La unión de mis padres no era una cosa vergonzosamente ilícita; para mí era el colmo del refinamiento.

Yo había destapado su secreto. Y ahí estaba la prueba, una prueba irrefutable que se podía tener en la mano. Una evidencia tangible, que era el único modo de estar seguro de algo. Una evidencia tangible que podía restregarse en la cara de cualquiera.

Sentí que la comprendía mejor que nunca.

No le dije que conocía su secreto. La dejé que siguiera escondiendo su pasado entre sombras, pobreza, muerte y cuentos fantásticos.

Pero Nomie, pensé, Nomie tiene que saber la verdad. A Nomie hay que permitirle que sepa.

Ahora iba yo a los museos con mucha frecuencia. Casi todos los días. Me ponía guantes, perlas (falsas, pero no se notaba) y el sombrerito color violeta, y me iba a los museos y deambulaba por las inmensas salas llenas de muebles antiguos y pinturas con grandes y primorosos marcos.

Miré la cama donde un rey había estrangulado a su séptima esposa.

Los retratos de enfermizos y angelicales herederos, envarados como muñecas, que murieron antes de heredar el trono. Cuadros de mujeres con vestidos enjoyados, hombres con rígidos cuellos fruncidos o chalecos de brocado.

Iba principalmente a las salas de los huevos estilo Fabergé. Me encantaba su brillo, allí podía soñar.

Era más feliz de lo que había sido en muchos años.

¿Joe? Había sido un hombre débil, un hombre corriente. Yo le había intimidado. No había sido digno de mí.

Las salas de los museos eran grandes y resonaban como las iglesias, como salones de baile.

El linaje continuaría, pensé. Una línea indeleble prolongándose hacia el futuro.

Me acordé de ciertos fragmentos de la Biblia, esos interminables y aburridos pasajes de no sé quién que engendró a no sé quién, que a su vez engendró a no sé quién, etcétera, etcétera, por generaciones y generaciones.

Ahora me parecía importante. Tener hijos nunca me había resultado tan sublime. Ahora sí.

Entonces vi el retrato y casi me desmayé.

En realidad, así fue, me fallaron las piernas y un amable vigilante del museo se acercó y me tomó del brazo.

Un retrato de mi madre.

Te lo *juro*. Colgado en un museo.

En el retrato, ella era mucho más joven de lo que yo la había visto nunca, debía de andar por la edad de Nomie. Pero la reconocí inmediatamente, era inconfundible.

Aquellos rasgos. Tenía que ser ella. La chica del retrato tenía la marca de nacimiento de mi madre junto a la boca, una mancha rosada como lápiz de labios mal aplicado. Aquella marca tenía una forma muy peculiar, muy característica, yo la había mirado insistentemente en la boca de mi madre toda mi vida y, ahora, ahí estaba, en el rostro del cuadro.

Había otras marcas distintivas, bultos y cicatrices. Le pedí una vez que me hablara de ellas; solamente dijo que había tenido una infancia muy dura. Mirando aquella cara, se diría que una infancia muy dura significaba caerse por las escaleras varias veces al día.

Pero lo más concluyente eran los ojos, que miraban fuera del cuadro.

Aquéllos eran sus ojos, no había otros como ellos.

Congelados en el tiempo, como una avispa en ámbar.

Aquellos ojos, fieros y audaces, capaces de cualquier cosa.

En el retrato, llevaba un vestido que yo no había visto nunca, bordado y adornado con piedras en el corpiño, con manga larga. El pelo —tenía muchísimo entonces— estaba peinado en rizos, tirabuzones y ondas, una primorosa mata negra en su pequeña cabeza.

No creo necesario añadir que la chica del retrato tenía las mandíbulas apretadas, los puños cerrados. Ambos gestos eran habituales e inconscientes en mi madre.

¿Te das cuenta?, *tenía* que ser ella. Las mujeres con vestidos de brocado no posan con los puños cerrados. No había ningún otro retrato en todo el museo, que contenía cientos de ellos, con las manos así.

Anduve durante horas, sin ver nada, con la cabeza flotando.

Volví a casa esa tarde y allí estaba mi madre, pelando patatas en la cocina con Nomie a su lado. Ahí estaba, la misma marca en la boca. La misma cicatriz torcida al final de la ceja. Aquellas manos, que apretaban tanto el cuchillo y la patata como si ésta tuviera que ser dominada.

No sabía qué decirle. Sentía una especie de respeto temeroso diferente del que había sentido antes. Siempre había tenido la sensación de que escondía un cierto poder, pero daba por sentado que era algo oscuro e insidioso, no trágico y noble.

Mirándola, experimenté un feo sentimiento. Tenía envidia de ella, lo confieso, envidia de su pasado brillante y distinguido, de la elegancia por la que yo había suspirado siempre y no había encontrado nunca. Y estaba enfadada, también, porque no la hubiera compartido, porque no me hubiera hecho partícipe de los tesoros de su pasado. No sólo de las cosas tangibles, sino de los recuerdos maravillosos que tendría de aquel tiempo. Se lo había guardado todo para ella, qué egoísta. Tanto tiempo callada.

Y ahora, cuando abría la boca, era para vomitar tonterías. Se inventó esta farsa de campesinos y de pobreza sólo para reírse de mí.

No estaba enfadada por mí misma. No. Estaba enfadada por Nomie.

Nomie, allí sentada, manoseando las mondas de patata mientras mi madre ocultaba la verdad, la magnífica y resplandeciente verdad, y la atiborraba de nocivas falacias y mentiras.

Ilana

Hoy estuve hablando del noviazgo de mis padres. Estuve recordando la cara de mi madre cuando estaba poseída por el *dybbuk,* tan extrañamente inerte y vacía. Recordé la insólita voz ronca y forzada que le salía de la garganta y cómo todos los del pueblo se apartaban de ella y hasta mi padre, con la cara marcada de cicatrices, parecía asustado.

Estuve recordando cómo las gallinas la seguían y los gusanos surgían de la tierra.

Después, el día de su boda, ella llevaba un vestido azul y flores en el pelo y yo no había visto a nadie tan bello. Ella y mi padre se dieron el uno al otro un trozo de tarta nupcial, y la boca de él era tan amplia que ella podía meter toda la mano bien a gusto.

Y recordé a los padres de Shmuel, y cómo se les iluminó la cara cuando su hija se casó con el panadero. La hija tenía un ojo bizco y el pelo prematuramente canoso, así que se sintió feliz de casarse, después de todo. El panadero era tremendamente tímido y tartamudeaba al hablar, así que él también se sentía feliz. Y recordé lo contentos que estábamos por ellos, cómo unimos las manos y bailamos cuando él aplastó el vaso con el tacón. Recordé lo pronto que llegaron sus hijos, uno detrás de otro. Siete niños embadurnados de harina.

Recordé cómo murieron, sus cuerpos apilados en montones como almiares. Aquello me sonaba. A mi familia la habían amontonado de igual modo.

Hoy estuve contando la historia de la noche de bodas de mi abuela. Era todavía una niña mi abuela. Aún llevaba trenzas y no le sobresalía nada en el pecho excepto las costillas la noche en que se arrodilló ante la silla de mi abuelo y le lavó los pies por primera vez en un tazón de leche. Ella mantuvo la cabeza inclinada y tembló cuando él le pasó un dedo lentamente por la raya del pelo.

Lo veía con tanta claridad como si hubiera ocurrido la noche anterior. La silla de mi abuelo, las botas vacías, las contraventanas cerradas por el frío, la manta roja en la amplia y baja cama que aguardaba amenazadora en las sombras.

Terminé de contar estas historias, y otras, y después me fui a la cama, satisfecha.

Hasta unas horas más tarde, que me desperté sobresaltada y caí en la cuenta de que no era posible que yo hubiese presenciado estas cosas.

¡Pero me las figuraba todas con tanta claridad! Como si hubiera estado allí.

Me asusta no poder decir qué historias me han contado otros y cuáles he vivido yo.

Todas ellas tienen un halo de verdad.

Nomie

He tenido estos sueños últimamente.

En los sueños hay una escalera que va desde el suelo a las estrellas con niños que suben y bajan y olor a azúcar quemada.

Sueño con una tienda de ropa en la que las dependientas llevan grandes espejos ovalados pegados a los sombreros. Están colocadas en círculo mientras yo me pruebo los vestidos, de modo que en cada giro que doy me veo reflejada encima de sus serviles cabezas.

En los sueños llueven hombres del cielo que se doblan al llegar al suelo, lanzando maldiciones a sus superiores, a la guerra y a los fabricantes de sus paracaídas defectuosos.

Sueño con un barco en el mar, sábanas apiladas como montones de nieve, un hombre de pelo negro con las espaldas tan anchas que no cabe por la puerta.

Sueño con cosas que nunca he visto, sólo oído, pero que son más reales para mí que todo lo demás.

La gente dice que no deberíamos creer nada de lo que oímos y la mitad de lo que vemos.

Haciéndolo así, terminaríamos por no tener nada en que creer, y eso ¿de qué nos serviría? Más valdría dejarse morir, pues sería lo único que quedaría.

Yo puedo creer cualquier cosa. Durante un ratito.

Yo no tengo madre, o tengo tres, dependiendo del punto de vista.

Está Mara, que cuando yo era pequeña me abrazaba con demasiada fuerza, me presionaba la cara contra su cadera huesuda. Decía: Puedes llamarme mamá, si quieres. Es casi la misma palabra.

Me contaba un sinfín de historias sobre mi padre y me enseñaba tarjetas postales que había enviado desde distintas ciudades portuarias: Lisboa, Sidney, Miami. En sus historias, mi padre era unas veces marinero, otras médico, y siempre estaba en el viaje de vuelta a casa.

Más tarde, miré esas tarjetas y vi los reversos en blanco.

Era morena y angulosa, los ojos tan hundidos que siempre estaban sombríos. El pelo basto y largo, y lo iba dejando por todas partes, pelos negros en el lavabo, en los asientos de las sillas, pegado a su ropa, entre las páginas de los libros.

Después está Sashie, que me decía siempre que me comportara bien, que anduviera con la columna derecha y que no hiciera caso a los chicos en la calle. Tú eres especial, me decía, no eres como ellos, ellos son chusma. La sangre que corre por tus venas es distinta. Mantén la cabeza erguida, por amor de Dios.

A veces me acariciaba, pero de un modo forzado, como si no estuviera segura de cómo hacerlo.

Tenía canas en el pelo y se lo peinaba recogido y tirante. Llevaba unos cuellos como pañitos de adorno, y siempre lápiz de labios, que se le corría en las arrugas de la boca.

Y, luego, está Ilana, a quien no soporto llamar bisabuela porque decir esa palabra es como intentar gritar a lo largo de un cañón, de una distancia infinita. Y ella no quería parecer lejana en absoluto, me dirigía miradas de complicidad y me contaba secretos, y nuestras manos, cuando las juntábamos para medirlas, eran exactamente del mismo tamaño.

Cuando yo era pequeña, me hizo una capa con capucha toda en rojo, que me puse durante años siempre que salía; y me contó la historia de una chica que llevaba también una, hecha con piel de lobo.

Ella era reservada, no avasalladora como las otras dos. Yo tenía que ir a buscarla.

Tenía que andar por la habitación oscura, que me asustaba cuando era más pequeña, entre el revoltijo de muebles desvencijados, amontonados de tan mala manera que daba la sensación de que iban a caerse en cualquier momento y aplastarte. Había arañas, unos ruidillos que parecían de ratones y un peculiar y desagradable polvo que era blando y pegajoso como polen. Pero, si me atrevía con el bosque, encontraría el tesoro que estaba en medio de él: Ilana, con su labor de punto en las manos, duras y suaves a la vez, como la ropa lavada mil veces.

Yo no encontraba raro, cuando era pequeña, eso de tener tres madres. Supongo que los demás sí.

Mara trabajaba en un hospital. No tendría que haberme llevado allí con ella, pero a veces lo hacía.

No era médico, ni siquiera enfermera, aunque creo que le habría gustado serlo.

Ella limpiaba, hacía camas, pasaba la fregona y empujaba los carritos de un lado para otro.

Me gustaba llamar a las puertas y hacer visitas a gente desconocida mientras ella trabajaba. Conocí a un hombre con tubos en la nariz y la cara de un tono azulado. Tenía una enorme nariz corva y la intensa luz del sol que entraba por la ventana se transparentaba en ella, proporcionándole una traslucidez sonrosada; se veían al través las venas entretejidas. Cuando entraba, me dirigía la sonrisa más hermosa posible, a pesar de que sus dientes estaban en un vaso al lado de la cama. Jugábamos a las cartas toda la tarde.

Veía la sala en la que se encontraban los bebés, en hileras, en vitrinas de cristal, como la carne en las carnicerías o las joyas costosas expuestas en terciopelo.

Conocí a una mujer que tomaba pastillas como caramelos, todas de diferente color, y me ofrecía. Tenía una cara amable, aunque los ojos se le movían libremente, en direcciones distintas.

Hablé con otra mujer, que tenía poco pelo. Era fino y sedoso como el de un pollito. Me contó que le habían quitado los pechos. No entendí qué quería decir (era mucho más pequeña entonces). ¿Quitado? ¿Quitado para llevarlos adónde? ¿Dónde estaban ahora?

Vi por primera vez una persona muerta. En aquel momento no supe que estaba muerta. Pensé que era muy tímida y que no quería hablar.

Una vez estuve sentada en una sala de espera con un hombre que aguardaba algo. Tenía los ojos llorosos y se secaba la cara con pañuelos de papel. Primero, me habló de su mujer, de lo que le había ocurrido, de lo que habían dicho los médicos, de lo que le estaban haciendo y de todos los gilipollas a los que iba a demandar si algo salía mal. Luego, se sonó un poco más con los pañuelos y bebió de una botellita, sudando por todos los poros de la cara. Y, después, se sentó a mi lado y se la secó con mi blusa; yo me quedé muy quieta y me dije a mí misma que lo hacía sólo porque se le habían agotado los pañuelos. Por ninguna otra razón. Más tarde, en el autobús, de camino a casa, Mara me preguntó que cómo me había manchado así. No le conté nada. No quería tocarlo.

Mara dejó el empleo del hospital no mucho después de aquello. Me dijo que había renunciado.

Pero Sashie me contó que la habían despedido por saltarse las normas. La habían pillado en la sala infantil, acunando a los bebés.

En las comidas, las tres trataban de pasar al mío los mejores bocados de sus platos. Toma esto, decía Ilana, te reforzará la sangre. Esto te limpiará la piel, decía Sashie, dirigiendo el tenedor lleno a mi boca. Mara hablaba poco, simplemente pasaba a mi plato la mayor parte de su comida con una intensa expresión de martirio.

Come, decían todas. Come. Yo no quería. De verdad.

Yo no lo necesito, *yo* ya no importo, parecían decir. *Tú eres* la que tiene que hacerse grande y fuerte.

Me bastaba mirar mi plato tan cargado y los suyos tan vacíos para perder el apetito.

Madre, decía algunas veces, sólo para ver cómo las tres levantaban la cabeza con expectación.

Mientras crecía, tiraban de mí en tres direcciones.

Estaba acostumbrada.

Pero la primavera en que cumplí catorce años, las cosas se pusieron peor, de tal modo que creí que me romperían en pedazos.

Todo empezó cuando a Ilana le ocurrió algo. Llegó un día a casa con ojos alucinados. Le temblaban las manos al acariciarme el pelo. Varias horas después de regresar aún no había recuperado el aliento.

Por favor, cuéntamelo, dije, por favor, cuéntamelo, sea lo que sea.

Entonces me habló de tres mujeres de las que había huido mucho tiempo atrás y que habían atravesado océanos y años para encontrarla otra vez. Repitió sus historias sobre cómo farfullaban y se rascaban y se quitaban las pulgas del pelo unas a otras y cómo decían cosas que ella no quería oír pero que no podía acallar.

De cómo desenrollaban el hilo, lo medían y lo cortaban. Cómo unos hilos eran cortos y otros largos y, una vez que estaban cortados, ya no podían cambiarse, ni los cortos hacerse más largos ni los largos más cortos. No importaba cuánta gente pudiera querer que los trozos fueran diferentes.

Los hilos estaban cortados. No quedaba esperanza de que fuera de otro modo.

Dijo: Te lo conté una vez y te lo voy a repetir... Vine a este país desde una tierra lejana porque pensé que aquí podría cortar mi hilo como yo quisiera.

Dijo que hubo un tiempo en que creyó que se había salido con la suya, pero que ahora ya no estaba tan segura. Ya no estaba tan segura de si cortaba ella el hilo o lo cortaban por ella.

Todo esto sonaba muy raro. Pero, de alguna manera, yo lo comprendía.

Empezó a contarme otras cosas que se había guardado durante largo tiempo.

A veces hablaba una lengua que no había oído nunca y parecía sorprendida de que yo no la entendiera.

Cuando Ilana iniciaba sus relatos, Sashie y Mara se daban cuenta y empezaban con los suyos, que consistían en llevarme aparte, susurrándome en la oreja y moviendo los ojos en su derredor desconfiadamente. Mara incluso venía a mi habitación por la noche y me murmuraba palabras cuando creía que yo estaba dormida.

Acusaban y negaban, cada una me decía que era ella quien contaba la verdad y que las otras mentían.

Me sentía como si me estuvieran cortejando, como si estuvieran todas intentando ganarse mi favor. Como si yo fuera una especie de rey insomne y ellas estuvieran contando historias como último recurso, como si fueran a morir a la mañana siguiente.

Sus voces sonaban todas igual. A veces, cuando estaban contando sus historias, yo cerraba los ojos y no podía decir quién hablaba. La misma voz, con distintos grados de crispación. La misma inflexión, las mismas imágenes.

Mi madre, decían las tres, con una mezcla de amor y miedo.

Mi hermano, decían con adoración.

Mi hija, decían con voces temerosas e inseguras.

Madre. Hermano. Hija.

Si no se miraba, se podría pensar que era la misma persona todas las veces.

Eso es la herencia, sospecho: transmitirse los mismos ojos y el mismo pelo, la misma tenacidad, el mismo estilo al hablar. Las mismas voces.

Mi voz, supongo, suena como la de ellas.

Y quizá todas suenan de un modo similar porque Ilana enseñó a hablar a Sashie, Sashie enseñó a Mara, y todas me enseñaron a mí. Por eso la gente me dice que tengo un toque de acento extranjero, algo que no identifican, aunque yo nunca he salido de esta ciudad. Es la voz de Ilana, transmitida y diluida.

Nuestras conversaciones deben de dar la sensación de una persona discutiendo consigo misma.

Sus caras amenazadoras sobre mí, los mismos rasgos. Los mismos, pero distintos. El cuello de Sashie aparecía tirante de tanto levantar la barbilla, los ojos cansados de mirar siempre hacia abajo. La cara de Mara, hinchada, congestionada de secretismo, de pensamientos reprimidos, de mucosidad y de anhelos que difícilmente podía contener.

E Ilana. La cara llena de arrugas, pero no profundas, finas como hilos en la superficie de su piel. Y tenía aquella marca que yo adoraba, una mancha cercana a la boca que atraía la mirada hacia sus labios.

Sashie me despertaba en medio de la noche para decirme las cosas que se le había olvidado mencionar durante el día. Mara se ofrecía a peinarme las trenzas, y, cuando me sentaba ante ella, se envolvía las manos con mi pelo y lo tenía agarrado con fuerza durante horas, contándome más historias de mi padre —lo guapo que era y cómo la quería y lo mucho que ella había hecho por él—, con su aliento caliente y húmedo en mi oreja. Sashie vino a mi escuela un día, me sacó de clase y me llevó a un museo, donde me enseñó huevos adornados con piedras preciosas y cuadros tristes. Una vez que Ilana estaba fuera, Sashie me cogió de la mano y me llevó al cuarto de Ilana, me mostró unos documentos deteriorados y me dijo algo sobre sangre, nobleza y una fortuna perdida. Le brillaban los ojos, salpicaba saliva. Se llevaba a la boca con frecuencia un pañuelo de encaje.

Los cuentos de Ilana eran los únicos que yo quería oír.

¿Cómo puedes soportar el escucharla?, me decía Mara. Son todo mentiras y ridiculeces. ¿De verdad te crees todo eso? Seguramente te contó que había cruzado el Atlántico en un par de botas mágicas.

No, dije yo.

No puede probar nada, decía Sashie. No tiene ninguna prueba, sólo palabras e imágenes en su cabeza. ¿Cómo puedes fiarte de eso?

Sencillamente, me fío.

Ilana ocupaba la habitación más grande del apartamento y la mantenía tan a oscuras que apenas se veían sus límites. La de Sashie era más pequeña, con las paredes enteramente cubiertas de amarillentos retratos de estrellas de varias generaciones atrás. La de Mara, más pequeña aún, era la habitación que había sido de mi padre una vez y ella dormía entre textos médicos desfasados y lapiceros que no dejaba usar a nadie. Mi cuarto era el más pequeño de todos, rodeado por los otros, un cubículo sin ventanas en medio del apartamento.

Las habitaciones eran como una serie de cajas nido. Cada una cabía dentro de la siguiente. Eran como esas muñecas de madera hueca que se pueden abrir y aparece otra más pequeña que se puede abrir y aparece otra. Y así sucesivamente.

Habitaciones dentro de habitaciones e historias dentro de historias.

Yo no tenía muchos amigos en la escuela.

No tenía ninguno, en realidad.

No me importaba. Tenía demasiada compañía ya, con Sashie y Mara cerniéndose sobre mí como buitres. Suponía un alivio ir a la escuela, abrirme camino a empujones por los concurridos pasillos, leer libros y prescindir de todos los que me rodeaban. La gente me hablaba y yo no sabía qué decir.

Me quedaba en casa la mayor parte del tiempo, lo que hacía que mi piel estuviera muy blanca. Y mi pelo era negro, como el de Ilana. Llevaba ropa negra todo el tiempo, igual que ella.

Cuando estaba en la escuela primaria, las otras niñas me llamaban bruja, me arañaban, lanzaban risillas tontas tapándose con los cuadernos. Pero ahora estaba en el instituto y de repente todas iban de negro, tenían la piel pálida y cultivaban un cierto desaliño con aire atormentado. Ahora estaba integrada.

Pero seguía sin tener nada que decir a nadie. Eran como una tribu extraña, con sus propios rituales y muletillas. Yo dejaba que el pelo me cayera por la cara. Me sentía segura ahí dentro, un bosque negro.

Conocí a Vito pisándole casi, un día de vuelta a casa a la salida de clase.

Estaba tirado a lo largo de la escalera delantera de mi edificio, obstaculizando el camino. Tenía la cabeza echada hacia atrás, las manos agarradas al pecho. No sabía si estaba herido o muerto. Pensé que debía buscarle el pulso en la garganta. Luego, pensé que debía bajarle la camiseta donde la tenía subida, enseñando el estómago. Después, pensé que mejor le rodeaba.

Parecía demasiado joven para ser un vagabundo. Tenía la ropa muy limpia.

Levanté un pie para pasar por encima cuando, de súbito, abrió los ojos, se incorporó y me agarró del tobillo. ¡Por fin!, dijo.

Traté de soltarme. ¿Por fin qué?, pregunté.

He estado toda la tarde esperándote.

¿Por qué?

Te he visto en el instituto. Siéntate un minuto, dijo, y dio unas palmaditas en la escalera.

Me movía, vacilante. Quería subir corriendo las escaleras y entrar. Pero no podía dejar de mirarle, a las piezas de metal que le perforaban las mejillas.

¿Tú vas a mi instituto?, dije

Sí.

Nunca te he visto, dije.

Bueno, lo que te estás perdiendo, chica, dijo, y vi el destello de un clavo en su lengua.

¿Qué quieres?

Quiero llegar a conocerte, dijo. Eres de estas reservadas, ¿a que sí?, que parece que se traen algo entre manos. Y yo quiero saber qué es.

Alargó la mano y me tiró de la falda. Siéntate un minuto y habla conmigo, dijo. El colega Vito no va a comerte.

Me senté.

Nadie antes había mostrado ningún interés por lo que yo tuviera que decir. La gente siempre estaba demasiado ocupada en hacerme escuchar.

Me puso la mano en el muslo. Tenía las uñas mordidas, muy cortas. El pelo, aclarado de un color chillón, nada natural, y llevaba al cuello una sarta de diminutas cuentas rojas. Me di cuenta de que era sólo un poco mayor que yo, pero había en su cara indicios de arrugas alrededor de los ojos y la boca. La piel, cansada. Los ojos, extraños y dilatados; pero los fijó en mí y se quedó así y esperó. Me gustó aquello.

No podía dejar de mirar el metal de sus mejillas, de la lengua, el que le atravesaba la ceja. Me dolió por él, con esa clase de lástima que se tiene por un animal atropellado en la calle.

Sentí el impulso de protegerle de lo que fuese que le hubiera maltratado así, que le hubiera gastado y perforado como un colador.

Entonces caí en la cuenta de que había sido él quien había *escogido* estas cosas, él mismo se las había infligido.

¿Estás seguro de que vas a mi instituto?

Que sí, dijo. ¿Quieres un cigarrillo?

Cogí uno y lo sostuve e hice lo mismo que hacía él. Aspiré y soplé. Me dolían los pulmones. Le miré, esperando que el humo le saliera por los agujeros de la cara.

¡Nomie!, dijo alguien con voz de asombro.

Levanté los ojos y vi a Mara al final de las escaleras, bien envuelta en la gabardina aunque era primavera. Tenía la frente brillante de sudor.

¿Qué estás *haciendo*?

El humo salió de mi boca y se quedó flotando delante de la cara, como un velo.

¡Dios mío! ¿Quién demonios es *ésa*?

Nomie, sube inmediatamente, dijo Mara.

No me moví. Vito apoyó la espalda en el escalón que tenía detrás. La camiseta se le había vuelto a subir. Pude ver una franja de piel, una mancha de pelo, una tira de ropa interior. ¿Es tu madre?, preguntó

Miré a Mara, que estaba esperando mi respuesta. Luego, le miré a él.

No, por Dios. *Ésa* no es mi madre, dije, y subí haciendo ruido por las escaleras.

Pensé en lo que Ilana me había dicho una vez, que había algo de retorcido y amargo en Mara, algo que había empezado bien, pero que se había doblado sobre sí mismo y desviado como un pelo que crece hacia dentro.

Pensé en aquel pelo, creciendo exuberantemente dentro de ella, extendiéndose por su cuerpo, enroscándose en sus huesos como una parra, ramificándose y subiendo al corazón y al hígado, debilitando la estructura desde el interior.

Estaba en el cuarto de baño y me miré la cara en el espejo, el pelo heredado, este pelo que había pasado de generación en generación, atándonos a todas. De repente no quería seguir siendo como ellas. Cogí las tijeras y corté. Y corté otra vez. Era como cercenar un cordón umbilical. Corté grandes mechones que caían sobre las baldosas del cuarto de baño y se quedaban allí como animales muertos.

Seguí cortando, disfrutando del sonido seco, hasta que no quedó nada.

Mi cráneo tenía una forma muy interesante. Una parte de mí que no había visto nunca.

Sashie dejó escapar un chillido cuando me vio. ¡Pero Nomie, con lo bonito que tenías el pelo!

Esperaba que Mara gritase también. Quería que se enfadara. Pero no lo hizo.

Me gusta, así te pareces mucho más a tu padre, dijo, y sonrió.

Ilana me miró y le temblaron los labios al decir: Te pareces a aquella chica del piso de abajo, la que se escapó del campo de concentración. La que se ahorcó.

No es cierto, dijo Sashie rápidamente.

¿De qué habláis?, preguntó Mara.

Ilana se tapaba las orejas con las manos.

Yo no podía soportar el dolor que se veía en su rostro. Volverá a crecer como antes, te lo juro, le repetí a Ilana varias veces, pero no me miraba a los ojos y cerró la puerta de su dormitorio.

¡Qué guay!, dijo Vito, pasándome la mano una y otra vez por el cuero cabelludo.

Estábamos sentados en el tejado de mi casa, entre un bosque de antenas de televisión. La brea estaba derritiéndose, pegándoseme a la culera de los pantalones y a las palmas de las manos. El tráfico de la calle se oía lejano y el cielo estaba parcheado de manchas moradas, que seguramente eran nubes o contaminación.

Me pareció que el edificio se balanceaba, muy ligeramente, con el viento.

El tejado era plano y no había paredes ni barandillas que lo rodearan. Las palomas se posaban y nos observaban.

Estábamos sentados lo más cerca posible del borde, para demostrar que no teníamos miedo.

Vito me dio un cigarrillo que él mismo había hecho. Tenía un sabor distinto del de los cigarrillos normales.

Éste es mucho mejor, dijo.

Reforzado con vitaminas. Nuevo y mejorado, añadió, y se echó a reír.

¿Has vivido siempre aquí?, pregunté.

Qué va, dijo. Mamá y yo nos movemos mucho por ahí. Un montón de alquileres de un año. Ella es guay. No le importa lo que yo haga.

¿No le importa? Eso parece estupendo, dije. Ni siquiera podía imaginármelo.

Entonces dije: ¿Y qué hay de tu padre?

Papá era un bala perdida, dijo, y se rió un poco. Me cogió el cigarrillo y aspiró el humo dulzón. El aroma me recordó a Ilana.

¿Y los tuyos?, dijo él.

No sé. No sé dónde están. No los he conocido.

Ah..., ya. Eres adoptada.

No..., mi madre está muerta. Es muy complicado. Mira, ella era una especie de sirena que no podía vivir fuera del agua, y mi padre era médico pero nunca terminó la carrera, y está muy ocupado viajando por el mundo y aún no ha tenido tiempo de volver, pero ya lo hará.

Ah..., entonces, ¿quién era esa señora con pinta de loca que vimos el otro día?

Mi tía. Pero ella cree que es mi madre. Aunque la que es más mi madre que ninguna es mi bisabuela. Pero a mí no me gusta llamarla bisabuela. Y ella ni siquiera sabe quién soy exactamente.

¡Sopla!, dijo él con admiración. Vives con una panda de chifladas.

¡Y por lo que sé, ni estoy emparentada con ellas! ¡Puede que ocurriera un error, una confusión, y mis verdaderos padres anden por ahí buscándome en este momento!, dije.

Solté esto impulsivamente. Pero, luego, pensé en ello y la idea me resultó muy atractiva. Quizá no era su hija. Ellas me lo decían, pero ¿por qué tenía que creerlas? ¿Por qué tenía que creer sus historias inverosímiles de gente que nunca había visto? ¿Dónde estaban las pruebas?

Yo podía ser cualquiera, pensé. Cualquiera. Era un personaje lleno de misterio y posibilidades. Mi vida, que siempre me había resultado tan estrecha, ahora estallaba y se desparramaba. Se veía el cielo muy brillante, fumé un poco más de aquel cigarro y miré a Vito; me pareció que tenía tres brazos, luego cuatro, después seis y todos ellos eran muy hermosos.

Me encantó notar el clavo metálico en la boca cuando nos besamos, me encantó sentirlo golpear contra mis dientes. Conseguir que nuestros cuerpos se alinearan fue más difícil. Yo seguía con una rodilla en su estómago y la barbilla en su boca.

¿Quieres que lo hagamos?, dijo, con las manos en la cintura de mis pantalones.

No, dije.

¿Por qué no?

No sé.

Todo el mundo lo hace. *Todo el mundo.*

Soy demasiado joven.

Bueno, venga ya. Apuesto a que todas tus amigas lo han hecho.

No sé.

Confiésalo, lo han hecho. Apuesto a que no puedes mencionar *ni una* que no lo haya hecho todavía.

No.

Un nombre. Dame un solo nombre. ¿Lo ves? No puedes. Todas lo han hecho.

No es por eso.

Vamos, es normal. Todos lo hacen. ¿Es que no lo sabes?

Claro que lo sé, dije, porque no quería decirle que no tenía ninguna amiga ni tampoco idea de qué hacía otra gente. Él era como un embajador de aquel mundo, enviado para instruirme en sus costumbres.

Vamos, dijo, te gustará. Después me lo agradecerás.

Vale, dije, porque le creí. O quería creerle. Lo tenía muy arraigado. Me habían enseñado durante tanto tiempo a creer lo que la gente me decía que era difícil romper el hábito.

¿Estás preparada?

¿Es que quieres hacerlo aquí mismo?

¿Por qué no?

Podría vernos alguien.

¿Quién? ¿Las palomas?

Él se movía con decisión, los ojos enormemente dilatados.

Espera, dije, y *oh,* y *para* y *despacio* y *ahí no.* Yo miraba hacia el cielo y le noté rozándome en ese sitio tan sensible y me molestaba, como cuando te frotas mucho los ojos con los nudillos. *No,* dije, y *por favor,* y *¿has terminado?,* y *¿has terminado?,* y *¿no has terminado todavía?*

Me recosté y esperé, observando cómo su cuerpo subía y bajaba de un modo apremiante y ansioso hasta que dijo que ya había terminado. ¿Qué tal te encuentras?, dijo.

Yo quería decir: ¿Por qué nadie me ha explicado que esto iba a ser así? ¿Por qué nadie me preparó?

Yo conocía la teoría, pero la realidad era bastante distinta. No dije nada.

Noté que escurría por mis piernas algo caliente; me tumbé sobre la brea negra y abrasadora y deseé más que nada en el mundo que nevara, quería que cayera la nieve y lo cubriera todo.

Aquella noche, ya tarde, Mara entró en mi cuarto. Estaba de pie al lado de la cama con su bata blanca y el pelo cayéndole por la espalda.

Estás despierta, ¿verdad?

Se acercó un poco más.

¿No puedes dormir?, dijo. ¿Algo que te preocupe?

Se sentó en el borde de la cama. El colchón cedió y me deslicé hacia ella.

Puedes contármelo, ya lo sabes, dijo, y me acarició la cabeza.

Yo me preguntaba si sabría algo, si nos habría visto en el tejado. No distinguía bien su cara.

Sé que estás sola, dijo, no tiene por qué avergonzarte el admitirlo.

El fuerte olor a medicina de su crema de manos flotaba en el ambiente.

Bueno, está bien, dijo.

Suspiró como si cediera y dijo: De acuerdo, si así lo deseas. Me quedaré contigo hasta que te duermas, si quieres que lo haga, no me importa.

Pero si yo no..., dije muy bajito.

No tienes que tener miedo de nada, prosiguió como si no me hubiese oído. No hay nada que temer, sólo te imaginas cosas. Me quedaré aquí hasta que te duermas. Así no estarás despierta sola. Yo sé lo terrible que eso puede ser.

Esas voces, decía ella, no son reales, sólo están en tu cabeza.

Traté de separarme de ella pero la cama era demasiado estrecha; no había sitio. Su calor pegajoso avanzaba por debajo de las mantas.

Yo no te dejaré nunca, dijo. No como *otros*.

Me apreté más contra la pared.

Esperé.

Y esperé.

Y esperé y esperé, pero no me venía.

Las clases habían terminado, así que tenía un montón de tiempo para concentrarme en la espera.

Pronto empecé a mirar cada hora la entrepierna blanca de las bragas.

Esperé un poco más y, cuando estuve segura, se lo dije a Vito.

¿Que estás qué?, dijo él. Pero ¿cómo puede ser?

Estábamos sentados juntos en la escalera de la entrada de mi casa. Yo no podía estarme quieta, estaba haciendo chocar las rodillas una contra otra. Atenta por si aparecían Mara, Sashie, Ilana, todas... Fumaba sus cigarrillos lo más deprisa que podía, uno tras otro, pensando que quizá eso lo mataría.

Lo siento, chica, creí que tomabas la píldora.

Mentira, grité. ¿Por qué ibas tú a pensar *eso*?

Lo pensé, te lo juro. Supuse que andarías liada con alguien más.

Le miré y me dieron ganas de poner una cuerda alrededor de todos los pendientes de su cara y tirar fuerte de repente para cerrársela como si fuera una bolsa de cordones.

¿Con *quién*?, dije yo.

Esto... Yo no quería decir eso, dijo, e intentó besarme. Le mordí en el cuello con toda la fuerza que pude.

Déjame en paz, grité, pero todo lo que me salió fue un susurro.

El apartamento me resultaba agobiante. Estaba segura de que las tres se habían dado cuenta. Probablemente lo olían, hasta lo verían. ¿No era evidente? Mi cuerpo apestaba, era transparente, proclamando a todas luces su condición. ¿Lo sabría Ilana?

Pero ella no decía nada, me pasaba los dedos por la cara. Nunca podría contarle mi secreto. Sabía su opinión sobre los hijos, eran una bendición, nunca entendería que yo quisiera deshacerme de él.

Yo no podía tener un niño. ¿O sí? ¿Ahora? Era imposible.

No podía traer un bebé a este apartamento. A esta serie de cajas, estas habitaciones contenidas cada una dentro de otra. ¿Dónde pondría al bebé? ¿En una caja lo suficientemente pequeña como para que cupiera dentro de la habitación más pequeña, de modo que todas nosotras le rodeásemos, le cercásemos y le ahogásemos a base de atenciones?

Se me vinieron a la memoria las fotografías de fetos que había visto, mostrando su evolución. Algo que empezaba como un punto diminuto y se desarrollaba en distintas etapas hasta que se convertía en un recién nacido. Aquellos embriones de diferentes tamaños me recordaban a las muñecas *matrioshkas*. Los bebés aún no nacidos eran como las muñecas más pequeñas, las más escondidas, lo que estaba dentro del vientre de cada una de ellas, el núcleo de todas.

Sabía lo que pasaría si nacía el bebé. Me daba cuenta de que Sashie y Mara estaban empezando a darse por vencidas respecto a mí. Yo no era la hija modélica que ellas esperaban. Se abalanzarían sobre el bebé y empezarían de nuevo. Tirarían de él hacia acá y hacia allá, intentarían moldearle a su gusto. Ningún niño merecía semejante cosa.

Se repetía la pauta. Una interminable procesión de mujeres siguiendo un solo par de huellas en la nieve.

¿Qué alternativas había? Vito no me servía de nada. Era de esperar; todos los hombres morían o desaparecían y te dejaban sola. Eso era algo que yo había aprendido muy bien.

¿Por qué tuve que hacerle caso?

¿Por qué nadie me había advertido?

¿Por qué nadie me había dicho lo que podía pasar?

Estaba muy enfadada con las tres: Mara, Sashie, Ilana.

¿Por qué no me habían preparado para esto?

Me acordé de cómo en las historias de Sashie siempre parecía evitarse cualquier alusión a las relaciones sexuales y la concepción; ella no consideraba estas cosas dignas de ser explicadas, no eran apropiadas para los labios de una señora ni para mis oídos, era mejor soslayarlas.

Y Mara no tenía nada que decir en estas cuestiones. Ella sólo susurraba palabras en voz demasiado baja como para que se oyeran, lanzaba miradas por el rabillo del ojo y apretaba mucho las piernas.

Luego pensé en Ilana.

De pronto la recordé hablándome del alambre retorcido de Baba y sus visitantes nocturnos, no los hombres, sino las mujeres asustadas que llegaban por la puerta de atrás; y del oficial de cuello gordo y botas relucientes; y de mi bisabuelo poniendo las manos en el vientre de ella e implorándole que fuese fecunda y se multiplicase. Ilana sí me *había* advertido, ahora me daba cuenta. Pero yo no le presté la debida atención. Creí que sus historias eran sólo de *ella;* no había caído en que tenían algo que ver *conmigo.*

Ahora era demasiado tarde para pedirle consejo. Pero el recuerdo de sus historias me había dado una idea.

Pulsé el timbre y oí un repique sordo al fondo del apartamento.

Oí unos lentos pasos de pies que se arrastraban, el chirrido de unas cerraduras oxidadas.

Era mucho más pequeña de lo que esperaba, cojeaba, apoyándose en dos bastones, y tenía la espalda tan arqueada que la barbilla le daba en el pecho. Pero todavía llevaba joyas pesadas: sartas y sartas de perlas, pendientes que le estiraban los lóbulos y anillos en todos los dedos. Y, lo mismo que Ilana, se teñía el pelo del que fue una vez su color original: un encendido anaranjado con reflejos amarillos como el oro falso.

¡No creí que estuvieras aquí todavía!, le espeté cuando llegó a la puerta. No podía dejar de mirarle a los pies, aquellas cosas rígidas tan poco naturales metidas en unas chinelas rojas de tacón alto.

¿Esperabas que estuviera muerta?, dijo bruscamente.

No..., yo...

Se llevó las gafas a la nariz y me miró detenidamente. Luego se puso un segundo par de gafas sobre el primero y volvió a mirar. Se colocó un tercer par en la punta de la nariz después de los otros dos y me escrutó a través de las lentes triples. Se le abrieron muchísimo los ojos.

Ah, ya sé quién eres, dijo. Bueno, no *exactamente,* pero he visto antes esa cara.

Le expliqué: Encontré tu dirección entre las cosas de Sashie. Estaba escrita en una invitación. Una invitación a su boda. Supongo que se le olvidó enviártela.

Se rió al oír eso; vi el blanco brillante de sus dientes, el rosa vivo de las perfectas encías de plástico. Dijo: Fue cosa de Ilana, estoy segura. Estoy segura de que debería habérmela dado ella y no lo hizo. No me quería allí, no me quería cerca de su familia, pensaba que yo daba mala suerte. Siempre lo pensó.

Entonces, ¿te acuerdas?, dije, sorprendida.

Por supuesto, dijo. Y tú eres..., ¿qué? ¿La nieta de Ilana?

Bisnieta, dije yo. Y tú eres... *Annabelle,* dije con prudencia.

Anya, dijo ella. He vuelto a ser Anya. Me he dado cuenta de que no puedo escapar, así que, ¿para qué fingir? Pasa, pasa, no te quedes ahí en el pasillo como un vendedor.

La seguí por una habitación, que tenía una capa de polvo tan gruesa que parecía una excavación arqueológica, hasta la cocina, que daba la sensación de que se usaba y estaba limpia. Todas las cacerolas y los botes estaban en las baldas más bajas, donde ella podía alcanzarlos.

Voy a calentarte un poco de sopa de remolacha, dijo.

No, no te molestes, dije, mi bisabuela me la prepara muy a menudo.

El gesto se le endureció. Bueno, *yo* no tengo a nadie a quien preparársela, dijo tercamente, y puso una cacerola sobre el fuego.

No quiero que te molestes, dije, yo sólo quería consultarte una cosa.

Le conté mi problema.

Pensé que... podrías... hacer eso. O conocer a alguien que lo hiciera, dije.

¿Qué?, dijo. ¿Sólo porque me lo hicieran a mí una vez voy a ser una experta?

No, no quería decir eso. Yo sólo pensé que sabrías... qué tengo que hacer para que me lo hagan, dije.

Estaba acercándose a mí, estudiándome la cara.

Si quieres saberlo, es verdad que he ayudado a mujeres con problemas. Cuando no tenían otra opción. A muchas mujeres. ¡Aquí mismo, en esta cocina!, dijo.

Puedo pagarte, dije yo. No mucho, pero...

¡No! ¡Ni hablar!, gritó, y me salpicó la cara de saliva. ¡Ni hablar! Para eso están los médicos y los hospitales. Ellos pueden hacerlo como Dios manda. Puede que te parezca una ignorante, pero sé muy bien de qué hablo.

¿No vas a ayudarme, entonces?, dije mirando al suelo.

Yo sólo te haría daño, tontita, dijo. Estas cosas son muy peligrosas. ¿No crees que debe de haber una razón para que yo no haya tenido ningún hijo? No fue una elección, te lo aseguro. Fui a pedir ayuda a aquella vieja herborista y me desgració para siempre; y era sólo una niña entonces. Poco más o menos de tu edad. ¿Me estás escuchando?

Sí, contesté.

Algunas veces me gustaría no haber ido a ella jamás, haberme quedado en casa y haber tenido el niño. Mi vida habría sido completamente diferente. Siempre tuve envidia de Ilana. Ella tenía todo lo que a mí me faltaba. Todo lo que yo deseaba y nunca tendría. ¡Y no, no estoy hablando de los pies!, dijo.

Levanté la vista de aquellos trozos de madera. Me puso el pulgar bajo la barbilla.

Ella tiene hijos, nietos, bisnietos. ¡Ahora quizá hasta tataranietos! Y yo, ¿qué tengo yo? Nada. Los hijos de otros molestándome, sopa que no come nadie. Niña, deberías pensar detenidamente qué es lo que vas a hacer. No cometas el error que yo cometí. ¿Quieres terminar igual que yo?

No dije nada. Había ido haciéndome retroceder hacia un rincón.

Se rió. Te pareces a Ilana, maquinando tu escapatoria, dijo. Alargó la mano y me acarició la cabeza. Dijo: Tienes los ojos como los suyos. Pero ¡este pelo! ¿Qué le ha pasado? ¿Fue un accidente?

Me gusta así, dije. Es distinto.

¿Te ha contado Ilana alguna vez cómo me lo cortó ella? En aquel momento estábamos las dos desesperadas por salir y dijo que el pelo nos estaba entorpeciendo. Pero yo creo que secretamente ella quería hacerlo de todos modos. Disfrutó con los hachazos. Me tenía envidia, creo. Nos teníamos envidia la una a la otra, vaya dos. Podríamos haber sido amigas si las cosas hubieran sido diferentes...

Anya sirvió un tazón de sopa de remolacha e intentó hacérmela comer, pero el intenso color rojo me revolvió el estómago. Me agarró del brazo con fuerza y se acercó más a mí. Sus dientes postizos de repente me asustaron, eran demasiado blancos y demasiado grandes para su cara. Y no teníamos nada más que decirnos la una a la otra (aunque ella no pensaba lo mismo: tenía mucho que contarme todavía), así que me marché.

Fui al hospital. Traté de mantener la mente en blanco. No quería pensar en lo que iba a hacer, sólo quería terminar de una vez.

Vito vino conmigo, pero no me servía de ayuda en absoluto. Deambulamos por las blancas salas, esperamos sentados en sillas de plástico azul, nos echaron de zonas restringidas unas enfermeras con zapatos blancos muy feos.

Yo no sabía qué hacer, ni adónde dirigirme ni a quién preguntar.

Sólo quiero acabar de una vez, dije, y me llevé las manos al estómago.

Las luces vibraban en el techo. Oímos pasos, innumerables pasos que sonaban a lo largo de los pasillos. Aproximándose, alejándose, aproximándose otra vez. Sin aparecer. Había un charco marrón que se extendía por el suelo.

No creo que puedan hacerlo ahora mismo, de todos modos, dijo Vito alegremente. Creo que te harán firmar algún papel y tendrás que volver dentro de unos días.

No me importa.

Y creo que tendrás que conseguir un permiso paterno además, dijo.

Le miré. La intensa luz le había robado todo el color de la cara, tenía la nariz ribeteada de rosa y las pupilas muy dilatadas. Se le veía a él peor de como me sentía yo.

No llores, dijo. Venga, mujer, no llores. Escucha, tengo una idea. Sé de un sitio, una clínica, la novia de un amigo mío trabaja allí. Podríamos ir, allí nos admitirían sin preguntarte gilipolleces. El único problema es que queda un poco lejos.

No, dije. No, no me voy a ir de este lugar hasta que me lo saquen. No me voy. Dormiré aquí.

Se rascó la cabeza y sobre los hombros de su camiseta negra le cayó una nevada de caspa.

Yo podría haber estado sentada allí toda la vida si no hubiera visto algo al final del pasillo. Algo que me dio dentera, algo que me hizo salir corriendo.

Eh, Nomie, espera, decía Vito resollando. Eh, ¿adónde vas?

Silencio, dije en voz baja mientras doblábamos las esquinas patinando por los suelos recién fregados.

¡Nomie! ¿Por qué tanta prisa?

Calla, le reprendí en voz baja, y de repente nos encontramos en la sala de urgencias esquivando a grupos de gente con batas azules salpicadas de rojo, a médicos que gritaban palabras técnicas que parecían impúdicas y obscenas. Y luego entró toda una flota de camillas, con unos pacientes atados a los tableros con correas y envueltos en sábanas, que levantaban sus brazos al cielo y clamaban a sus dioses y a sus madres.

Nomie, me llamó Vito, y yo dije: Deja de llamarme por mi nombre; después, ya salimos a la calle.

La luz del sol era agradable y calmante y paré de correr.

¿Qué pasó? ¿Qué viste?, preguntó.

Alguien a quien me pareció conocer, dije.

Había sido Mara, con un uniforme rosa y guantes de goma, y sus negras cejas oblicuas cruzándole la cara. ¿Nos habría visto?

Mara. De un modo u otro había recuperado su empleo.

Mara

Sabía que iba a ocurrir esto.

Nomie ha desaparecido.

Mi madre está fuera de sí.

Mi abuela no dice nada. Estoy segura de que ella sabe, ella sabe dónde está Nomie pero no quiere decírnoslo.

Después de todo lo que ha estado hablando últimamente, ahora no abre la boca.

Esto es por su culpa, lo sé. Con todas las historias que le ha contado a Nomie, le ha estado dando ideas.

Fuera cae la nieve. Una extraña ráfaga a mediados de julio.

Mi abuela no dice ni una palabra; sólo se sienta ahí musitando algo sobre tres ancianas que han estado siguiéndola. No le preocupa nada lo que pueda pasarle a Nomie.

¿Cómo puede haber desaparecido así?, dijo mi madre.

No ha desaparecido, se ha escapado. Está en la edad, le dije yo. No quería preocuparla más de la cuenta.

Ha sido mi madre, decía la mía en un susurro. Mi madre la ha inducido a hacer esto, estoy segura.

Ya ves como no eran imaginaciones mías. Mi madre había llegado a la misma conclusión acerca de mi abuela.

Podríamos llevarla a un asilo, dije con el tono más neutro que pude. Por su bien, por su seguridad. Está ciega como un murciélago, un día de éstos va a atropellarla un coche. Y su habitación sería un peligro en caso de incendio. Esto no puede seguir así.

Ya, dijo mi madre.

Me di cuenta de que la idea le parecía bien.

Nosotras no podemos ocuparnos de todas sus necesidades, ya lo sabes. Por mucho que la queramos, dije. Por mucho que nos apetezca. Y este lugar tan lleno de aristas, y con esas escaleras tan empinadas.

Mi madre asentía.

Cómo la odiaba, con sus labios fruncidos, las mejillas contraídas como si estuviera posando permanentemente para un retrato. Pero la necesitaba como aliada.

Tenemos que meterla en un sitio donde no se haga daño, dije.

Nos inclinamos las dos, cuchicheando. No queríamos que mi abuela nos oyese. Se alteraría innecesariamente al enterarse de nuestros planes. Ella no gastaría el dinero en semejante cosa, eso es lo que diría.

Yo tenía un dinero ahorrado a lo largo de mis años de trabajo en los hospitales, lo guardaba en un cajón bajo unos montones de ropa interior discreta y sosa. Había estado ahorrándolo para cuando Jonathan volviese, para cuando nos marcháramos juntos.

Pero el asilo era mucho más importante. Por el bien de mi abuela.

Me imaginé el apartamento sin ella.

Ella era la causa del ambiente opresivo y claustrofóbico.

Sin ella, sería mucho más agradable. Sólo Nomie y yo, juntas. Nomie me escucharía sin que mi abuela la distrajera a cada minuto.

Sólo Nomie y yo. Yo y Nomie.

Y mi madre, claro.

Ya me ocuparía de eso más tarde.

De momento sólo me interesaba quitar de en medio a mi abuela. Llevarla a un sitio mejor.

Yo la quería, estaba dispuesta a hacer sacrificios por ella. Estaba renunciando a mi futuro, a mi oportunidad de dejar el apartamento e irme a otro lugar... Todo para que sus últimos días fuesen más agradables.

Resultó que mi madre también tenía escondido un fajo de billetes.

De tu padre, dijo.

¿Mi padre? Nunca me hablaba de él, que había muerto antes de que yo naciera. Ni siquiera me había dicho cómo había muerto. Yo suponía que habría sido algo pedestre, atropellado por un tranvía o de un repentino ataque al corazón mientras cruzaba una calle.

Teníamos largas conversaciones en voz baja y hacíamos gestiones. Mi madre y yo estábamos más unidas que nunca, asociadas para un objetivo común. Nos hablaron de un sitio que parecía prometedor y yo fui a verlo. No era bonito, un edificio alto y austero pero con aspecto de ser muy seguro. A los residentes no se les permitía andar solos por ahí. Y cuando se ponían muy nerviosos o alborotados, se les sedaba ligeramente, se les dominaba con delicadeza. Había un pequeño patio de cemento, nada de estorbos de flores ni de molestos insectos. Me gustó en especial la alta verja de hierro.

Parecía perfecto y quería trasladar allí a mi abuela enseguida, pero me dijeron que estaba lleno y que tendríamos que esperar a que hubiese una vacante.

El empleado con el que hablé no lo dijo, pero comprendí que tendríamos que esperar a que alguien muriera.

Esto resultaba un inconveniente. Me preguntaba si habría un modo de salvar este obstáculo, de agilizar los trámites.

Deseaba sacar a mi abuela del apartamento antes de que Nomie volviese. No me apetecía que pasaran más tiempo juntas. Se me vino a la cabeza que mi abuela podría contarle toda clase de mentiras sobre Chloe, mi hermano y yo.

Y yo no quería eso.

Informé a mi madre de todo lo del asilo y las dos estábamos satisfechas. Sólo había que esperar.

Nos sentábamos juntas amigablemente, con nuestras tazas de té, en la cocina. En la oscura habitación delantera, en medio de su laberinto, se sentaba mi abuela, tejiendo jerseys. Frunciendo el ceño, enlazando los dedos. No me explico cómo se manejaba entre aquella jungla de muebles; me preguntaba si desenrollaría una madeja de hilo cuando entraba para ayudarse a encontrar el camino de vuelta. Quizá dejaba un rastro tras ella, las migas del desayuno cayendo poco a poco de su vestido.

Me puse a mirar por la ventana y dejé a mi madre con su cantinela de casas señoriales, herencias, valiosas joyas, sangre real, viajes secretos, amores prohibidos, incesto...

Yo no la escuchaba con atención. ¿De qué iba toda aquella cháchara?, me preguntaba. Ella no sabía nada de amor. Ni de incesto, si vamos a eso. Ella no había querido a sus hermanos como yo al mío.

Todo este tiempo estuvimos esperando a que Nomie volviese, por supuesto. La extraña nieve siguió cayendo y la ciudad parecía más horrible de lo habitual. Caía la oscuridad a las cuatro de la tarde, los edificios se balanceaban y se inclinaban amenazadoramente como si estuvieran a punto de volcarse y enterrarnos a todos.

Habíamos avisado a la policía, naturalmente. No había mucho más que nosotras pudiéramos hacer.

Igual que su padre. Largándose así. Qué impetuosa.

Cuando regresara, ya me aseguraría yo de que no volviera a marcharse de esta manera.

¿Adónde podría haber ido? Nunca había vivido fuera del apartamento. No conocía a nadie. Sólo a ese chico de los trocitos de metal clavados en la cara como metralla. Y yo le había prohibido verle.

Cuando empiece a pasar frío, seguro que vuelve. Y cuando vuelva, yo estaré esperando.

Estaré esperándote, Nomie.

Estaré esperando, cariño.

En la puerta.

Nomie

¿De dónde has sacado este coche?

Me lo han prestado, dijo Vito.

¿Quién?

No sé.

Vamos, que lo has robado.

No, dijo. Esto no es robar. No me lo voy a quedar, así que no es un robo. Lo hemos cogido prestado para este viaje.

El coche era amplio, lento y elegante. La espuma salía por los agujeros de los asientos y el suelo estaba plagado de periódicos y tazas de café. Era el primer coche en el que me metía aparte de los taxis. Esto lo convertía en lujoso.

Estaba amaneciendo cuando nos fuimos, con una luz rosada en el cielo. Pasamos por algunas partes de la ciudad que no había visto nunca, que ni siquiera sabía que existían. Los edificios terminaban en puntas y agujas curvadas, y de los aleros sobresalían gárgolas con la lengua fuera. Las calles estaban desiertas, los almacenes cubrían sus fachadas con rejas metálicas. El sol salía de color anaranjado fuerte, una bola de fuego.

Debería haberme sentido emocionada, pues era la primera vez que salía de la ciudad. Me ponía en camino igual que Ilana cuando tenía mi edad. Iba a ver el mundo directamente, en vez de conocerlo filtrado a través de las historias de otros.

Pero me daba lo mismo. Tenía frío, iba sentada con las rodillas pegadas al pecho y mirando la esfera de cristal sujeta al salpicadero del coche y los pequeños copos blancos que se arremolinaban en el agua. La nieve flotaba delante de mí, como si fuera un espejismo hacia el que nos dirigiéramos.

¡Pero bueno!, no puedo creerlo, ¡está nevando!, dijo Vito.

No me molesté en levantar los ojos.

No puedo creerlo. En pleno verano.

Yo seguí con la mirada puesta en la nieve de la esfera.

Mira, así se taparán nuestras huellas, dijo, y forzó una carcajada.

Estaba divirtiéndose, con ojos todavía de sueño y una botella grande de soda apoyada en la entrepierna. No le pregunté cómo había aprendido a conducir, cuándo había aprendido a robar coches. No me importaba.

Pasamos por puentes y por carreteras grises y monótonas. Sentía mi cuerpo entumecido y pesado como un saco de cojinetes. Miraba los remolinos de nieve en el óvalo de cristal. Dentro había un bosque, un minúsculo Santa Claus y una casita segura y acogedora.

¿Estás segura de que quieres hacerlo?, dijo Vito. ¿Estás segura de que quieres cargártelo?

Lo que intento es salvarlo, dije.

¿*Salvarlo?*, dijo él.

No contesté.

¿Qué explicación podía darle?

Miré a la gente de los coches que nos rodeaban. Gente aprisionada en cristal, como peces tropicales en acuarios. Como si fuesen a morir al contacto con el aire de afuera. Gente que de repente me pareció muy frágil, muy delicada. No sólo la de los coches, sino toda. Vito, yo, el niño que estaba dentro de mí. Cualquiera de nosotros podía desaparecer en un instante. Arbitrariamente. O por capricho. Un tirón repentino al volante y el coche sale volando. Una decisión tomada de improviso.

Yo quería colarme en aquella casita diminuta de la esfera y esconderme; y oír las olas y la nieve golpear contra las ventanas.

La ciudad estaba en la costa; había luces de neón y largas hileras de moteles. Era como una ciudad encantada, tan tranquila, profundamente dormida. Era un lugar de veraneo y, al caer la inesperada nieve, lo había silenciado todo.

Anduvimos por la playa vacía. La nieve cubría la arena y las olas eran encrespadas y del color de la pizarra. Había un parque de atracciones, desierto, que se extendía a lo largo del paseo marítimo. Pasamos por delante de los puestos y las casetas de tiro, todo cerrado. Unas carpas deslucidas se hundían bajo el peso de la nieve. Los caballos de madera del tiovivo llevaban mantos blancos. El armazón desvencijado de una montaña rusa se levantaba sobre nosotros como el esqueleto de un dinosaurio. Yo llevaba puesta la chaqueta de Vito sobre la mía, pero seguía teniendo frío.

Había carteles descoloridos mostrando fenómenos curiosos: siameses unidos por la cabeza, un hombre vestido con piel de tigre y un collar de cráneos, una mujer con branquias, otro hombre con un rabo largo y peludo. Un enorme payaso pintado nos sonreía maliciosamente desde una valla publicitaria. Pelo rojo y dientes grandísimos. Me acordé de Anya.

Volvimos al coche y nos dirigimos al bar en el que se suponía que Vito se encontraría con su amigo. Espera aquí, dijo, y salió del coche.

Pero yo quiero ir, dije yo.

Sólo será un minuto. Tú no puedes venir, pareces demasiado joven. Te echarán.

No, dije yo.

Tengo que hablar con él de una cosa, no tardo nada. Toma, enciende la calefacción, volveré enseguida, te lo prometo, dijo, y me tiró las llaves.

Le esperé diez minutos, después veinte, y luego entré.

El interior estaba oscuro, sólo iluminado por la luz azul y naranja de los anuncios de cerveza y por el resplandor de los cigarrillos. Se notaban en el suelo las vibraciones de la máquina de discos. Había hombres corpulentos en la barra y sentados a las mesas, encorvados y con la cabeza colgando como si fuera demasiado pesada para mantenerla erguida. No veía a Vito. Me senté en un taburete y esperé.

¿Y tú qué haces aquí?, me dijo el hombre que estaba a mi lado como si prosiguiese una conversación anterior. Tenía la cara adormilada, tres vasos vacíos delante de él y una nariz roja y llena de poros.

Nada, contesté.

Algo harás, dijo él.

No puedo soportarlo, dije. La gente todo el tiempo diciéndome cosas, inventando historias y mintiendo, y yo no sé ya qué creer.

¡No me digas!, dijo, interesado, con la lengua colgándole de la boca. Creo que yo puedo ayudarte.

¿Seguro?, dije.

Él dijo: ¿Dices que estás buscando la verdad? Yo te voy a decir dónde encontrarla.

La música me estaba dando dolor de cabeza. ¿Dónde estaría Vito?

, Dijo: ¿Buscas la verdad? La verdad está en mis pantalones.

Se rió estrepitosamente entonces, y el hombre que se encontraba a su lado se rió también, y la risa era húmeda y babosa y salpicó el mostrador y hasta el suelo.

El amigo se inclinó hacia mí; sus ojos eran como estrellitas de cinco puntas que giraban, y dijo: Tal vez es algo que no puedes *identificar, ¿*no crees?

El primer hombre dijo: La respuesta está precisamente aquí, mete la mano y cógela.

Se rieron y se rieron y, aunque no quería, se me iban los ojos a sus pantalones, unos pantalones bastos que no le sentaban bien, demasiado ajustados en los muslos y abultados en la entrepierna.

Oí silbidos, abucheos..., toda una sinfonía.

Entonces Vito salió de la oscuridad y yo me volví hacia él con alivio, pero me miró furioso, con los dientes apretados, y me soltó: *Creí que te había dicho que esperases en el coche.*

Pasamos la noche acurrucados sobre el vinilo medio despegado del asiento de atrás.

Se oía el embate de las olas.

¿Quieres que lo hagamos?, dijo Vito, con las manos en mis omóplatos. Bien podemos, dijo, esta vez no tendrás que preocuparte por si te quedas embarazada, ¿eh?

Tenía el aliento desagradable como queso rancio.

Aléjate de mí, dije.

Me quedé dormida temblando y desperté sudorosa.

La mayor parte de la nieve se había derretido durante la noche.

Me llevó a la clínica. Era un pequeño edificio cuadrado y blanco con arbustos a lo largo de la fachada y un montón de gente en la entrada.

Vendré a recogerte dentro de unas horas, dijo.

¿Es que no vienes conmigo?

Tengo que hablar con Russell un poco más. Cosas de negocios. Quiere que, de vuelta a la ciudad, le lleve algo de mercancía. Tú entra ahí y pregunta por Stephanie; ella te ayudará.

¿Qué? ¿Quieres que entre ahí yo sola?

La gente de la puerta nos gritó. Llevaban en alto enormes fotografías sangrientas y escupieron al coche.

¿Por qué me gritan? Ni siquiera me conocen, dije.

Aquellas caras pegadas a las ventanillas. Era el mismo rostro una y otra vez. Hombres y mujeres, viejos y jóvenes, pero las mismas bocas gritonas, los mismos ojos frenéticos.

No puedo hacerlo, dije.

Son sólo manifestantes. Una manada de estúpidos. No les escuches.

Lo sé, dije, y les miré; sólo eran una masa en movimiento, una pandilla de ignorantes, casi ni eran humanos. No les haría caso.

Pero entonces vi una mujer entre ellos que sujetaba un bebé y todo se paró. Balanceaba al niño en la cadera, descuidadamente. Se dejaba arrastrar por las consignas, como el resto, y botaba con el puño en alto. Pero el niño me miró, sus ojos se dirigieron a los míos con una mirada llena de curiosidad. Cabalgaba tranquilamente en la cadera de su madre como si ella fuese un caballo de tiovivo, con el pelo completamente despeinado. Aquellos ojos me engancharon. Era precioso. Movía la cabeza.

¿Cómo podía yo hacerlo?

No puedo, dije.

Sí que puedes, dijo Vito. Es lo mejor. Para eso hemos venido hasta aquí.

No, dije. Pero con un rápido movimiento pasó el brazo más allá de mí, abrió la puerta y me empujó fuera del coche.

Allí estaban todos, a mi alrededor, gritándome en la cara. Se arrimaron más y sostuvieron sus horribles fotografías delante de mis ojos, fotografías de manos y pies pequeñitos, ojos cerrados y bocas abiertas por el terror. A medida que el griterío continuaba y las manos tiraban de mi ropa, todo se mezcló hasta que ya no diferenciaba las caras rojas y sudorosas de los manifestantes de las otras sangrientas y horriblemente agrandadas de sus obscenas fotografías.

Cerré los ojos y alguien me cogió del brazo y me condujo con firmeza a través de aquel mar rojo. Los abrí cuando todo estaba tranquilo otra vez y suspiré profundamente creyéndome lejos de todo aquello, pero entonces me di cuenta de que me encontraba dentro del edificio.

No vi quién me había metido. Se oían las consignas, débilmente, allá afuera. Todavía no podía salir.

Esperaría un poco. Y luego me iría.

Allí dentro todo era limpio, rápido y eficaz. El suelo estaba cubierto de azulejos verdes.

Me senté en una silla de plástico de color naranja con las patas desiguales.

¿A quién quieres ver?, me preguntó una enfermera.

A Stephanie, dije automáticamente.

Ahora está ocupada, me dijo la enfermera.

Me senté y esperé. Y seguí esperando. Entraban mujeres que se sentaban en las otras sillas. Algunas venían con hombres, otras con sus madres. Algunas parecían asustadas, pero la mayoría daban la impresión de estar completamente encerradas en sí mismas, esforzándose por resolver un problema interior con el que nadie podía ayudarlas. Ninguna tenía aspecto de embarazada, me pareció.

La mayoría tenían los brazos sobre el vientre.

Me di cuenta de que yo los tenía también y rápidamente me senté sobre las manos.

Yo no era como ellas, pensé. Yo era diferente.

Las mujeres iban y venían, pero había un hombre que se sentó y esperó tanto tiempo como yo. Tenía las piernas largas y extendidas hacia delante y llevaba un chubasquero con la capucha echada por la cabeza. Observé que le colgaba del cuello una cruz, pero no le vi la cara.

Me preguntaba cómo se sentiría, sentado allí, esperando a su mujer, su novia, su hermana o su madre.

Ojalá Ilana estuviese conmigo. Si fuera Sashie, seguro que fingiría que no estaba ocurriendo nada, ésa era su manera de enfrentarse a las cosas. Hablaría alegremente de la decoración y de las plantas artificiales. Del tiempo. Y Mara, Mara lo vería todo como un complot, como una conspiración contra ella. Creo que siempre ha tenido unos planes secretos, y que eso es lo que la hace ser tan desconfiada de todo el mundo. La paranoia empaña su visión de las cosas. Un día desconfiará de sí misma y se volverá loca persiguiéndose en círculos.

Sólo Ilana veía las cosas con claridad. Ahora me daba cuenta. Ni siquiera sabía cómo me llamaba, pero era la única persona que me conocía como realmente era.

Aquí está Stephanie, dijo alguien; miré hacia arriba y vi una mujer de blanco que venía por el pasillo al lado de un hombre con el pelo canoso, también con bata blanca y una carpeta en la mano. Me puse de pie y el hombre del chubasquero se levantó igualmente y adelantó la mano.

Me volví y le miré, pensando: ¿Qué hace? ¿A quién saluda? ¿Qué clase de saludo es ése? Y todos los demás que estaban en la sala le miraron también, pero por una razón diferente.

Se produjo una especie de chispazo en las proximidades de su mano, y yo no oí el ruido, sólo el eco que resonaba mientras el hombre canoso caía hacia mí, soltando la carpeta. Durante un rato me quedé mirando las horribles manchas rojas que salieron en su bata, como sopa de remolacha en un mantel blanco cuando la derramas por descuido, y vi que la mirada de sus ojos no era de miedo ni de dolor, sólo de sorpresa.

Entonces cayó al suelo y la sangre se encharcó a su alrededor; salía rítmicamente, como el flujo de las olas, borboteaba de su boca, y yo pensé estúpidamente: ¡Que le lleven a un hospital! Y después: ¡Está ya en uno, qué suerte! Hubo gritos, un movimiento frenético de enfermeras corriendo hacia él, y el pistolero desapareció sin saber cómo, igual que un truco de magia; yo no sabía qué hacer, así que eché a correr. No por el camino que había llegado, sino por un corredor y pasando por una puerta tras otra, hasta que encontré un rótulo que decía SALIDA DE EMERGENCIA y salí por allí hacia el sonido de las sirenas, pensando: Sí, eso es exactamente lo que es.

La arena estaba húmeda, las olas llegaban hasta allí.

El parque de atracciones se había desprendido de su manto de nieve y ahora parecía más destartalado que antes. Se veían los clavos, el pegamento y las cuerdas que lo sostenían todo. Unas familias en pequeños grupos daban vueltas por aquí y por allá. Parecía que nadie controlaba los aparatos, que funcionaban solos, haciendo rechinar sus viejos mecanismos.

El andamiaje vibraba amenazadoramente cada vez que la montaña rusa daba una vuelta. Los pasajeros gritaban al acelerarse en la bajada, no porque tuviesen miedo, sino porque pensaban que tenían que hacerlo.

Ahora se veía bien lo desconchados y descoloridos que estaban los caballitos del tiovivo. La música que se oía era terriblemente desafinada. Pero a los niños que los montaban no les importaba. Ellos iban encima gritando, encabritándose, poniéndose de manos, balanceándose, acariciando las crines de madera. A sus ojos todo era precioso.

Y, efectivamente, *era* precioso.

Paseé junto al océano y observé cómo las olas subían cada vez más cerca. Miré aquella línea oscura donde el océano se encontraba con el cielo; Ilana tenía razón, nada de lo que yo había visto en mi vida era como aquello. El encuentro del agua y el aire. Como un largo hilo bien estirado.

Dividía, pero unía también. Me acordé de la sangre del hombre saliendo a borbotones y extendiéndose por el suelo. En mis manos y mi blusa quedaban algunas gotas ya secas. Puntitos oscuros, casi negros. Y mientras pensaba en él, comencé yo a sangrar, como si su imagen hiciera que mi propia sangre quisiera salir y unirse a la suya. Sangré y sangré, empapándome las bragas, primero unas gotas y después a chorro, como si mis entrañas estuviesen llorando.

Es la regla, le dije a una gaviota. La regla, que se me ha retrasado, eso es todo.

Eso es todo lo que pasa.

Todo este jaleo y esta preocupación porque la regla se había retrasado un poco, me reprendí a mí misma.

Esta sangre no podía ser otra cosa sino eso, ¿verdad?

No podía ser lo otro. No podía ser.

Ni siquiera quería yo pensar en la palabra.

No sería capaz de soportarlo si fuera lo otro.

Poco después vi a Vito con unos amigos recientes paseando por la playa.

¡Ah, estás aquí!, dijo, hemos estado buscándote. ¿Ya está todo arreglado? ¿Lo has resuelto todo?

No, dije.

¿Por qué no?

Mataron a un hombre, dije, justo delante de mí.

¡Venga ya!, dijo él.

Intenté explicarle lo que había pasado. El hombre de la pistola y la sangre que se extendía.

¡Vamos, anda!, dijo Vito. Me estás tomando el pelo.

Mira la sangre de la blusa, dije.

Ya, claro, dijo, por supuesto, estuviste en un hospital, allí hay gente herida, sangre y todo eso, por todas partes, en los hospitales. De eso va la cosa, ¿no?

Los hombres con los que estaba se echaron a reír desagradablemente pero yo no les miré ni una sola vez, sólo miraba a Vito.

Vamos, dijo, confiésalo. Te acobardaste. No tienes que inventar una historia disparatada como ésa para disimular.

Pero si lo vi todo. Yo estaba allí. Fue horrible.

Les conté varias veces lo que había visto, pero no sirvió de nada, ninguno lo creyó. Me dijeron que veía mucha televisión, que me callara, que creciera y que me dejara de cuentos.

Vito, dije, tú me crees, ¿verdad?

Sonrió, miró a otro lado y hundió en la arena los dedos de los pies.

Aléjate de mí, dije, no me toques, ni siquiera vuelvas a hablarme nunca más.

Eché a correr, y él me llamó: ¡Vamos, vuelve, Nomie, ven a divertirte con nosotros!

Seguí corriendo; oí que sus amigos se reían y él gritaba: Está bien, niña grande, vete a llorar a casa con mamá.

Sí, pensé, lo haré, lo haré, pero a su debido tiempo.

Corrí, y mis huellas dejaban tras de mí líneas curvas de baile, unas caóticas bifurcaciones por toda la playa.

. . .

Algo llegó hasta la playa un día. Una figura desplomada y oscura tan grande como un caballo. Algas enganchadas en ella en marañas empapadas, percebes adheridos a sus costados. Las olas tocaban sus bordes y resbalaban. Tocaban y resbalaban. Tocaban y resbalaban.

Me acerqué más y vi pelo negro, un brazo extendido. El filo de una cara hinchada por el agua del mar. La piel era blanca, con manchas, tirante. En algunas zonas, escamosa e iridiscente.

Vi un ojo, una ceja que me pareció conocer. Pero antes de que pudiera asegurarme las olas volvieron y lo arrastraron hacia el mar.

Tenía dinero que había cogido prestado (mejor dicho, robado) del cajón de Mara. Anduve y corrí y viajé en autobuses al lado de ancianas que se quedaban dormidas con la cabeza en mi hombro. Hice un largo camino, y me fijé en todo lo que había a mi alrededor; vi cosas horribles y maravillas que no creerías si te las contara.

Anduve por nieve y navegué por mar, y bajé hasta las increíbles colonias donde la gente construye sus casas en túneles de metro abandonados; fui a otro hospital y vi un bebé del tamaño de un camarón gigante que vivía y respiraba con la ayuda de máquinas, y conocí a una mujer que se había cortado un pie porque oía voces que le decían que lo hiciera y después se quedó más tranquila, y vi un niño con ojos de santo y la cabeza del tamaño de una pelota de playa, y vi a otro hombre muerto de un disparo, esta vez por una pizca de polvo blanco que todos querían porque les proporcionaba visiones mágicas y la facultad de olvidarlo todo.

Ilana

Estoy intentando recordar cómo conocí a Shmuel. Le recuerdo cayendo de un árbol y quedando tendido en la nieve, rígido y frío, con los ojos como fragmentos de cristal azul y cuentas rojas en la garganta por donde se la habían desgarrado.

Mi hijo era un niño muy hermoso. Se colgaba de la escalera de incendios para impresionarme y podía beberse un galón de leche él solo. Unas veces le llamábamos Wolf y otras Eli, pero no puedo acordarme de por qué le pusimos dos nombres.

Ayer vi una arpía en la cocina, una arpía greñuda igual que las que veíamos al volver a casa, volando en círculos sobre el bosque. Estaba subida en la mesa, dando sorbos de un vaso y dejando caer la cabeza hacia atrás para que el líquido pasara por la garganta. Desmigando un trozo de pan que sujetaba con las patas. Dejó de masticar para mirarme y me di cuenta de que tenía la cara de mi nieta.

Pero ¿cómo podía ser eso? Las arpías roban las caras de los muertos solamente, no las de los vivos. Y Mara no está muerta, ¿verdad?

Quizá esté muerta y yo lo haya olvidado.

Hace tanto tiempo que no veo una arpía. No vienen hasta aquí, creo que es porque no tienen espacio para volar con estos edificios tan altos por todas partes. Todas estas superficies tan brillantes, con reflejos, las volverían locas.

¿Cómo se llama mi madre? ¿Lo he sabido alguna vez?

Hay tantas cosas que no veo ya con claridad, sólo las vislumbro un momento de refilón.

Tengo miedo estos días. No estoy segura de por qué. No es una cosa lo que me asusta, sino la ausencia de algo. Una sensación de cosas que se derraman, que se alejan rodando fuera de mi alcance como bolas de mercurio que resbalan por el suelo.

Sé que me falta algo aunque no puedo identificar qué es. ¿Qué será lo que falta? Todo está donde lo he puesto: la cama, la silla, las velas, el tiesto con hierbas en el alféizar.

Shmuel sigue viniendo a sentarse al lado de la cama. Me dice que no me preocupe. Pero tengo miedo de mirarle, miedo de no reconocer ya su rostro.

Me pesa algunas veces esta carga de querer recordar el nombre de todos. Cuando confundo un nombre me entra un pánico como si hubiera matado a alguien.

Pero hay tantos nombres, que me están aplastando.

A veces creo que, si pudiera compartir este peso, no resultaría tan malo.

¿O he encontrado ya a alguien con quien compartirlo? A veces creo que sí.

Otras, sospecho que es sólo una ilusión.

Sashie

Nomie ha vuelto a casa, gracias a Dios.

Hemos estado desquiciadas por la preocupación.

Ha estado fuera casi tres semanas.

Parece que está perfectamente, con buena salud y buen aspecto, a no ser por la ropa y los zapatos, que estaban horrorosamente sucios.

Eso tenía fácil arreglo, los tiré; le compré ropa nueva pero se negó a ponérsela.

Y también a hablar.

Cuando llegó, no dijo una palabra, corrió derecha hacia mi madre, le cogió las manos y escondió la cara en su regazo. Mi madre no dijo nada tampoco, sólo se inclinó sobre ella y le acarició la cabeza, el corto pelo de punta.

Nomie no quiere decirnos dónde ha estado, qué ha hecho ni por qué diablos quería escapar de nosotras de ese modo.

Intenté abrazarla, pero calculé mal y, en lugar de eso, le di un golpe en la cara. Debe de haber crecido, o encogido, durante las semanas que ha estado fuera.

Mara y yo sospechábamos que ella y mi madre hablaban cuando estaban solas, aunque no fuimos capaces de pillarlas nunca.

No la hemos informado de nuestros planes para con mi madre, no queremos estropear su vuelta a casa.

Lo del asilo era una buena noticia, por supuesto, pero quizá Nomie no lo tomaría así. Le gusta llevar la contraria algunas veces.

La otra noche abordé a mi madre y le hablé del asilo.

¿No es fantástico?, dije.

Es una suerte, añadí, la secretaria acaba de llamar diciendo que alguien ha muerto. Así que puedes mudarte enseguida.

Gritó como si la hubiera golpeado.

Es un sitio magnífico, le dije, con una calefacción estupenda; compartirás una habitación pequeñita muy mona con alguien muy agradable que te hará compañía, y las enfermeras te vigilarán y tú no tendrás que salir a la calle. ¿No es maravilloso?

Nunca iré allí, dijo.

Es lo que tú necesitas, le dije yo. No te das cuenta, pero ya no puedes manejarte por ti misma, y Mara y yo no podemos hacerlo todo por ti.

No podéis encerrarme, dijo.

Es por tu bien, le dije.

Hay alambre de espino, dijo ella.

Le dije que era una cabezota. Que se estaba comportando como una niña.

Conozco ese sitio. No tiene puertas.

Pero ¿qué dices? Naturalmente que las tiene, le dije, son automáticas, ni siquiera tienes que tocarlas, se abren solas, y hay unas buenas rampas para las sillas de ruedas.

No hay puertas, insistió, lo he visto yo. Y el tejado está cubierto de alquitrán pegajoso de modo que, cuando se posan las palomas, se quedan pegadas. Se mueren de hambre, el tejado está lleno de huesos.

Durante todo este tiempo tuve cuidado de no mirarla a los ojos.

Ni siquiera las palomas escapan, dijo.

Más tarde la vi abrazada a Nomie y Nomie abrazada a ella. Parecía más urgente que nunca sacarla del apartamento.

Cuando Nomie se enteró de nuestros planes, rompió su silencio para gritarnos: No podéis hacer eso. No podéis llevárosla.

Tenemos que hacerlo, le dije.

Y Mara se llevó a Nomie aparte y le dijo bajito: Ella no lo sabe todavía, pero está enferma, muy enferma. Está perdiendo la cabeza, ya no tiene ni idea de lo que dice. Es evidente. Seguro que tú te has dado cuenta. Es evidente para todos menos para ella.

Nomie nos miró furiosa.

Mara dijo: Lo mejor que podemos hacer por ella, la mejor manera de ayudarla, es llevarla a un sitio donde puedan cuidarla.

Yo dije: No es que vaya a desaparecer para siempre. Puedes ir a visitarla allí.

No, no puede, saltó Mara, y se puso muy roja.

Nomie nos miraba fijamente a las dos. No podéis hacer esto, dijo otra vez, y salió corriendo de la habitación.

Después de presenciar el comportamiento de Nomie, Mara y yo estábamos más convencidas que nunca de que mi madre tenía que irse.

Cuanto antes, mejor.

Cada vez estoy más segura de que es lo más conveniente.

Sé que lo es. Es por su bien.

Y sé también que ella lo quiere igualmente.

Mira, después de todos estos años, finalmente he aprendido a escucharla, a oír la verdad que se esconde en sus palabras. Ella *quiere* ayuda, pero su orgullo le impide reconocerlo. No quiere admitir lo débil y desvalida que se ha vuelto, no quiere admitir que necesita el asilo. Por eso ofrece resistencia con esa falsa fanfarronería. Es todo teatro.

Dice que no quiere, pero yo sé que quiere.

En su fuero interno está suplicando ayuda.

Me resulta de lo más evidente.

Y hay otra razón por la que debe marcharse.

Creo que el cambio le proporcionará paz, la ayudará a escapar de esas mujeres de las que sigue diciendo que la atormentan.

Sigue hablando histéricamente de tres mujeres que la persiguen por todas partes y la agobian. Al principio pensaba que eran imaginaciones. Al final me he dado cuenta de quiénes deben de ser esas tres mujeres.

Mara. Nomie. Y yo.

Nomie

Cuando llegué a casa, Mara y Sashie me tocaban y tiraban de mí, pero lo que yo quería era ver a Ilana y mirarla a los ojos. Quería decirle que lo creía todo. Quería pedirle que me contase más.

Pero cuando la vi, no necesité pronunciar ni una palabra.

Ella entendió.

Buscó entre su falda y me mostró en las manos el huevo del que me había hablado. Por fuera estaba adornado con piedras preciosas, como los que me había enseñado Sashie una vez en un museo. Pero estaba descuidado y sucio; las piedras, deslustradas, llenas de porquería entre unas y otras, pelos largos y trozos de pelusa adheridos.

Mira dentro, dijo.

Así lo hice.

Allí estaba.

¿Ves?, dijo.

Ah, sí.

Bien, dijo, lo cogió de mis manos y se lo escondió en el vestido.

Juntamos las manos, como hacíamos siempre, y por primera vez las mías parecían un poco más grandes; las yemas de mis dedos sobresalían, debía de haber crecido. Separó las suyas y me las pasó repetidamente por el pelo. Oí un sonido extraño.

Pronto vendrán a por mí, esas tres, vendrán para llevarme, dijo. Lo sé. Cada vez que las veo están más cerca.

Entonces me contó lo del asilo.

Pero yo no puedo ir allí, dijo. No pueden encerrarme, esas tres me acorralarán, seguro.

No vas a entrar allí, dije. Yo no dejaré que lo hagan, encerrarte de esa manera.

Ilana me sujetó la mano con tanta fuerza que me dolió. Tengo que irme, susurró, a un sitio donde nunca me encuentren.

Muy lejos, dijo, cruzando cañones y mares. Al mismo filo del cielo.

¿Y luego qué?, pregunté.

Luego lo atravesaré, dijo, después de todo sólo es un telón de papel pintado.

¿Estás segura?, dije.

Completamente.

Sashie

Es una cosa muy extraña. Ayer encontré un aviso que habían metido por debajo de la puerta. El logotipo que figuraba en la parte superior me parecía conocido, aunque no podía recordar dónde lo había visto antes.

En el aviso se nos comunicaba que la gerencia del edificio había decidido contratar un servicio de limpieza para mejorar los apartamentos, sin ningún coste para los inquilinos. Los empleados de la limpieza vendrían una vez al mes y, además de las tareas habituales, limpiarían alfombras y cristales y pintarían paredes.

Estoy emocionada. Y éste es un momento particularmente adecuado para que vengan. Con el traslado de mi madre, habrá toda una habitación que vaciar y arreglar.

Me hace mucha ilusión.

Esta noticia me ayuda a olvidar todos nuestros nimios problemas.

Puede que compre unas cortinas nuevas.

Tenemos que empezar a vivir de una manera que se ajuste más a nuestro rango, después de todo. No somos gente corriente como nuestros vecinos; tenemos sangre noble.

Algunos de estos muebles podrían ser muy bonitos una vez que se les quite el polvo y se los coloque convenientemente.

Me resulta un *poco* extraño, sin embargo, cuando me paro a pensar en ello. La gerencia no se ha tomado antes muchas molestias por nosotros. El grifo de nuestra cocina lleva años goteando y el conserje hace caso omiso de mis quejas respecto a una rata que hay dentro de la pared.

Y es raro que el aviso no mencionara *cuándo,* exactamente, van a venir los empleados de la limpieza. Yo quiero saberlo. Quiero estar preparada, no me apetece que me pillen desprevenida.

A medida que transcurría el día, estaba más atenta por si les oía, varias veces creí oír sus rápidos pasos en la calle. El traqueteo de sus máquinas limpiadoras.

Varias veces oí el roce de una escoba en el pasillo y abrí la puerta para mirar.

Nada.

Anoche me quedé despierta, escuchando con ansiedad e impaciencia el rumor de sus restregones y frotamientos. Les oía cada vez más cerca.

Cada vez más cerca.

Demasiado cerca, tal vez. Daba la sensación de que estaban frotando y raspando justo al otro lado de la pared.

¿Pero es posible que algo esté *demasiado* limpio? No lo creo.

Ya llegan. Ya llegan.

A ellos no les gusta el desaliño. Tengo que levantarme temprano, arreglarme el pelo, limpiar los zapatos.

Tengo que estar lista para cuando vengan.

Nomie

¿Dónde está?, pregunta Mara.

¿Qué has hecho con ella?, grita Sashie.

No puede haber desaparecido así como así, dice Mara.

Tú lo sabes, ¿verdad, Nomie? Me consta que lo sabes, dice Sashie.

Tú la ayudaste, ¿a que sí?, dice Mara.

¿Por qué no nos dices algo? ¿No quieres ayudar? ¿No se te ocurre pensar que tu madre puede estar muriéndose congelada en la nieve en este mismo momento?, chilla Sashie, sin darse cuenta de su equivocación.

Tu madre podría estar ahora mismo tirada debajo de un autobús, me dice Mara.

Han descubierto su ausencia esta mañana. La cama hecha, la habitación arreglada. La ventana abierta, las cortinas ondeando, la nieve amontonándose en el suelo. Es la segunda nevada insólita de este verano.

Las dos se asomaron a la ventana. A su edad, no puede haber bajado por la escalera de incendios, había dicho Mara.

El apartamento parece distinto sin ella. Desprotegido. Todas lo notamos.

Voy a la habitación delantera y miro el montón de muebles y son sólo eso, muebles. Nada más. Sillas, mesas y escabeles, una vitrina con el cristal roto.

Mi pelo sigue sonando de esa manera tan graciosa cuando lo sacudo, fíjate.

Mara grita: Lávate el pelo, por lo que más quieras. Y dinos dónde está ella, so malvada.

Sashie dice: No le hables así. Ella no tiene la culpa de que mi madre se haya marchado.

Se para, cambia la mirada de Mara a mí, y dice: ¿O sí la tiene?

Se pasean y murmuran en la cocina, sus voces como un susurro agitado, como de palomas alteradas.

Si no aparece pronto, tendrán que disponer de su plaza en el asilo y pasársela a otra persona.

Siguen preguntándome que dónde está. Parece que creen que yo la ayudé, que yo le preparé el viaje.

¿Habrá hecho Nomie semejante cosa?, se preguntan.

Es verdad que yo pasé un cierto tiempo en los muelles, entre marineros y rollos de cuerda tan gruesa como un brazo. He visto esos grandes barcos. He presenciado tratos. Tengo un fajo de billetes. Conozco el camino.

Pero no diré nada de ninguna manera.

No importa.

Yo sé que ella no va a volver.

Mara

Nomic se niega a revelar información. Pero tarde o temprano encontraremos a mi abuela. Lo sé.

La encontraremos y la pondremos en un sitio seguro.

Mi madre no tiene remedio, siempre alborotando y parándose cada poco a escuchar en la ventana o en la puerta.

Shhh, Mara, dice levantando un dedo de esa manera tan idiota. ¿Oyes?, dice.

Sólo el ruido normal, le digo yo. En realidad, esto está mucho más silencioso ahora que *ella* se ha ido.

Pero mi madre tiene la cara crispada y tensa, no me oye en absoluto, ella escucha otra cosa.

La dejo por imposible y voy a mi cuarto. Aquí encuentro un jersey, cuidadosamente doblado sobre la cama. ¿Cómo no lo he visto antes? Esto es cosa de mi abuela, diría yo.

Lo sacudo y lo levanto.

Qué mujer más tonta. ¿Se creerá que con este regalito va a contentarme después de que he tenido que soportar toda una vida de egoísmo por su parte?

Aunque *es* bastante bonito, muy suave; la lana, una mezcla de negro y gris con hilitos rojos y marrones atravesados.

Y *hace* un frío inusual, con toda esa nieve. Me lo pondré, no porque la perdone, ni hablar, sino porque hace frío y tengo guardados todos los jerseys en el fondo del cajón.

Me lo pongo en la cabeza, pero no encuentro inmediatamente la abertura del cuello. Intento encontrar las mangas, pero deben de haberse retorcido o hecho un lío. Tiro con más fuerza, esperando que la cabeza pase por el cuello pero no lo consigo y las mangas se han dado la vuelta. El jersey da mucho calor, un poco *demasiado* calor, y acumula mi propio aliento viciado justo delante de la cara.

Decido empezar de nuevo, pero ahora parece que no puedo quitármelo de encima. Doy una vuelta y el jersey encoge, se me pega cada vez más.

De pronto me acuerdo del jersey que me puse hace unos años y de cómo escapé con vida de él de puro milagro.

Pero entonces yo era una niña tonta e histérica. Eran imaginaciones.

Doy vueltas y vueltas. La habitación está llena de aristas que no había notado antes. Y el jersey se ha vuelto áspero por dentro, como un arbusto espinoso, tiene pequeños dientes puntiagudos.

Se está humedeciendo con el sudor. Me da demasiado calor. No tengo suficiente aire.

Me oprime tanto ya que es como si fuera una parte de mi cuerpo.

Creo que voy a tumbarme en la cama un ratito y a recobrar la calma.

Noto que el corazón me palpita con unos latidos rápidos y nerviosos.

Como si fuera tan tonta que pensara que no voy a salir nunca de aquí.

Nomie

Hace un rato fui a la habitación de Ilana. Hacía frío, la nieve lo estaba cubriendo todo porque nadie se había molestado en cerrar la ventana. Me senté en la cama y me sorprendió encontrar el huevo adornado de piedras preciosas guardado bajo la almohada. Me pregunté por qué no se lo habría llevado.

Lo cogí entre las manos. Pensé: No debería estar entero, debería haberse hecho pedazos cuando ella se fue, debería haberse roto y dejar que salieran las maravillas que tiene dentro.

Entonces me lo acerqué a los ojos y miré dentro al castillo y al lago y a la ciudad misteriosa y brillante, y me pareció ver, entre la muchedumbre elegantemente vestida, una chica con el cabello hasta el suelo y un violinista con el arco levantado, dos muchachos que se asomaban temerariamente a las ventanas, un hombre del tamaño de un caballo revolcándose como un perro y una docena de niños agarrados a las faldas de una mujer que, a su vez, se agarraba a un hombre de barba negra.

Después miré otra vez y vi que el huevo estaba vacío, la superficie interior era reflectante, un espejo curvo, y yo estaba mirando mi propia pupila; dentro de ella, un millar de lucecitas.

Ella no volverá.

Recuerdo algo que dijo antes de marcharse. Yo le había preguntado adónde quería ir, qué le gustaría hacer.

Dijo que sobre todo quería tumbarse en la nieve junto a su marido, dos marcas negras en una página blanca.

Agradecimientos

Me gustaría expresar mi gratitud a Reagan Arthur, Leigh Feldman, al Fine Arts Work Center de Provincetown, a la Corporation de Yaddo, a mis profesores de las Universidades de Harvard y Nueva York, y a todos los amigos y familiares que me apoyaron en este proyecto.